Der Weihnachts-Sprung

Weitere Bücher von Keira Andrews

In deutscher Sprache

Weihnachten
Der Weihnachts-Deal
Der Weihnachts-Sprung
Das Weihnachts-Veto
Santa Daddy (Deutsche Ausgabe)
Im Notfall

Action & Abenteuer
Jenseits des Ozeans
Codename: Valor
Testphase Valor

Fantasy
Vermählt mit dem Barbaren: Band 1 (Barbaren Dilogie)
Der Schwur des Barbaren: Band 2 (Barbaren Dilogie)

Historische Romantik
Geisel des Piraten

Sport
Wertvoller als Gold
Kalter Krieg

In englischer Sprache

Contemporary
The Spy and the Mobster's Son
Honeymoon for One
Beyond the Sea
Ends of the Earth
Arctic Fire

Holiday
The Christmas Deal
The Christmas Leap
The Christmas Veto
Only One Bed
Merry Cherry Christmas
Santa Daddy
In Case of Emergency
Eight Nights in December

If Only in My Dreams
Where the Lovelight Gleams
Gay Romance Holiday Collection
Lumberjack Under the Tree (free read!)

Sports
Kiss and Cry
Reading the Signs
Cold War
The Next Competitor
Love Match
Synchronicity (free read!)

Gay Amish Romance Series
A Forbidden Rumspringa
A Clean Break
A Way Home
A Very English Christmas

Valor Duology
Valor on the Move
Test of Valor
Complete Valor Duology

Lifeguards of Barking Beach
Flash Rip
Swept Away (free read!)

Historical
Kidnapped by the Pirate
Semper Fi
The Station
Voyageurs (free read!)

Paranormal

Kick at the Darkness Trilogy
Kick at the Darkness
Fight the Tide
Defy the Future

Fantasy

Barbarian Duet
Wed to the Barbarian
The Barbarian's Vow

Der Weihnachts-Sprung

VON KEIRA ANDREWS

Der Weihnachts-Sprung
Geschrieben und veröffentlicht von Keira Andrews

Copyright 2022 Keira Andrews
Print Ausgabe

ISBN: 978-1-998237-37-1

Übersetzung: Simone Richter
Korrektur: Veronika Kothmayer
Cover: Dar Albert
Formatiert von BB eBooks

Danksagung

Vielen Dank an Leta Blake, Angela O'Connell, Rai und Samantha. Ihr habt mir geholfen, das Beste aus dieser Geschichte herauszuholen. Vielen Dank auch an Scotty Porter für seine Hilfe mit dem schottischen Slang und Dialog und Elaine und Sharna für ihre Aussi-Expertise. Ich weiß all eure Hilfe wahnsinnig zu schätzen!

Kapitel Eins
Michael

E S GAB DA so ein altes Sprichwort über sorgfältige Pläne. Das kam vermutlich von Shakespeare. Der Punkt ist, dass, egal wie vorsichtig man versucht, sich auf etwas vorzubereiten, das Leben sieht das manchmal anders.

»Ich kann nicht an Weihnachten mit ihm Schluss machen!« Jareds Stimme hob sich empört.

Ein paar Stunden zuvor hatte ich mir überlegt, den Nachmittag frei zu nehmen, um die zwei wundervollen Urlaubswochen über die Feiertage verfrüht einzuläuten.

Nachdem ich noch ein paar Erledigungen gemacht hatte, war ich zu unserem Reihenhaus zurückgekehrt, hatte die Tür leise aufgeschlossen und wollte Jared zurufen, dass ich eine Überraschung für ihn hatte. Unseren ersten gemeinsamen Weihnachtsbaum.

Doch hier stand ich nun und versuchte dem Gespräch über das laute Pochen meines Herzens hinweg zuzuhören.

Das musste der Fernseher sein. Klar, es klang genau nach Jareds weicher, leicht nasalen Stimme, aber… das konnte nicht sein. Nachdem ich mich abgemüht hatte, diese Beziehung zu einem Erfolg zu machen, konnte ich meinen Freund nicht gerade sagen gehört haben, dass er Schluss machen wollte. Nicht nur mein Freund, mein Partner. Ich war schließlich kein Kind mehr. Jared und ich waren Partner. Vielleicht war das ein schlechter

Scherz. Irgendein furchtbarer, unpassender Streich.

Ho-ho-ho?

Jared murmelte: »Ich weiß.« Es klang, als befände er sich in der Küche im hinteren Teil des Hauses. Der Parkettboden knarzte, was Jared in den Wahnsinn trieb, während ich es ziemlich charmant fand. Warmes Licht flutete den Flur und wurde nur durch Jareds Schatten gestört, als er unruhig hin und herlief. Ich konnte mir genau vorstellen, wie er sich vor der Küchenzeile aus Granit bewegte.

Jared seufzte. »Es gibt keinen optimalen Zeitpunkt, es ihm zu sagen, das stimmt. Trotzdem. Ich muss bis Januar warten. Er freut sich so sehr über unser erstes gemeinsames Weihnachten hier, das kann ich einfach nicht.« Eine Pause. »Ich weiß, dass ich kein Fan von Weihnachten bin, aber das passt schon. Wenn es ihn glücklich macht.«

Nun stand ich da und hielt den eingepackten Weihnachtsbaum umklammert, während mir der Geruch von Tannennadeln in die Nase stieg.

Auf der borstigen Fußmatte unter meinen Schuhen stand eine Papiertüte, die ein Do-it-yourself Glühwein Set und Maronen zum Rösten enthielt. Und, Moment mal, Jared mochte Weihnachten nicht? Ich wusste, dass er kitschige Dekorationen und die seichten Popsongs nicht leiden konnte, aber…

Gestern erst hatte ich geschmackvolle Baumkugeln in gold und silber, die wunderbar zu Jareds minimalistischen Stil passten, unter dem Bett versteckt. Nachdem ich wusste, dass er keinen Boden voller Tannennadeln haben wollte, hatte ich das allerneuste automatische Bewässerungssystem für den Baum gekauft. Im Kofferraum meines Hyundai Hatchback stapelten sich die Geschenke, genauso wie das eleganteste Geschenkpapier, das ich finden konnte.

Ich hatte jedes Detail unseres Instagram-würdigen Weihnachten durchgeplant.

Jared atmete laut aus. »Weiß ich, Steph. Aber er muss es doch kommen sehen, oder? Außer er will es nicht kommen sehen. Fuck. Ich hasse das.«

Oh Gott. Ich hatte gedacht, dass unsere Beziehung perfekt war und nun zerfiel sie vor meinen Augen zu Staub. Naja, vor meinen Ohren. Stocksteif wartete ich darauf, dass er noch mehr zu seiner Schwester sagte.

Ich hatte mich immer gut mit Stephanie verstanden, zumindest dachte ich das bis dato. Sie kümmerte sich nur um Jared, hierbei ging es nicht um mich. Allerdings half das dem Schmerz in meiner Brust auch nicht weiter.

Und okay, perfekt war ein starkes Wort für unsere Beziehung. Aber es lief doch gut, oder nicht? Seit wir in das Reihenhaus gezogen waren, hatte ich mich so bemüht, alles am Laufen zu halten. All die Experten bestanden darauf, dass Kompromisse die Lösung für alle Probleme waren und ich hatte links und rechts Kompromisse geschlossen, oder nicht?

»Es sind nur ein paar Wochen. Ich sag es ihm im neuen Jahr.« Eine kurze Stille. »Ich weiß.« Noch eine Pause. »Steph, ich habe es ja schon nicht geschafft, es zu tun, bevor wir nach Tampa gefahren sind, um seine Familie zu Thanksgiving zu besuchen. Wir hatten schon Flugtickets und sie haben uns zu den Universal Studios mitgenommen. Und ja, ich hasse Freizeitparks, aber aus der Nummer bin ich nicht rausgekommen.«

Mir kam die Magensäure hoch. Ich war so stolz gewesen, Jared meinen Eltern vorzustellen. Er war der Beweis dafür, dass ich wirklich ein selbstständiger Erwachsener war und sie sich nicht um mich sorgen mussten, oder mir Geld leihen. Sie konnten das Beste aus ihrer Pension machen.

In meinen Zwanzigern hatte ich mich treiben lassen. Ich hatte Jobs, bei denen die Bezahlung zwar okay war, aber bei denen es keine Chance zum Aufstieg gab. Ich führte Beziehungen mit Menschen, die nett waren, aber bei denen es sich nicht um meinen unerreichbaren Schwarm handelte. Jetzt hatte ich einen festen Bürojob mit vermögenswirksamen Leistungen und meine Schwärmerei waren vorbei.

Der Baum fing an, mir aus den Händen zu rutschen, also klammerte ich ihn noch fester an mich. Ich bereitete mich darauf vor, an Will zu denken, was das Letzte war, das ich gerade gebrauchen konnte. Will war hetero. Er würde meine Gefühle niemals erwidern. Ich musste mich von ihm distanzieren, zumindest bis ich über ihn hinweg war. Und ich hatte einen Plan gehabt! Ich war erwachsen geworden und hatte mein Leben auf die Reihe gekriegt, sodass ich nun nicht mehr in meinen besten Freund verliebt war.

Nun, ob Will immer noch mein bester Freund war, war eine andere Frage, aber in diesem Moment hatte ich zu viele Probleme, um mir Gedanken darüber zu machen. Eines davon war die Gefahr, dass Tannennadeln meine dünnen Handschuhe durchstechen könnten, während ich mein Bestes gab, keinen Laut von mir zu geben und den Baum aufrecht zu halten.

Jared stöhnte auf. »Ich hatte gehofft... keine Ahnung. Dass sich alles auf magische Weise fügen wurde. Natürlich hätte ich die Beziehung schon vor Monaten beenden müssen.«

Monate?!

Ich war erst im März in das Reihenhaus eingezogen. Das bedeutete, dass Jared beschämend schnell zu dem Entschluss gekommen war, dass er mich nicht mehr hier haben wollte. Bevor wir zusammengezogen waren, hatten wir bereits seit einem Jahr eine Beziehung geführt. Ich war so verdammt vorsichtig gewesen, nicht zu übereilig zu sein. Hätte ich das kommen sehen müssen? *Hatte* ich es kommen sehen? Meine Gedanken kreisten sich, während ich mich an die Tanne klammerte.

»Er tut mir einfach so leid.«

Ein Schauer durchfuhr mich und fast ließ ich den Baum los.

Nadeln kratzten über meine Wange, als ich einen Schritt zurück stolperte.

Siehe oben, bezüglich: *sorgfältige Pläne.*

Ich trat gegen die Papiertüte, während ich nach hinten umfiel und krachte auf die vom Schnee befreite Veranda. Meine Jeans boten keinerlei Schutz, genauso wenig wie mein Mantel.

Glas zerbrach auf dem eiskalten Beton.

Mit dem Baum auf mir, ließ ich mich geschlagen zurückfallen. Mein Kopf landete gefährlich nahe an der obersten Stufe. Die scharfen Ränder des Streusalzes, das ich am Morgen erst noch verteilt hatte, pressten gegen meinen Kopf.

Jared erschien in der offenen Eingangstür und trug seine liebste Anzughose, sowie einen schwarzen Seidenpullover. Seine dünnen Augenbrauen hatten sich zusammengezogen, bevor sie in die Höhe schnellten. »Babe! Geht's dir gut?«

Ich nickte und versuchte ein letztes Bisschen Würde zu behalten. Jared hob den Baum von mir runter und sein attraktives Gesicht formte das mir so bekannte Lächeln, als er lachte und einen Witz machte, den ich über das Rauschen in meinen Ohren nicht hören konnte.

Mein Hals schwoll an und Tränen brannten mir in den Augen. Hätte ich nicht gerade seinem Telefonat gelauscht, hätte ich keine Ahnung, dass etwas nicht stimmte. Wie dumm konnte man sein. Ich hatte keine Ahnung, dass er mit mir Schluss machen wollte. Dass er mich nicht mehr liebte. Guter Gott, hatte er mich nie geliebt?

Liebte ich ihn? Oder wollte *ich ihn nur lieben?*

»Mike? Scheiße, Babe. Du bist verletzt.«

Ich schluckte einen Schrei/Schluchzer/Tränenausbruch hinunter und schaffte es, mich in eine sitzende Position zu bewegen, während Jared den Baum in den engen Gang zog. Als er sich zu mir umdrehte, weiteten sich seine Augen.

»Gute Güte! Blutest du?« Er machte einen Satz aus der Tür hinaus und trug dabei nur seine italienischen Lederschlappen.

Neben mir ließ er sich auf die Knie fallen und berührte meinen linken Schenkel, während ich auf den dunklen Fleck auf meiner Jeans starrte.

»Wein«, ächzte ich. »Vorsichtig, du machst deine Hose schmutzig.«

Jared presste sich eine Hand auf die Brust und schien da erst die rot durchtränkte Papiertüte zu bemerken. Der Wein hatte sich auf der ganzen Veranda verteilt und meine Hüfte war davon durchnässt.

Er atmete schwer aus. »Du hast mich erschreckt. Meine Hose ist mir egal.«

»Aber das zersplitterte Glas.«

Auch das ignorierte er. »Bist du dir sicher, dass es dir gut geht? Was ist mit deinem Gesicht passiert?«

Ich wich seiner Hand aus und drehte mich weg, wodurch ich fast die Treppen hinter mir herunterrutschte, die in einen kleinen Vorgarten führten, in dem ich ganz stolz eine Reihe Petunias gepflanzt hatte, die den halben Sommer überlebt hatten. Ich strich mir über meine Wange, die nun komplett zerkratzt war.

Mein blondes Barthaar wuchs nur stellenweise auf meiner hellen Haut und das auch noch sehr langsam, also hatte ich mich an mein Babyface gewöhnt. Vielleicht trug ich hiervon ein paar Narben davon, damit ich endlich aussah wie dreißig und nicht, als ginge ich noch zur Uni. Auf meinen grauen Handschuhen entdeckte ich blutige Spuren.

Jared griff erneut nach mir. »Du bist verletzt. Lass mich dir helfen.«

»Was kümmert es dich?« Meine Stimme erhob sich und ich schrie ihm das ins Gesicht. Dabei zuckte ich bei dem Gedanken meiner Erbärmlichkeit zusammen. War das überhaupt ein Wort? Wenn nicht, sollte es eins sein.

»Babe, was…« Er blinzelte und sah zurück auf die offene Eingangstür. Sein besorgter Ausdruck verwandelte sich in

Resignation, bevor er mich traurig und niedergeschlagen ansah.

»Wie viel hast du gehört?«

Ich zuckte mit den Schultern und ignorierte den Schmerz, der durch meine Schulter fuhr.

»Genug.«

Jared rieb sich mit den Händen über das Gesicht und seine Stoppeln kratzten hörbar über seine Haut, bevor er mit den Fingern durch sein zurückgegeltes, braunes Haar fuhr. Trotzdem sah es immer noch kunstvoll verstrubbelt aus. Er war nur selten unordentlich. Das war eine der wunderbar erwachsenen Eigenschaften gewesen, die ich so anziehend gefunden hatte.

»Scheiße, Babe. Ich wollte nicht, dass es so endet. Vor allem nicht zu Weihnachten«, murmelte er. Vorsichtig stand er auf und trat über das gebrochene Glas auf die beige Fußmatte, über die er nun die Sohlen seiner Schlappen rieb. »Lass uns drinnen reden. Es ist eiskalt.« Er streckte seine Hand aus.

Ich ließ mich von ihm hochziehen und ins Haus leiten, wo der Tannenbaum fast den gesamten Platz einnahm. Auf der Fußmatte hielt ich inne. Die Tür hinter mir stand immer noch offen und Jared verlagerte sein Gewicht von einem auf das andere Bein, während er seine Arme verschränkte und wieder locker ließ.

»Wieso?«, fragte ich. Das war das einzige Wort, das ich hervorbrachte.

Tief in mir drin kannte ich die Antwort, oder nicht?

Jared blinzelte Tränen aus seinen Augen. »Es liegt nicht an dir, das schwöre ich. Du bist toll. Aber es war ein Fehler zusammenzuziehen. Ich hätte es besser wissen müssen.« Er hielt seine Hände abwehrend hoch. »Wirklich, es liegt nicht an dir. Es liegt an mir. Ich liebe es, alleine zu leben. Aber wie gesagt, du bist toll, also wollte ich es versuchen.« Er seufzte. »Es funktioniert aber nicht für mich. Wir funktionieren nicht. Wir haben es überstürzt.«

»Haben wir nicht! Wir waren über ein Jahr zusammen. Wir haben nicht gedankenlos gehandelt, wir hatten einen Plan.«

»Hatten wir den? Du hast deine Wohnung verloren, weil dein beschissener Vermieter das Haus an einen Bauträger verkauft hat, und ich dachte, es sei an der Zeit meine Grenzen zu weiten und mich aus meiner Komfortzone zu bewegen.« Er schüttelte den Kopf. »Tut mir leid. Ich mag dich wirklich, aber...«

»Mag. Nicht liebe.« Speichel sammelte sich in meinem Mund und für einen Moment dachte ich, ich müsse mich über unseren Tannenbaum übergeben. Doch es gab kein *unseren* mehr. Es gab kein *uns* und *wir* und *unser* mehr. Einfach so.

Er ließ die Arme auf die Seiten fallen. »Ich wollte dich lieben. Ehrlich.«

Alles was ich tun konnte, war zu nicken. Es wäre zu erniedrigend, wenn ich jetzt anfing zu heulen.

Nachdem sich die Worte offenbar schon monatelang in ihm aufgestaut hatten, schienen sie jetzt nur so aus Jared herauszusprudeln. »Ich mag dich wirklich! Aber wir passen nicht ganz zueinander. Komm schon, du musst das doch auch sehen. Wir mögen verschiedene Musik und Fernsehsendungen. Ich hasse diesen True Crime Scheiß, auf den du so stehst.«

»Dann müssen wir Kompromisse schließen!«, rief ich frustriert. »Haben wir das denn nicht getan?«

»Natürlich!« Er stellte sich noch aufrechter hin und ballte die Hände zu Fäusten. »Wir tun nichts anderes als Kompromisse zu schließen. Haben wir es denn nicht verdient, das zu bekommen, was wir wirklich brauchen? Was wir wirklich wollen?« Er öffnete und schloss seinen Mund ein paar Male und stotterte, bevor es aus ihm heraussprudelte: »Ich meine, wir ziehen es beide vor gefickt zu werden! Du kannst doch nicht dastehen und mir erzählen, dass es jemals im Bett zwischen uns gefunkt hat, obwohl wir uns am Anfang zueinander hingezogen gefühlt haben.«

Mein Gesicht war so heiß, dass es hochrot sein musste. Gott, mussten wir darüber sprechen? »Ich sagte dir doch, dass ich der Top sein kann. Das ist schon okay.«

Und das war es auch! Es war nicht so als würde ich nicht zum Höhepunkt kommen. Schließlich hatte ich einige meiner Ex-Partner penetriert. Anderen Menschen zu geben, was sie brauchten, machte mich heiß. Vielleicht nicht so sehr wie ein paar andere Dinge, aber das war in Ordnung. Wirklich!

Seine Mundwinkel zogen sich nach unten und seine Stimme nahm einen plädierenden Ton an. »Du solltest dich nicht mit *in Ordnung* zufrieden geben. Und wenn es nur am Sex läge, dann sicher, könnten wir darüber sprechen, eventuell eine offene Beziehung zu führen. Aber es geht darum, dass alles nur ‚in Ordnung‘ ist. Und so gerne ich dich mag, ‚in Ordnung‘ reicht mir nicht. Damit will ich mich nicht zufrieden geben.«

Nun musste ich mich wirklich übergeben.

»Habe ich nicht alles getan, was du wolltest?« Ich zuckte zusammen als ich hörte, wie kleinlaut ich klang. Wie jung.

Jared atmete schwer aus und sein Gesicht verzog sich als hätte er Schmerzen. »Ja. Du bist so lieb und großherzig und du hast dich für mich komplett verstellt. Zuerst dachte ich, du wärst ein wahr gewordener Traum. Du bist der bemühteste und bedachteste Mann, mit dem ich je zusammen war.«

»Was habe ich dann falsch gemacht?« Fast flehte ich ihn an.

»Du hast gar nichts falsch gemacht. Aber mir alles recht zu machen, ist nicht gesund. Ich habe das Gefühl, dass du auf Eierschalen um mich herumtanzt. um mich bei Laune zu halten. Du versuchst diese perfekte Version von dir selbst zu sein. Du bist zu…vorsichtig. Dabei fühle ich mich miserabel. Als könnte ich nicht ehrlich mit dir sein. Bab—« Er hielt inne. »Mike—«

»Ich hasse es ‚Mike‘ genannt zu werden«, platzte es aus mir hervor. Er wollte die Wahrheit? Na gut.

Er blinzelte mich an. »Was?«

»Ich heiße Michael.«

»Aber alle nennen dich Mike.« Er starrte mich mit aufgerissenen Augen an. »Wieso zum Teufel hast du nie etwas gesagt?«

Alles, was ich tun konnte, war mit den Schultern zu zucken. »Ich habe mich daran gewöhnt.«

»Siehst du, genau das ist das Problem! Du gewöhnst dich an alles!« Jared stöhnte auf und schüttelte den Kopf. »Scheiße, ich hasse es, dir das alles sagen zu müssen. Deshalb habe ich es heraus gezögert. Und weil Weihnachten ist und ich weiß wie wichtig es dir ist, das gemütliche, verschneite, traditionelle Ding durchzuführen.«

»Ist egal«, sagte ich reflexartig.

Jared sah bedeutend auf den gefallenen Baum zwischen uns. »Sag mir, dass du nicht vorgehabt hast, zu dekorieren und Fotos von uns in Strickpullovern zu machen, während wir heiße Schokolade trinken und so tun als hätten wir keine Probleme.«

»Ich dachte nur, dass das nett wäre!«

»Weil du Weihnachten liebst oder weil du möchtest, dass auf Instagram alles perfekt aussieht?«

Ich zuckte zusammen. So gerne ich das abstreiten wollte, ich konnte es nicht.

»Wir müssen der Wahrheit ins Gesicht blicken«, sagte Jared ernst. »Wir können uns nicht mit dieser Beziehung zufrieden geben. Du bist dreißig, ich bin dreiunddreißig. Wir können nicht zusammen dahin dümpeln, obwohl es nicht funktioniert. Ich glaube uns hat die Vorstellung von uns beiden zusammen gefallen. Die Realität? Die ist nicht so rosig.«

Alles was ich tun konnte, war zu nicken.

Er fing an zu zittern. »Mach die Tür zu. Komm schon, lass uns darüber reden.«

Was gab es noch zu sagen? Glassplitter knirschten auf der Veranda unter meinen Stiefeln und Maronen rollten die Stufen hinab, als ich mich aus dem Staub machte. Ich ließ meinen Ex-Freund—meinen Ex-Partner—, einen zwei Meter hohen Bio-Tannenbaum und das Leben, das ich mir so sehr gewünscht hatte zurück.

»MIKE?«

Fast hätte ich mir den Kopf an meinem Autodach angehauen, was zugegebenermaßen nicht schwer war, nachdem ich nur ein paar Zentimeter Platz hatte, wenn ich nicht von meinem Autogurt zurückgehalten worden wäre.

Ich verfluchte mich selber, gedanklich abgedriftet zu sein, und konzentrierte mich auf Zoe, die mich von der Veranda des Bungalows aus anblinzelte. Sie trug flauschige Ugg Stiefel, aber keinen Mantel. Sie hielt ihren Cardigan auf Höhe ihres Halses zu und der eisige Wind wehte ihre dunklen Locken in ihre Augen.

Erneut ertönte Zoes dumpf klingende Stimme, als sie rief: »Mike? Bist du das?«

Der Schlüssel steckte immer noch in der Zündung, doch Zoe war bereits dabei, die glatte Auffahrt hinunterzuklettern. Diese hatte gerade genug Gefälle, um im Winter wirklich gefährlich zu sein. Das hatte ich mehrfach auf die harte Tour erfahren müssen, als ich zeitweise mit Zoe, Will und ein paar anderen Mitbewohnern zusammengewohnt hatte.

Ihre Eltern hatten das Haus als Anlageimmobilie gekauft, damit sie während ihres Studiums einen sicheren Wohnort hatte. Nachdem die Mietpreise jetzt nur so in die Höhe schnellten, war das eine gute Idee gewesen.

Was tat ich hier eigentlich? Als ich ziellos durch Albany gefahren war und versucht hatte zu verdauen, dass meine hart erarbeitete Beziehung mit Jared vorbei war, musste das Muskelgedächtnis meines Gehirns mich wohl zu meinem früheren Wohnort gelenkt haben. Zwischen meiner Zeit hier, bis ich bei Jared einzog, hatte ich in ein paar verschiedenen Wohnungen gelebt, doch es schien, als hätte keine von ihnen einen bleibenden Eindruck auf mein Unterbewusstsein gemacht.

Na toll. Ich hatte Zoe ein paar Jahre lang nicht mehr persönlich gesehen und nun saß ich vor dem Haus meiner Ex-Freundin, als wäre ich irgendsoein Widerling. Noch dazu saß ich in meinem orangenen Auto, das einen hohen Erkennungswert hatte und auch in dem schnell schwindenden Tageslicht erstrahlen musste wie ein Leuchtsignal.

Ihr hübsches Gesicht lag vor verständlicher Verwirrung in Falten und Zoe klopfe am Fenster der Fahrerseite. Ihr mit Diamanten besetzter Verlobungsring glitzerte in der untergehenden Abendsonne. Die Scheibe war dunkel genug, dass Zoe mein zerkratztes Gesicht erst ausmachen konnte, als ich das Fenster runter rollte.

Sie erschrak und schlug sich eine Hand vor den Mund. Ihr Cardigan sprang auf und flatterte im Wind. »Was ist passiert? Ist alles in Ordnung?«

»Alles gut! Das ist nichts.« Scheiße, mein Gesicht musste schlimmer aussehen als ich angenommen hatte. Ich kippte die Sonnenblende runter und sah dort in den kleinen Spiegel, bevor ich den Mund verzog.

Jep, getrocknetes Blut zog sich über meine Wange und die Kratzer waren angeschwollen. War ich plötzlich auf Weihnachtsbäume allergisch? Das würde zu den Geschehnissen des Tages passen.

»Hattest du einen Unfall?«, wollte Zoe wissen.

Ich schüttelte den Kopf. »Ich habe mit einem Weihnachtsbaum gekämpft. 'Tis the Season und so.«

»Na gut, okay. Also…« Sie runzelte die Stirn. »Ist zwischen dir und Jared alles in Ordnung? Und auf der Arbeit?«

Ich ignorierte den ersten Teil ihrer Frage und sagte: »Arbeit läuft gut! Letzten Monat wurde ich sogar befördert.«

»Ja? Bist du immer noch bei dieser E-Commerce Firma?«

»Jep. Beantworte immer noch Kundenbeschwerden. Aber jetzt arbeite ich neue Mitarbeitende ein. Ich habe sogar die Aufsicht. Und bis zum neuen Jahr habe ich Urlaub. Das ist wirklich eine super Firma.«

»Cool.« Ihre gezupften Augenbrauen trafen sich in der Mitte. »Was tust du hier? Ist mit Jared etwas passiert? Ich dachte, dass bei euch alles in Ordnung ist. Thanksgiving in Tampa hat toll ausgesehen. Du schienst endlich wirklich glücklich zu sein.«

Konnte ich einfach wegfahren? Ich zog die Möglichkeit in Betracht, bevor ich den Gedanken verwarf und ihr beichtete: »Wir haben uns getrennt.«

»Scheiße. Tut mir leid.« Zoe versteifte sich und griff durch das offene Fenster, um mir auf die Schulter zu klopfen. »Hat er deinem Gesicht die Kratzer zugefügt?«

»Nein, das war der dumme Baum. So einer ist Jared nicht.«

Sie entspannte sich und ließ mich wieder los. »Na gut. Ich dachte mir, dass Will vielleicht recht hatte.«

Blut rauschte in meinen Ohren und ich quietschte: »Will?«

»Unser früherer Mitbewohner? Dein bester Freund?« Sie hob eine Augenbraue. »Klingelt's da bei dir? Oder hast du ihn auch aus deinem Gedächtnis geghostet?«

»Ich habe ihn nicht geghostet!« Heiße Scham lief mir den Rücken runter. Die Gefahr mich zu übergeben war definitiv wieder gegeben.

»Wieso bist du dann so abwehrend?«

»Bin ich nicht! Ich war nur beschäftigt.«

Zoes ungläubiger Blick war mir traurigerweise sehr aus der Zeit vertraut, in der wir noch eine Beziehung geführt hatten. »Wenn du das sagst…«

»Wieso? Was…« Ich schluckte schwer. »Was hat Will dir erzählt?«

Sie zuckte mit den Schultern, als die bestimmende Stimme einer älteren Frau erklang. »Ist das Mike?«

»Na toll«, murmelte Zoe und verdrehte die Augen. »Du bist immer noch ihr Liebling. Auch nach der ganzen Zeit. Meine Eltern sind gerade über die Feiertage angereist und wir renovieren das Badezimmer. Gott hilf mir.«

Für eine beleibte Frau mit chronischen Rückenschmerzen, bewegte Mrs. Schmidt-Wong sich wie der Blitz. Innerhalb weniger Sekunden erschien sie an Zoes Seite in einem Parka, der ihr drei Nummern zu groß war und vermutlich Zoes Dad gehörte. Ihre blonden Locken wurden vom Wind wild aufgewirbelt.

Nun war sie an der Reihe laut zu japsen. »Wurdest du überfallen? Oder war es eine Katze? Du kannst Katzen nicht trauen. Auch wenn du sie jeden Tag ihres Lebens fütterst, essen sie deine Leiche, ohne auch nur darüber nachzudenken.«

»Es waren Tannennadeln, keine Katze. Ist nicht schlimm. Weihnachtsbaum-Verletzung.« Ich versuchte Zoes Mum anzulächeln. Hin und hergerissen zwischen Höflichkeit und der Erinnerung an wie ich sie genannt hatte, als Zoe und ich noch zusammen waren, sagte ich: »Es ist schön Sie wieder zu sehen, Mrs....Janice. Ich war gerade in der Gegend und...«

Komm schon. Lass dir etwas einfallen. Irgendetwas. Wirklich egal was.

Meine Gedanken waren leer. Immer hin hatte ich aufgehört zu reden.

Die Falten um Mrs. Schmidt-Wongs Augen vertieften sich, als sie mich spielerisch anlächelte. »Bist du hier um Zoe zurückzuerobern? Nicht, dass ich etwas gegen Peter hätte, aber er ist nicht so niedlich wie du.«

Zoe schlug ihrer Mutter seicht auf den Arm. Vermutlich spürte sie es durch den dicken Parka kaum.

»Mum, Peter ist sehr niedlich. Naja, er ist *attraktiv*. Gutaussehend.«

Sie warf mir einen Blick zu. »Nichts für ungut.« Als ein Auto grummelnd näher kam, stellte sie sich aufrecht hin und lehnte sich dann wieder zum Fenster runter. »Scheiße, er ist zu Hause. Jetzt mal ehrlich, was ist los?«

»Nichts. Ich war nur...ähm... in der Gegend und habe angehalten um eine Nachricht zu lesen. Ist mir gar nicht aufgefallen, dass das dein Haus ist.« Wenn man beachtete, dass ich in diesem Haus über mehrere Jahre hinweg gelebt hatte, war das nicht sonderlich überzeugend. Trotzdem zog ich das jetzt durch. »SMS schreiben und gleichzeitig fahren führt zum Tod, weißt du.«

»Das stimmt«, fügte Mrs. Schmidt-Wong hinzu. »Mike war schon immer sehr verantwortungsvoll.«

Zoe zischte: »Peter ist verantwortungsvoll! Er ist Krankenpfleger!«

»Stimmt, stimmt«, gab Mrs. Schmidt-Wong zu. Zu mir flüsterte sie: »Er ist nur etwas langweilig, wenn du mich fragst. Da fliegen keine Funken.«

Zoe ignorierte ihre Mutter und legte ihre Arme um ihre Mitte, bevor sie mich durchdringend ansah. »Ehrlich jetzt. Ist alles okay?«

»Jep«, log ich. »Hatte einen sch—blöden Tag. Fahre nur ein bisschen durch die Gegend. Es war schön dich zu sehen.« Das war es wirklich. Nach unserer Trennung hatten wir es geschafft Freunde zu bleiben. Bevor ich den größten Fehler meines Lebens begangen hatte. Fehler. Plural. »Ich muss—« Das nächste Wort blieb mir im Hals stecken.

Das war nicht mehr mein Zuhause. Es war schon immer *Jareds* Reihenhaus gewesen und so sehr ich es auch versucht hatte, er wollte mich einfach nicht. Plötzlich hatte ich kein Zuhause mehr. Oh man, wo sollte ich nur wohnen? Mein Herz fing an wie wild zu schlagen. Ich hatte mich so auf meine geplatzte Beziehung konzentriert, dass mir das naheliegendste Problem gar nicht aufgefallen war.

»Geht es deinen Eltern gut?«, fragte Zoe und sah mich immer noch misstrauisch an.

»Absolut! Sie genießen ihre Rente.« Bevor sie fragen konnte, fügte ich hinzu: »Meinen Brüder und ihren Familien geht es auch bestens.«

Ich war ein Überraschungsbaby gewesen und ganze vierzehn

Jahre jünger als mein nächst älterer Bruder. Meine Brüder waren mir alle meilenweit voraus und ich hatte gedacht ich hätte mich ihnen endlich angenähert.

»Alles ist bestens!« Ich räusperte mich. »Frohe Weihnachten!«

Als ich den Schlüssel drehte und der Motor stotterte, gesellte sich auch Peter—der definitiv gut aussah, wenn man mich fragte—zur Party an meinem Fenster.

Zum Glück gab es in dieser ruhigen Straße nicht sonderlich viel Verkehr. Ich nickte ihm zu und flehte den Motor an endlich anzuspringen. Manchmal dauerte das ein paar Minuten.

Zoe stellte uns vor, während ich fest aufs Gas trat und der Motor ein trauriges whoa-whoa-whoa Geräusch von sich gab.

»Oh! Der Bi-Typ, oder? Hey, Mann. Schön, dich kennenzulernen«, sagte Peter erfreut. Er streckte seine Hand durch das offene Fenster.

Ich schüttelte sie und verschaffte dem Motor eine kurze Pause, bevor er noch ganz den Geist aufgab. »Das bin ich. Freut mich auch.«

Peter drängte sich näher an Zoe heran und schien da erst die Weihnachtsbaumwunden auf meinem Gesicht zu bemerken. »Alles in Ordnung? Sieht aus als hättest du geblutet.«

»Das ist nicht schlimm!« Das Lächeln schmerzte in meinem Gesicht. Mein Lachen klang hysterisch.

»Kommst du mit rein zum Abendessen?«, fragte Zoe. Mehr oder weniger eine Einladung, die nicht sonderlich enthusiastisch klang. Absolut verständlich.

Sofort schaltete sich Mrs. Schmidt-Wong ein. »Wir haben mehr als genug! Ja, du solltest dich zu uns gesellen.«

Ich schüttelte meinen Kopf. »Ich kann nicht, aber danke.«

Ganz abgesehen davon, dass ich mich aufdrängen würde und es eine wahnsinnig seltsame Situation wäre, war meine Jeans von dem Rotwein komplett durchnässt. Und ich wollte nicht erklären müssen, wieso ich so ein Chaos abgab. Schnell drehte ich den

Schlüssel erneut im Anzünder und hoffte, dass meine Rostkiste mir nur diesen einen weiteren Gefallen tun, und mich aus dieser unangenehmen Situation retten würde, in die ich mich selbst rein katapultiert hatte.

Die kosmischen Motor-Götter schienen gute Laune zu haben. Der Motor brauste auf. Naja, er stotterte vielmehr, doch das war genug. Ich drückte auf den Knopf, der das Fenster wieder hochfahren ließ. »Frohe Weihnachten! Richte deinem Dad und dem Rest der Familie schöne Grüße aus.«

Sie traten einen Schritt zurück und ich winkte ihnen zu, als ich mich aus dem Staub machte. Eifrig fuhr ich um die Ecke und verschwand so schnell ich konnte aus der Nachbarschaft. Ich verließ die Stadt und befand mich irgendwann auf einer einsamen zweispurigen Autobahn in kompletter Dunkelheit.

Zu dieser Jahreszeit wurde es wahnsinnig früh dunkel. Ich hatte mir vorgestellt, dass Jared und ich den Baum schmücken würden, während Jazz Weihnachtslieder liefen und wir an Tassen mit Glühwein nippten, bevor wir die Maronen im Ofen rösteten. Schließlich war der glatte, moderne Kamin elektrisch.

In meiner Tasche vibrierte mein Handy. Seit ich vor Jared geflohen war, hatte ich sicherlich zehn Nachrichten erhalten, traute mich aber nicht auf den Bildschirm zu schauen. Vielleicht handelte es sich nur um Betrüger, die mich austricksen wollten, damit ich ihnen meine Bankverbindung und Versicherungsnummer gab. Vielleicht machte Jared sich gar keine Sorgen um mich.

Ich hielt es einfach nicht aus nachzusehen.

Wo fuhr ich überhaupt hin? Wo sollte ich nur übernachten? Meine Gedanken wanderten durch verschiedene Möglichkeiten und Bekannte, die in der Nähe wohnten. Meine besten Freunde aus Uni-Zeiten, abgesehen von Zoe, hatten gerade ihr erstes Baby bekommen, also konnte ich sie schonmal nicht anrufen.

Manche Leute aus der High School hatte ich noch als Freunde bei Social Media Plattformen, aber da hatte es jahrelang keinen

Kontakt gegeben. Mit den Leuten auf der Arbeit war ich zwar freundlich aber mit niemandem *befreundet*.

Und Will konnte ich natürlich auch nicht fragen.

Geghostet.

Scheiße, hatte ich das wirklich getan?

Ich musste mich einfach etwas von ihm distanzieren und nicht die ganze Zeit mit Will zusammen sein. Anders hätte ich nie über meine aussichtslosen Gefühle hinwegkommen können. All unsere Freunde waren dabei gewesen sich zu verloben und er hatte gerade angefangen mit einem Mädchen auszugehen, das er scheinbar wahnsinnig mochte. Ich konnte nicht länger auf der Stelle treten.

Aber es war nicht so, als hätten wir einen Streit gehabt. Wir waren immer noch Freunde. Ich hatte ihn nicht geghostet. Bevor ich wieder Kontakt zu ihm aufnahm, wollte ich lediglich sicher gehen, dass meine Gefühle für ihn verschwunden waren. Will ging es gut! Er war viel zu beschäftigt, mit schönen Frauen auszugehen und für die Arbeit zu reisen, als dass er sich über mich Gedanken machen konnte.

Natürlich war er das. Wir waren nun älter. So lief das Leben nunmal.

Wir hatten nicht mehr alle Zeit der Welt miteinander abzuhängen.

»Fuck«, murmelte ich. All meine Ausreden beiseite, ich musste aufhören, mich selbst zu quälen. Man konnte nur so und so lange heimlich in seinen besten Freund verliebt sein, bevor der Selbstschutz sich meldete. Diese Gefühle wären nie verschwunden, wenn ich ihn die ganze Zeit gesehen hätte. Und es hatte funktioniert! Ich war absolut und einhundert Prozent über ihn hinweg.

Vorsichtig nahm ich den Fuß vom Gas um eine Kurve zu nehmen, bevor ich wieder beschleunigte. Alle waren mit Feierlichkeiten und Weihnachten beschäftigt. Der Gedanke daran, an jemandes Tür aufzukreuzen—ganz zu schweigen davon an Wills Tür aufzukreuzen—war ehrlich gesagt mehr als beschämend, wenn ich an den Moment vor Zoes Haus zurückdachte.

Ich würde ein Hotel finden und die wichtigsten Dinge kaufen, die ich für eine Nacht brauchte. Morgen würde ich dann zu dem Reihenhaus zurückkehren und meine Sachen abholen. Zuerst musste ich mich aber verkriechen und meine Wunden lecken.

Still, abgesehen von dem Motorgeräusch, folgte ich dem Weg, der immer tiefer in einen verschneiten Wald führte. Die Straße war frei und auf beiden Seiten türmte sich der Schnee.

Wo war ich überhaupt? Es war an der Zeit, umzukehren und einen Ort zu finden, an dem ich übernachten konnte. In der Stadt gab es ein paar Hotelketten und Motels und ich war nicht sonderlich wählerisch.

Obwohl auf den Straßen nicht viel los war, wollte ich nicht einfach so im dunklen auf einer kurvigen Straße umkehren. Sicherlich gab es irgendwo eine Einfahrt oder eine Abzweigung. Ich fuhr also weiter und dachte erneut über alles nach, was Jared gesagt hatte.

Er hatte recht. Ich wollte unsere Probleme einfach nicht sehen. Es war mir so wichtig gewesen, dass diese Beziehung zwischen uns funktionierte. Ich hatte gedacht, das Leben mit Jared wäre zusammengekommen wie perfekt passende Puzzleteile. Küchenzeilen aus Granit und eine angenehme, funktionierende Beziehung! Damit wären all die Kästchen auf der Erwachsenenliste abgehakt.

Auch wenn es nicht perfekt war, ich hatte mir in den Kopf gesetzt, dass Jared der Einzige für mich war. Offensichtlich hatte ich einen Fehler gemacht. Wenn ,der Einzige' überhaupt existierte. Was, wenn das Leben eine Serie voller Enttäuschungen und Fehler war und ich niemals…

Ich klammerte mich an mein Lenkrad, als mir der beißende Geruch von Rauch in die Nase stieg.

Bevor ich mich einer Identitätskrise hingeben konnte, schienen die Motor-Götter entschieden zu haben, dass sie doch nicht auf meiner Seite waren.

Kapitel Zwei
Will

ALS DER HÖRBUCHSPRECHER gerade beschrieb, wie der Mörder durch eine nicht abgeschlossene Gartentür in das Haus schlüpfte, vibrierte mein Handy.

Ich war froh, dass niemand das Geräusch hören konnte, das mir in dem Moment entfleuchte, denn es konnte nur als ein ‚Jaulen' beschrieben werden. Ich presste einen Knopf auf meinem Lenkrad, um den Anruf anzunehmen und ließ den gefürchteten Serienmörder auf einem dicken Teppich, der seine Schritte quasi geräuschlos machte, vor der Tür seines Opfers stehen.

»Hi, Mum.«

»Hallo, mein Schatz! Oh es tut so gut, deine Stimme zu hören. Genau das hat der Arzt verschrieben.«

Das sagte sie jedes Mal, seit meine Eltern während meines Studiums zurück nach Glasgow gezogen waren. Und jedes Mal konnte ich die Aufrichtigkeit in ihrer Stimme hören.

Ich lächelte in die Dunkelheit. Mein Herz fühlte sich wohlig warm vor Liebe für diese Frau an und ich warf einen kurzen Blick über meine Schulter, bevor ich die Spur wechselte.

Das Meer aus roten Bremslichtern hatte sich mittlerweile aufgelöst und die Abstände zwischen den Ausfahrten wurden immer länger. Der vorangegangene Schneesturm hatte eine Tonne frischen Schnees auf der hügligen Landschaft verteilt, doch die Straßen waren frei.

»Also ich habe dich eigentlich gar nicht vermisst«, sagte ich.

»Ach hau ab. Wie war die Fahrt nach…Wo genau fährst du nochmal hin?«

»Ich bin noch unterwegs. Verlasse grad die Stadt.« Schnell fügte ich hinzu: »Nicht viel Verkehr.« Mir fiel auf, dass ich angefangen hatte mit einem schottischen Akzent zu sprechen, so wie immer, wenn ich mich mit Mum unterhielt. »Keine Ahnung wo's hingeht aber die Adresse ist im Navi eingespeichert. Wahrscheinlich ein Hotel oder Resort oder sowas. Angela geht immer auf's Ganze mit diesen Familienausflügen über die Feiertage.«

»Alle Chefs sollten so großzügig sein.«

»Aye, aber obligatorische Firmenfeiern sind nicht jedermanns Sache.«

»Oh, Blödsinn! Du hast Weihnachten geliebt, als du noch ein kleiner Junge warst. Obligatorisches Feiern wird dir gut tun, Kerlchen. Wenn du mal nach Hause kommen würdest, würde ich deinen liebsten Weihnachtspudding machen, weißt du.«

»Ich war doch erst im Oktober für drei Wochen da!«

Sie seufzte. »Das weiß ich, mein Schatz. Kannst mir aber nicht verübeln, es versucht zu haben.«

»Mal ganz abgesehen davon, dass du und Dad uns hier rüber geschippt habt, als ich noch zu jung war, um Einspruch einzulegen, und jetzt habt ihr mich einfach grausam zurückgelassen.«

»Woooosh, werd bloß nicht frech.«

Ich lachte. »Habe ich den Nagel auf den Kopf getroffen, Mum?«

»Hau ab du kleiner Flegel! Du bist noch nicht zu alt, um einen Klaps auf den Hintern zu bekommen.«

Sie hatte eine befristete Stelle als Professorin angenommen als ich sechzehn war, weshalb wir nach Buffalo gezogen waren. Ich war in Albany aufs College gegangen und hatte mich dazu entschlossen, zu bleiben, anstelle mit ihnen zurück nach Schottland zu ziehen. Ich liebte es sie zu besuchen, doch hier war mein

Zuhause.

Naja, zumindest war es das einst gewesen. Es hatte ein paar goldene Jahre gegeben, als ich mit Michael und Zoe und den anderen zusammengelebt hatte, doch wir hatten uns alle weiterentwickelt.

»William?«

»Aye, ich bin noch da.«

Ich nippte an meinem lauwarmen Kaffee und befahl mir, nicht in die endlose Gedankenspirale zu verfallen, bei der Frage, wieso Michael mich geghostet hatte. Die einfache Antwort war, dass er sich verliebt hatte. Ich war sicherlich nicht die einzige Person, deren bester Freund von seinem neuen Partner abgelenkt wurde. Wir hatten nicht gestritten, also konnte es nicht meine Schuld sein.

Irgendwie machte es das aber nicht besser.

»Hallo?«

Erst da realisierte ich, dass Mum noch etwas gesagt hatte. »Tut mir leid, die Verbindung ist schlecht. Was hast du gesagt?«

»Es gefällt mir nicht, dass du über die Feiertage alleine bist.«

»Am ersten Weihnachtsfeiertag bin ich bei Seth und seinem Mann Logan eingeladen, erinnerst du dich? Also nicht alleine.«

»Aye, na klar. Und es freut mich, dass du so gute Freunde auf der Arbeit hast, aber… Bist du dir sicher, dass Logan und Seth nicht jemanden für dich kennen? Hat Logan nicht eine Schwester?«

»Ja, Mum, hat er. Jenna ist meine Kollegin. Sie ist außerdem glücklich verheiratet und hat zwei Kinder. Wenn du nicht willst, dass ich eine Affäre habe—«

»Sei nicht blöd.« Sie schnalzte mit der Zunge, schien aber aktiv zu versuchen, nicht zu lachen. Es klappte nicht. »Das habe ich vergessen. Oh, Schatz. Ich will nur nicht, dass du zu einem vereinsamten Junggesellen wirst. Es ist an der Zeit, den Sprung zu wagen.«

Ich verdrehte meine Augen. Die Lebensphilosophie meiner Mutter befand sich irgendwo zwischen Sicherheit und Abenteuer. »Ich habe jede Menge Sprünge gewagt. Zum Beispiel als ich in Amerika geblieben bin.«

Sie grummelte vor sich hin. »Das habe ich nicht gemeint und du weißt es. Aber ja, ich gebe zu, das war ein Sprung. Also, wann kommt der Nächste? Wenn du es dir zu gemütlich machst, dann zieht das Leben an dir vorbei.«

»Ich habe mich fürs Fallschirmspringen angemeldet. Jede Menge Sprünge in meiner Zukunft.«

»Hau ab. Es ist nicht nett, deine arme alte Mutter zu foltern.«

»Du bist siebenundfünfzig. Noch bist du nicht alt.«

Sie stöhnte auf. »Erzähl das mal meinem unteren Rücken. Und Schatz? Du kannst nicht für immer ein Aufreißer bleiben. Nicht einmal George Clooney hat das geschafft.«

Ich nahm einen Schluck Kaffee und versuchte dieses unangenehme Gefühl des… ich wusste nicht einmal was, zu ignorieren. Es fühlte sich falsch an. Ich wusste nicht einmal, wie ich zu dem Ruf eines Aufreißers gekommen war.

Sicher, ich war seit der High School mit einigen Frauen ausgegangen und hatte auch ein paar Freundinnen, doch diese Beziehungen hatten aus verschiedenen Gründen nie lange gehalten. Dadurch war das Gerücht entstanden, ich wollte mich nicht an jemanden binden.

Tatsächlich hatte es mir immer mehr Spaß gemacht, mit Michael abzuhängen. Zu Quiz-Nights in der nächsten Bar zu gehen, die Mets oder True Crime Serien im Fernsehen anzusehen oder Videospiele zu spielen. Bis er dann auf einmal angefangen hatte, all diese Dinge mit Jared zu tun. Vermutete ich zumindest. Ich hatte Jared nie kennengelernt.

Mum seufzte. »Ich will nur, dass du die richtige Frau für dich findest. Wie geht es Michael? Er ist jetzt in einer Beziehung mit diesem Typen oder? Zoe ist verlobt und haben Brittany und Eric nicht gerade ein Baby bekommen?«

»Hmm.« Es war das Beste, mich nicht auf diese Art der Unterhaltung mit ihr einzulassen. Zum Glück sprach sie das Thema nicht allzu oft an. Ich hatte ihr nicht erzählt, dass Michael nicht mehr mit mir sprach. Einmal hatte ich mit Zoe darüber gesprochen und es sofort bereut. Ihr Mitgefühl hatte das Ganze nur noch schlimmer gemacht.

»Ich weiß, deine alte Mum nörgelt schon wieder. Es ist nur schwer, sich keine Sorgen zu machen. Du musst dir ein bisschen mehr Mühe geben. Schließlich willst du nicht zurückgelassen werden, während deine Kumpel alle weiter ziehen. Hast du dir diesen Monat schon Wohnungen angesehen?«

»Ich war zu beschäftigt, mich um Seattle zu kümmern. Im neuen Jahr greife ich die Wohnungssuche wieder an. Über die Feiertage stellt sowieso niemand Anzeigen ins Internet.«

»Stimmt. Aber du zierst dich ganz schön.«

»Ich mag meine Wohnung! Es ist doch nichts verkehrt daran, ein bisschen mehr anzusparen, um sich etwas größeres leisten zu können. Keine Ahnung, wieso du unbedingt möchtest, dass ich einen Kredit aufnehme und mich verschulde.«

Mum seufzte. »Ich weiß, ich weiß, die Zeiten haben sich geändert. Wir möchten doch nur, dass du dich endlich mal wo niederlässt.«

»Also willst du, dass ich einen Sprung wage und mich niederlasse.«

»Es ist verdammt frech, die logischen Widersprüchlichkeiten deiner Mutter anzusprechen.«

Ich grinste. »Außerdem—«

»Das reicht jetzt! Aber ja, so in der Art. Wir wollen nur, dass du glücklich bist, Schatz. Du sprichst kaum noch von deinen alten Freunden. Es scheint, als würdest du etwas vermissen.«

Es war irritierend, dass sie das spüren konnte. »Das hat nichts damit zu tun, dass ich single bin. Ich bin glücklich. Sie haben nur viel um die Ohren. Wir sind alle wahnsinnig beschäftigt und Beziehungen entwickeln sich weiter.«

»Aye, das stimmt. Ich hatte immer gedacht, dass Michael für dich schwärmen würde, aber offenbar nicht. Ihr wart euch so ähnlich wie ein Ei dem anderen, als wir das letzte Mal zu Besuch waren.«

Mein Lachen brach aus mir heraus wie aus einer Ziege. »Ich und Michael? Wir sind Freunde, Mum. Nicht mehr.« Waren wir überhaupt noch Freunde? Kaum. »Ich bin hetero, erinnerst du dich?«

»Ach, es ist das einundzwanzigste Jahrhundert. Das ist jetzt alles viel lockerer.«

Mir war bewusst, dass sie nur Spaß machte. Immerhin hatte sie mich vor einer Minute noch einen Aufreißer genannt. Mum wusste es nicht. Sie konnte es nicht wissen. Niemand wusste Bescheid und das war auch gut so. Natürlich war es das.

Meine Knöchel wurden weiß, weil ich mich so fest an das Lenkrad klammerte und mein Herz fing an wie wild zu rasen, als ich die nächste Ausfahrt nahm. Klar, ich fantasierte gelegentlich über Männer, aber diese Neugier hatte ich meiner Mum nie gebeichtet. Oder irgendjemand anderem. Da gab es keinen Grund dafür.

Eines Abends war mir langweilig gewesen und ich hatte Michael vermisst und war in ein tiefes Pornoloch voll schwuler Videos gefallen. Also wichste ich nun gelegentlich, während ich mir Filmchen von fremden Typen ansah. Das war nichts, was ich mit irgendjemandem teilen musste. Es war mir nie ein Bedürfnis gewesen, dieser Anziehung nachzugehen und das hatte ich auch jetzt nicht vor. Es war völlig in Ordnung, dass Michael sich zu verschiedenen Geschlechteridentitäten hingezogen fühlte und das wäre es für mich auch, aber…

Ich war hetero. Das hatte ich meiner Mum gerade versichert, oder nicht? Das war schon immer so gewesen. Wenn ich das nicht wäre, hätte ich das doch sicherlich bereits als Teenager bemerkt? Und ehrlich gesagt, hatte ich in letzter Zeit überhaupt keine Lust, mit irgendjemandem auszugehen. Das schien mir zu anstrengend.

Abgesehen von meiner Freundin, die ich in meinem ersten Unijahr hatte, Amelia, die ich ziemlich gern gemocht hatte, waren meine anderen Beziehungen eher… lauwarm gewesen.

Die Menschen um mich herum hielten mich für einen Aufreißer, doch meistens war es mir lieber, zu Hause zu bleiben und mir einen runterzuholen, als mir einen One Night Stand zu suchen. Oder mit Michael abzuhängen, aber die Option gab es ja nicht mehr.

Als ob er für mich schwärmen würde!

Meine Kehle war plötzlich staubtrocken und ich trank meinen Kaffee aus, als meine Mutter fragte:

»Bist du noch da?«

Ich versuchte, mich wieder auf ihre Stimme zu konzentrieren. »Sorry, du warst wieder weg. Was hast du gesagt?«

»Deine Cousine Fiona bringt schon wieder alle in Aufruhr.«

Während sie mich mit den bemitleidenswert schlechten Entscheidungen meiner Cousine erfreute, fuhr ich weiter. Meine Gedanken waren erstaunlich leicht und meine Magengrube voller Schmetterlinge. In der letzten Zeit dachte ich nicht sonderlich oft an Michael. Wieso auch? Er war in Jared verliebt und hatte dieses neue Leben, mit dem er viel zu beschäftigt war, als sich mit mir abzugeben. Abgesehen von den gelegentlichen Likes auf Social Media hatten wir seit Ewigkeiten nichts miteinander zu tun gehabt.

Unsere Freundschaft hatte sich zu einer Einbahnstraße entwickelt und es hatte peinlich lange gedauert, bis ich das endlich eingesehen hatte. Offenbar war Michael aus mir herausgewachsen.

Für mich schwärmen? Ich lachte scharf. Keine Chance.

»Schatz, sei nicht gemein. Du weißt, dass Fiona es nur gut meint.«

»Du hast recht, Mum. Sorry. Es ist nur der, äh, Jetlag. Ich bin heute von Seattle zurück nach Albany geflogen und fahre jetzt direkt zu diesem Betriebsausflug. Ich bin nur müde.« Sofort realisierte ich den Fehler, den ich gemacht hatte und unterbrach sie noch bevor sie sprechen konnte. »Aber nicht zu müde, um Auto zu fahren. Ich bin sowieso bald da.«

Ehrlich gesagt wäre ich viel lieber auf dem Weg zu meiner Wohnung anstelle eines Wochenendes voller Aktivitäten. Theoretisch war es freigestellt zu diesem Ausflug mitzukommen, aber alle wussten, dass das eine gute Gelegenheit war, einen guten Eindruck bei der Chefin zu machen.

Angela Barker besuchte mehrere ihrer Büros im Dezember und veranstaltete diese Familienwochenenden. Alle paar Jahre wurde da durchgewechselt. Nun waren wir in Albany an der Reihe und das konnte ich nicht verpassen. Mein Blick fiel auf die Uhrzeit. »Mum, wieso bist du so spät überhaupt noch wach? Bei dir muss es nach elf sein.«

Sie grummelte. »Ich kann mit diesen verdammten Hitzewallungen nicht schlafen. Dein Vater schläft tief und fest, wie üblich.«

Normalerweise würde ich sie necken, aber sie klang wirklich müde. Sorge stieg in mir auf und ich erinnerte mich selbst daran, sie vor ein paar Monaten erst gesehen zu haben. Da ging es ihr bestens. Manchmal hasste ich die Distanz zwischen uns so sehr wie sie.

»Tut mir leid, ich hoffe die sind bald vorbei«, sagte ich.

»Ich auch, mein Schatz. Immerhin leistet Netflix mir Gesellschaft.«

Ich schnaubte. »Du weißt, dass True Crime Sendungen dir beim Schlafen nicht helfen.«

»Hast du den neuen Vierteiler über den furchtbaren Fall in Kansas gesehen? Die armen Leute hätten das nie erwartet.«

Natürlich hatte ich den gesehen und wir diskutierten den Fall für ein paar Minuten.

True Crime machte auf eine seltsame Weise süchtig. Ich hörte in letzter Zeit mehr gruselige Podcasts und Hörbücher im Auto, als Musik.

Hatte Michael diese Serie schon geguckt? Vielleicht sollte ich ihm den Link schicken. Aber was brachte das, wenn ich ihn damit nur stören würde? Schließlich hatte ich endlich eingesehen, dass er nichts mehr von mir wissen wollte.

»Na gut, ich geh ins Bett«, sagte Mum. Sie seufzte laut. »Und es tut mir leid, Schatz. Ich will nicht nörgeln, ich mache mir nur Sorgen. Das Leben zieht an dir vorüber, wenn du nicht aufpasst.«

»Ich weiß. Ich muss einen Sprung wagen, aber nicht aus einem Flugzeug. Ein angemessenes Maß an Sprung.«

»So ist es.«

Nur meine Mutter verstand ihre eigene Philosophie und in ihrem Kopf machte das alles Sinn. »Das werde ich, Mum.«

»Die Veranstaltung fängt bald an, oder? Du solltest dich beeilen. Aber ja nicht rasen.«

»Das würde mir im Traum nicht einfallen.« Schuldbewusst ging ich etwas vom Gas.

»Sicher, Dario Franchitti. Jetzt vergiss nicht—«

Ein eingehender Anruf piepste und mein Blick fiel auf den Bildschirm.

Ich blinzelte.

Blinzelte erneut.

Stand da wirklich *Michael Davis*? Waren seine Ohren erhitzt? Rief er mich gerade wirklich an?

»Mum, da kommt gerade noch ein Anruf rein. Schlaf gut! Hab-dich-lieb-bye.« Wir hasteten immer durch unsere typische vier Wörter lange Verabschiedung. So sehr, dass die Wörter fast miteinander verschmolzen. Als sie es mir gleich getan hatte, beendete ich das Gespräch und presste einen weiteren Knopf, um den neuen Anruf anzunehmen. Ich versuchte, mich auf nichts weiter als die dumpfen Geräusche eines Hosentaschenanrufs vorzubereiten.

Trotzdem sagte ich: »Hallo?«, und hielt den Atem an.

»Hey, ich bin's.« Seine tiefe Stimme war mir wahnsinnig vertraut, auch wenn ich sie in den letzten zwei Jahren nicht gehört hatte.

»Michael?« Ich räusperte mich. »Gerade habe ich mit Mum über dich gesprochen.« Wieso zum Teufel hatte ich ihm ausgerechnet *das* gerade erzählt? Vor allem, nachdem es um Mums Theorie, dass Michael für mich geschwärmt hatte, gegangen war. Unangenehm berührt, rutschte ich auf meinem Sitz umher und grapschte nach dem Regler, um die Heizung runter zu drehen.

Michael zögerte kurz und fragte dann: »Wirklich?« Seine Stimme klang seltsam, so vertraut sie auch war. Angespannt und dünn und im Hintergrund erklang ein lautes Geräusch, das immer mal wieder verschwand. Ein Fahrzeug vielleicht? Es klang, als wäre er draußen.

»Sie, ähm, lässt dich grüßen und ich soll dir und Jared Frohe Weihnachten ausrichten.«

Sein »danke«, klang bedrückt. Nach einem Moment sprach er wieder: »Tut mir leid für die Störung. Ist eine Weile her, ich weiß.«

Sofort stieg Bitterkeit in mir auf. »Das stimmt.«

Ich zwang mich dazu, die seltsame Stille, die folgte, nicht zu brechen. Michael war schließlich derjenige, der mich geghostet hatte. Vermutlich hätte ich ihn aufs Band sprechen lassen sollen. Aber verdammt, es war so schön, seine Stimme wieder zu hören.

Letztlich gab ich mich geschlagen und fragte vorsichtig: »Was gibt's?« Es gab keinen Grund, jetzt übermütig zu werden. Vielleicht hatte er meine Nummer aus versehen gewählt. Es war mir unangenehm, wie glücklich es mich machte, von ihm zu hören.

Er lachte trocken. »Ich habe nicht den besten Tag. Aber wenn du beschäftigt bist, möchte ich dich nicht aufhalten. Bin gerade dabei auf einen Abschleppwagen zu warten und es ist hier draußen ein bisschen gruselig.«

»Was? Hattest du einen Unfall?« Sofort setzte ich mich aufrechter hin und sah auf das Display, als könne ich dort die Antwort finden. »Wo bist du?«

»Schon okay. Der Motor ist abgestorben und ich bin mitten im Nirgendwo.«

Mein Magen zog sich zusammen. »Es ist eiskalt! Was haben sie gemeint, wann jemand kommt?«

»Offenbar haben sie heute viel zu tun. Könnte drei oder vier Stunden dauern.«

»Verdammter Scheißdreck!«

»Du klingst deinen Eltern verdammt ähnlich, wenn du das so sagst. Da kommt dein Akzent richtig zu Geltung.«

»Aye, lad. Och aha and Beil yer head, ya wee prick!«, sagte ich auf schottisch, obwohl ich wusste, dass er kein Wort verstehen würde. Mein Lächeln verschwand. »Wo bist du? Ich komm dich holen.«

»Was? Das kannst du nicht. Ich bin bestimmt eine Stunde von Albany weg. Wahrscheinlich mehr. Es ist meine eigene blöde Schuld. Ich dachte mir nur, dass, wenn du nicht beschäftigt bist, könnten wir uns einfach ein bisschen unterhalten. Auf den neusten Stand bringen. Aber ich will dich nicht aufhalten. Ich hätte nicht anrufen sollen.«

Im Hintergrund grummelte es laut und ich realisierte, dass es sich um ein vorbeifahrendes Auto handeln musste. Es war gefährlich auf der Straßenseite zu stranden. In den Nachrichten hörte man immer wieder von Menschen, die aus versehen von vorbeifahrenden Fahrzeugen erwischt wurden. Abgesehen von Kidnappings und mysteriösen Verschwinden.

»Wo bist du?«, wiederholte ich.

»Ähm… Ich war in Richtung Süden unterwegs. In Richtung Hudson denke ich. Bin aber nicht auf der Hauptstraße.«

»Das muss Schicksal sein, denn ich bin gerade auf dem Weg in die Berkshires. Gib mir deine Koordinaten.«

»*Echt jetzt?*« Michaels Stimme hob sich mit offensichtlicher Hoffnung. Er seufzte. »Du musst Pläne haben, ich will dich nicht—«

»Schick mir deinen Standort. Ich komme dich abholen, ob du es willst oder nicht.«

»Aber…« Er atmete tief durch. »Okay. Danke, Mann.«

Es musste wirklich Schicksal gewesen sein, denn wie sich herausstellte, war Michael nur ungefähr zwanzig Minuten von mir entfernt. Ich zwang ihn dazu, in der Leitung zu bleiben, während ich zu einem wahren Dario Franchitti mutierte. Ab und zu konnte ich Fahrzeuge an ihm vorbeiziehen hören. Die Nacht war pechschwarz, kein Mondschein oder Sterne und ich hasste es, daran zu denken, dass irgendjemand in dieser Situation nicht vom Fleck kam. So sehr, wie es mich verärgerte, bei dem Gedanken, dass Michael alleine in der Dunkelheit feststeckte, trat ich nur noch fester aufs Gas.

»Natürlich gehen mir gerade alle True Crime Geschichten durch den Kopf, die etwas mit gestrandeten Autos zu tun haben«, gestand Michael.

Ich versuchte, ihn zum Lachen zu bringen und erwiderte: »Naja, du bist das passende golden-haarige Unschuldslamm.«

Er grunzte. »Kann ich immer noch ein Unschuldslamm sein, wenn ich schon dreißig bin?«

»Mit dem Babyface? Auf alle Fälle.«

»Wir können nicht alle so natürlich behaart sein wie du.«

Ich rieb mit einer Hand über meine vorsichtig gestylten dunklen Stoppeln. »Ich glaube, ich sollte mir einen Hipster-Bart wachsen lassen.«

»Das würde höchstens eine Woche dauern. Du hast schon einen auf der Brust.«

Hier saßen wir nun und zogen uns gegenseitig auf, wie mein

Dad sagen würde. Als wäre keine Zeit vergangen. Ihn lachen zu hören schien auf einmal viel wichtiger zu sein, als eine Antwort einzufordern, wieso er mich einfach beiseite geworfen hatte.

»Die Frauen lieben es.« Oh Mann, was für eine dumme Aussage.

»Das tun sie.« Sein Lachen klang dünn. »Kara bestimmt.«

»Kara? Wir sind nicht mehr zusammen.«

»Oh. Ihr habt so verliebt gewirkt.«

»Nicht lange. Das hat sich wieder gelegt. Als wir uns richtig kennengelernt haben, ist uns aufgefallen, wie wenig wir gemeinsam haben.«

»Tut mir leid.« Dann fragte er: »Mit wem gehst du dann aus?«

»Im Moment mit niemandem.« Das seltsame Gefühl mich rechtfertigen zu müssen überkam mich. »Bin mit der Arbeit beschäftigt.«

»Verstehe ich. Was machst du in den Berkshires?«

»Ich fahre zu irgendeinem Hotel. Meine Chefin meinte es sei ‚glam‘. Eins von diesen umweltfreundlichen Resorts vielleicht. Momentan hat sie an Umweltschutz einen Narren gefressen und ändert alle möglichen Sachen auf der Arbeit.«

»Cool. Ist das für den neuen Job?«

»Der ist nicht mehr ganz so neu, aber ja.« Ich unterdrückte die aufkommende Unmut darüber, dass wir uns schon so lange nicht unterhalten hatten. »Das ist ein Wochenendbetriebsausflug. Voll bezahlt für Angestellte, deren Partner und Kinder.«

»Wow. Ähm, wo arbeitest du nochmal?«

»BRK Sync. Das hieß mal Greenware Sync, aber es war, nachdem Angela die Firma übernommen hatte, nur eine Frage der Zeit, bis alles dem BRK Branding angepasst wurde. Das hat ein paar Jahre gedauert.«

Mein Navigationssystem, das ich Martha getauft hatte, sagte mir, ich solle rechts abbiegen und ich ging vom Gas, um die dunkle Straße entlangzufahren. Überall um mich herum war

Wald. Meine Scheinwerfer wurden automatisch heller.

»Oh, stimmt. Ziemlich große Firma.«

»Wir sind die nordöstliche Niederlassung in Albany. Heute Vormittag bin ich erst aus Seattle zurückgeflogen, wo ich ihnen geholfen habe, die nordwestliche Niederlassung aufzubauen. Habe die Systeme auf den neusten Stand gebracht.«

»Ist deine Chefin diese Frau aus Texas, die ein bisschen… exzentrisch ist?«

Ich lachte tief. »Jep. Angela Barker. Sie ist wirklich einzigartig. Sie ist ein Genie, was das Geld machen angeht, gibt uns aber tolle Benefits und legt eine hohe Priorität auf ihre Angestellten und Familie. Sie ist die großzügigste Person in einer CEO Position in ganz Amerika, und ihr Unternehmen ist trotzdem mit am profitabelsten.«

»Bist du dir sicher, dass du dann den Umweg machen solltest, mich abzuholen? Ich kann einfach auf den Abschleppwagen warten. Zumindest gehe ich davon aus, dass sie einen schicken, nachdem der Motor wirklich beängstigende Geräusche gemacht hat. Ganz abgesehen von dem Rauch.«

»Ich bin fast da.«

»Ja aber du bist auf dem Weg zu diesem Betriebsausflug.«

»Das ist kein Problem, wenn ich zu spät bin. Die meisten Angestellten sind heute Vormittag mit den Bussen gefahren, die Angela bereit gestellt hat. Oh, ich glaube ich sehe dich!« Mein ganzer Körper vibrierte mit einer Mischung aus Erleichterung und Vorfreude.

Ich warf einen Blick in meinen Rückspiegel um sicher zu gehen, dass sich keine Autos hinter mir befanden und blieb dann vor dem Hatchback mit der offenen Motorhaube stehen. Die Warnblinklichter erhellten die Dunkelheit. Ich schaltete meine eigene Warnblinkanlage an und kletterte aus dem SUV.

Michael wurde von den Blinklichtern hinter sich erhellt und winkte mir zu. Er trug den selben dunklen Mantel, den ich in

Erinnerung hatte und seine Silhouette war mir so wahnsinnig vertraut. Mir war bewusst, dass ich ihn vermisst hatte. Natürlich war es das. Es hatte mich allerdings nicht auf die Emotionen vorbereitet, die mir gerade den Atem stahlen.

Ich konnte nicht einfach rumstehen und ihn anstarren, also zwang ich meine Füße dazu, sich zu bewegen. Salz knirschte unter meinen Stiefeln und ich verspannte mich, als der eiskalte Wind mir um die Ohren schlug.

Sollte ich ihn umarmen? Wieso nicht? Wir hatten uns in der Vergangenheit immer umarmt. Eine normale Umarmung mit Rückenklopfen und—

»Verdammte Scheiße, was ist mit deinem Gesicht passiert?« Ich blieb eine Armeslänge vor Michael stehen und blinzelte gegen die Blinklichter. »Du sagtest doch, du hättest keinen Unfall gehabt?« Das Auto schien heil zu sein, doch das waren ein paar fiese Wunden auf Michaels glatter Wange.

»Nein, ich habe mich vorher gekratzt. Das sieht schlimmer aus, als es ist. Vielleicht habe ich eine allergische Reaktion oder so.«

Waren das die Spuren von Fingernägeln? Mir standen die Haare im Nacken zu Berge. »Hat dich jemand verletzt?« Fast brachte ich das nächste Wort nicht hervor, so fest biss ich meine Zähne aufeinander. »Jared?«

Michael schüttelte den Kopf. »Es war nicht Jared.« Doch sein Blick wich mir aus.

Er versteckte etwas. Was zum Teufel hatte er hier draußen zu suchen? Eine Faust schien sich um meinen Magen zu legen, als mir ein schrecklicher Gedanke kam. Wenn Jared ihn missbrauchte, könnte das erklären, wieso Michael sich distanziert hatte. Irgendwo hatte ich darüber gelesen, dass Peiniger ihre Opfer oft isolierten. War das, was hier passiert war?

Plötzlich schämte ich mich für meine kleinen verletzten Gefühle. Ich hätte mir mehr Mühe geben sollen, die Freundschaft aufrecht zu erhalten. Hatte Michael die ganze Zeit über gelitten?

Als ich versuchte eine Frage zu formulieren, schüttelte er erneut seinen Kopf. »Wirklich, es war nicht Jared.« Er lachte halbherzig. »Ich habe mit einem Weihnachtsbaum gekämpft und verloren.«

»Echt? Hör zu, ich weiß, wir—« Ich räusperte mich. »Du kannst es mir sagen.«

Michael ließ den Kopf hängen und murmelte: »Ich weiß. Du bist immer da. *Hier.*« Er deutete auf den Wald um uns herum. »Das habe ich nicht verdient.« Er schenkte mir ein trauriges kleines Lächeln. »Aber im Ernst, es war ein Baum. Weihnachten ist gefährlich. Tut weh wie Sau.«

Bevor mir bewusst war, was ich tat, hielt ich schon sein Gesicht in meinen Händen. Als ich aus dem Auto gestiegen war, hatte ich mir nicht die Mühe gemacht, Handschuhe anzuziehen, und seine Haut war eiskalt unter meinen Fingern. Ich sah mir die Kratzer genauer an, als hätte ich auch nur einen Funken Ahnung von Erster Hilfe.

Michael war etwas schlanker als ich, aber wir waren beide um die 1,80m groß, also musste ich mich nicht einmal runterbeugen, um mir seine Verletzungen anzusehen. Vorsichtig strich ich über seine Wange. Die Kratzer schienen tatsächlich zu spitzen Tannennadeln zu passen.

Als Michael schnell ausatmete, bildete sich eine Dampfwolke zwischen uns in der kalten Luft. Er flüsterte: »Es ist so verdammt gut, dich zu sehen.«

Unsere Blicke trafen sich in dem gruseligen roten Licht, und Aufrichtigkeit ließ seine Augen erstrahlen.

Fragen schienen mir auf der Zunge zu liegen. *Ist es das? Wieso hast du mich dann vergessen? War ich einfach die letzte Person, die du noch anrufen konntest?*

Nervös trat ich einen Schritt zurück, ließ meine Hände fallen und witzelte: »Auf jeden Fall besser, als wenn ein Serienkiller aufgekreuzt wäre.«

Schnell sah er weg und sein kurzes Lachen klang gekünstelt. »Auf jeden Fall. Ähm, jedenfalls…« Er deutete auf das Auto. »Es hat angefangen zu rauchen, bevor es einen lauten Knall gab, der klang, als würde der Wagen gleich explodieren.«

»Oh Gott.« Ich gesellte mich an der offenen Motorhaube zu ihm und konnte einen Hauch Rauch erhaschen, der trotz des starken Windes immer noch in der Luft lag. »Zwar könnte ich dir das Öl wechseln, aber das hier liegt außerhalb meiner Expertise. Hast du etwas von der Pannenhilfe gehört?«

»Nichts. Sie meinten, dass der Abschleppwagen auftaucht, wenn er es tut, und es in der Zwischenzeit keinen Sinn macht, bei ihnen anzurufen, weil das sowieso nichts ändert.«

»Wundervoll.« Zwar war die Straße geräumt, doch durch die Schneetürme am Rand schien sie schmaler und mehr klaustrophobisch, als sie es sonst wäre.

Dahinter befand sich lediglich die undurchdringbare Dunkelheit des Waldes. »Hier können wir jedenfalls nicht warten. Komm schon, ich bring dich an das Ziel, das du hattest.«

»Ist schon okay. Ich hatte nur Angst und wollte mit jemandem sprechen. Danke fürs rangehen. Wenn du es nicht getan hättest, hätte ich dir das auch nicht übel genommen. Tut mir leid, ich war beschäftigt und…« Er verstummte.

Hier bot sich nun die Gelegenheit, über alles zu sprechen, doch ich wusste nicht, was ich sagen sollte. Dass er meine Gefühle verletzt hatte? Es war dumm von mir, da so eine große Sache draus zu machen. Es war wie es war. Wir waren in unseren Dreißigern und wir konnten ja wohl kaum jeden Tag miteinander abhängen, so wie wir es früher getan hatten. Wahrscheinlich verhielt ich mich einfach kindisch. Dad würde sagen, ich stünde mir nur selbst im Weg.

Außerdem war mir mehr als einmal aufgefallen, dass es meine Aufdringlichkeit gewesen war, die Michael dazu gebracht hatte, nicht mehr mit mir zu sprechen. Wenn es ein Problem gab, wollte ich mich dem stellen und es lösen. Vor ein paar Jahren hatte Michael unter irgendetwas gelitten, doch er hatte jedes Mal abgelenkt, wenn ich versuchte, ihn zum Reden zu bringen.

Auch jetzt gab es offensichtlich irgendetwas, das ihn beschäftigte, doch es war nicht der richtige Ort oder die richtige Zeit, um ihn danach zu fragen. Also zuckte ich mit den Schultern und sagte: »Wir waren beide beschäftigt. Zeit vergeht wie im Flug und sowas alles.«

Bevor ich noch etwas sagen konnte, näherte sich ein großer LKW. Er war viel schneller als die Geschwindigkeitsbegrenzung und blendete uns mit seinen Scheinwerfern. Schnell zog ich Michael zurück gegen die Schneeberge an der Straßenseite, und wir versuchten uns beide gegen den beißend kalten Fahrtwind zu schützen, als der Wagen an uns vorbei zog. Der Hatchback fing an zu beben.

Unsinnigerweise rief ich dem LKW hinterher: »Fahr langsamer du rücksichtsloser Trottel!« Ich hielt immer noch Michaels Arm fest und spürte sein Zittern. Sanft zog ich ihn am Ellbogen. »Hier ist es nicht sicher.«

»Ich…ja, okay.« Michael folgte mir zu meinem SUV und stieg ein.

Das war der Moment, in dem ich den dunklen Fleck auf seinem Bein bemerkte. Seine Jeans waren hell, wie klassische Levi's und was auch immer auf seinem Bein gelandet war, war verdächtig rot.

»Was zum Teufel ist passiert?«, schoss es aus mir raus. Alles war ein bisschen Misstrauen erweckend. Die Kratzer auf seiner Wange, dass er sich alleine mitten im Nirgendwo aufhielt, und, dass er mich tatsächlich angerufen hatte.

»Oh! Das ist Wein. Sieht wahrscheinlich aus wie Blut oder sowas, hm?« Michael versuchte zu lachen und scheiterte kläglich.

»Das tut es. Wieso hast du Wein auf der Hose?« Ein schrecklicher Gedanke schoss mir in den Kopf und ich musste einfach nachfragen: »Du hast nicht getrunken, oder?« Der Michael, den ich gekannt hatte, hätte nie getrunken und sich dann hinter's Steuer gesetzt. Allerdings hatte ich auch keinen Alkohol an seinem Atem gerochen.

»Nein!« Er schüttelte energisch den Kopf. »Keinen Tropfen. Das ist alles auf meiner Jeans gelandet und auf der Veranda von meinem—naja, nicht meinem. Dem Reihenhaus. Jareds Reihenhaus.« Er rieb sich mit der Hand über das Gesicht, wimmerte und nahm die Hand von den Kratzern auf seiner Wange.

So sehr ich dafür brannte herauszufinden, was genau passiert war, um ihm helfen zu können, zwang ich mich dazu, ihn nicht zu überwältigen. »Weißt du, wenn du ein Fremder wärst, würde ich jetzt davon ausgehen, dass da ein Opfer in deinem Kofferraum liegt und *du* der Serienmörder bist. Wenn ich es nicht besser wüsste.«

Für einen Moment verwandelte ein strahlendes Lächeln sein Gesicht. Als hätte man die Vorhänge an einem sonnigen Morgen aufgezogen. Ein Grübchen zierte seine linke Wange. »Vielleicht habe ich die ganzen letzten Jahre gemordet und mir nur Zeit gelassen, dich in meine Falle zu locken.«

»Mit dem Auto ist alles in Ordnung, habe ich recht? Alles Teil des Plans?«

»Na klar. Mein böser Plan geht endlich auf.«

»Wenn das stimmt, dann bist du wirklich überzeugend. Fast nehme ich es dir nicht übel.«

Er lachte kurz. »Fast. Tatsächlich habe ich gerade erst eine Doku gesehen, die in Washington State gefilmt wurde, und in der der Mörder überhaupt nicht den üblichen Kriterien entspricht.«

»Oh, die mit dem Anhalter und dem vermissten roten Rücksack?«

»Das war wild, oder?«

»Ich weiß, dass alle immer sagen ‚oh, er war so freundlich und ruhig—ihn hätten wir nie verdächtigt!', aber der Typ hat wirklich eine verdammt überzeugende Show abgeliefert.«

»Das war wirklich gut.« Michael verzog das Gesicht. »Also nicht *gut*. Was passiert ist, ist natürlich schrecklich.«

»Natürlich, natürlich.« Ich musste verlegen lachen. »Es ist schon sehr makaber aber ich bin trotzdem total süchtig.«

»Ich auch. Jared—« Er schweifte ab und atmete tief ein. »Ist ja auch egal. Vielleicht ist es komisch, aber immerhin sind wir nicht die einzigen, die da Spaß dran haben.«

»Das sind wir garantiert nicht.« Nur knapp schaffte ich es, mir eine der vielen Fragen, die alle mit Jared zu tun hatten, zu verkneifen. Sie umkreisten mein Gehirn wie Haie. »Na gut, wohin geht's?«

»Oh, es ist wirklich in Ordnung. Ich kann hier ruhig auf den Abschleppwagen warten.«

Ich stöhnte auf. »Können wir uns bitte endlich darauf einigen, dass ich dich nicht hier draußen alleine lasse? Entweder warte ich mit dir, oder ich bringe dich irgendwo hin, oder du kommst mit mir mit.«

»Zu deinem Arbeitsding?« Er schien misstrauisch.

»Sicher. Ich muss nicht in einer Beziehung sein, um einen Gast mitzubringen. Angela legt viel Wert auf Familie, aber sie hat tatsächlich vor kurzem erst eine Rundmail darüber verschickt, dass sie auch alleinstehende Angestellte schätzt. Vermutlich hat sie Wind von den Gerüchten bekommen, dass sie nur verheiratete Mitarbeitende befördert.«

Er runzelte die Stirn. »Ist das nicht illegal?«

»Kommt auf den Bundesstaat an, aber das tut nichts zur Sache. Es ist eiskalt da draußen und abgesehen davon ist es gefährlich, alleine auf dieser engen Straße zu sein. Ich bin auf dem Weg zu einem Resort oder einem Hotel. Es ist nicht weit weg. Bestimmt kann der Pannenwagen dich da auch abholen. Hast du irgendwelche Wertgegenstände dabei? Die solltest du nicht im

Auto lassen.«

»Ein paar Sachen sind im Kofferraum, aber ich denke, die brauche ich nicht mehr.« Er lachte bitter. »Also bin's nur ich.« Abwesend klopfte er sich auf seine Hosentasche. »Ich hab mein Handy dabei und mehr brauche ich nicht.«

»Dann geht's los.« Ich lächelte ihm zu und startete den Motor. Keine Ahnung, was mit Michael los war, aber ich würde es schon noch herausfinden. Der erste Schritt war es, ihn in Sicherheit und in die Wärme zu bringen.

Die tiefe Stimme des Hörbuchsprechers füllte das Auto erneut. Der Mörder öffnete vorsichtig die Tür zum Schlafzimmer…

»*Er stand angriffsbereit auf der Türschwelle und beobachtete Shirley und Edward für einige lange Minuten beim Schlafen, während er sich an ihrer Verwundbarkeit ergötzte.*«

Michael sagte: »Oh, den Fall habe ich noch nicht gehört. Ist er gut? Also furchtbar-aber-gut?«

»Ist er. So verdammt gruselig. Immerhin spielt sich das ganze in einer Stadt ab und nicht im Wald.«

Unsicher sah er sich um. »Jep. Wieso ist es da draußen so dunkel? Es war blöd von mir, mich so weit von Albany zu entfernen. Ich habe nicht darüber nachgedacht.«

Hmm. »Du bist einfach durch die Gegend gefahren? Ohne Ziel?«

»Ja, ich musste den Kopf frei kriegen. Blöd, wie schon gesagt. Wir sind fast in den Berkshires glaube ich.«

»Sind wir.« Ich pausierte das Buch und konsultierte das Navi. »Es sagt, dass wir in… oh, nur siebzehn Minuten am Ziel sind.«

»Wirklich? Cool.« Er verschob das Lüftungsgitter und rieb seine Hände in der warmen Luft zusammen.

Ich schaltete seinen Sitzwärmer ein, bevor ich meinen eigenen anmachte. Nachdem ich wieder *play* drückte und das Hörbuch weiter lief, machten wir es uns bequem und hörten zu. Hier und da äußerten wir einen Kommentar, während der Hörbuchsprecher eine grausame Szene beschrieb.

Fast könnte man glauben, es wäre überhaupt keine Zeit vergangen, und die Beziehung zwischen Michael und mir hätte sich nicht verändert.

Fast.

Das Buch pausierte automatisch, als sich mein Navi zu Wort meldete. »*Rechts abbiegen auf Millpond Road.*«

»Danke, Martha«, sagte ich.

»Du redest also immer noch mit deinem Navigationssystem, sehe ich. Wieso heißt die hier ‚Martha‘? Ich weiß immerhin, dass das nicht der Name deiner Mutter ist.«

Ich musste lachen, als ich vorsichtig auf die Bremse stieg um abzubiegen, und hielt das Hörbuch an.

Hörbücher eigneten sich wunderbar für die Autobahn, aber sobald das Navi anfing den Sprecher zu unterbrechen, konnte ich mich nicht mehr konzentrieren. »Nein, ich habe keine ungesunde Faszination mit meiner Mutter. Oder eine gequälte, zu enge Beziehung. Keine der Serienmörder Vorurteile, wie du weißt. Ich weiß auch nicht, sie klang einfach nach einer Martha.«

»Natürlich ist das genau das, was du sagen würdest, um mich von deiner Spur abbringen zu wollen… Ähm, während du mich immer weiter in den Wald bringst zu deiner Mörderhütte?«

Ich hielt fast komplett an und wir beide blinzelten in die Dunkelheit. Der Schnee erhellte den Wald etwas, aber nachdem der Mond und die Sterne von den Wolken verdeckt wurden, halfen auch die Scheinwerfer nicht viel.

»*Rechts abbiegen auf Millpond Road*«, wiederholte Martha.

»Siehst du irgendein Straßenschild?«, fragte ich. Die schmale Straße war geräumt worden und die Adresse, die mir gegeben wurde, war eine Millpond Road Nummer fünfundsiebzig, also schienen wir hier richtig zu sein? Zumindest abgesehen davon, dass wir uns in der Mitte des Nirgendwo befanden, ohne Resort oder Hotel oder irgendetwas anderem in Sicht.

»Dort! Der Schneehaufen verdeckt es fast«, sagte Michael und verengte die Augen. »'Whispering Pines' steht da. Keine Straße.«

Ich fuhr näher an den Waldrand, damit auch ich das Schild sehen konnte. Es sah ziemlich professionell aus, mit einem Logo in der Form eines Tannenbaums und einer eleganten Schrift.

»Das muss es sein.«

»*Einen Kilometer auf Millpond Road bleiben. Das Ziel ist auf der linken Seite*«, ließ Martha uns wissen.

»Naja, Martha scheint sich sicher zu sein«, bemerkte ich. »Gibt nur eine Möglichkeit es herauszufinden.«

»Lass uns hoffen, dass das keine *Famous Last Words* waren.« Michael runzelte die Stirn. »Ich weiß nicht, ob die Pannenhilfe mich hier abholen kann?«

»Oh. Stimmt.« Martha schien uns immer weiter in den Wald hineinzuführen. »Immer hin scheint es Handyempfang zu geben.«

Der Punkt war, dass ich nicht wollte, dass Michael wieder ging. Ihn tatsächlich wieder zu sehen, neben ihm zu sitzen und mit ihm über Serienmörder zu witzeln als wäre keine Zeit vergangen, war das beste Weihnachtsgeschenk, das ich mir vorstellen konnte.

Ich wusste nicht, wieso er zwei Jahre lang nicht mit mir gesprochen hatte, aber ich würde es herausfinden. Was auch immer nicht stimmte, ich würde es richten. Meine verletzten Gefühle waren hier unwichtig.

Zögerlich fragte ich: »Willst du, dass ich dich stattdessen im nächsten Ort absetze?«

Für eine lange Zeit sah Michael mich nur an. Dann antwortete er: »Nee. Ich bin mir sicher, dass das passt.«

Mit einem tiefen Atemzug stieg ich wieder auf's Gas.

Kapitel Drei

Michael

WIE GENAU WAR ich hier gelandet?

Nicht, dass ich mir überhaupt sicher war, wo genau *hier* war, aber das war nebensächlich. Wir könnten irgendwo sein, Sibirien, Antarktis, Transsylvanien. Ich war bei Will. Er hatte nicht einmal gezögert, bevor er angefahren kam und meinen Dummkopf rettete. Und das, obwohl ich es nicht einmal ein Bisschen verdient hatte.

Das war einer der Gründe, wieso ich ihn liebte.

Und ja, verdammt. Ich liebte ihn immer noch.

Seine tiefe Stimme zu hören, den schottischen Akzent, von dem er überzeugt war, dass man ihn kaum noch erkennen konnte... Dabei klang es immer noch, als wäre er gerade vom Outlander Set herüber gewandert. Meinen Namen auf seinen Lippen zu hören ließ mich erschaudern.

Wieso hatte ich gedacht, dass ich jemals über ihn hinweg kommen könnte? Oder dass es irgendetwas änderte, wenn ich mich von ihm abgrenzte? Was für ein Witz. Mein vorsichtig zusammengestellter Plan hatte sich in Windeseile in Luft aufgelöst.

Jared hatte mit mir Schluss gemacht und ich hatte es nicht einmal mehr als ein paar Stunden geschafft, bevor ich Will angerufen hatte. Fast wäre ich in Tränen ausgebrochen und hätte ihm alles erzählt, doch irgendwie hatte ich es geschafft noch an diesem letzten Fetzen Würde festzuhalten.

In Wills Arbeitsevent hereinzuplatzen war verdammt eigennützig, aber ich war nicht stark genug gewesen, darauf zu bestehen, dass er mich irgendwo anders hinbrachte. Nicht, wenn es sich so warm und sicher in seinem SUV anfühlte. Und schon gar nicht, wenn ich seine tiefe, raue Stimme so nah bei mir hören konnte, dass ich sofort Gänsehaut bekam. Ich hatte den Klang seiner Stimme schon immer geliebt. Als wäre er gerade aufgewacht oder hätte geraucht, obwohl er Zigaretten hasste und auch nicht kiffte.

Wir schienen uns immer tiefer im Wald zu verirren und die Scheinwerfer des SUV erleuchteten die überragenden Tannenbäume. Die Straße war geräumt worden, was uns versicherte, dass es sich nicht um einen verlassenen Weg handelte der damit endete, dass wir irgendwo strandeten, im Schnee festsaßen, uns für Wärme aneinander kuschelten—

Oh nein. Daran denken wir nicht.

Es war verdammt egoistisch gewesen, ihn überhaupt anzurufen. Aber als ich an der Seite einer zweispurigen Autobahn mitten im Nirgendwo feststeckte, war seine Stimme die Einzige, die ich hören wollte. Ich dachte, wenn er sich einfach etwas mit mir unterhielt, während ich wartete, dann könnte ich es schaffen, ohne komplett den Kopf zu verlieren.

Heute Morgen war ich noch neben Jared aufgewacht. Konnte das überhaupt sein? Ja, es war immer noch Freitag. Doch als ich mein Handy aus der Tasche zog, war er überhaupt keine Option gewesen. Wow, es war wirklich aus und vorbei. Wie traurig. Offenbar hatte ich mir für eine peinlich lange Zeit selbst etwas vorgemacht. Doch auch die arme Zoe nochmal zu stören, erschien mir sinnvoller als Jared anzurufen. Sogar meine Eltern bei ihrem abendlichen Schwimmritual zu unterbrechen wäre mir lieber gewesen.

Letztendlich hatte ich keine andere Wahl gehabt. Ich hatte

Will gebraucht, zum Himmel nochmal, und ich wusste, dass er antworten würde, auch wenn ich es nicht verdient hatte. Bevor ich den grünen Knopf gedrückt hatte, hatte ich mir eingebleut, dass es bei einem einfachen Anruf bleiben würde. Das war sicher genug.

Jetzt waren wir hier. Will war nur eine Armlänge von mir entfernt und genauso verboten wie eh und je. Das schlimmste – beste? – daran war, dass es sich anfühlte als wären die letzten zwei Jahre der Distanz einfach so in Rauch aufgegangen. Er war so vertraut und wundervoll, so fürsorglich und großzügig.

Mein ganzer Körper verzehrte sich nach ihm. Will war im Besitz meines Herzens und er hatte keinen blassen Schimmer.

Ich konnte mir ein gequältes Lachen, das verdammt manisch klang nicht verkneifen.

Will warf mir einen kurzen Blick zu, ein vorsichtiges Lächeln auf seinem Gesicht. »Was ist?«

Seine Unsicherheit erinnere mich daran, dass die zwei Jahre Distanz sich doch nicht komplett aufgelöst hatten. Und so lieb und großzügig er war, er wusste meine plötzliche Präsenz in seinem Leben, ohne Vorwarnung, offenbar nicht genau zu deuten. Ganz abgesehen davon, dass er mich am Straßenrand aufgegabelt hatte und ich in dem Zustand gewesen war, in dem ich mich nunmal befand.

»Ich kann nicht glauben, dass ich hier bin. Das ist einfach so seltsam. Auf eine gute Art und Weise.« Ich pikste mir auf die verletzte Wange und stieß ein kurzes Wimmern aus. »Überwiegend gut.« Wieder lachte ich. Was stimmte denn nicht mit mir?

Die Wahrheit konnte ich nicht abstreiten: Ich war glücklich. Freudvoll, rauschartig *glücklich*. Ich wünschte, Will würde die ganze Nacht weiter fahren. Es wäre so schön, wenn wir einfach fliehen könnten und…irgendwo hingehen. Irgendwo. Überall.

»Bist du dir sicher, dass du dir nicht den Kopf gestoßen hast?«

»Ich schwör's dir.«

»Mittelfinger Schwur?«

Gelächter sprudelte aus mir heraus. Ich konnte mich nicht mehr daran erinnern, wieso wir im College unsere eigene vulgäre Version des Kleiner-Finger-Schwurs erschufen, aber es brachte mich immer noch zum Lachen. Feierlich zeigte ich ihm meinen Mittelfinger und sagte: »Mittelfinger Schwur.«

Mit einem ernsten Nicken, hob Will seine rechte Hand vom Lenkrad und zeigte auch mir seinen Mittelfinger. Dann trafen sich unsere Hände und wir verschränkten unsere Mittelfinger auf eine komische Art miteinander.

Seine Haut war warm und ein Lächeln zog an seinen Mundwinkeln. Ich hätte ihn die ganze Nacht festhalten können, zog aber meine Hand zurück. Immerhin fuhr er gerade.

Will trommelte ruhelos mit seinen Händen auf das Lenkrad. Nach ein paar Sekunden fragte er: »Was ist heute passiert?«

»Können wir da ein bisschen später drüber reden? Es war ein langer Tag.«

Wie auf Knopfdruck, erschien eine Nachricht von Zoe auf dem im Auto eingebauten Bildschirm und Martha fragte, ob Will wollte, dass sie sie vorlas. Sofort krallte ich mich in den Armlehnen fest und war kurz davor »*Nein!*«, auf die melodramatischste Art und Weise zu rufen, wie ich konnte.

Will runzelte die Stirn und zwischen seinen Augenbrauen erschien eine niedliche kleine Furche, wo sie sich fast berührten. Er sagte: »Das ist ja witzig. Ich habe schon eine ganze Weile nicht mehr mit ihr gesprochen.« Er tippte auf das Display.

Bevor ich etwas sagen konnte, las Martha die Nachricht in ihrer monotonen Stimme vor.

»Hey, wie geht's dir? Bei mir ist alles in Ordnung, außer dass meine Eltern über die Feiertage hier sind und ich mir jetzt schon wünschte, es wäre Januar. Zumindest manchmal, LOL. Jedenfalls, hast du kürzlich mal mit Mike gesprochen? Er ist heute am Haus vorbeigekommen und hat sich komisch verhalten. Sein Gesicht war ganz verkratzt. Irgendwann ist er einfach abgehauen und wir machen uns Sorgen um ihn. Ich habe ihm eine Nachricht geschickt, bisher aber keine Antwort bekommen.«

Mein Handy fühlte sich durch meine Schuldgefühle plötzlich wahnsinnig schwer an. Sowohl Zoe als auch Jared hatten mir Nachrichten geschickt, die ich aber noch nicht gelesen hatte. Martha fragte, ob er ihr eine Antwort diktieren wollte, doch er verneinte.

Zu mir sagte er dann: »Irgendetwas ist mit Jared passiert.« Sein Kiefer war angespannt und seine blauen Augen blitzten.

Der Anblick sollte mir keinen Schauer über den Rücken jagen, doch ich hatte seinen Beschützerinstinkt immer geliebt. Es fühlte sich gut an. Als wäre ich wichtig.

Scheiße, deshalb hatte ich ihn heute angerufen, oder nicht? Weil ich genau wusste, dass er sich um mich kümmern würde, auch wenn ich mir ehrlich nur erhofft hatte, er würde mir am Telefon Gesellschaft leisten, während ich auf die Pannenhilfe wartete. Ich hatte mich nicht getraut, an mehr zu glauben. Oder auch nur so viel. Auch ein Anruf wäre mehr gewesen, als ich verdient hatte.

»Ja, wir haben uns getrennt«, gestand ich ihm und deutete dann auf mein Gesicht. »Das hier kommt aber wirklich vom Weihnachtsbaum und weil ich einfach blöd war. Er hat nicht versucht mir die Augen auszukratzen oder sowas. Ich erzähle dir die ganze Geschichte nachher.« Okay, vielleicht nicht die ganze Geschichte.

Nach einem angespannten Kopfnicken sagte Will: »Ich weiß nicht, wieso wir zur Hausnummer fünfundsiebzig fahren, wenn es hier nur Bäume gibt.« Er blinzelte durch die Frontscheibe. »Offenbar machen Adressen nicht immer Sinn.«

Ich atmete schwer aus. Für den Moment würde er mich nicht ausfragen. Er war einfach so gut. Meine Brust schmerzte mit der Masse an Zuneigung, die sich in mir ausbreitete. Wie hatte ich jemals glauben können, dass ich ohne Will in meinem Leben auskommen könnte? Dieser Plan war von Anfang an zum Scheitern verurteilt gewesen. Auch, wenn er mich niemals so zurück lieben konnte, wie ich es mir wünschte, würde ich einfach alles nehmen, was er zu geben hatte. Das musste ausreichen.

Erst da fiel mir auf, dass ich antworten sollte. »Stimmt.« Ich blickte auf das Display. »Martha meint immer noch, dass wir auf dem richtigen Weg sind.« Ich lehnte mich nach vorne und versuchte, etwas durch die Windschutzscheibe zu erkennen. »Ich glaube da kommt etwas? Da scheint Licht zu brennen.« Ein goldener Schein in der Distanz wurde immer größer.

»*Du bist an deinem Ziel angekommen*«, verkündete Martha.

»Ist das ein…Hotel?«, fragte ich.

Die Bäume teilten sich und legten ein paar kleine Gebäude frei. Eines davon hatte eine Wand voller erleuchteter Fenster und schien ein Restaurant zu sein. Auf einer Lichtung gab es ein riesiges Lagerfeuer in der Mitte. Kleine, rechteckige Strukturen mit runden Dächern waren in der Ferne verteilt und wurden von den Bäumen umrandet. Verschiedenfarbige Weihnachtslichter schlängelten sich um die gläserne Front der kleinen Hütten.

Will sagte: »*Glam*. Das hat Angela gemeint. Es ist Glamping.«

Dutzende Menschen wärmten sich am Lagerfeuer und um sie herum gab es noch vereinzelte kleinere Feuerstellen. Kinder hielten Stöcke in die etwas kleineren Flammen, an deren Enden sie sicherlich weiche Marshmallows gesteckt hatten. Die Lichtung war von Weihnachtsbäumen umrandet, die mit ihren goldenen Lichterketten den Platz erhellten.

»*Das* ist etwas für Instagram«, murmelte ich. Was für ein Winter Wonderland.

Will parkte das Auto und wir stiegen aus. Musik und Gelächter lag in der Luft und der Wind war überhaupt nicht so beißend, jetzt, wo die schützenden Bäume uns umringten. Es schien wie eine kleine Oase voller Weihnachtsstimmung und glücklichen Familien.

Das war genau der Vibe, den ich mir für mich und Jared und das Haus vorgestellt hatte. Vornehm und luxuriös, aber festlich. Ugh. Ich verzog das Gesicht, als mein Gehirn den ganzen beschämenden Vorfall erneut abspielte.

Wo hätte ich dieses Wochenende hingehen sollen? Es wäre nicht möglich gewesen auch nur eine Nacht länger in Jareds Reihenhaus zu verbringen. Der Gedanke daran, da nochmal einen Fuß reinsetzen zu müssen, um meine Sachen zu holen, verdrehte mir den Magen.

»Da bist du ja!«, rief eine attraktive rothaarige Frau. Sie näherte sich uns mit einem breiten Grinsen, das an Will gerichtet war. Sie trug eine niedliche Wollmütze, einen roten Mantel und hielt ein Klemmbrett in der Hand. »Wir waren—« In dem Moment, als ich um das Auto herumlief, bemerkte sie meine Anwesenheit und blieb sofort stehen. »Oh! Hallo.«

»Hey!« Scheiße, es war so unangenehm, Wills Arbeitsevent zu stören. Die Frau sah mich mit offensichtlicher Verwirrung an und meine nervöse, beschämte Energie strömte aus meinem Mund. Immerhin in der Form von Worten. Nicht Kotze. »Ich bin Michael. Schön, Sie kennenzulernen!«

»Uh, hi. Ich bin Wendy.« Sie lächelte und sah zwischen Will und mir hin und her.

»Tut mir leid, ich wusste nicht, dass du eine Begleitung mitbringst.«

»Stimmt, das ist mein—er, Michael«, sagte Will. Seine Worte verhedderten sich fast, so schnell sprach er. »Das ist in Ordnung, oder?«

»Oh.« Ihre Augenbrauen hoben sich. »Oh! Natürlich! Ich schreibe das nur schnell auf.« Mit einem nervösen kleinen Lachen kritzelte Wendy auf ihrem Klemmbrett herum. Für einen Moment dachte ich, ich hätte das Papier reißen hören, so intensiv schien sie zu schreiben. »Okay, super! Willkommen in der BRK Sync Familie, Michael. Es ist toll, dich kennenzulernen!«

Wendy drehte sich so schnell um, dass der Schnee um sie herum aufwirbelte. Sie kommentierte nicht einmal mein verletztes Gesicht, bevor sie sich vom Acker machte.

»Das war seltsam«, bemerkte Will. »Normalerweise werde ich sie kaum los.« Er verzog das Gesicht. »Das klingt furchtbar. Sie ist eine tolle Frau. Es ist nur, dass ich versucht habe, ihr einen vorsichtigen Korb zu geben. Sie weiß, dass ich single bin und sie ist… sehr interessiert.«

»Ähm…« Verstand er nicht, was hier gerade passiert war? »Scheint, als würde sie dich jetzt in Ruhe lassen, nachdem sie denkt, dass wir ein Paar sind.«

Damit hatte ich sofort seine Aufmerksamkeit. »Was?« Will starrte mich an.

Ehrlich mal, hetero Typen waren manchmal so wahnsinnig ahnungslos, dass es fast niedlich war. »Dude, ich bin deine Begleitung. Sie denkt ganz offensichtlich, dass wir zusammen sind. Also, *zusammen*.«

Seine Augen weiteten sich und Will schrie mich fast an. »Aber das ist verrückt!«

Das sollte nicht so weh tun. Es war verrückt. Natürlich war es das! Aber trotzdem…uff. Ich versuchte darüber zu lachen, doch mir schien ein Frosch in der Kehle zu sitzen.

Blinzelnd sah Will mich an und schien von seiner eigenen Reaktion schockiert. Er senkte seine Stimme. »Was ich meine ist, ich werde das mit Wendy berichtigen.«

Ich räusperte mich und witzelte: »Zu spät. Ich bin jetzt dein Freund. Wendy wird einfach akzeptieren müssen, dass du nicht mehr zu haben bist.«

Will lächelte schwach und wir machten uns auf den Weg vom Parkplatz zum Hauptareal voller Lagerfeuer, Gelächter und Weihnachtsstimmung.

Wieso hatte ich das nur gesagt?? Von einem Serienmörder entführt zu werden musste besser sein als diese Situation, in die ich mich gebracht hatte.

Doch der Gedanke daran, wieder alleine da draußen zu sein und mir den Arsch abzufrieren, ließ mich erschaudern. Immerhin war ich hier mit Will für ein paar Stunden in Sicherheit.

Bestimmt konnte der Abschleppwagen kurz hier vorbeikommen und mich abholen, oder? Boten sie so einen Service an? Tatsächlich hatte ich vorher noch nie eine Pannenhilfe benötigt.

Ich zog meine blutverschmierten Handschuhe aus der Tasche und hoffte, dass es zu dunkel war, das irgendjemand sehen konnte, was für ein Bild ich abgab. Die linke Seite meiner Jeans war ganz steif von dem verschütteten Wein und ich versuchte meinen Mantel ein bisschen weiter runterzuziehen.

Wir gingen auf zwei Männer zu, die bei einem der kleineren Lagerfeuer standen und Marshmallows rösteten. Die meisten Menschen waren in Winterkleidung eingewickelt, doch einer dieser Typen trug eine schwarze Lederjacke. Sie waren beide weiß und hatten braune Haare, doch der Mann in dem Leder sah aus, als fühle er sich eher auf einem Motorrad oder in einem Boxring zu Hause als hier.

Er lachte, als der andere Mann, der eine Brille mit dicken schwarzen Rändern trug, versuchte, ihm eine klebrige, verbrannte Masse zu füttern. Sie lehnten sich gegeneinander und waren ganz offensichtlich ein Paar. Ich beobachtete sie und versuchte den Anflug von Eifersucht zu unterdrücken.

Der Mann mit der Brille bemerkte uns und winkte, bevor er den weißen Schleim auf seinen Fingern bemerkte und das Gesicht verzog.

»Da bist du ja!«, rief er Will zu. »Wir dachten schon, dein Flug hätte sich verspätet.« Sein Blick fiel auf mich. »Hallo. Grund gütiger, was ist mit deinem Gesicht passiert?«

Ich wünschte, ich könnte einfach ein Schild um meinen Hals tragen auf dem stand: *Das Leben und ein Weihnachtsbaum haben mich vermöbelt. Ich beantworte zu diesem Zeitpunkt keine weiteren*

Fragen.

Will sagte: »Das ist mein Kumpel Michael. Er wurde von Tannennadeln zerkratzt. Außerdem hat sein Auto in der Nähe den Geist aufgegeben. Michael, das sind mein Kollege Seth und sein Ehemann Logan.«

Ich schüttelte Logans Hand, das war der Mann in der Lederjacke, und Seth streckte mir seine mit Marshmallows beschmutzte Hand hin, bevor er inne hielt und mir stattdessen zuwinkte.

Er schob seine Brille hoch und verzog das Gesicht, als er offenbar realisierte, dass der Marshmallow nun an seiner Nase klebte. Wortlos wischte Logan es ihm weg.

»Habt ihr Jungs Hunger? Das Abendessen war wirklich gut. Ich bin mir sicher, dass sie für euch noch etwas übrig haben.« Seth nickte in Richtung Restaurant. Durch die Fenster, die vom Boden bis zur Decke reichten, konnten wir den Bediensteten zusehen, wie sie Stühle aufeinander stapelten und den Boden wischten.

»Danke, ich hole mir einfach später was«, sagte ich, bevor ich mein Handy rausholte. Ich ignorierte die Nachrichten von Jared und Zoe und öffnete stattdessen die SMS von der Pannenhilfe.

Offenbar war die Jazz-Version von ‚Joy to the World‘, die in der Lichtung gespielt wurde laut genug, dass ich den Klang einer Benachrichtigung überhört hatte.

»Ich will mich nicht aufdr—« Ich schweifte ab, während ich las.

»Was ist?«, fragte Will.

Schnell überflog ich den Text nochmal. Das konnte nicht sein. Scheiße. *Scheiße.*

»Michael?« Will legte mir seine Hand auf die Schulter und sofort fühlte ich mich durch das starke, behutsame Gewicht etwas ruhiger.

»Sie können erst morgen jemanden vorbei schicken, um mein Auto zu holen.«

»Das ist schon in Ordnung.« Er drückte meine Schulter sanft.

»Du kannst hier bleiben.«

Ehrlich gesagt klang es nach einem wahr gewordenen Fieber-traum, mit Will in diesem Winter Wunderland zu bleiben, aber ich war schon der Grund, wieso er das Abendessen verpasst hatte und ich sah schrecklich aus und…

Eine atemlose, grinsende Frau erschien. »Da seid ihr ja!« Sie warf einen Blick auf mich und schrie aus: »Whoa! Hat dich eine Katze angegriffen?«

»Weihnachtsbaumunfall«, murmelte ich. Sah es wirklich so schlimm aus? Ich rutschte nervös hin und her und spürte, wie mein Gesicht zu glühen begann.

»Aua.« Sie sah besorgt aus, musste sich dann aber wieder be-mühen, ein Lächeln zu unterdrücken.

Die Haare, die aus ihrer Wollmütze heraus lugten, sahen aus als hätte sie sie frisch blond gefärbt.

Logan funkelte sie an. »Was ist mir dir?«

Seth lachte. »Offensichtlich hat deine Schwester Tratsch für uns.« Er senkte seine Stimme. »Gibt Angela unserer Abteilung die Kunden aus der Boston-Übernahme?«

»Nein. Naja, vielleicht. Hat sie nicht gesagt. Sie dreht immer noch die Runden und trifft die Kinder. Bei uns war sie schon, also hat Jun die Jungs zum Schlitten fahren mitgenommen.« Sie deutete vage auf die Wälder, wo offenbar Schlitten gefahren wurde.

Dann strahlte sie mich an. *Strahlte* mich an. »Ich bin Jenna. Will und ich arbeiten zusammen im People Development Komitee.«

Ich war mir zwar nicht genau sicher, was das heißen sollte, aber das war auch egal. »Schön dich kennenzulernen. Ich bin—«

»Wills Freund!« Sie drehte sich Will zu und bedachte ihn nun mit ihrem strahlenden Lächeln. »Glückwunsch! Ich freue mich wirklich sehr für dich. Alle dachten, du wolltest keine richtige Beziehung, aber offenbar hattest du nur die richtige Person noch nicht gefunden.«

»Was?« Will starrte sie mit offenen Mund an, bevor er seinen Blick mir zuwandte und seine Hand von meiner Schulter nahm, als hätte ich ihn verbrannt. Das war eine ziemlich angebrachte Handlung und dennoch zog sich alles in mir zusammen. Er stöhnte auf.

»Hast du das von Wendy gehört? Das hat nicht einmal fünf Minuten gedauert.«

»Nein, von Matt. Oh, hier ist er schon.«

Matt trug flauschige rote Ohrenschützer über seinem wuscheligen blonden Haar, als er sich zu uns gesellte.

Er klopfte Will auf die Schulter. »Hey, Herzensbrecher. Du bist also schwul, hm? Cool.«

Will stotterte vor sich hin. »Wieso denkst du das?«

Matt legte den Kopf schief und erinnerte mich damit an einen Golden Retriever. »Oh, bist du bi oder pan? Das ist auch cool.«

»Ich…« Will schüttelte den Kopf und schien immer röter zu werden. »Michael ist bi aber wir sind nur Freunde. Was hat Wendy dir erzählt?«

»Becky hat gehört wie Michael sagte er wäre dein Freund, und dass Wendy sich einfach damit abfinden müsse. Ich glaube, sie hatte Pläne für dich und dieses Wochenende.«

Will starrte ihn an. »Becky? Ich habe Becky gar nicht gesehen. Hat sie sich zwischen den Autos versteckt um zu Lauschen?« Er atmete tief ein und hielt seine behandschuhten Hände hoch. »Ist ja auch egal. Was zählt ist, dass es nicht…es war nur ein *Scherz*. Wendy hat etwas in die Situation reingelesen und Michael hat einen Witz gemacht.«

Toll. Ich und mein blöder Scherz. Konnte ich den Tag noch mehr vermasseln? In einer Minute war ich sicherlich der Grund dafür, dass Will gefeuert wurde.

Seth und Logan tauschten einen Blick aus und Seth fragte: »Wieso würde Wendy denken ihr wärt ein Paar, wenn ihr es nicht seid?«

Will erklärte die Sache mit der Begleitperson und ich fügte hinzu: »Ich bin aber nur hier, weil mein Auto den Geist aufgegeben hat und Will gekommen ist um mich zu retten.«

»Wohin warst du auf dem Weg?«, fragte die Frau…Jenna? Ja, ich denke, sie hieß Jenna. Sie war Logans Schwester und arbeitete mit Will und Seth zusammen, der wiederum mit Logan verheiratet war. Und Logan war der Kerl in der Lederjacke.

Ich befand mich inmitten so vieler neuer Leute und Namen, und wenn ich das nicht gedanklich wiederholte, würde ich sie alle direkt wieder vergessen.

»Hier gibt es nicht sonderlich viel«, fügte Jenna hinzu.

Alle, sogar Will, sahen mich an und ich konnte praktisch die unausgesprochenen Fragen, die er über Jared hatte, in seinen Gedanken hören. Hoffentlich war der Schein des Feuers orange genug, dass sie nicht erkennen konnten, wie rot ich wurde.

Ich trat vom einen Bein aufs andere und gestikulierte mit meiner Hand. »Ich war auf dem Weg zu einem…Ding. Aber jedenfalls…sollte ich eigentlich nicht hier sein. Ich bin mir sicher, dass ich irgendwo ein Taxi auftreiben kann.« Schnell holte ich mein Handy aus der Hosentasche. »Uber gibt es so weit draußen bestimmt nicht, aber…«

Seth schaltete sich ein. »Ich glaube nicht, dass es in der Gegend Taxiunternehmen gibt. Vielleicht, wenn wir richtig in den Berkshires wären, aber hier draußen gibt es nicht viel.«

»Heute gehst du nirgendwo anders mehr hin.« Wills Ton war ernst und ließ keinen Widerspruch zu, war jedoch weder scharf noch angepisst, auch wenn ich das verdient hatte. Er klang ermutigend und kontrolliert und endlich hatte ich das Gefühl wieder atmen zu können. Mein Herz beruhigte sich.

Ich nickte. »Okay. Tut mir leid für die ganze Verwirrung. Ich werde richtig stellen, dass das nur ein Spaß war.«

In dem Moment, sagte Matt zu Will: »Bro, du solltest einfach mitziehen. Angela liebt es LGBTQ-Plus Menschen zu befördern. Also, nicht, dass du nicht auch gut in deinem Job sein müsstest, aber sie ist total geil darauf, diese texanischen Vorurteile, mit denen sie immer wieder konfrontiert wird, zu bekämpfen. Dadurch stichst du hervor.«

Schnaubend antwortete Will: »Das Letzte, was ich tun werde, ist, damit zu Angela zu gehen und alle anzulügen.«

Matt verzog den Mund. »Was, wenn ich dir sage, dass sie es schon weiß? Becky hat's mir gesagt, weil wir verlobt sind. Aber Christopher war in der Nähe und der ist ziemlich gut mit Dale, Angelas Assistenten, befreundet. Ich schwöre dir, Christopher ist ihr Geheimspion bei uns in der Niederlassung. Jedenfalls weißt du doch, dass sich alle fragen, wieso so ein gut aussehender Kerl wie du single ist. Unsere Jobs sind langweilig, wir brauchen etwas, worüber wir tratschen können.«

Meine Gedanken drehten sich, während Matt vor sich hinquasselte. Waren wir nicht erst vor ein paar *Minuten* angekommen?

Als Matt mich mit gerunzelter Stirn ansah, versuchte ich, mich auf das zu konzentrieren, was er sagte. »Mann, was ist mit deinem Gesicht passiert?«

Will ignorierte die Frage. »Becky muss Christopher oder Dale oder Angela selbst mitteilen, dass sie sich verhört hat.«

In dem Moment, meldete Jenna sich zu Wort. »Weißt du, so zu tun, als wären sie in einer Beziehung, hat für die beiden hier ziemlich gut funktioniert.« Sie warf Seth und Logan ein breites Grinsen zu.

Moment mal…sie taten nur so? Waren sie nicht verheiratet? Diese Situation wurde sekündlich seltsamer. Ich hatte so viele Fragen und mein Gesicht tat wirklich weh und meine Beziehung war vorbei und wo zum Teufel sollte ich wohnen?

Oh man, ich musste meine Eltern in Florida anrufen und ihnen kurz vor Weihnachten noch solche Sorgen bereiten…

Will starrte Logan und Seth an. »Aber ihr seid verheiratet.«

Seth lächelte verlegen und hob die Hände. »Jetzt schon, ja. Aber am Anfang haben wir uns überhaupt nicht gekannt. Angelas Angewohnheit, nur Mitarbeitende in einer Beziehung zu befördern, hat sich gebessert aber sie scheint immer noch zu denken, dass Menschen mit Familien verantwortungsbewusster sind, auch wenn sich das in ihrem Unterbewusstsein abspielt. Naja, es ist jedenfalls eine lange Geschichte.«

Will hatte den Job bei BRK gerade erst angefangen, als ich die Erleuchtung gehabt hatte, erwachsen zu werden und über ihn hinweg kommen zu müssen. Das war mir also alles neu. Offenbar war dieser Aspekt auch Will nicht bekannt.

»Gebt mir die Kurzfassung«, flüsterte Will.

Logan vergrub die Hände in den Taschen seiner Lederjacke und tauschte einen schuldbewussten Blick mit Seth aus. Dieser räusperte sich und fing an in einem leisen Ton zu erzählen.

»Logan und ich haben so getan, als würden wir miteinander ausgehen, kurz nachdem wir uns kennenlernten, damit ich eine bessere Chance hatte, befördert zu werden. Und den Job hatte ich mir wirklich verdient.«

»Und du hast ihn bekommen!«, fügte Jenna hinzu. »Gern geschehen. Außerdem haben du und mein Bruder euch ineinander verliebt, also nochmal, *gern geschehen*.« Sie zwinkerte ihnen zu.

»Geheimmission, Geheimmission, Geheimmission!«, grölte Matt im Flüsterton vor sich hin und streckte Jenna seine Hand für ein High-Five entgegen.

Seth verdrehte die Augen. »Ja, es war Jennas impulsive Idee gewesen und Matt hat uns dazu angestiftet. Es war absolut verrückt.« Er sah Logan mit einem liebevollen Blick an, bei dessen Anblick sich ein Klos in meinem Hals bildete. Dann fügte er hinzu: »Aber es hat mein Leben verändert.«

»Jepp, jetzt steckst du mit mir und Connor fest«, witzelte Logan, lehnte sich aber gegen Seth, damit ihre Finger aneinander streiften. Ich hatte das Gefühl, das sie sich jetzt küssen würden, wenn wir nicht alle hier herumstünden. Wahrscheinlich war Connor ihr…Kind? Ich würde mir all diese Namen nie merken können.

Neid und Sehnsucht füllten mich wie einen Ballon, der kurz davor war, zu zerplatzen.

»Ach Mensch. Und du hast die Beförderung ja auch bekommen«, sagte Matt und sah Will durchdringend an. »Du solltest es dir überlegen.«

»Ich werde mir keine Identität zu eigen machen, die nicht zu mir gehört«, antwortete Will entschieden.

»Das ist in Ordnung«, stimmte Jenna zu.

»Aber jeder ist doch ein kleines bisschen bi, oder?« Matt stieß Will spielerisch mit seinem Ellbogen an. »Komm schon. Es ist schon zu lange her, dass wir eine Geheimmission hatten. Findest du nicht jemanden wie…Chris Hemsworth heiß?«

Will lachte peinlich berührt und verschenkte die Arme. Errötete er etwa gerade? Er zuckte mit den Schultern. »Wer tut das nicht? Ich habe Augen im Kopf, das bedeutet noch lange nichts.«

»Siehst du?« Matt hielt triumphierend seine Fäuste in die Luft. »Sei bi über's Wochenende. Das wird Spaß machen! Und, damit halten wir dir Wendy vom Hals. Sie schwärmt schon viel zu lange für dich.« Er versuchte sich an der Stimme eines Radioansagers.

»Operation Fake Boyfriends Zwei: Das Reboyfriending«

Der Gedanke daran, dass Will bi und mein Freund sein könnte, wäre die Erfüllung meines größten Weihnachtswunsches. Natürlich würde das nie passieren, nicht einmal zur Schau.

»Schhh!«, zischte Jenna Matt zu und hielt einen Finger gegen ihre Lippen, bevor die mit dem Kopf auf eine Gruppe Menschen hinwies, die auf uns zukamen.

Eine zierliche weiße Frau mit aggressiv blondem Haar, das unter einer pinken Wollmütze mit einem Pompom heraus lugte, kam schnellen Schrittes auf uns zu. Sie trug ein komplett pinkes

Ski-Outfit, inklusive pinker Schneehosen. Neben ihr lief ein schlanker Mann mit brauner Haut und einer Designer Brille, der einen schicken schwarzen Schneeanzug trug, der ebenfalls sehr teuer aussah.

Nachdem alle sie mit einer Mischung aus Ehrfurcht, Respekt und Bewunderung anstarrten, ging ich davon aus, dass es sich hierbei um Angela Barker handelte.

Seth und Logan standen ihr am nächsten, als wir unseren kleinen Kreis für sie öffneten und zu meiner Überraschung, zog sie alle beide für eine innige, vertraute Umarmung zu sich.

»Wie *geht's*?«, wollte sie wissen und sprach in einem nasalen Ton gemixt mit einem warmen texanischen Akzent. »Schöne Brille, Seth.«

»Danke. Die Freuden des Alterns.«

Angela klopfte ihm auf den Arm in seinem dicken Parka. »Du bist nichts weiter als ein Frühlingsküken, glaub mir. Wo wir gerade davon sprechen, wo ist Connor?«

»Der ist noch mit einer letzten Klausur beschäftigt, bevor er nächste Woche über Weihnachten nach Hause kommt«, erklärte Seth. »Es tut ihm sehr leid, Sie zu verpassen.«

Sie schnalzte mit der Zunge. »Naja, dann will ich ihm mal vergeben. Es ist wichtig in Harvard gute Noten zu schreiben. Studiert er immer noch Wirtschaftswissenschaften? Ich habe einen Kumpel, der bald eine Firma in Boston gründet. Connor wäre der perfekte Praktikant über den Sommer. Voll bezahlt natürlich.«

Logan lächelte. »Das ist wirklich großzügig von Ihnen. Connor hat aber tatsächlich zu Medizin gewechselt.«

Sie japste verzückt. »Das ist wunderbar! Hmm.« Für einen Moment schien ihr Blick abwesend und sie schien eine mentale Liste durchzugehen. »Sagt mir Bescheid, wenn er sich für Praktika bewirbt, ich habe da ein paar Kontakte.«

Logan und Seth dankten ihr erneut und Angela winkte ab. Trug sie ihre Ringe etwa auf der *Außenseite* ihrer Lederhandschuhe? »Es ist mein Vergnügen. Und Sie wissen, dass ich neugierig bin: Hat Connor schon eine Freundin?«

Logan zuckte mit den Schultern. »Nicht, dass er uns erzählt hätte. Offenbar hat er zu viel mit dem Studium zu tun. Er arbeitet wirklich hart.«

»Ich bin mir sicher, dass Sie beide wahnsinnig stolz sind. Logan, wie läuft's bei Ihnen auf der Arbeit? In letzter Zeit muss es wahnsinnig viele Aufträge geben, oder? In Albany scheint alle paar Tage ein neues Gebäude aufzutauchen. Meine Freundin Susan war mehr als begeistert von der Arbeit, die Sie in ihrem neuen Büro geleistet haben.«

Fast konnte man sehen, wie Logan sich stolz aufplusterte. »Danke für die Empfehlung. Ja, es läuft sehr gut. Ich konnte letztens drei neue Vollzeitkräfte zu meinem Team hinzufügen.«

Okay, mir wurde bewusst, dass Angela Barker *definitiv* eine wertvolle Bekanntschaft war. Vor allem, wenn man ihre Aufmerksamkeit erlangen und sie beeindrucken konnte.

»Sie wissen ganz genau, dass ich niemanden empfehle, an den ich nicht glaube«, versicherte sie Logan und drehte sich dann mit einem breiten Grinsen zu Will um. »So, Will. Sie habe ich seit ihrem Vorstellungsgespräch nicht mehr gesehen. Ich habe gehört, dass Sie die Woche in Seattle verbracht haben, um die Niederlassung zu unterstützen. Ich liebe Teamplayer, seit mein Daddy mich zu meinem ersten Rangers Game mitgenommen hat. Gute Arbeit. Und ich höre, Sie haben einen neuen Freund!«

Ihr Blick fiel auf mich und natürlich war das der Moment, in dem Will und ich ihr die Situation erklärten und das Missverständnis aus dem Weg räumten und—

»Liebes!«, japste Angela. »Was in Gottes Namen ist mit Ihrem hübschen Gesicht passiert?«

»Oh, das ist schon in Ordnung! Ich habe einen Weihnachtsbaum getragen und bin gefallen und—«

Sie umklammerte mein Handgelenk und zog mit erstaunlicher

Kraft daran. »Diese Wunden müssen verarztet werden. Dale, wo ist der Erste Hilfe Koffer?«

»Wirklich, es ist nichts!« Allerdings schien ich keine andere Wahl zu haben, als Angela mich zu einem kleinen Gebäude schleppte und Dale aus irgendeinem Grund sogar noch schneller über die Lichtung lief und uns den Weg wies. Will beeilte sich uns hinterherzukommen und formte mit den Lippen das Wort: »Sorry!«

Wir stiegen ein paar Stufen zu dem kleinen Gebäude empor, das nur ein Zimmer zu haben schien und das am Waldrand, nahe des Restaurants saß. Im Inneren gab es eine Ansammlung an Wasserflaschen und bergeweise Kisten, vermutlich Firmengeschenke, wenn man nach den Worten, die mit schwarzem Marker auf die Außenseiten geschrieben worden waren ging: T-Shirts, Mützen, Decken, Mousepads.

Ein Tisch und vier Stühle standen in der Mitte und Dale hievte eine große Plastikkiste mit einem roten Kreuz darauf auf den Tisch.

Innerhalb kürzester Zeit hatte Angela mich schon in einen Stuhl verfrachtet und strich mir über die Wange. »Liebes, sind Sie allergisch? Die Kratzer sind ganz schön aufgequollen. War es ein Nadelbaum?«

»Ich weiß nicht, kann sein? Also ja, der Baum war eine Waldkiefer. Bislang dachte ich nicht, dass ich darauf allergisch bin, kann aber sein.«

Ich warf Will einen Blick zu, der in der Nähe stand und sowohl besorgt, als auch unfassbar schön aussah.

Vor einiger Zeit hatte ich seine Profile auf meinen Social Media Accounts stumm gestellt, abgesehen von den paar Malen an denen ich schwach geworden war und mir seine Fotos angesehen hatte. Es war nicht so, als hätte ich vergessen wie gut aussehend er war, aber dieser Blick mit der gerunzelten Stirn und dem Ausdruck der Sorge in seinen blauen Augen ließ mich schwach werden.

»Das ist kein Blut«, fügte ich hinzu und deutete auf meine befleckte Hose, bevor sie selbst darauf aufmerksam wurde und mich in die Notaufnahme schickte.

Angela stemmte die Hände in die Hüften und pfiff vor sich hin, während sie den Kopf schüttelte. »Das freut mich zu hören! Ich habe ein paar freiverkäufliche Antihistamine in meiner Handtasche, wenn Sie welche wollen. Ich verlasse das Haus nie ohne.« Ich nickte und sie fügte hinzu: »Und es ist wundervoll Sie kennenzulernen. Mike, stimmt's?«

»Michael«, berichtigte ich. »Aber Sie können mich Mike nennen, wenn Sie möchten, das ist schon in Ordnung.« Aus irgendeinem Grund wollte ich ihr gefallen. »Die meisten Menschen nennen mich Mike, außer Will und meine Eltern.«

Angelas wahnsinnig glatte Stirn bewegte sich nicht, als sie lächelte. »Wenn Sie Michael bevorzugen, dann werde ich Sie so nennen. Und wenn Sie andere Pronomen benutzen, ist das auch okay. Mehr als okay! Das ist toll! Ich bin eine sie/ihr, nur damit Sie das wissen.«

»Oh, Dankeschön. Ich benutze er/ihm.« Ich hatte das Gefühl, dass das Konzept unterschiedlicher Pronomen neu für Angela war, aber sie versuchte es immerhin. »Und wirklich, mir geht es gut. Sie haben bestimmt noch einige Menschen, die Sie treffen möchten.«

Sie warf Dale einen Blick zu, der nickte. »Das habe ich. Will, wissen Sie, wie Sie ihn verarzten müssen? Meine Mädchen sind schon aus der Phase raus, in der sie täglich mit aufgeschrammten Knien nach Hause gekommen sind, aber ich habe einige Erfahrung ansammeln können. Zuerst müssen Sie mit dem Desinfektionsmittel drüber.« Sie holte eine Flasche aus dem Erste Hilfe Koffer und erklärte Will das Ganze kurz. »Na gut, dann lasse ich Sie beiden Turteltäubchen mal alleine.«

Will fing an zu sprechen: »Oh, ähm—«

Doch Angela unterbrach ihn: »Ich hoffe, Sie wissen, wie herzlich Sie hier willkommen sind.« Sie umfasste jeweils einen unserer Arme und sah zunächst zu Will auf und dann auf mich hinab. Ihr Blick war aufrichtig und ernst. »Bisexuell, Trisexuell, Transgender, Asexuell oder einfach nur schwul. Oder so queer wie ein Drei-Dollar-Schein. Wie auch immer Ihre Identität aussieht, Sie sind herzlich willkommen und Teil der Familie. Okay? Okay. Oh und Will, ich würde mich über ein Update aus dem Seattle Büro freuen. Wissen Sie, ich glaube, Sie sind gerade die richtige Person mir mit einem aufregenden, kleinen, neuen Geheimprojekt zu helfen. Aber dieses Wochenende sprechen wir nicht mehr von der Arbeit! Wir sind hier um Spaß zu haben.« Zu mir fügte sie hinzu: »Lassen Sie sich gut von ihm verarzten, ja? Bis später!«

Bevor einer von uns beiden antworten konnte, wirbelte Angela Barker bereits wie ein pinker, hilfsbereiter Orkan aus dem Raum, dicht gefolgt von Dale.

»Angela, warten Sie!«, rief Will ihr nach. Er fuhr mit einer Hand über sein dichtes Haar und verwuschelte es dabei.

Waren seine Haare immer noch so weich? Nicht, dass ich viele Möglichkeiten gehabt hatte, es anzufassen, aber nach einem unangenehmen Vorfall bei einer Party im College, hatte ich langsam und vorsichtig Kaugummi aus den sanften Wellen gezupft. Damals war ich auf der Couch gesessen und Will hatte sich auf dem Boden zwischen meinen Beinen niedergelassen. Mit geschlossenen Augen hatte er sich meinen Berührungen entgegen gelehnt. Allerdings hatte er einen mächtigen Kater gehabt und es hatte nichts bedeutet.

»Michael?«

»Hm?« Schnell konzentrierte ich mich wieder auf die Gegenwart. »Jep. Ähm, das war ein bisschen verrückt.«

»Ein bisschen? Was ist hier gerade passiert?« Er ließ die Hände an seine Seiten fallen.

»Tut mir leid, ich werde gleich morgen früh mit Angela sprechen.«

»Ist schon in Ordnung. Ich meine…« Ich zuckte mit den Schultern. Mein Herz polterte als mir eine wilde Idee kam und sich sofort ihren Weg aus meinem Mund bahnte. »Du hast gehört, was sie gerade über ihr Geheimprojekt gesagt hat. Das könnte deiner Karriere nützen. Mich stört es nicht, dein Freund zu sein.« *Was sagte ich da?* »Es während dieses Betriebsausflugs vorzutäuschen, meine ich. Aber ich verstehe, wenn du nicht einmal ein Wochenende lang so tun willst, als wärst du bi.«

Will schnappte sich die Flasche mit dem Desinfektionsmittel und öffnete sie mit abgehakten Bewegungen. »Ich…« Er las das Etikett und schraubte den Verschluss wieder zu. Dann öffnete er ihn wieder und fing an durch den Erste Hilfe Koffer zu wühlen. »Natürlich würde es mich nicht stören, aber… Hast du nicht das Gefühl, dass es unangemessen ist, wenn ich mir deine Identität aneigne?«

Darüber musste ich lachen. »Nein. Sexualität ist fließend. Ich habe auch immer gedacht ich wäre hetero, bis ich es nicht mehr war. Das stört mich überhaupt nicht.« *In Wahrheit ist es meine geheimste Fantasie, dass du realisierst, dass du eigentlich nicht hetero bist.* »Ich will ehrlich mit dir sein. Es käme mir sehr gelegen einen Schlafplatz für das Wochenende zu haben. Wenn es dich nicht stört, könnte ich bleiben?«

Daraufhin sah Will mich an und in seinen blauen Augen konnte ich wieder Sorge erkennen. »Okay. Die Pannenhilfe kann morgen dein Auto abschleppen und du bleibst hier bei mir.«

Ein Schauer lief mir den Rücken runter, als ich den kommandierenden Ton hörte, der keinen Widerspruch zuließ. Mit trockener Kehle nickte ich nur.

Er lächelte vorsichtig. »Vielleicht ist eine Geheimmission genau die Ablenkung die du gerade brauchst, hm?«

»Kann nicht schaden, stimmt's?« *Beantworte das ja nicht.*
Will benetzte einen Tupfer mit dem Desinfektionsmittel und setzte sich auf die Tischkante. Er lehnte sich zu mir runter und

umfasste mein Kinn mit seinen Fingern. Sein Atem wanderte über meine Wange und seine trockenen Fingerspitzen waren zwar sanft aber bestimmt. Verlangen schwirrte durch meinen Bauch. Ich schloss meine Augen und stellte mir vor seine Lippen würden auf meine heiße Haut treffen…

»Das wird jetzt etwas brennen«, murmelte er.

Er hatte recht. In Wahrheit würde es mehr als nur etwas brennen. Und so zu tun, als wäre ich mit Will in einer Beziehung, würde mein Herz wieder von vorne brechen.

Kapitel Vier

Will

HATTE MUM MIR nicht gesagt, ich solle einen Sprung wagen? Bi für's Wochenende.

Das war auf jeden Fall ein Sprung. Damit verletzte ich aber niemanden, oder? Nicht, dass es sich gut anfühlte, Angela oder Wendy oder meine anderen Kollegen und Kolleginnen anzulügen. Außerdem war ich mir nicht ganz sicher, ob das wirklich das war, was Mum gemeint hatte, aber…

War es wirklich eine Lüge? Hatte ich mich nicht qualifiziert, als ich anfing über Kerle nachzudenken während dem Wichsen?

Ich lehnte mich über Michael, hielt sein Kinn mit meinen Fingern fest und tupfte die Watte auf die Kratzer auf seiner Wange. Er bewegte nicht einen Muskel, obwohl es wehtun musste. Offensichtlich tat es das auch, denn seine Hände hatte er zu festen Fäusten geballt und sein Atem schien flach und ruckartig.

»Tut mir leid. Ich durfte Mum früher immer drücken«, sagte ich mit einem Lächeln.

»Was?« Michael sah mich an, sein Körper so verspannt, als würde er gleich entzwei brechen.

»Hier.« Ich nahm seine rechte Hand und legte seine Finger ausgestreckt über mein Knie, wo ich immer noch an der Tischkante saß. »Drück mich ruhig.«

Sein Adamsapfel machte einen Satz und Michael presste seine

Finger in die Haut um mein Knie herum. Seine Handfläche war warm, sogar durch meine Jeans.

»Na siehst du«, murmelte ich, als ich mich um einen weiteren Kratzer kümmerte. »Das hilft, stimmt's?« Natürlich war Michael stärker als ein Kind, doch mir machte der feste Halt nichts aus. Mir gefiel die Idee, dass ich ihm seinen Schmerz etwas abnehmen konnte.

Er war immer noch mein bester Freund. Das entsprach weiterhin zweifellos der Wahrheit. Natürlich waren die verletzten Gefühle immer noch da, aber ich war nicht darauf vorbereitet gewesen, wie wundervoll es war, ihn wieder zu sehen. Mit der Zeit würde ich schon herausfinden, was mit Jared passiert war, und wieso Michael den Kontakt abgebrochen hatte. Ich war zwar kein Freund von Gewalt, aber wenn Jared auch nur ein Haar auf Michaels Kopf gekrümmt hatte…

Geduld war hier gefragt. Heute Abend hatte Michael es nötig verarztet zu werden, brauchte Essen in seinem Magen und eine Mütze Schlaf. Mein Blick fiel auf seine verschmutzte Jeans, wo der Stoff an seinem schlanken Oberschenkel festklebte. Das war bestimmt unfassbar unangenehm.

»Willst du duschen gehen?«

Michael blinzelte mich an und seine Hand drückte so fest zu, dass ich dachte er würde mir gleich mein Knie zerquetschen. »Ja. Ich bin wirklich schmutzig. Ich gehe davon aus, dass es hier echte Badezimmer gibt und nicht nur Freilandduschen?«

»Wenn es verdammte Freilandduschen gibt, dann ist es verdammt nochmal kein Glamping.«

»Keine Freilandduschen, versprochen!« Eine freudige junge Frau mit einem dunklen Pixie Haarschnitt kam zur Tür rein. »Hi!«

Sofort zog Michael seine Hand zurück und ließ sie in seinen Schoß fallen. »Hi«, ächzte er.

»Mein Name ist Abby. Ich habe gehört, es gibt ein paar Nachzügler, die erste Hilfe brauchen?« Sie war klein, rundlich und trug eine Jacke mit dem Whispering Pines Logo und ein Namensschild auf dem ‚Abigail Lee‘ stand.

»Hallo.« Ich stand auf und nickte in Michaels Richtung. »Vorangegangener Weihnachtsbaum-Unfall.«

»Die Gefahr der Weihnachtszeit!« Abby verzog den Mund. »Aua. Ich befürchte, dass man da nicht viel machen kann, außer es zu desinfizieren und Pflaster drüber zu kleben.«

»Gibt es die Möglichkeit zu duschen?«, fragte ich.

»Natürlich. Jedes Häuschen hat eine komplette en suite. Außerdem bieten wir einen Waschservice für Kleidung an.«

»Das ist wirklich glam«, bemerkte ich. »Gibt es auch noch etwas zu Essen?«

»Ich befürchte, dass die Küche schon geschlossen ist. Aber wir haben leckere gourmet Sandwiches und Snacks, die zu jeder Tageszeit zur Verfügung stehen.« Abby holte eine Schachtel wasserfeste Pflaster aus der Tasche. »Wir stellen Ihnen gerne einen Picknickkorb zusammen.«

»Sie brauchen sich nicht so eine Mühe machen«, winkte ich ab, doch Abby bestand darauf. Ich ging aus dem Weg, während sie professionelle erste Hilfe leistete und uns schließlich nach draußen führte.

»Gibt es irgendwelche Allergien?« Pflichtbewusst vermerkte sie auf ihrem kleinen Tablet, dass ich auf Kiwi allergisch war. »Wo ist Ihr Gepäck? Das System sagt, dass Sie noch nicht in Ihr Häuschen eingecheckt haben.«

»Stimmt. Mein Koffer ist noch im Auto und—oh Mist. Michael, ähm…Es gab da ein kleines Missverständnis, sodass er kein Gepäck dabei hat.«

Ein verwirrtes Lächeln machte sich nur für einen kurzen Moment auf Abbys Gesicht breit. »Gar kein Problem.« Wieder fing sie an, wie wild auf ihrem Tablet herumzutippen.

Bevor ich wusste wie mir geschah, hatte Abby mir die Schlüssel für den SUV abgenommen und sie und ihr Team setzten sich in Bewegung. Während sie sich um das Gepäck kümmerten, checkten wir in unser Häuschen ein. Es war mit am weitesten von der Lichtung weg. Die kleinen mit Schnee bedeckten Häuschen erinnerten mich an Weihnachtsscheite, die mit dicken, rindeartigen Dachziegeln besetzt worden waren.

Mächtige Tannenbäume wuchsen zwischen den Häuschen und die Reihen waren so aufgebaut worden, dass jeder Gast genug Privatsphäre hatte, trotz des großen Eingangs, der komplett verglast war. Die bunten Weihnachtslichter, die um das Fenster angeordnet waren, verleihten dem Ort eine gemütliche Atmosphäre, als Abby uns ins Innere führte und mit einer kleinen Fernbedienung die Deckenlichter einschaltete.

»Zu Ihrer Rechten finden Sie eine kleine Sitzecke.« Sie deutete auf zwei Stühle mit einem dünnen Tisch dazwischen, direkt am Ende des Bettes. »An der linken Wand gibt es Regale um Kleidung aufzubewahren und eine kleine Küche mit einem Minikühlschrank und einer Kaffeestation. Das En Suite Badezimmer befindet sich hinter der Schiebetür am Ende des Raumes. Natürlich beansprucht das Bett den meisten Platz, wie Sie sehen können.«

»Tatsächlich«, murmelte ich. Das Doppelbett stand an der rechten Wand und war ordentlich gemacht worden. Die makellosen Falten sahen weich und einladend aus.

Außerdem war es nur ein Queensize Bett.

Was Sinn machte, mich aber trotzdem überraschte. Nicht, dass es mich störte. Es war völlig in Ordnung.

Michael sagte: »Jep, das ist ein Bett!«, und lachte etwas hysterisch.

Er musste wirklich müde sein.

Abby erzählte uns von der Inspiration für das skandinavische Farmhausdesign der Häuschen, mit hellem Kiefernholz und weißen Akzenten aus Granit über dem Minikühlschrank und dem

Badezimmer, doch aus irgendeinem Grund konnte ich nicht aufhören, das Bett anzustarren.

»Vermutlich fragen Sie sich, wieso wir uns nicht für ein Klappbettdesign entschieden haben, doch wir fanden, dass Komfort die höchste Priorität haben sollte.« Abby klopfte auf das Ende der schneeweißen Bettdecke. »Es ist fest aber weich. Es ist wirklich wundervoll.«

Naja, wenn es schon nur ein Bett gab, war es immerhin wundervoll.

»Und obwohl Sie durch das Design des kleinen Dorfes Privatsphäre haben, gibt es außerdem eine individuell gestaltete Jalousie, die heruntergelassen werden kann.«

Sie griff nach der kleinen Fernbedienung auf der Ablage und drückte auf einen Knopf. Mit einem sanften Wirren senkte sich eine cremefarbene Jalousie. »Natürlich muss sie wieder hochgelassen werden, um die Eingangstür zu öffnen«, fügte sie hinzu, bevor sie einen weiteren Knopf drückte und die Jalousie wieder hochfuhr.

Ein weiterer Angestellter kam mit meinem kleinen Koffer, meinen Autoschlüsseln, einem Whispering Pines Pullover und ein paar Hygieneartikeln für Michael auf uns zu. Abby versicherte uns, dass das Essen bereits auf dem Weg sei, gab uns das Wifi-Passwort und verschwand.

»Willst du zuerst?«, fragte Michael und nickte in Richtung des Badezimmers.

»Nein, geh du ruhig.«

»Cool, danke.« Michael hängte seinen Mantel an einem der Haken neben der Tür auf. In der Mitte des Häuschens war die Decke einen guten halben Meter über uns, aber durch die Kurve des Daches sank der Abstand an den Seiten.

Ich tat es ihm gleich und hängte meinen Mantel zu seinem. Wieso zum Teufel war da plötzlich so eine unangenehme Stille zwischen uns? In der Ferne konnte ich Weihnachtslieder ausmachen, ansonsten hörte ich nur das Schlagen meines eigenen Herzens. Michael und ich hatten uns unzählige Male voreinander ausgezogen.

Der einzige Unterschied war, dass wir zuvor nie so getan hatten, als wären wir in einer Beziehung.

Außerdem war da noch die Tatsache, dass wir in den letzten zwei Jahren kaum miteinander gesprochen hatten.

Trotzdem gab es keinen Grund für diese Nervosität. Es war schließlich *Michael*.

»Ich habe dich vermisst«, sprudelte es aus mir hervor.

Michael hatte sich gerade vornübergebeugt und war dabei seine Schuhe auf die Ablage zu stellen, als er aufschreckte und sich den Kopf an einer tiefen Stelle der Decke anhaute. »Au, fuck!« Er rieb sich über seinen Kopf.

»Alles in Ordnung?« Mit nur einem großen Schritt stand ich neben ihm.

Er presste die Zähne aufeinander. »Ähm, ja. Jep. Komm schon, das ist jetzt der Moment, in dem du dich darüber lustig machst, dass ich so ein Idiot bin.«

Genau genommen war das in der Vergangenheit immer so gewesen. Doch es fühlte sich falsch an, ihn gerade jetzt zu necken. Alles was ich tat, war seinen Kopf zwischen meine Hände zu nehmen. »Lass mal sehen.« Was auch immer heute passiert war, das hatte ihm schon genug Leid zugefügt.

Michael neigte seinen Kopf und ich strich vorsichtig darüber, um sicherzugehen, dass er sich nicht verletzt hatte. »Alles gut«, murmelte er.

Das rot, grün, pink und blaue Licht von draußen reflektierte in seinem goldenen Haar, welches sich unter meinen Fingern gut anfühlte. Er hob seinen Kopf und ich ließ meine Hände fallen. Seine unverletzte Wange war gerötet.

Ich versuchte mich an einem gleichgültigen Ton: »Du wirst vielleicht morgen Früh eine Beule haben, du Depp.« Ich gab ihm einen leichten Schlag auf die Schulter, als wären wir wieder in der Uni und auf einer Bruderschaftsparty. Es fühlte sich an, als würde ich meine Füße in Schuhe pressen, aus denen ich schon lange rausgewachsen war.

Michael schlug zurück, aber noch sanfter als ich es getan hatte. »Kennst mich doch. Erinnerst du dich an die Party, bei der ich mich so betrunken habe, dass ich vom Dach in den Pool gesprungen bin?«

»Oh man, du hattest so ein Glück, dass der Pool tief war.« Die Erinnerung an seinen achtlosen Sprung verdrehte mir den Magen. Ich schüttelte den Kopf. »Das fühlt sich an, als wäre es in einem anderen Leben passiert.«

»Stimmt. Wir sind wohl wirklich erwachsen geworden. Oder ich habe es zumindest versucht. Jetzt…« Er fuhr mit einer Hand durch seine Haare und verzog das Gesicht.

»Jetzt?«, hakte ich nach, nachdem er verstummt war.

Ohne meinen Blick zu treffen, sagte er: »Jetzt muss ich wirklich aus dieser Jeans raus. Ich gehe einfach…« Er deutete mit seinem Daumen über seine Schulter und verschwand im Bad.

Ich atmete lang aus. Heute Morgen war ich alleine in einem Hotelzimmer in Seattle aufgewacht. Heute Nacht würde ich mir mit meinem gerade erst wieder in mein Leben getretenen besten Freund ein Bett teilen. In einer Hütte im Wald. Nein, Moment, einem Häuschen im Wald.

Oh, und ich war bisexuell über das Wochenende. Und ebendieser gerade erst wieder in mein Leben getretener bester Freund war plötzlich mein fester Freund. Gar kein Problem! Es war schließlich nicht echt. Es hatte nichts zu bedeuten.

Ich stürzte eine Flasche Wasser aus dem Minikühlschrank runter. Vielleicht war eine verrückte Geheimmission genau die Art der Ablenkung, die uns beiden guttat. Wieso sollten wir uns nicht einen Spaß daraus machen? Alles andere beiseite schieben und das Wochenende dazu nutzen, uns einander anzunähern und zu entspannen.

Immerhin war es Weihnachten.

Die Dusche ging an und das beruhigende Geräusch des fallenden Wassers füllte den Raum. Ich atmete tief durch die Nase ein und durch den Mund wieder aus.

Genau so. Zeit zu entspannen. Zeit für eine Geheimmission. Zeit für Spaß.

Das war allerdings einfacher gesagt als getan. Obwohl es nicht viel Platz gab, um sich zu bewegen, fing ich an durch den Raum zu tigern, bevor ich auf meinen Koffer zuging und ihn nach meinen Hygieneartikeln und den Shorts und T-Shirt, die ich vor dem Schlafengehen anzog, durchwühlte. Normalerweise schlief ich nackt, doch das würde ich heute Nacht nicht tun.

Wieder fiel mein Blick auf das Bett. Warum war ich so... ich wusste nicht einmal was ich war. Was genau hatten diese komischen Emotionen zu bedeuten? Meine Mum würde jetzt sagen es sei Aufregung.

Es war schön, Michael endlich wieder persönlich zu sehen, und dennoch hatte ich so viele Fragen an ihn. Meine Gefühle waren immer noch verletzt und irgendwo in mir hatte ich auch noch etwas Wut, die einfach ab und zu zum Vorschein kam.

Das Klopfen an der Fensterscheibe war kaum hörbar und dennoch erschrak ich. Ein Angestellter, der sich hundert Mal bei mir entschuldigte, brachte einen Korb voll Essen vorbei und fragte nach der Kleidung, die er mitnehmen sollte. Vorsichtig klopfte ich an der Farmtür und ließ Michael wissen, dass wir seine Kleidung brauchten.

Das Wasser wurde abgestellt und gerade, als ich sagen wollte, dass ich sie einfach schnell holen könnte, hörte ich nasse Fußstapfen auf den Fliesen. Mit einem weißen Handtuch, das er sich um die Hüfte gebunden hatte, schob Michael die Tür auf und hielt mir ein Bündel Stoff entgegen. Dampf stieg hinter ihm auf und Michaels helle Brust war leicht pink von der heißen Dusche.

Wassertropfen krallten sich an seinen roten Nippeln fest.

Schnell nahm ich ihm die Kleidung ab und ließ dabei Michaels schwarze Boxer Briefs fallen.

Ich lachte nervös, bückte mich und hob das weiche Material auf. »Bitteschön!«, rief ich dem jungen Mann, der an der Tür wartete, viel zu laut und erfreut zu.

Er öffnete eine schwarze Tasche auf der in weißer Schrift ‚Waschbeutel‘ stand. Mir war aufgefallen, dass auch der ‚Kaffee‘ und ‚Zucker‘ in der kleinen Küche beschriftet waren. Was war mit diesem Farmhaus-Trend los, bei dem man alles beschriften musste? Als ob wir sonst einfache Haushaltsgegenstände nicht erkennen würden. Immerhin war Whispering Pines zu cool für Erinnerungen wie *live, laugh, love.*

»Gibt es noch etwas, das ich für Sie tun kann?«, fragte der junge Mann. Sein Blick fiel auf Michael und wieder auf mich zurück. Ich konnte keinen urteilenden Blick erkennen und sein höfliches Lächeln war immer noch intakt. Allerdings war mir sehr bewusst, dass er mich und Michael sicherlich für Liebhaber hielt.

Ein komisches Gefühl durchfuhr mich und ich schrie ihn fast an: »Nein, Dankeschön!«, bevor ich ihm die Tür vor der Nase zuknallte. Was zum Teufel war das für eine Reaktion gewesen? Es war weder Scham, noch Verlegenheit. Eher so etwas wie…Aufregung. Es war das erste Mal, dass jemand dachte, ich wäre nicht hetero.

»Was ist so komisch?«, fragte Michael. Er griff nach dem Jogginganzug auf dem Bett und entfaltete ihn.

»Hmm?« Ich blinzelte ihn an.

»Du lächelst.«

»Oh!« Schnell schnappte ich mir den Picknickkorb und brachte ihn zur Ablage. »Ich hab nur Hunger. Hoffentlich ist hier etwas Gutes drin.« Aus dem Augenwinkel sah ich, wie Michael wieder im Badezimmer verschwand. Die Schiebetür war immer noch offen und ich konnte eine weiße Bewegung seines Handtuchs ausmachen.

Mit großer Kraft versuchte ich mich auf den Picknickkorb zu konzentrieren. Ich öffnete ihn und gab bekannt: »Truthahn und Havarti auf Vollkornbrot, Corned Beef auf Dinkel, ein Clubsandwich auf Weißbrot, das wirst du wollen. Hmm. Die Kekse sind noch warm.« Ich nahm den Cookie mit Erdnussbutter für Michael aus dem Korb.

»Ich bin im Bad fertig, wenn du rein willst. Ohh, ist das Erdnussbutter?«

Sofort reichte ich ihm die zwei Cookies die halb in weißes Papier eingewickelt waren und er biss herzhaft in einen rein, bevor er murmelte: »Oh mein Gott.«

Zusammen mit dem zweiten Erdnussbutter-Cookie, platzierte ich das Club Sandwich für ihn auf einen Teller. In dem Korb waren außerdem Besteck und Stoffservietten enthalten. »Ich mach mich schnell frisch, du musst aber nicht auf mich warten.« Ich reichte ihm den Teller. »Mampf ruhig.«

Ein Lächeln schlich sich auf sein Gesicht. »Ich liebe es, wenn du sagst, dass du gar nicht mehr schottisch klingst.«

»Vertrau mir, das tu ich nicht.«

»Klar, glaube ich dir. *Cheerio, guv'nor?*«

»Oi! Ich bin kein Engländer.« Ich schnappte mir sein nasses Handtuch vom Boden und versuchte es ihm entgegenzuschnalzen. Er lachte und duckte sich.

In dem kleinen Badezimmer waren die Fliesen so warm unter meinen nackten Füßen, dass ich mir sicher war, dass es eine Fußbodenheizung gab. Nachdem ich den ganzen Tag gereist war, konnte ich wirklich eine warme Dusche gebrauchen. Michael hatte die Handtuch Fußmatte direkt vor der gläsernen Dusche liegen lassen. Es war gerade so genug Platz, dass eine Toilette und ein Waschbecken auf jeweils einer Seite der Schiebetür abgebracht waren.

Es gab noch genug heißes Wasser und obwohl ich mich eigentlich nur kurz abwaschen wollte, blieb ich gute zehn Minuten in dem heißen Wasser eingehüllt.

Danach stand ich auf der feuchten Fußmatte und trocknete mich ab, während ich Michael dabei zuhörte, wie er sich im Raum bewegte. Fast wollte ich mich piksen um sicher zu gehen, dass er wirklich mit mir hier war.

Und alle denken wir wären zusammen.

Zumindest fast alle. Sie würden mich ansehen, wie es der junge Angestellte getan hatte, der die Wäsche abgeholt hatte. Nicht, dass er irgendetwas anderes getan hätte als zu lächeln.

Ich schüttelte den Kopf und wischte dann den Dunst vom Spiegel über dem Waschbecken. Irgendwie verhielt ich mich idiotisch. Das war kein großes Ding. Wer interessierte sich schon dafür, was die anderen dachten? Ob sie mich jetzt für einen Aufreißer hielten oder nicht. Konnte mir doch egal sein.

»Hey, ähm… wolltest du nochmal rausgehen und dich mit den anderen unterhalten?« Michaels Stimme ertönte direkt von der anderen Seite der Schiebetür. Es kam mir vor, als müsste die etwas dicker sein.

Ich rubbelte das Handtuch über meine Haare. »Ehrlich gesagt nicht. Es wird schon spät.«

»Stimmt. Ich kann auch die Musik gar nicht mehr hören.«

»Morgen kann ich mich noch genug unterhalten.«

Nachdem ich mir meine Shorts und das T-Shirt wieder über die feuchte Haut gezogen hatte, schob ich die Tür auf. Michael saß vor dem Minikühlschrank und sah auf, dann sprang er auf die Beine. Mit etwas Verzögerung wimmerte er kurz und hob die Hand, als würde er sich gleich den Kopf wieder anstoßen.

»Alles gut«, versicherte ich ihm und quetschte mich an ihm vorbei, um mein Handy von der weißen Bettdecke zu holen. »Ich sollte Zoe antworten. Sonst macht sie sich Sorgen.«

Michaels Schultern senkten sich. »Scheiße, stimmt.«

»Ich werde ihr einfach sagen, dass du bei mir bist und in Sicherheit.«

»Danke. Tut mir leid, dass ich so ein Ärgernis bin.« Er rieb sich über das Gesicht und hatte offenbar die Pflaster vergessen. »Au! Scheiße.«

»Du musst dich nicht entschuldigen. In Wahrheit hilfst du mir, die Karriereleiter hochzuklettern, also passt das alles.«

»Ich war noch nie ein Beard, also…ein Alibi-Partner.«

»Mit dem Bisschen Stoppeln bestimmt nicht.«

»Vermutlich sollte ich den Cookie nach dir werfen. Aber er ist einfach zu gut.«

Lachend schrieb ich Zoe schnell eine Nachricht. Gleichzeitig sah Michael auf sein Handy und stöhnte auf. »Scheiße«, murmelte er. »Jared hat offenbar mit meiner Mutter gesprochen.«

»Okay«, sagte ich vorsichtig.

Michaels Eltern waren etwas seltsam. Er war ein Überraschungsbaby gewesen und seine Geschwister waren deutlich älter. Ehrlich gesagt, hatte ich immer das Gefühl gehabt, dass seine Eltern keine große Lust mehr gehabt hatten, ein Kind großzuziehen, als er dahergekommen war. Nicht, dass sie ihn nicht liebten, aber er hatte sich immer wahnsinnig viele Gedanken darum gemacht, alles selbst zu erledigen und sie nicht nach Hilfe zu fragen, außer, wenn es unbedingt sein musste.

»Wieso würde er…« Michael fuhr sich mit einer Hand durch sein feuchtes Haar.

»Scheiße. Scheint, als hätte er sich wirklich Sorgen gemacht, als ich nicht geantwortet habe.«

Michaels Daumen flogen über das Display seines Handys und dann stöhnte er erneut auf. »Ich habe Jared eine Nachricht geschickt, aber meine Mum muss ich kurz anrufen. Ist das in Ordnung? Sie macht sich sonst zu viele Sorgen. Sorry.«

»Natürlich. Ich kann…« Ich sah mich um. Das Häuschen war definitiv nicht für Privatsphäre gebaut worden.

»Nein, bleib da.« Michael zog sich seine Stiefel an und ging nach draußen, Handy an sein Ohr gepresst.

Dicke Schneeflocken hatten angefangen vom Himmel zu segeln. Sie verfingen sich in seinem Haar und landeten auf seinen Schultern. Weiß auf dem marineblauen Pullover. Er hatte sich den Bäumen zugewandt. Fast wollte ich ihm sagen, er solle eine Mütze aufsetzen, damit er sich nicht erkältete.

Seine Stimme war abgedämpft, doch ich konnte immer noch fast alles hören, was er sagte. Wahrscheinlich hätte ich meine Kopfhörer aufsetzen oder den Wasserhahn aufdrehen sollen, und dennoch lauschte ich Michaels Seite des Gesprächs.

»*Tut mir leid, dass er euch Sorgen bereitet hat. Mir geht's gut.*«

»*Ja, natürlich.*«

»*Nein! Ich habe keine Probleme. Wirklich.*«

»*Mum, wir haben uns nur gestritten. Jared ist eine Drama Queen.*«

Also hatten sie sich überhaupt nicht getrennt? Hmm. Ich war mir nicht sicher, ob ich das glauben sollte. Außerdem war ich mir nicht sicher, wieso ich so enttäuscht war das zu hören. Ich hatte den verdammten Jared nie kennengelernt.

Und *da* war wieder die Wut, die in mir aufstieg. Eigentlich sollte ich froh sein, wenn er und Jared nur einen Streit gehabt hatten. Allerdings war es auch zu der Zeit gewesen als er mit Jared zusammengekommen war, dass er mich geghostet hatte. Vielleicht war es also legitim, dass ich keinen Freudensprung machte, wenn sie sich wieder vertrugen.

Draußen hatte Michael einen Arm um seine Mitte gewickelt und hüpfte vom einen Bein aufs andere. Es war viel zu kalt da draußen, doch bevor ich ihm seinen Mantel bringen konnte, beendete er das Gespräch und eilte wieder rein. Er trampelte auf der Eingangsmatte herum, um seine Schuhe von dem Schnee zu befreien.

»Alles in Ordnung?«, fragte ich.

»Jep. Danke. Brr.« Er schüttelte sich wie ein Hund.

Schnell deutete ich auf die Kaffeemaschine. »Willst du ein

heißes Getränk? Es gibt aber auch Wein und Bier im Kühlschrank.« Ich sah mir die Auswahl der Getränke auf der Ablage an. »Sie haben auch diese kleinen Cocktails. Was ist mit einem Manhattan?«

»Sicher. Ich bin nicht wählerisch. Danke. Dafür bezahle ich natürlich.«

Ich schnaubte. »Angela bezahlt dafür, erinnerst du dich? Ich bin mir sicher, dass ihr das nichts ausmacht, *Liebes*.« Ich goss den Cocktail für Michael in ein Glas mit Eis, nachdem er seinen Alkohol noch nie ohne getrunken hatte.

Wir verschoben die Stühle und den tiefen, schmalen Tisch, damit sie direkt auf die Glasscheibe blickten. Vorsichtig fummelte ich an der Fernbedienung rum und schaltete das Deckenlicht aus. Durch die bunten Lichterketten, die die verschneiten Tannenbäume erleuchteten, war es hell genug um zu sehen.

»Es ist komisch ein Hotelzimmer ohne Fernseher zu haben«, bemerkte Michael. »Ist aber irgendwie schön.«

Ich sah mich um. »Das ist mir gar nicht aufgefallen. In Seattle habe ich die ganze Woche furchtbare Krimis zum Einschlafen angeschaut.«

Dass es irgendwie immer noch derselbe Tag war, an dem ich Seattle verlassen hatte, war surreal. Hier war ich nun, mitten im Wald und ausgerechnet mit Michael? Und tat so, als wären wir in einer Beziehung? Ich nahm einen großen Schluck von meinem Merlot.

»Oh, was hast du dir angesehen? Die mit der kitschigen Erzählstimme?«

»Da wirst du genauer sein müssen, die haben sie nämlich fast alle.«

»Stimmt. Da gibt's eine Serie über Morde in Orange County. Die Erzählung ist furchtbar aber die Fälle waren interessant. Und sie wurden alle aufgeklärt.«

Wir unterhielten uns über True Crime, Filme und die Wechsel bei den Mets. Es war alles so wunderbar normal, als wären die letzten zwei Jahre nie passiert.

Dann war es an der Zeit schlafen zu gehen.

Wieso war es so unangenehm, sich ein Bett zu teilen? Früher waren wir oft genug einfach eingeschlafen, auch mal im selben Bett. Jetzt waren wir gehemmt und steif. »Welche Seite ist dir lieber? Mir ist es egal.«

Michael fummelte an dem Pflaster auf seiner Wange rum. »Jared schläft auf der linken Seite, also habe ich mich an die Rechte gewöhnt.«

Ich zögerte. »Aber welche Seite ist *dir* lieber?« War Jared eine Art Kontrollfreak? Eine Millionen Fragen lagen mir auf der Zunge, doch ich hielt mich zurück. Michael konnte es nicht gebrauchen, heute Abend noch ausgefragt zu werden.

»Die Linke, wenn das okay ist?«

Um die Stimmung aufzulockern, versuchte ich mich an einem übertrieben flachen amerikanischen Akzent. »Ist verdammt cool, Bro.«

Er lachte und kroch über die Matratze, nachdem die linke Seite des Bettes direkt unter dem schrägen Dach saß. »Danke, *Brett*. Gehst du nachher noch zu diesem Kegger?«

»Fuck yeah.«

Wir lachten. Ich hatte schon lange nicht mehr über ‚Brett Yankface‘, meinen Bruderschafts Charakter nachgedacht. Es war zu einem Insider zwischen uns geworden, auch, wenn ich mich nicht mehr daran erinnern konnte, wie die ganze Geschichte angefangen hatte.

Ich ließ die Jalousie runter, doch die Weihnachtslichter schienen immer noch leicht durch. »Soll ich die Lichter draußen auch aus machen?«

»Nö. Außer sie stören dich. Ich find sie angenehm und wegen mir muss es nicht stockdunkel sein, damit ich schlafen kann.«

Jared brauchte das offenbar aber? Ich redete mir ein, dass es keine Charakterschwäche war, wenn man in einem dunklen Raum schlafen wollte. Vorsichtig schlüpfte ich unter die flauschige Decke und richtete mir die Kissen. Mit der Jalousie unten war es viel dunkler als es gewesen war und der Schein der bunten Lichter war schwach.

»Das ist wirklich angenehm«, murmelte ich.

»Hmm.«

Mein Körper hatte keine Ahnung wie spät es war und trotz der unangenehmen Stimmung von vorher, entspannte ich mich auf der sehr weichen und doch festen Matratze. Langsam schlief ich ein und der Songtext einer der Weihnachtslieder, die vorhin in der Lichtung gespielt wurden, wiederholte sich in meinem Kopf.

It came upon a midnight clear
That glorious song of old…

Kapitel Fünf

Michael

WIESO WAR ES hell?

Auf dem Rücken ausgestreckt versuchte ich zu verstehen, wieso ein leichter Schein durch cremefarbene Jalousien durchkam und wieso ich auf einer so weichen Matratze lag. Plötzlich kamen all die Erinnerungen vom Vorabend wieder zurück und ich zog einen scharfen Atemzug ein. Nun war ich definitiv wach.

»Morgen«, raunte Will neben mir. Seine blauen Augen studierten mich. »Ist schon okay«, murmelte er. »Du bist bei mir.«

Vielleicht dachte er, ich wäre vor Angst aufgeschreckt. »Jo, Danke.«

Oh mein Gott, hier war ich nun. In Sicherheit mit Will. Ich wachte neben Will auf. Hier waren *wir* nun. Mit einer zerknitterten Bettdecke, Will, der gähnte und die Arme über den Kopf streckte.

Ich versuchte, nicht die dunklen Haare in seiner Achsel anzustarren, und scheiterte kläglich. Sein weißes Unterhemd war so dünn, dass ich die Ränder seiner Nippel und sein Brusthaar sehen konnte.

Schnell zwang ich mich, stattdessen an die Decke zu blicken und genauso schnell wurde mir bewusst, wie nah sich unsere Beine unter der Bettdecke waren. Vorsichtig bewegte ich meinen Fuß um ein paar Zentimeter und fragte mich, wie nah ich ihm kommen konnte. Offenbar wollte ich mich selbst quälen.

Wenn sich unsere Haut berührte, würde das Verlangen, ihn zurück auf die weiche Matratze zu pressen, nur stärker werden.

Gott sei Dank hatte jemand eine so dicke Decke ausgewählt, denn mein Schwanz war beschämend hart. Natürlich konnte ich darüber lachen und es als Morgenlatte abtun, aber es wäre mir lieber, wenn es nicht dazu kam. Die Hitze, die von Wills Körper ausging, war mir so nah und sein einzigartiger Geruch stieg mir zusammen mit dem Head and Shoulders Shampoo, das er schon immer genutzt hatte, in die Nase. Nicht, dass er meines Wissens nach jemals unter Schuppen gelitten hatte.

Vielleicht lag das daran, weil er Head and Shoulders benutzte?

»Michael?«

»Ähm, ja?« Ich lag stocksteif da und konzentrierte mich auf Wills gerunzelte Stirn.

»Hat Jared dich verletzt?«

Ich wollte mich umdrehen und an die kurze, gewölbte Wand des Häuschens starren, wieder einschlafen und nicht über Jared oder meine Wohnsituation nachdenken. Doch Will war geduldig gewesen und ich erkannte die Entschlossenheit in seinem Gesichtsausdruck.

»Ja.« Als Will scharf die Luft einzog, schüttelte ich den Kopf. »Nicht so, versprochen.«

Will drehte sich auf seine linke Seite und stütze seinen Kopf auf der Hand ab.

Er hob eine Augenbraue und streckte mir seinen Mittelfinger hin. Ich musste lachen, als ich meinen eigenen Mittelfinger mit seinem verschränkte.

Übrigens hatte ich recht gehabt, mit dem Hautkontakt.

Ich ließ seinen Finger wieder los und zog die Bettdecke bis zu meinem Hals, um mich darunter zu verkriechen. Meine verletzte Wange juckte und ich steckte meine Hände in die Taschen der ausgeliehenen Jogginghose. Während ich versuchte zur Ruhe zu kommen, wartete Will geduldig.

Wieso juckte das Pflaster so? Ich zog eine Hand aus der Hosentasche und löste eine Ecke des Pflasters.

»Oi, solltest du das tun?«

»Es treibt mich in den Wahnsinn.«

»Komm schon.« Er schlug meine Hand weg und setzte sich auf.

Ich hielt den Atem an, als Will sich über mich lehnte und mein Gesicht zwischen seine Hände nahm. Seine Daumen waren warm und etwas trocken, als er mein Kinn umfasste, um meinen Kopf zu drehen. Es erinnerte mich an den Moment im Auto, nachdem er zum ersten Mal die Wunden entdeckt hatte. Da hatte er mich ähnlich angefasst. Ich wollte mich nur in seine Arme werfen und nie wieder los lassen.

Moment mal, hatte ich das getan? Wir hatten uns umarmt, aber ich konnte mich nicht daran erinnern, wer den Anfang gemacht hatte. Meine Erinnerung war durcheinander und eine Mischung aus Fantasie und Realität. Jetzt lag ich mit Will im Bett und wenn das ein Traum war, dann würde ich für immer schlafen wollen.

Sein Atem kitzelte meine Nase. Mein Herz raste. Ganz langsam zog Will das Pflaster ab. Er fuhr sanft mit seiner Fingerspitze über die Kratzer.

»Wie fühlt es sich an?«, flüsterte ich. Es gab keinen Grund um zu Flüstern, doch in dem langsamen Morgengrauen und der Stille in dem Häuschen, das von verschneiten Bäumen umringt war, fühlte es sich richtig an.

»Besser. Ich glaube die Antihistamine haben geholfen. Es ist nicht mehr so rot und angeschwollen.«

»Cool, danke.«

Will ließ sich zurück aufs Bett fallen. »Kein Problem.«

Zeit, das andere Pflaster abzureißen.

»Es scheint, als wollte Jared schon seit Monaten mit mir

Schluss machen. Das ist alles gestern rausgekommen.«

»Dieser Arsch. Direkt vor Weihnachten?«

Ich wand mich und fühlte die Demütigung vom Vortag in mir aufsteigen. »Er wollte bis Januar warten, aber ich habe ihn am Telefon gehört. Das war der Moment, in dem ich den Weihnachtsbaum nach Hause gebracht habe, der mich dann attackierte. Dann bin ich hingefallen und habe eine Flasche Wein zerbrochen.« Bestimmt hatte ich einen verdammt riesigen Blauen Fleck am Hintern. Die linke Seite schmerzte dumpf, aber das war auszuhalten und hatte mich nicht vom Schlafen abgehalten. Ich fügte hinzu: »Dann bin ich weggelaufen. Und den Rest der Geschichte kennst du ja.«

»Hmm. Du bist bei Zoe vorbeigefahren?«, fragte er vorsichtig nach mit einer seltsamen Anspannung in der Stimme.

»Oh, stimmt. Das war nicht mit Absicht. Ich bin einfach in der Gegend rumgefahren und hab mich plötzlich dort wiedergefunden. Sie hat mich entdeckt und ist rausgekommen.« Ich stöhnte auf. »Und ihre Mum war da und dann ist ihr Verlobter heimgekommen…Es war alles ziemlich anstrengend.«

Will fing an leise zu lachen. »Kann ich mir vorstellen.« Er drehte sich auf den Rücken und war für einen Moment still, bevor er wieder sprach. »Ich wusste nicht, dass du Zoe noch oft siehst.«

»Tue ich auch nicht!« Uff, das klang viel zu verteidigend. Aber ich wusste, dass er wütend darüber war, dass ich damals einfach so den Kontakt abgebrochen hatte. Aus gutem Grund! Ich räusperte mich. »Ich weiß, ich bin für ne Weile einfach von der Bildfläche verschwunden.«

Technisch gesehen stimmte das. Irgendwie. Ich zuckte zusammen ob meiner eigenen… ja, was denn überhaupt? Schwäche? Der Unfähigkeit meine Schuld einzugestehen? Ich musste die Verantwortung dafür übernehmen, meinen besten Freund geghostet zu haben. Will hatte eine richtige Erklärung und Entschuldigung verdient.

Bevor ich noch etwas sagen konnte, war Will schon aus dem Bett gesprungen und war kurz davor die Schiebetür zum Bad zuzuziehen. Er sagte: »Mach dir keine Gedanken. Willst du pissen, bevor ich dusche?«

Jetzt schien er es nicht hören zu wollen? Zumindest nicht im Moment.

»Nö. Alles gut«, log ich und zwang meine volle Blase sich noch etwas zu gedulden. Ganz abgesehen von meinem Ständer. Immerhin schien sich dieses Problem durch meine Schuldgefühle von selbst zu lösen.

»LETZTE CHANCE EINEN Rückzieher zu machen«, sagte Will, als wir unsere Stiefel anzogen.

Ich stellte mich aufrecht hin, um meinen Mantel zuzuknöpfen. »Alles gut. Außer *du* willst einen Rückzieher machen?«

Er fummelte an seinen Schnürsenkeln herum. »Ich hasse es zu lügen. Gleichzeitig wäre es jetzt so verdammt unangenehm zu sagen ‚Spaß, wir sind nur Freunde‘.«

»Das wäre es. Und würde Angela dich dann noch für dieses Projekt in Betracht ziehen, von dem sie gesprochen hat? Ich glaube nicht, dass ich das noch würde.«

»Ich auch nicht.« Will schloss den Reißverschluss an seinem Mantel und zog sich eine Wollmütze über den Kopf. »Das ist eine ziemlich absurde Situation, in der wir uns wiederfinden.«

»Stimmt. Aber, hör zu, es sind nur zwei Tage. Das ist keine wilde Sache. Immerhin muss ich ja auch etwas dazu beisteuern, dass ich hier bin.«

Er schnaubte. »Überhaupt nicht. Ich bin froh, dass du hier bist.«

Deshalb liebte ich ihn. Es war zumindest einer der Gründe. Wenn ich ihm doch nur sagen könnte, wie wundervoll er wirklich war… Ich fuhr mit einer Hand durch mein noch etwas feuchtes Haar und über den empfindlichen Fleck, wo ich mir am Vorabend den Kopf angestoßen hatte.

Da fiel mir auf, wieso es überhaupt dazu gekommen war. Will hatte mir gesagt, dass er mich vermisste. Sofort versteifte ich mich. Konnte es sein, dass ich ihm dieses Gefühl etwa nicht erwidert hatte? Hatte ich? Alles, an was ich mich erinnern konnte, war seine Besorgnis und seine großen, warmen Hände auf meinem Kopf.

»Michael?« Da war diese Besorgnis wieder. Wills Augenbrauen trafen sich in der Mitte.

»Ich habe dich auch vermisst. Nur, falls ich dir das vorher noch nicht gesagt habe. Es ist so gut, dich zu sehen.«

Will senkte seinen Blick, um seine Handschuhe anzuziehen. Errötete er etwa gerade? »Cheers. Wir gehen besser zum Frühstück.«

»Okay.« Dann fügte ich hinzu: »Honey.«

Will lachte. »Stimmt, wir müssen die Beziehung ja gut rüberbringen. Wie soll ich dich nennen? Liebster? Schnuckel? Pookie?«

Als ich die Tür aufmachte und rausging musste ich lachen. »Nennt wirklich jemand seinen Partner ‚Pookie‘?«

»Ich bin mal mit einer Frau ausgegangen, die mich ‚Kuschel-Wuschel-Puss‘ genannt hat. Das war das erste und letzte Mal.«

»Uff. Und ich dachte ‚Herzblatt‘ wäre schlimm.«

Schnee knarzte unter unseren Stiefeln, als wir uns einen Weg durch die Häuschen in Richtung Lichtung bahnten. Wir sprachen leise miteinander, obwohl niemand in der Nähe war. In der Ferne erklang Kindergeschrei und von dem Hauptplatz kam der generelle Klang von Menschen in Bewegung.

»Hat er dich so genannt?«, fragte Will.

»Jared? Oh nein. Er hatte das übliche ‚Babe‘-Ding drauf.«

»Hmm.«

Ich hatte eine graue BRK Sync Beanie auf dem Kopf, die Will von einem anderen Event noch hatte, doch an den Stellen, wo meine feuchten Haare rausstanden, fühlten sie sich bereits gefroren an. »Pookie-Wookie?«, witzelte ich und wollte nicht über Jared nachdenken.

»Vielleicht sollten wir es uns so einfach wie möglich machen. Soll ich dich ‚Schatz' nennen?«

Oh Gott, mein Herz flog bei dem Wort so weit in die Luft, dass es fast schon auf Wolke 7 landete. Ich nickte und sagte: »Sicher«, anstelle von »*Ich flehe dich an, mich so und nur so zu nennen, für immer und ewig.*«

Das Frühstück in dem Restaurant war ein Buffet, das nach Bacon duftete. Auf die bestmöglichste Art und Weise. Der leckere Geruch lenkte mich für ein paar Sekunden ab, während ich mir die Schuhe auf der Eingangsmatte abtrat. Dann fiel mir auf, dass alle – und damit meinte ich wirklich alle – Will und mich anstarrten.

Auch die Unterhaltungen waren verstummt.

Das Restaurant war halbvoll, aber Angela schien nicht hier zu sein. Offenbar hatte die Neuigkeit, dass Will einen Freund hatte, die Runde gemacht, nachdem alle bis auf ein paar Kinder, die dabei waren Cornhole zu spielen, uns beobachteten.

Ganz hinten, an einem großen runden Tisch für acht, stand Jenna auf und winkte uns zu sich. Ich zog an meinem Schal, als wir auf sie zugingen, und meine Haut kribbelte unter all der Aufmerksamkeit. Immerhin sah meine Wange nicht mehr aus, als hätte ich mit einer angepissten Katze gekämpft.

Jenna stellte mir ihren Ehemann Jun vor und deutete auf ihre zwei Söhne, die zwischen einer lauten Gruppe Kinder saßen, die Pancakes verdrückten. Seth und Logan waren auch da, und Matt und seine Verlobte Becky – die uns offenbar auf dem Parkplatz überhört hatte, kamen kurz nach uns dazu.

»Wir habt ihr beiden Turteltäubchen geschlafen?«, fragte Becky mit einem Augenzwinkern.

»Es war eine tolle Nacht«, antwortete ich ehrlich. Als die Worte aus meinem Mund flogen, fiel mir auf, wie das klang. »Ich meine nur, dass das Bett wirklich bequem ist.«

Ein paar Leute um uns herum fingen an zu grinsen und Will setzte ein angespanntes Lächeln auf. Auch wenn er zugestimmt hatte, so zu tun, als wären wir zusammen, wollte er vermutlich nicht, dass ich mich verhielt, als hätten wir eine Nacht voll wildem Sex gehabt.

Oh nein, diese Gedanken muss ich sofort wieder verwerfen. Nein, danke.

Matt zwinkerte uns begeistert zu. »Sicher, sicher, wir glauben dir. Hmm. Der Bacon riecht bombastisch.«

Ich reihte mich vor Will in die Schlange beim Buffet ein, und als ich ihm anbot, ein Croissant auf seinen Teller zu legen, weil ich die Zange schon in der Hand hielt, könnte ich schwören, ein ‚awww‘ von jemandem zu hören. Es war ein bisschen seltsam, dass seine Kollegen und Kolleginnen so übertrieben begeistert waren, dass er einen Freund hatte.

Zurück am Tisch fing ich an, mein Rührei, Bacon und Würstchen zu verspeisen. Ich musste zugeben, dass Seth und Logan mich interessierten. Als sie frühstückten, hörte ich Seth dabei zu, wie er sich mit Jenna und Jun über die Weihnachtspläne ihrer Familie unterhielt.

Jenna sagte: »Du weißt, dass Dad nichts anderes essen will als den selben Truthahn mit Füllung, den wir immer haben. Ich sage ja nicht, dass Wildhühner nicht lecker sind, aber wir müssen auch das traditionelle Zeug machen.«

Als sie darüber diskutieren, spießte Seth ein Würstchen von seinem Teller auf und legte es wortlos vor Logan ab, auf dessen Teller sich nur noch Eier befanden. Sofort verputzte Logan das Würstchen mit Begeisterung.

Sie hatten also auch so getan, als wären sie in einer Beziehung? Und waren nun im echten Leben verheiratet? Wenn ich doch nur so viel Glück haben könnte.

»Bereit für eure große Performance?«, fragte Seth mich und Will leise.

Will nickte und ich sagte: »Jep.« Sie wussten ja nicht, dass wir jahrelange Erfahrung hatten. Diesmal musste ich nur meine übliche tu-so-als-wärst-du-nicht-in-deinen-besten-Freund-verliebt Routine abstellen und stattdessen meinen tu-so-als-wäre-dein-bester-Freund-in-dich-verliebt Fantasien verfallen. Kein Problem.

»Unser persönlicher Adam Sandler Weihnachtsfilm«, witzelte Matt.

Logan runzelte die Stirn. »*Happy Gilmore?*«

»Nein, der wo er so tut als wäre er schwul für die Krankenkasse oder sowas. Ich glaub, er war ein Feuerwehrmann«, antwortete Becky.

»Oh, stimmt«, bemerkte Jun. »Das war ein schrecklicher Film. Ich bin mir sicher, dass die heutige Vorführung wesentlich besser ist.«

Ich lachte leise. »Den Film habe ich nicht gesehen, aber ich glaube dir. Allerdings bin ich nicht hetero, ich bin bi.«

»Wie Logan.« Seth drückte liebevoll Logans festen Unterarm.

»Cool.« Ich lächelte.

Logan biss nochmal von seinem Toast ab. Er strich sich die Krümel vom Kinn und murmelte: »Was denn?«, als Seth ihn durchdringend ansah. »Mike und ich können den geheimen Handschlag nachher ausführen«, fügte er hinzu.

»Michael«, korrigierte ihn Will.

Ich winkte ihn ab. »Schon okay.«

»Ist es nicht.« Will schnitt in seinen Pancake und gab mir ein verwirrtes Lächeln. »Wieso tust du das?«

»Will halt nicht, dass sich die Leute schlecht fühlen.«

»Aber was ist mit *deinen* Gefühlen? Es ist *dein* Name.«

Alle am Tisch beobachteten uns und ich lachte angespannt. »Es ist keine große Sache.«

»Wow, ihr seid wirklich gut darin ein Paar zu spielen«, flüsterte Becky.

Gelächter brach um uns herum aus und ich pikste Will mit meinem Ellbogen. »Hör auf zu nörgeln, Pookie-Wookie.«

Das brachte auch Will zum Lachen und alle anderen lachten mit. Ich war mir nicht sicher, wieso Will so angespannt war. Gut, so viel Aufmerksamkeit von seinen Kolleg:innen zu bekommen war bestimmt komisch. Aber war es wirklich so schlimm, so zu tun als wäre er nicht hetero? Oder lag es an *mir*?

»Okay, es ist Zeit, uns alles über Will zu erzählen, was er vor uns geheim hält«, sagte Becky mit einem hinterhältigen Grinsen, bevor sie einen Schluck von ihrem frischgepressten Orangensaft nahm.

»Genau genommen bin ich so etwas wie sein Chef«, sagte Seth. »Ich bin mir nicht sicher, ob ich da zuhören sollte.«

Jenna schnaubte. »Du bist mein richtiger Chef und du weißt viel zu viel über mich.«

»Eben, man muss aus vorangegangenen Fehlern lernen«, antwortete Seth.

Alle sahen mich an und Will schien…interessiert daran, was ich sagen würde? Ich zuckte mit den Schultern. »Wir haben uns im College getroffen und sind dann zusammen gezogen.«

»Aww, das ist schön«, sagte Becky. »Und seitdem seid ihr beste Freunde?«

Schuldgefühle meldeten sich zu Wort, also nickte ich nur, bevor ich mir einen Bissen extrem süßen und klebrigen Pancake in den Mund schob. Würde Will ihnen erzählen, dass ich zwei Jahre lang nicht mit ihm gesprochen hatte, bevor ich ihn einfach anrief um nach Hilfe zu fragen?

Er tat es nicht. Natürlich nicht. Er war viel zu gutmütig für so etwas und es wäre allen anderen seltsam vorgekommen.

»Bestimmt hat er sich im College vor Verehrerinnen kaum retten können«, bemerkte Jenna. »Dieses Gesicht, der Akzent, sein—« Plötzlich schien ihr aufzufallen, dass sie sich bei einem

Betriebsausflug befand. »—e Persönlichkeit.«

»Als ob«, murmelte Will und schüttelte lächelnd den Kopf.

»Oh ja, er war sehr beliebt. Er hatte ständig eine Neue«, bestätigte ich.

Der ganze Tisch lachte und fing an Will zu necken. Er biss die Zähne zusammen und zwang sich zu einem Lächeln, während eine Ader in seiner Stirn so fest pochte, dass sie zu zerplatzen drohte. »Komm schon, Mann. Das stimmt nicht.«

Ich schwenkte den schwarzen Kaffee in meiner Tasse. »Ähm, doch. Du bist fast jede Woche mit einer anderen ausgegangen. Die sind nur nie lange geblieben.«

»Lieben und stehen lassen, hm?«, meinte Jun.

Jetzt schien Will wirklich wütend zu werden. »Nein.«

»So habe ich es nicht gemeint!«, beteuerte ich. »Will ist nicht so gemein, wirklich nicht. Er ist wunderbar. Er ist lieb und großzügig und loyal und—« Ich brach ab. »Was ich meine ist, dass er kein Aufreißer ist.«

»Natürlich nicht«, sagte Seth und die anderen murmelten ihre Zustimmung.

»Tut mir leid«, fügte Jun verlegen hinzu und schob seine runde Brille hoch.

Will lachte. Es klang *fast* ehrlich, aber ich wusste nicht, ob die anderen das bemerkten. »Schon okay.« Er sah sich um, sprach aber leise weiter. »Das ist der Ruf, den ich habe, aber in Wahrheit habe ich einfach die richtige Person noch nicht getroffen.«

»Aber das *hast* du.« Becky zwinkerte ihm zu. »Es war schon immer dein bester Freund, der direkt unter deiner Nase war. Schwääääärm.«

Oder genauer gesagt: Mein wahr-gewordener größter Traum. Ich lachte mit den anderen mit. Ha, ha, *ha*.

Zum Glück wechselte Seth das Thema. »Matt, weißt du irgendwas über dieses Videospiel, das momentan so in ist?« Er wandte sich Logan zu. »Wie heißt das nochmal?«

Logan murmelte den Namen des Spiels durch einen vollen Mund und fügte dann hinzu: »Wir versuchen, uns eine Überraschung für Connor einfallen zu lassen. Der Kleine errät alles.« Er lächelte liebevoll.

Seth sagte zu ihm: »Naja, wir können ihn immer noch mit diesem Motorrad überraschen, auf das er spart.«

Logan funkelte ihn böse an. »Auf gar keinen Fall.«

Ehrlich gesagt, hätte ich wegen seiner Lederjacke und seiner verruchten Ausstrahlung vermutet, dass Logan derjenige wäre, der eine Pro-Motorrad Meinung vertrat.

Seth hob abwehrend seine Hände. »Du weißt, dass ich es auch nicht gut finde aber… Okay, Videospiel dann. Wir müssen uns dann noch ein paar weitere Geschenke einfallen lassen.«

Ich war so neugierig über Logan und Seths Sohn und welchen Part er dabei gespielt hatte, dass die beiden zuerst nur so getan hatten, als wären sie in einer Beziehung. Allerdings schien es unhöflich danach zu fragen. Als Matt vor Aufregung fast aus seinem Stuhl hüpfte und anfing, über das Videospiel zu philosophieren, blieb ich still.

Mein Handy signalisierte mir eine eingehende Nachricht, die ich mit einem Seufzen las. Als Will eine Augenbraue hob, sagte ich: »Sie haben mein Auto zur Werkstatt gebracht. Der Mechaniker sagt, dass er es sich erst nach Weihnachten ansehen kann.«

»Keine Sorge.« Er senkte seine Stimme, lehnte sich näher zu mir, und brachte mein Herz zum Rasen. »Du bleibst bei mir.«

Eigentlich wollte ich ihm widersprechen und ihm sagen, dass er nicht mein Chauffeur war, aber… ich nickte nur und flüsterte: »Danke.« Will das Steuer zu überlassen war auf eine Art beruhigend, die ich im Moment nicht hinterfragen wollte.

Schon bald war das Frühstück vorbei und es war an der Zeit… zu tun, was auch immer Menschen bei Betriebsausflügen taten. Ehrlich gesagt, war ich mir da nicht ganz sicher, vor allem, nachdem es sich hierbei um einen Ausflug mit der ganzen Familie handelte. Wendy, die Frau vom Parkplatz, verteilte Anweisungen, als wir aus dem Restaurant geführt wurden. Als wir ihr näher kamen, sah sie sofort weg.

Grinsend lehnte sich Matt zu uns, als wir endlich draußen angekommen waren, und frage: »Bereit für Operation Fake Boyfriend Zwei: Größer, Geiler und—« Er hielt inne. »Noch etwas, das ich mir erst noch überlegen muss?«

Will lachte, während ich blödsinnig antwortete: »Wie schwer kann das schon sein?«

Kapitel Sechs
Will

ICH WAR NOCH nie ein guter Schauspieler gewesen. Abgesehen von dem einen Mal, als ich eine Küchenratte in einem Cinderella Christmas Panto spielte, als ich elf Jahre alt war, hatte ich nie eine Rolle spielen müssen. Naja, natürlich konnte man argumentieren, dass wir alle auf eine Art eine Rolle spielten, zum Beispiel auf der Arbeit, aber das war nicht der richtige Zeitpunkt, um philosophisch zu werden.

Denn Michael hielt meine Hand.

Und ich hielt seine Hand. Wir hielten einander an den Händen fest, was etwas war, das Pärchen taten.

Wir waren fest in Winterkleidung eingepackt und liefen über die Lichtung unter dem bewölkten Himmel, und vor einer Minute hatte Michael an meinem Handgelenk gezogen und geflüstert: »Sollten wir Händchen halten oder sowas?« Er hatte sich zu mir gelehnt und sein Atem hatte mein Ohr gekitzelt.

Natürlich hatte er recht, das taten Pärchen normalerweise. »Definitiv.« Unbeholfen verschränkte ich unsere behandschuhten Finger miteinander, bis das Leder quietschte.

Michael drückte meine Hand. »Ähm, ist das gut so?«

»Total, oder nicht?« Hielten Leute so Händchen? Bestimmt.

Es gab keine besondere schwule Art Händchen zu halten.

Wieso stellte ich mich so an und konnte nicht aufhören, darüber nachzudenken? Ja, das war eine akzeptable Art und Weise

Händchen zu halten. Mit einem Mann. Mit Michael.

Frischer Schnee knarzte unter unseren Stiefeln, als wir Seth und Logan zu der Hütte folgten, an der Leute für Ski anstanden. Die beiden hielten sich ebenfalls an den Händen.

Logan musste in seiner Lederjacke wahnsinnig frieren, doch er schien ziemlich entspannt, als sie vor sich hinliefen, sich unterhielten und über irgendetwas lachten.

Ich hatte sie in ihrem Haus zum Grillen besucht, und es war warm und einladend und die perfekte Definition eines *Zuhauses*. Nie im Leben hätte ich geglaubt, dass ihre Beziehung als Fake angefangen hatte.

»Bist du dir sicher, dass alles in Ordnung ist?«, murmelte Michael.

»Was? Ja, wieso?«

»Du bist nur sehr still.«

»Ich denke nach.«

»Ahhh.« Er nickte ernsthaft. »Ich dachte mir schon, ich könne Rauch riechen.«

Lachend stupste ich meine Schulter gegen seine. »Hau ab.«

Michael stupste mich zurück. »Aber bist du dir sicher, dass dir das hier nicht zu viel ist?«

Er drückte meine Hand. »Es ist nicht so, als müssten wir uns aneinander ankuscheln oder sowas. Viele Paare stehen nicht darauf, in der Öffentlichkeit Zärtlichkeiten auszutauschen und du musst niemandem etwas beweisen.«

Das war die Chance um Michaels Hand loszulassen, aber es war ja nicht so, als wäre es mir unangenehm. »Nee, schon okay. Ich bin nur übers Wochenende bi, da sollte ich mich reinhängen.«

»Stimmt.« Er nickte und blickte auf seine Stiefel. »Jap, jap.«

»Okay, nein. Ich gehe nicht Skifahren«, sagte Seth zu Logan. »Ich werde hinfallen.«

Wir erreichten die Skihütte mit Bänken, auf denen ganze Familien sich ihre Ausrüstung anzogen. Der Hang mit zwei

Pfaden, die offenbar von einer Maschine gezogen worden waren, verschwand im Wald.

»Ich fang dich auf«, sagte Logan einfach.

Seth verdrehte die Augen. »Mit den Skistöcken in deiner Hand? Das wäre ein guter Trick.«

Als Seth und Logan miteinander diskutierten, sah ich mir die Leute mit Skiern misstrauisch an. Einige von ihnen hatten offensichtlich Erfahrung und stapften selbstbewusst zum Hang, von dem sie mit gleichmäßigen Bewegungen runterfuhren.

Michael und ich tauschten einen Blick aus. »Vielleicht sollten wir etwas anderes machen«, sagte Michael. »Ich habe schon genug blaue Flecken.«

»Ja!«, stimmte Seth ihm zu. »Weil das hier ist ganz klar eine schlechte Idee. Wieso sind alle Winteraktivitäten so gefährlich?«

»Liebes, Sie nehmen mir die Worte aus dem Mund!«, mischte sich eine bekannte Stimme ein.

Wir drehten uns um und fanden Angela in ihrem pinken Schneeanzug vor. »Seth, diese Nordlichter sind wahre Teufelskerle, nicht? Es gibt allerdings eine Aktivität, die mir wahnsinnig gut liegt. Wollt ihr Jungs sie mit mir ausprobieren?«

Natürlich stimmten wir ihr alle vier zu und folgten Angela einen anderen Weg runter. Hoffnungsvoll fragte Seth: »Setzen wir uns ins Café und trinken heiße Schokolade?«

Ich konnte nur lachen, als wir um eine Kurve liefen und plötzlich auf einen Stall mit Pferden zugingen. »Jetzt aber mal langsam mit den jungen Pferden«, sagte Logan.

»Das ist der Plan!«, grinste Angela erfreut.

»In welchem Universum ist das weniger riskant als verdammt nochmal Ski zu fahren?«, wollte Logan zurecht wissen. Er schien keine Bedenken zu haben, vor Angela zu fluchen und sprach mit ihr auf eine Art, die klar machte, dass sie sich vertraut waren.

Ihr schien es zu gefallen.

»Oh, reiten!«, sagte Seth. »Das hab ich als Kind immer im

Bibel Zeltlager gemacht, das ist leicht.«

Während Logan und Seth sich zankten, fragte ich Michael: »Willst du reiten? Ich habe es zwar seit ein paar Jahren nicht gemacht, aber es sieht nicht so aus, als wären es wilde Hengste.«

Michael sah sich die Pferde genauer an. »Ähm, okay? Warum nicht. Ich bin einmal im Zoo auf einem Kamel geritten.«

Das brachte Angela dazu ein Lied über ein Kamel namens Alice zu singen, was ein paar Kinder in der Nähe dazu animierte mitzumachen.

Als wir darauf warteten, aufsteigen zu können, flüsterte Michael: »Das hier ist alles ziemlich…niedlich.«

»Das ist es wirklich.«

Außerdem hielten wir gerade Händchen und ich wollte noch nicht loslassen. Es war schon eine ganze Weile her, seit ich das letzte Mal mit jemandem lange genug zusammen war, dass es zu öffentlichen Zärtlichkeiten kam. Joanne aus dem Marketing ritt an uns vorbei, winkte uns zu und gab uns einen ermutigenden Daumen nach oben, was ziemlich überflüssig war, aber trotzdem nett.

Es war mir weiterhin neu, als irgendetwas anderes als hetero betrachtet zu werden, zumindest meines Wissens nach. Und es war…ja, was? Ich fühlte mich seltsam aufgeregt, also machte es definitiv Spaß? Ein Scherz, meinen Kolleg:innen etwas vorzuspielen?

Mein Magen drehte sich um. Nein, das stimmte nicht. Alle anzulügen, gefiel mir überhaupt nicht. Schon als Junge war es mir nicht gelegen, mir etwas auszudenken. Allerdings war es eine Erleichterung, dass die Leute mich nicht fragten, wieso ich keine Freundin hätte und wann ich mich endlich mit jemandem niederlassen würde.

Obwohl es einige Kollegen und Kolleginnen überhaupt nicht interessierte, war es erstaunlich, wie oft Menschen, die ich nicht sonderlich gut kannte, dachten, sie könnten mein Liebesleben kommentieren.

Passenderweise klopfte mir in dem Moment Joel vom Finanzteam auf die Schulter. »Hey, Will!« Ein flauschiger blauer Hut schützte seine Glatze. Er stellte uns seine Frau vor, die eine passende Mütze und Skijacke trug. Sie beobachteten Michael erwartungsvoll und mir fiel auf, dass ich nun an der Reihe war.

»Das ist mein… Michael. Freund.« Wow, wie cool konnte man sein.

»Hi!« Michael schüttelte ihre Hände und lächelte.

»Schön dich kennenzulernen, Mike. Jetzt macht das alles Sinn!« Joel bedachte mich mit einem seltsamen Grinsen, bevor ich ihn zwecks Michaels Namen korrigieren konnte. »Du hättest uns einfach sagen sollen, dass du schwul bist!«

Als Joels Frau ihn mit ihrem Ellbogen anstupste und böse anfunkelte, antwortete ich automatisch: »Bin ich nicht.« Nachdem ich es nicht war. »Was ich meine ist, ich bin…« Alles was ich sagen musste war: »*Ich bin bisexuell.*«

Doch mein Magen krampfte sich zusammen, was keinen Sinn machte. Wenn es mir Spaß machte als bi eingestuft zu werden, sollte ich dann nicht in der Lage sein, es laut auszusprechen?

»Wir sind uns noch nicht so ganz sicher, was das Label angeht«, erklärte Michael. Das war in seinem Fall nicht wahr, und er hatte es zweifellos gesagt, um mich zu schützen. Er drückte ermutigend meine Hand und ich atmete tief durch.

»Oh!« Joel klatschte sich auf die Stirn. »Stimmt, okay. Tut mir leid.« Er errötete.

Jetzt hatte ich Joel blamiert, obwohl die Lüge ganz alleine bei mir lag. Ich schüttelte den Kopf. »Braucht dir nicht leid tun. Ich bin nur…ähm. Das ist alles neu für mich.« Das war immerhin die Wahrheit.

Joels Frau lächelte mich aufmunternd an. »Ich bin mir sicher, dass du das alles mit der Zeit herausfindest. Alles was jetzt zählt, ist, dass du glücklich bist! Jeder kann sehen, dass ihr beiden absolut verrückt füreinander seid.«

Ein paar weitere Kolleg:innen gesellten sich zu uns, um mir ihre Meinungen aufzudrücken. Dana aus der Kommunikationsabteilung sagte: »Das hätte ich niemals gedacht!«

Ich lächelte und nickte, während Angela etwas über Pferde erzählte und Michael weiterhin meine Hand festhielt. Offenbar war ich ein besserer Schauspieler, als ich gedacht hatte, wenn ‚alle‘ daran glaubten, dass Michael und ich zusammen waren? Das war das Ziel der Lüge, also war ich mir nicht ganz sicher, wieso mich das verunsicherte.

Vielleicht sollte ich Angela und den anderen einfach die Wahrheit erzählen. Doch Michael hielt meine Hand fest und wir waren jetzt schon zu tief in der Geschichte drin. Wenn es meiner Karriere mit Angela weiterhelfen könnte, fürs Wochenende bi zu sein, dann würde ein Geständnis bestimmt nur das Gegenteil erreichen. Es würde jegliches Vertrauen, das sie in mich hatte zerstören und meinen Ruf unter den Mitarbeitenden ruinieren. Wie sollten sie noch irgendetwas trauen, das ich sagte?

Es war zu spät. Ich war jetzt verpflichtet, das durchzuziehen und musste das akzeptieren.

»Will?«

Ich konzentrierte mich auf Michael. »Tut mir leid, ich war in Gedanken.«

Er zog an meiner Hand. »Ich bin jetzt dran, du musst loslassen.«

»Stimmt!« Ich lachte unbeholfen und ließ seine Hand los. Er schnallte sich einen Helm um und hörte der jungen Frau zu, die ihm erklärte, wie er sich auf und über den Sattel hochziehen musste.

Von meinem Blickpunkt aus konnte ich den leichten roten Fleck sehen, der immer noch auf seiner Jeans war, obwohl sich die Wäscherei wirklich bemüht hatte. Der Stoff klebte an seinem Schenkel und sein Mantel rutschte hoch, als er es sich auf dem

Sattel bequem machte und dann…schoss ihm die Farbe aus dem Gesicht.

»Michael?« Ich trat einen Schritt an ihn heran. »Ist alles in Ordnung? Tut dein Hintern weh?«

Wieso hatte ich nicht vorher daran gedacht? Er war am Vortag hingefallen…Reiten war eine furchtbare Idee.

Er lief rot an und sah sich um und erst zu spät viel mir auf, was meine Wortwahl implizierte, nachdem wir vorgaben, Liebhaber zu sein.

Ich musste mich räuspern, bevor ich laut – vermutlich zu laut? – hinzufügte: »Tut dein Hintern weh, nachdem du gestern gestürzt bist?«

Michael zuckte mit den Schultern. »Ein bisschen, aber es ist in Ordnung, so lange wir nicht… galoppieren.« Er krallte sich an den Zügeln fest und zog einen scharfen Atemzug ein, als das Pferd sich bewegte.

»Komm schon, irgendetwas stimmt nicht.«

»Alles gut!« Er nickte übertrieben.

Ich seufzte und hob die Augenbrauen.

Er gab nach und murmelte: »Es fühlt sich hier oben höher an, als ich gedacht hatte.«

»Aber du bist von den Dächern zweistöckiger Häuser gesprungen.«

»Einmal! Und ich war jung und betrunken!« Er hielt die Zügel noch fester. »Ist schon in Ordnung. Ich weiß, es ist seltsam, aber ich habe diese komische Höhenangst entwickelt. Ich mag es nicht einmal, auf Leitern zu steigen.«

»Was?« Ich griff nach seinem Knie. »Wieso hast du nichts gesagt? Wir müssen nicht reiten gehen! Komm schon, ich helfe dir runter.«

Dass Michael offenbar diese neue Angst entwickelt hatte, von der ich nichts wusste, beunruhigte mich. Früher hatte ich alles über ihn gewusst. Zumindest hatte ich das geglaubt.

»Mein Herr? Sie sind dran.«

»Oh, wir reiten doch nicht«, erklärte ich der Frau.

»Tun wir doch! Jetzt bin ich schon hier oben!« Michael klopfte mir sanft auf die Hand, wo sie immer noch auf seinem Knie lag. »Alles gut. Ehrlich. Steig auf.« Spielerisch klopfte er mir auf die Schulter.

Zögerlich trat ich zurück und setzte mir einen Helm auf. Mit dem Stiefel im Steigbügel stieg ich auf mein eigenes Pferd auf, einer Stute namens Stella. Sie bewegte sich kaum, während ich es mir bequem machte. Das Leder fühlte sich kalt unter mir an, doch das würde sich bald aufwärmen.

Als wir in einem langsamen Tempo aus dem Stall rausgeführt wurden und Stella sich gleichmäßig unter mir bewegte, beobachtete ich Michaels starren Rücken vor mir.

Weit vor ihm beschwerte Logan sich und Seth lachte, bevor er ihm sagte, wie mutig er war. Die Art und Weise, auf die sie sich neckten, erinnerte mich an meine Eltern und ich konnte mir nur zu gut vorstellen, wie meine Mutter Logan dafür lobte, einen Sprung gewagt zu haben.

Michael blickte hinter sich und ich fragte: »Okay?« Er schenkte mir ein echtes, schiefes Grinsen und nickte.

Die Pferde folgten artig dem Pfad und unsere Gruppe bewegte sich im Gänsemarsch der Führerin hinterher. Die Luft war kalt und frisch und der verschneite Wald um uns herum war still.

Sogar Logan schien die friedvolle Atmosphäre zu genießen, bis plötzlich mit lautem Gepolter ein Pferd hinter uns angaloppiert kam, und mit einem vergnügt kreischenden Jugendlichen auf dem Rücken an uns vorbei zog.

Inmitten der Rufe, dass er anhalten solle, kam ein weiterer Reiter an uns vorbei und dann noch einer. Vermutlich handelte es sich um die Eltern. Letzterer kam ein bisschen zu nah an uns vorbei und Stella wieherte, bevor sie einen Schritt zur Seite machte und ein niedrig hängender Ast einer Eiche oder eines Ahornbaumes über meine Wange kratzte. Ich schreckte auf und versuchte meine Haltung zu weit zu korrigieren.

Es war nicht so, als hätte Stella mich abgeschmissen oder etwas ähnlich Dramatisches. Nein, ich lehnte mich nur so weit in die andere Richtung, dass ich es nicht mehr schaffte mich aufzusetzen, und plumpste mit einem Mal auf den vom Schnee gepolsterten Boden.

Ich starrte auf den grauen Himmel hinauf und alles, was ich tun konnte, war zu lachen.

Um mich herum riefen mir andere besorgt zu und bevor ich mich beruhigen konnte, um allen zu sagen, dass mir nichts passiert war, erschien Michael schon in meinem Sichtfeld.

»Scheint, als wäre ich endlich an der Reihe gewesen, hinzufallen.«

Mit weit aufgerissenen Augen sah Michael mich ernst an. »Hast du dich verletzt?«

»Nein, überhaupt nicht. Mach dir keine Sorgen.«

Doch Michael lehnte immer noch über mich und biss sich auf die Lippe, als er sich einen Handschuh auszog und meine Wange zärtlich berührte. Ich zuckte zusammen. Meine Haut fühlte sich zu heiß an.

»Hm, scheint als hätte ich jetzt auch einen Kratzer. Dann haben wir zusammenpassende Verletzungen.«

»Siehst du?«, hörte ich Logan sagen. »Das könntest du sein, Seth!«

Lachend setzte ich mich auf. »Das war überhaupt nichts.«

Michael kniete sich neben mir in den Schnee und griff mit seiner nackten Hand nach meinem Arm. Ich lächelte ihn an. »Wirklich, es ist alles in Ordnung.« Dann reichte ich ihm seinen Handschuh. »Hey, du bist ganz schön schnell abgestiegen. Kein Schwindel?«

»Oh! Oh nein. Nö. Ich hab dir doch gesagt, dass es nicht schlimm ist.« Michael sah sich um, und schien zu bemerken, dass die anderen Reiter in unserer Gruppe uns von ihren Pferden aus beobachteten. Schnell zog er sich seinen Lederhandschuh wieder an.

»Er macht sich nur Sorgen, Liebes. Sind Sie sicher, dass es Ihnen gut geht?«, meldete sich Angela.

Die Führerin sprach in ihr Walkie-Talkie, bevor sie von ihrem Pferd hüpfte und mit den Zügeln in der Hand zu uns eilte. »Das tut mir wahnsinnig leid. Das Erste Hilfe Team ist schon auf dem Weg.«

»Oh nein, das brauche ich nicht!« Ich sprang auf die Füße. »Lediglich mein Stolz hat bisschen etwas abbekommen. Haben sie den Kleinen erwischt?«

Die Führerin nickte und schien sich kaum zurückhalten zu können, die Augen zu verdrehen. »Jedes Jahr gibt es da jemanden.«

»Immerhin war es nicht Connor«, sagte Seth trocken.

Angela lachte. »Oh nein, er ist zu alt für solchen Schabernack, da bin ich mir sicher.«

Logan schnaubte. »Das hoffen wir, aber…«

Michael stand neben mir und schien, als würde er darauf warten, dass ich jeden Moment ohnmächtig werden würde. Ich griff nach seiner Hand und drückte zu. »Es war viel schlimmer, als du von dem Dach in den Pool gesprungen bist.«

»Oh, *diese* Geschichte müssen wir hören!«, rief Angela erfreut.

Michael tat ihr den Gefallen und erzählte die Geschichte, während wir auf zwei Mitarbeitende mit Erste Hilfe Kenntnissen warteten. Sie kamen auf uns zugeritten und begutachteten mich. Erst nachdem sie angekommen waren, fiel mir auf, dass Michael und ich uns immer noch an den Händen hielten. Offenbar waren wir bessere Schauspieler als wir angenommen hatten.

MICHAELS BRUST HOB und senkte sich rhythmisch in dem sanften, entfernten Schein der Weihnachtslichter, der durch die Jalousie fiel. Irgendwie empfand ich es als meditierend, seine Atemzüge zu zählen. Nach einem Tag voller Reiten – und Fallen – , mit Schlittschuhen auf einem Bach durch den Wald laufen, einem riesigen Buffet zum Abendessen und Weihnachtslieder am Lagerfeuer singen, war ich erledigt.

Ganz abgesehen davon, dass ich Michael als meinen Freund vorgestellt hatte, seine Hand gehalten und ihm letztlich sogar einen klebrigen Marshmallow gefüttert hatte, nachdem Angela darauf bestand, dass es romantisch wäre.

Obwohl ich meine Hand schon vor Stunden abgewaschen hatte, konnte ich irgendwie immer noch Michaels Lippen um meine Fingerspitzen fühlen, als er den Marshmallow in den Mund genommen hatte. Es war seltsam und dämlich gewesen und ich wusste nicht, wieso ich immer noch darüber nachdachte, wenn ich schon längst schlafen sollte.

Zentimeterweise bewegte ich mich und legte mich auf den Rücken. Ich versuchte Michael nicht zu stören, der neben mir ausgestreckt unter der Decke lag. Wenn ich alleine wäre, dann würde ich jetzt wichsen, um die Gedanken aus meinem Kopf zu verbannen, und um mich ins Traumland zu befördern.

Ich hatte es immer geliebt, mir einen runterzuholen. Zugegeben, die meisten Leute genossen es, zumindest soweit ich das beurteilen konnte. Aber manchmal fragte ich mich, ob etwas mit mir nicht stimmte. Sicherlich würden nicht viele es vorziehen, sich zu Hause einen runterzuholen, anstelle auf ein Date mit einer richtigen Person zu gehen, mit der man potentiell schlafen konnte.

Apropos schlafen mit einer anderen Person, Michael schnarchte sanft neben mir und schien tief und fest zu träumen. Er war komplett nichtsahnend, dass er sich das Bett mit einem Perversen teilte. Was zum Teufel tat ich da, übers Wichsen nachzudenken? Wenn ich nicht sofort aufhörte, würde ich hart werden.

Wieder bewegte ich mich so leise und vorsichtig wie möglich. Ich drehte mich auf die Seite und von Michael weg. Vielleicht hätte ich duschen gehen sollen und mich früher um mein Problem kümmern. Bei dem Gedanken machte mein Schwanz einen Satz. Es war einfach schon zu lange her. Normalerweise besorgte ich es mir jeden oder zumindest jeden zweiten Tag.

Nun, wo ich darüber nachdachte, konnte ich nicht an viele Situationen denken, in denen ich es vorgezogen hatte. mit einer Frau zu schlafen. anstelle mir einen runterzuholen. Amelia im ersten College-Jahr natürlich. Verdammt, sie hatte mich in den Wahnsinn getrieben.

Sie war meine erste große Liebe gewesen, doch sie hatte zum Start des zweiten Semesters mit mir Schluss gemacht. Während des Sommers hatten wir eine Fernbeziehung geführt. Ich war in Schottland gewesen und Amelias Herz hatte sich an die Distanz gewöhnt. Meines war ziemlich dramatisch in tausend Teile zerbrochen.

Danach ging es mir schlecht in der Uni und ich hatte sogar darüber nachgedacht. mein Studium abzubrechen und doch zurück nach Schottland zu gehen. Doch dann hatte ich Michael und Zoe und all die anderen in Zoes Haus getroffen. Irgendwann war ich über Amelia hinweg gewesen. doch Mum würde jetzt sagen, dass ich seitdem keinen Sprung mehr gewagt hatte. und dass sie das bedauerte.

Doch Michael war in meinem Leben gewesen. Bis er es plötzlich nicht mehr war.

Michael wimmerte kurz und fing an im Schlaf um sich zu treten. In dem schwachen wasserfarbenen Licht, konnte ich die Bewegung seiner Augen unter den Liedern ausmachen.

Die Kratzer auf seiner weichen Wange waren immer noch sichtbar, doch er hatte mir versichert, dass sie nicht mehr schmerzten. Mein eigenes Gesicht war in Ordnung. Der Kratzer von dem Ast schien dann doch nicht so ernst gewesen zu sein.

Das extra große T-Shirt hing unter seinem Schlüsselbein. Er bewegte sich wieder und murmelte und ich sah seinem Adamsapfel dabei zu, wie er sich bewegte, sobald Michael schluckte. Er schnarchte sanft, ein hohles Raunen. War es ihm unter der Decke zu warm? Er trat nochmal dagegen, also zog ich den Stoff bis zu seiner Mitte runter.

Die Jogginghose saß niedrig auf seinen Hüften. Das T-Shirt hatte sich hochgerollt und geknittert, sodass seine sanfte, helle Haut zu sehen war, genauso wie das überraschend dunkle Haar, das von seinem Nabel aus nach unten führte.

Plötzlich fiel es mir schwer zu atmen. Wieso durchströmte mich auf einmal Lust, die so mächtig war, dass sich meine Venen anfühlten, als stünden sie in Flammen? Offenbar war es schon viel zu lange her, seit ich gekommen war. Um Gottes Willen, Michael würde aufwachen und sich fragen, was zum Teufel ich hier tat.

Nachdem ich mich ins Badezimmer verkrochen hatte, schob ich leise die Tür zu. Hier drin gab es kein Fenster, also schaltete ich das Licht an und beugte mich über das Waschbecken, bevor ich meinen Kopf gegen das kühle Glas des Spiegels lehnte. Mein Schwanz war so steif, dass es fast weh tat.

Mich überkam der Drang, lachen zu wollen. Was war ich nur für eine Drama Queen! Gott, ich hatte schon oft mehrere Tage ausgehalten ohne einen Orgasmus zu haben. Und dennoch vibrierte mein ganzer Körper voll frustrierter Energie. Wenn ich nicht aufpasste, würde ich Michael noch aufwecken. Er war nur ein paar Schritte von mir entfernt in dem kleinen Häuschen.

Ich spreizte die Beine und stützte mich ab, bevor ich meinen Schwanz aus den Shorts rausholte. Gleitgel brauchte ich nicht, die Lusttropfen reichten völlig aus. Es fühlte sich etwas rau an, doch das Gefühl ließ meine Zehen auf dem schön warmen Boden zusammenrollen. Mein Penis war voll und vibrierte in meiner Hand, als ich ihn bearbeitete.

Ich biss mir auf die Zunge und atmete flach durch den Mund.

Jedes Mal, wenn ich keinen Porno zur Verfügung hatte, während ich mir einen runterholte, hatte ich eine Reihe an Fantasien, die ich mir vorstellte. Bilder vielmehr. Volle Hintern, Brüste, harte Schwänze. Körper, die einander fickten, sich offen legten, sich hingaben. Sich küssten, schluckten und stöhnten.

Ich hatte zwar nie einen Schwanz gelutscht, aber ich stellte mir vor, wie es sich wohl anfühlte, als ich an meinem eigenen Schwanz zog. Meine Eier waren bereits voll und schwer.

Auf meinen Knien, Lippen gestreckt, Speichel an meinem Kinn und mein Mund wunderbar voll.

Lecken und schmecken. Kaum atmen zu können. Schneller Puls und feuchte Geräusche, die im Raum widerhallten. Eine Hand auf meinem Kopf, sanfte Finger in meinen Haaren und seine Stimme, ein Stöhnen: »Oh, Will.«

Mein Rücken wölbte sich, als ich zum Höhepunkt kam. Ich erzitterte leise und mein ganzer Körper fühlte sich an, als würde er verbrennen. Bei dem Gedanken sein Sperma zu schlucken, zuckte ich nach vorne. Er war niemand Spezielles. Nur eine Silhouette. Nur ein Schatten, obwohl…

Ich konzentrierte mich auf das Sperma, als ich mich ergoss und mit den Folgen meines Orgasmus bebte. Es würde bestimmt salzig und warm in meinem Mund sein. Auf meinem Gesicht verteilt. Ich würde jeden Tropfen auflecken.

Ich lehnte mich über das Waschbecken, als ich mich abwusch und mir kaltes Wasser ins Gesicht spritzte. Als ich mich gerade hinstellte, um mich im Spiegel anzusehen, sah meine Haut fleckig aus, und die Röte verlief sogar meinen Nacken runter. Meine Kehle war staubtrocken und ich füllte eins der kleinen Gläser mit Wasser. Schnell stürzte ich die Flüssigkeit runter und füllte das Glas erneut.

Na gut.

Ich hatte immer darauf bestanden, dass ich keinerlei Pläne hatte, mich der Anziehung, die ich zu Männern fühlte, hinzugeben. Und das hatte ich auch nicht! Doch die Aufregung und mein vorangegangener Höhepunkt kribbelten immer noch doch meinen Körper. Das war neu. Das war…Wichsen auf einer ganz neuen Ebene gewesen und ich hatte immer geglaubt, dass das für mich nicht mehr möglich wäre.

»Will?«

Fast schlug ich mir den Kopf an der Decke an, bevor ich mich schuldbewusst umdrehte. »Ja?«

»Alles gut?« Michaels Stimme klang sanft und verschlafen.

Nicht wirklich! Doch das konnte ich ihm nicht sagen. Er würde sich nur Sorgen machen. Also sah ich nochmal in den Spiegel, schaltete das Licht aus und öffnete die Tür. In dem weichen Schein der Weihnachtslichter, saß Michael aufrecht auf meiner Seite des Bettes, mit der Bettdecke um die Mitte.

»Tut mir leid, dass ich dich geweckt habe«, murmelte ich. »Geh wieder schlafen.« Sein Haar stand in alle Richtungen ab und ich unterdrückte den Instinkt, es glatt streichen zu wollen.

»Es ist alles in Ordnung.«

»Bist du dir sicher, Mann? Bist du krank?«

»Nö, musste nur pissen. Rutsch rüber.«

Michael kroch zurück auf seine Seite unter der niedrigen Zimmerdecke. Er gähnte weit, als er sich wieder unter die Decke kuschelte. »Na gut.« Dann nahm seine Stimme einen schärferen Klang an. »Ich habe nicht geschnarcht, oder? Das passiert ab und zu, wenn ich Alkohol getrunken habe.«

Fast wollte ich lügen und ihm versichern, dass er stumm wie ein Mäuschen gewesen war. Doch Michael wollte ich nicht anschwindeln. »Nur ein bisschen. Stört mich aber überhaupt nicht.«

»Okay.« Er rollte sich auf die Seite mit dem Gesicht zur Wand und verspannte sich. »Tut mir trotzdem leid.«

»Ich hab dir doch gesagt, das stört mich nicht.« Gerade wollte ich nach ihm greifen um ihm versichernd die Schulter drücken, hielt aber mitten in der Luft inne, bevor ich meine Hand zurückzog und sie unter der Decke versteckte. »Wirklich«, fügte ich hinzu. »Geh wieder schlafen.«

Das war die Wahrheit, es störte mich nicht. Ich könnte wahrscheinlich sogar während eines Orkans schlafen. Da war ich einhundert Prozent ehrlich. Zumindest bei dem Thema. Was allerdings den Rest anging…Was genau meinte ich mit ‚*das*‘?

Ich rieb mir über mein feuchtes Gesicht. Mum würde mir jetzt sagen, ich stellte mich dumm an. Nicht, dass ich das hier mit ihr besprechen würde. Das konnte ich alles im neuen Jahr lösen. Für den Moment war eine Fake Beziehung Sprung genug, vielen Dank aber auch.

Kapitel Sieben
Michael

MIT UNSEREN ARMEN fest umeinander geschlungen standen Will und ich Hüfte an Hüfte. Die Seiten unserer Körper waren fest aneinander gepresst, während sein linkes Fußgelenk an mein rechtes gebunden war. Unter anderen Umständen, ohne die hundert Leute, die uns zusahen, und ohne die Schneeschuhe, wäre das der Anfang eines sehr angenehmen feuchten Traums gewesen.

Dass Wendy, die Frau, die offenbar für Will schwärmte, uns überhaupt aneinander gebunden hatte, machte die Situation nur seltsamer. Sie hatte uns mit einem angespanntem Lächeln versehen, bevor sie vor uns auf die Knie ging. Nun konnte ich ihr Gesicht unter dem Beret nicht mehr erkennen.

»Coole Mütze«, raunte ich, nachdem ich das Gefühl hatte irgendetwas zu ihr sagen zu müssen. Offenbar war das alles, was mein Gehirn sich ausdenken konnte.

Wendy blickte auf und rückte ihren Beret zurecht. »Ich weiß, die sind heutzutage nicht mehr sonderlich in.«

»Nein, mir gefällt's!« Hatte es geklungen, als würde ich mich über sie lustig machen? Scheiße. Als jemand, der schon seit Jahren für Will schwärmte, konnte ich mich nur zu gut in sie reinversetzen.

»Mir auch«, sagte Will.

»Das musst du nicht sagen.« Sie band das Seil zusammen und zog fast schon verzweifelt daran. Ich konnte meine eigene Scham einer unerwiderten Liebe in ihr erkennen und wollte sie einfach nur umarmen und ihr sagen, dass es in Ordnung war.

Will schien wahrlich perplex. »Es ist eine tolle Mütze. Wendy, nur damit du es weißt—«

»Nein, bitte!« Sie sprang auf die Füße und hielt das Seil, um die nächsten Teilnehmer zusammenzubinden, fest zwischen ihren Händen. »Du musst nichts sagen. Ich freue mich sehr für dich. Okay, Ciao!« Wenn der Schnee nicht so tief wäre, wäre sie sicherlich weggerannt anstelle sich langsam ihren Weg zu Matt und Becky zu bahnen, um deren Fußgelenke zusammen zu binden.

Will seufzte. »Ich wollte mich nur entschuldigen.«

»Dass du ihre Gefühle nicht erwiderst?« Ich erschauderte. »Mach das bloß nicht. Sie ist schon beschämt genug. Verhalte dich ihr gegenüber einfach normal.«

»Aber es gibt nichts, wofür sie sich schämen müsste.« Er runzelte die Stirn unter seiner Wollmütze.

»Dude. Sie fühlt sich bloßgestellt. Dein Mitleid hilft nicht.« Meine Haut kribbelte bei dem Gedanken, dass Will jemals herausfinden könnte, dass ich seit Jahren in ihn verliebt war. Jareds Worte hallten in meinem Kopf wieder.

»Er tut mir einfach so leid.«

Wills Mitleid wäre *so* viel schlimmer. Das mit Jared war immerhin vorbei. Doch es gab keine Chance, dass ich jemals aufhören könnte, Will zu sehen. Wieder bei ihm zu sein, hatte mir klar gemacht, wie einsam und dröge die letzten zwei Jahre, in denen ich nicht mit ihm gesprochen hatte, gewesen waren. Ich brauchte ihn in meinem Leben. Egal, was passierte, er war mein bester Freund.

Auch, wenn ich meinen Kopf ein paar Zentimeter drehen wollte, um Angesicht zu Angesicht mit dem kleinen Streifen stoppeliger Haut zu sein, die über seinem Schal herausblitzte. Auch, wenn ich meine Nase gegen ihn pressen und seinen Duft für immer einatmen wollte, ich würde mich mit Wills Arm und dessen angenehmem Gewicht um meinen Schultern zufrieden geben müssen. Es fühlte sich schön, an. Sicher.

In unserer Gruppe des Dreibeine-Schneeschuh-Laufs, liefen außerdem Matt und Becky und Angela und Dale mit. Wenn es Dale unwohl dabei war, an seine Chefin festgebunden zu sein, dann zeigte er das nicht einmal mit einem Hauch Unbehagen.

Die Schneeschuhe an unseren äußeren Füßen waren diese großen altmodischen Dinger, die aus Holz und…Schnüren? gebaut worden waren. Ich war mir nicht sicher, aber sie waren sehr groß und klotzig.

Ich lehnte mich gegen Will und nahm seine Wärme in mir auf. Der Sonntagmorgen war kalt aber sonnig gewesen. Über den Vormittag verteilt würden wir an einigen Aktivitäten teilnehmen, gefolgt von Mittagessen und dann ging es schon zurück nach Hause, nach Albany. Ich hatte also nur noch ein paar Stunden übrig, in denen ich Wills Freund sein konnte.

Zuhause. Mein Magen zog sich bei dem Gedanken zusammen. Ich würde meine Sachen aus dem Reihenhaus holen müssen. Außerdem würde ich nicht umhin kommen, mit Jared zu sprechen. Zeit, sich wie ein Erwachsener zu benehmen und die ganzen gemeinsamen Habseligkeiten aufteilen. Sich um die Rechnungen kümmern und um die ganzen anderen kleinen Dinge, die anfielen, wenn man mit jemandem zusammenwohnte.

»Alles gut?«, fragte Will.

»Jep. Wir sollten uns eine Strategie überlegen.«

»Für das Rennen? Geht's nicht nur darum nicht hinzufallen? Und schnell zu sein?«

»Stimmt.« Ich lachte. »Scheinbar nicht so kompliziert. «

An der Startlinie stellten der junge Mann und seine Freundin zu meiner Linken sich uns vor. Nachdem Will sich auf der anderen Seite mit Dale unterhielt, sagte ich: »Ich bin Michael. Wills Freund.«

Das war tatsächlich das erste Mal, dass ich diese Worte ausgesprochen hatte, nachdem Will mich immer vorgestellt hatte. Im Stall hatte er mich ‚mein Michael' genannt, in diesem wundervollen schottischen Akzent, der mein Herz singen ließ. Ich würde jede Sekunde dieses Arrangements genießen.

Es stellte sich heraus, dass ein Dreibeine-Schneeschuh-Lauf genauso schwierig war, wie es aussah. Wir stießen gegeneinander und stolperten. Will und ich bewegten uns vorwärts und unsere Stiefel an den zusammengebundenen Füßen sanken tief in den Schnee ein, während die klotzigen Schneeschuhe nicht ganz so weit einfielen, was ja auch der Sinn der Schuhe war.

»Links! Links!«, rief Will, als versuche er einen Militärsmarsch zum Laufen zu bringen.

»Das ist deine linke Seite«, beschwerte ich mich.

Wir fielen vornüber und landeten im Schnee. Meine Beine befanden sich fast im Spagat, nachdem der Schneeschuh offenbar einen eigenen Willen entwickelt hatte. Wir lachten so laut, dass unser Atem in kleinen Dunstwolken in den Himmel aufstieg. Die Zuschauer konnten nicht umhin, als mit uns zu lachen.

Will und ich krochen schon fast vorwärts und die Menge amüsierte sich prächtig bei dem Anblick. Ich sah auf und stellte fest, dass Angela und Dale bereits die Ziellinie überschritten hatten. Angela war so klein, dass Dale sie, an seine Seite gepresst, fast getragen hatte.

»Die Chef-Assistenten Beziehung wie sie im Buche steht«, bemerkte Will. »Okay, wir müssen aufstehen. Bereit?«

»Jep.«

Mit viel Mühe kamen wir wieder auf die Beine und kamen genau einen Schritt weiter, bevor Will mich zum Stolpern brachte und wir auf unseren Bäuchen landeten. Sogar unsere Kinnladen steckten im Schnee. Alles was ich tun konnte, war zu lachen und zu versuchen, keinen Schnee einzuatmen. Mein Mantel und Jeans würden sicherlich völlig durchnässt sein, wenn wir endlich mit diesem Spiel fertig waren.

Matt und Becky hatten dieselben Probleme, mit denen wir kämpften, genauso wie das andere Pärchen, mit dem ich gesprochen hatte. Es fühlte sich an, als würden Will und ich miteinander ringen, obwohl wir ein Team waren. Einer von uns war stets damit beschäftigt zu ziehen, zu schieben oder im falschen Moment zu stolpern.

»Wieso ist das so schwer?«, wollte Will mit einem breiten Grinsen auf dem Gesicht wissen. »Lehn dich auf mich. Hör auf zu kämpfen und lass mich dich hochheben.«

Ich verlagerte mein Gewicht auf Wills Seite und versuchte, mich so still wie möglich zu verhalten, während Will sich mit einem Grunzen aufrichtete. Mein Arm lag um seine Schulter und er senkte seinen Arm, um ihn um meine Hüfte zu legen.

»So ist es gut. Lehn dich weiter auf mich. Okay, ich laufe.«

Hinter der Ziellinie stand Angela und feuerte uns an. »Kommt schon! Jeder kann dieses Rennen gewinnen! Teamwork!«

Als Will mich mit sich nach vorne zog, hatte ich diese verrückte Fantasie, dass er mich wie eine Prinzessin eines Märchens in seine Arme zog. Was er gar nicht tun konnte, weil unsere Beine aneinander gebunden waren. Außerdem würde er es gar nicht tun, weil…wieso auch? Aber mich gegen ihn zu lehnen, gab mir das Gefühl sicher, warm und besonders zu sein.

Das ist in ein paar Stunden alles vorbei, gewöhn dich ja nicht dran!

Diesen Morgen war ich aufgewacht und hatte Will dabei zugesehen, wie er auf dem Bauch geschlafen hatte. Ein Knie hochgezogen und die Lippen leicht geöffnet. Ein bisschen hatte er auf das Kissen gesabbert, das er fest umklammert gehalten hatte.

Sein Knie war meinem unter der Decke so nah gewesen. Obwohl ich dringend pissen musste, war ich einfach liegen geblieben mit dem Wissen, dass es das letzte Mal war, dass ich neben Will aufwachen würde.

Nun rasten wir vorwärts. Ich folgte Wills Rhythmus und irgendwie passten wir uns einander an. Ich lehnte nicht mehr nur auf ihm, sondern trug dazu bei, dass wir die Zielgerade erreichten. Meine Muskeln beschwerten sich als wir uns unseren Weg vorwärts bahnten, und die Zuschauer feuerten uns an. Unsere Stiefel sanken in ein Rasenloch und wir stolperten.

Wieder fielen wir mit dem Gesicht voraus in den Schnee. Die Schneeschuhe an unseren äußeren Füßen machten das Ganze noch unbeholfener und lustiger. Zumindest, wenn man der Reaktion der Zuschauer glauben schenkte. Matt und Becky zogen an uns vorbei, als wir versuchten, uns wieder aufzustellen.

Wir saßen auf den Knien, mit den Schneeschuhen in die Höhe gereckt.

Wills gesamtes Gesicht war weiß. »Hier«, sagte ich und strich ihm über seine Wange. »Ich glaube, den Sieg holen wir uns nicht mehr.« Meine Handschuhe halfen nicht, also zog ich einen aus und befahl ihm: »Mach die Augen zu.«

Er gehorchte und ich fing vorsichtig an den Schnee aus seinem Bart und seinen Augenbrauen zu streichen. Die Art und Weise, wie er seine Augen geschlossen hatte und mir offenbar vertraute, ließ mein Herz vor Emotion anschwellen.

Meine Fingerspitzen berührten seine Lippen und ich murmelte: »Sorry. Jetzt passt alles.«

Will öffnete die Augen und ich könnte schwören, dass mein Herz einfach aufgab. Eine große, flauschige Schneeflocke saß auf seiner Nasenspitze und ich fing sie mit meinem Mittelfinger. »Wünsch dir was.«

»Wie mit einer Wimper? Ich wusste nicht, dass Leute das auch mit Schneeflocken machen.«

»Klar, wieso nicht?« Ich zuckte mit den Schultern. »Meine Mum hat das immer gemacht. Du musst dir etwas wünschen, bevor sie schmilzt.«

Will beobachtete mich mit einem Lächeln auf den Lippen. Er

schloss pflichtbewusst seine Augen und öffnete sie wieder. »Okay. Habe mir etwas gewünscht.«

»Gerade noch rechtzeitig«, sagte ich und sah der Schneeflocke dabei zu, wie sie auf meiner geröteten Haut schmolz.

»Geht's euch gut?«, fragte jemand. »Braucht ihr Erste Hilfe?«

»Nicht schon wieder«, grummelte Will. Er rief: »Alles in Ordnung!«

Wir hievten uns wieder auf die Beine. Da fiel mir auf, dass alle uns beobachteten und ich stellte mir vor, wie der Moment aus ihrer Sicht hatte aussehen müssen. Wir haben…was? vertraut gewirkt? Wie ein richtiges Pärchen? Vielleicht…

Nein. Hör auf so zu denken.

Mich in Tagträumen zu verlieren würde weder Will noch mir weiter helfen.

Später fand ich mich in Seths Gesellschaft, nachdem Logan und Will sich an einer Schneeballschlacht beteiligten. »Du und Logan habt also auch so getan, als wärt ihr ein Paar?«, fragte ich.

Seth lachte verlegen. »Haben wir. Das war eine ganz schöne ‚Geheimmission‘, wie Matt es gerne nennt. Oder vielmehr grölt. Logan und ich wurden in die Situation geschmissen, genauso wie du und Will. Aber ich könnte mir nicht vorstellen, wo wir uns jetzt befänden, wenn wir es nicht durchgezogen hätten. *Wer* ich wäre.« Er sah zu Logan, der sich gerade vor einem Schneeball eines Kindes duckte. Ein kleines Lächeln zog an Seths Lippen.

»Und das war auch nur, um Angela zu gefallen?«

»Jep. Ich weiß, das klingt absolut verrückt. Aber sie hatte gerade die Firma übernommen und es gab da diese ganzen Gerüchte, dass sie ausschließlich verheiratete Angestellte befördert. Das stellte sich als unwahr heraus, aber ich muss zugeben, dass sie sich ziemlich dafür begeistert, queere Pärchen und Familien zu unterstützen. Sie hat wahnsinnig viel für uns getan. Wissentlich und unwissentlich. Ehrlich gesagt, hat sie mir meine Familie gegeben. Auch, wenn sie das nicht wusste.«

Will war gerade dabei mit einem kleinen Mädchen Schneebälle zu formen und schützte sie mit seinem Körper. Währenddessen jauchzte eines von Jennas Kindern vergnügt auf, als Logan ihn sich über die Schulter warf. Seth verspannte sich, auch, wenn ich nicht verstand wieso.

»Alles okay?«, fragte ich.

Er atmete eine Dunstwolke in der kalten Luft aus und nahm seine Brille ab, um die Gläser mit seinem Schal zu säubern. »Alles gut. Logan hatte vor ein paar Jahren einen Unfall und er sollte besser aufpassen.« Er schüttelte lachend den Kopf. »Manchmal mache ich mir zu viele Sorgen. Beziehungsweise, Connor würde sagen, dass ich zu viel nachdenke.«

»Aber du bist derjenige, der ihm ein Motorrad kaufen will?«

Seth lachte tief. »Überhaupt nicht, glaub mir. Aber ich kann es nicht leiden, wenn er und Logan sich streiten. Er hat den Sommer über so hart gearbeitet, um Geld zu sparen, und hat darauf bestanden, die Gebühren für sein Wohnheim in Boston selbst zu übernehmen. Es wäre eine so schöne Überraschung für ihn am Weihnachtsmorgen. Außerdem besorgt er sich so oder so ein Motorrad.«

»Das verstehe ich. Euer Sohn studiert also Medizin in Harvard?«

Seths Gesicht fing an zu leuchten. »Ja! Es ist schwer vorstellbar, wie sehr er sich verändert hat. Als wir uns trafen, war er Logans Stiefsohn. Seine Mutter war gerade verstorben und Connor hatte es wirklich schwer. Genauso wie Logan. Und ich. Wir waren alle…alleine.«

»Und dann hat die Geheimmission den Tag gerettet?«

Er grinste. »Genau so war es.« Nach einem Moment fügte er hinzu: »Und wer weiß, vielleicht springt für dich und Will ja auch etwas dabei heraus.«

Meine Augen lagen wieder auf Will und dem kleinen Mädchen. Sofort drehte ich meinen Kopf in Seths Richtung und meine

Stimme klang unangenehm hoch. »Uns?« Ich räusperte mich.

»Oh, nein. Ich bin bi, aber Will ist hetero. Und wir sind nur Freunde. Wir können nicht…wir sind nicht… es wäre nicht…« So viel Glück würde ich nie haben, das war überhaupt nicht möglich.

Seth hob seine behandschuhten Hände. »Natürlich. Ich habe nur einen Spaß gemacht.«

Oh. »Okay, gut!« Ich versuchte zu lachen. Oh Gott, würde ich etwa gleich anfangen zu *heulen*? Was stimmte denn mit mir nicht?

Die letzten Tage hatten mich emotional überwältigt und nun brannten meine Augen mit Tränen.

»Oh Gott«, Seth sah mich besorgt an. »Es tut mir so leid, dich verletzt zu haben.«

»Ich bin nicht verletzt!«, schrie ich ihn auf eine ziemlich überzeugende Weise an. Mein Herz raste und ich senkte meine Stimme. »Bin ich nicht. Ist schon okay. Auch, wenn ich es wollte, Will hat nicht…er wird nie so für mich empfinden.«

Moment mal, was hatte ich da gerade gesagt?

Bevor ich die wilden Gedanken in meinem Kopf ordnen konnte, drückte Seth sanft meine Schulter und murmelte: »Ist schon in Ordnung, ich verstehe.«

»Nein, warte mal! Ich sage überhaupt nicht, dass *ich* so für Will empfinde.« Mein Puls raste und das mit Mascarpone gefüllte French Toast, das ich gefrühstückt hatte, drohte eine dramatische Rückkehr hinzulegen. Einmal quer über den Schnee. »Das meine ich gar nicht. Das habe ich nicht gesagt.« Jetzt war ich mir gar nicht mehr so sicher, was ich gesagt hatte.

Seth klopfte mir auf die Schulter. »Natürlich nicht.«

Je mehr ich mich sträubte, desto schlimmer wurde es. Also zwang ich mich dazu, endlich die Klappe zu halten und der Schneeballschlacht zuzusehen. Schuldgefühle stiegen in mir auf, als mein Blick auf Will fiel. Mittlerweile trug er das kleine Mädchen huckepack, während sie die Schneebälle um sich warf.

Meine Aufgabe war es, meinem besten Freund zu helfen, nicht, sein Leben noch komplizierter zu machen als es sowieso schon war.«

Ein bisschen später, in unserem Häuschen, stand ich vor dem Fenster und mein Blick war fest auf einen mit Schnee bedeckten Tannenbaum gerichtet, während Will sich eine trockene Hose anzog, nachdem seine nach der Schneeballschlacht komplett durchnässt war. Meine war von dem Dreibeinrennen immer noch etwas feucht, aber das würde ich überleben.

Stoff raschelte und Will hatte gerade angefangen, davon zu sprechen, dass das kleine Mädchen gerade ein teure neue medizinische Behandlung erhalten hatte, für die Angela aufgekommen war, als Angela selbst plötzlich vor unserem Häuschen erschien. Sie winkte mir erfreut zu und ein breites Grinsen erstrahlte ihr Gesicht, als sie immer näher kam.

»Dude, sie ist hier.« Ich drehte mich um und fand Will vor, der gerade dabei war ein kariertes Hemd über seinen Slacks zuzuknöpfen. Seine Brusthaare waren dabei sichtbar. »Katie?«, fragte er und sah an mir vorbei. »Oh!« Schnell steckte er sich das Hemd in die Hose und schloss die restlichen Knöpfe, als ich die Tür öffnete.

»G'day mate!«, rief Angela uns zu.

Ich blinzelte sie an. »Ähm, okay? Ich meine, hi.« Vielleicht war es eines ihrer Hobbies in einem furchtbaren australischen Akzent zu sprechen? Ich sah Will an, der genauso verwirrt wirkte, wie ich mich fühlte.

»Hi, Angela. Es ist…ja, ein guter Tag.«

Sie lachte. »Ich wette, Sie fragen sich, wieso ich klinge als wäre ich aus *Crocodile Dundee*.«

Ich konnte mich entfernt daran erinnern, dass das irgendein alter Film war, den meine Eltern sehr gerne mochten. Schnell schloss ich die Tür hinter ihr, als Will sagte: »Ja, kann man so sagen.«

Angela grinste. »Ich weiß, ich habe gesagt, dass wir dieses Wochenende nicht über die Arbeit sprechen, aber der Ausflug ist bald vorbei und ich habe einen Vorschlag für Sie. Es geht um das Spezialprojekt, von dem ich gesprochen habe.«

»Oh!« Will nickte. »Das würde ich sehr gerne besprechen.«

»Ich gehe zum Mittagessen, damit ich das Gespräch nicht störe.« Ich schnappte mir meinen Mantel vom Haken.

»Das geht auch Sie etwas an«, sagte Angela. »Wenn Sie möchten.«

»Ähm, okay?« Ich warf Will einen Blick zu.

»Haben Sie über die Feiertage etwas vor?«, fragte Angela.

Will und ich tauschten einen weiteren Blick aus. »Nichts besonderes.«

»Keine Pläne mit der Familie?«, bohrte sie weiter. »Denn ich möchte kein Weihnachtsfest mit der Familie stören, die sind heilig.«

»Nein, ich habe meine Eltern gerade erst in Schottland besucht und Will war zuletzt bei seinen Eltern in Florida über Thanksgiving«, erklärte Will.

Uff, natürlich dachte ich jetzt an Jared und wie er die ganze Zeit nur so getan hatte und…nein, ich musste mich auf das hier und jetzt konzentrieren und auf was auch immer Angela uns zu sagen hatte.

Angela legte den Kopf schief. »Sie haben Thanksgiving nicht zusammen verbracht? Nicht, dass es mich etwas angeht.«

Scheiße, stimmt ja, wir gaben vor ein Paar zu sein. Will blinzelte und hatte offenbar keine Ausrede, also sagte ich: »Meine Arbeit! Wir haben nicht gleichzeitig frei bekommen, um zusammen nach Schottland *und* Florida zu fliegen. Aber wir verbringen definitiv Weihnachten miteinander. Die nächsten zwei Wochen habe ich frei.«

Angela strahlte mich an. »Wie sieht es dann mit einem Ausflug nach Australien aus?«

Kapitel Acht
Will

MUM WÜRDE MIR jetzt sagen, dass ich mit meinem offenen Mund Fliegen fing. Ich starrte Angela an, und versuchte den Sinn in ihren Worten zu finden. Australien? Sie wollte, dass wir nach Australien flogen? Neben mir schien Michael genauso überrumpelt.

Angela lachte. »Ich weiß, Sie fragen sich, wovon zum Teufel ich spreche. Setzen Sie sich, dann erkläre ich es.« Sie deutete auf die zwei Stühle, obwohl das nicht ihr Häuschen war.

Wir drehten die Stühle um, um sie ansehen zu können, während Angela es sich am Rande des Bettes in ihrem pinken Schneeanzug und ihren ebenso pinken Ohrenwärmern bequem machte. Ich war froh, vorhin immerhin halbherzig das Bett gemacht zu haben. Es fühlte sich seltsam intim an, dass Angela hier in unserem Zimmer war.

»Was wissen Sie über Australien?«, fragte sie.

Meine Gedanken drehten sich. Australien? Meines Wissens nach war unsere Firma dort nicht vertreten. »Ähm, es gibt Kängurus und Koala Bären?«

»Und Krokodile«, fügte Michael hinzu.

»Stimmt!« Angela grinste uns an. »Ich bin mir sicher, Sie haben von Sydney und Melbourne gehört. Da gibt es viele Firmen in unserem Bereich, die dort ihren Sitz haben. Allerdings habe ich festgestellt, dass es im Westen Australiens einen ungenutzten

Markt gibt.«

»Oh, Perth?«, fragte ich.

»Yessiree Bob. Diese ganze Seite des Landes scheint übersehen zu werden und ich glaube, das hätte für uns wahnsinniges Potential. Ich habe bereits ein paar Meetings geplant, um das auszukundschaften und, Will, ich glaube Sie sind die perfekte Begleitung für mich. Sie haben einen Wahnsinns-Job in den neuen Büros in Nordamerika geleistet. Meine Familie kommt auch mit und natürlich würde es mich wahnsinnig freuen, wenn auch Michael mit uns käme. An Weihnachten geht es um die Familie, auch wenn man sich auf der anderen Seite der Welt befindet und Schrimp auf Barbies schmeißt, oder was auch immer die da unten an Weihnachten machen.«

»Ähm…« Es fiel mir schwer meine Gedanken zu ordnen. Eine Reise nach Australien? Ja, bitte. Eine Reise nach Australien *mit Michael*? Ja, ja, *ja*. Er hatte gerade seine Beziehung beendet, also war es vielleicht der perfekte Zeitpunkt? Gab es überhaupt einen Nachteil?

»Ich weiß.« Angela hob ihre Hände. »Ich habe Sie damit überrumpelt. Eigentlich sollte ich alleine gehen, aber ich fing an darüber nachzudenken, wie schön es wäre einen Partner mitzunehmen, mit dem ich die ganzen Meetings besprechen könnte. Normalerweise muss Dale mir immer zu hören, doch er hat über die Feiertage Urlaub genommen. Wie gesagt, ich bin Ihnen nicht böse, wenn es nicht klappt.«

Ich warf Michael einen Blick zu, der mich beobachtete um meine Reaktion zu sehen. »Eine Reise nach Australien klingt nach einem lustigen Weihnachten?«, sagte ich zu ihm.

Vorsichtig lächelte er. »Absolut.«

Angela fügte hinzu: »Natürlich wird die Reise komplett von der Firma übernommen. Will und ich werden zwar ein paar Meetings haben, aber es wird auch genug Zeit geben, um sich zu entspannen.«

Ich nickte. »Okay. Klingt super. Da spricht, glaube ich, nichts dagegen?«

Sie grinste. »Es spricht auch nichts dagegen. Außer Sie Turteltäubchen sind gegen Spaß in der Sonne.«

Ah. Da war es. Michael und ich würden weiterhin so tun müssen, als wären wir in einer Beziehung. Ein Wochenende war eine Sache, aber konnten wir das zwei Wochen lang durchhalten? Wollte Michael das überhaupt?

Angela klopfte sich auf ihre Ohrenwärmer. »Ich bin mehr als bereit die Winterkleidung gegen Sommerkleider und Sandalen zu tauschen. Was sagen Sie, Mike? Oh, Entschuldigung, Michael.«

»Ähm, das klingt großartig. Wir müssen nur…«

Angela sprang auf. »Schon verstanden, Sie müssen das erst besprechen. Kein Problem, wenn es Ihnen zu spontan ist. Habe ich erwähnt, dass es Dienstag früh losgeht? Also bräuchten Sie bis dahin ihre Reisepässe und das alles. Egal was passiert, ich bin mir sicher, dass es noch die ein oder andere Möglichkeit für Sie gibt, Will. Lassen Sie sich von mir ja nicht unter Druck setzen. Ich bin nur wahnsinnig aufgeregt. Ich glaube, wir hätten sehr viel Spaß und könnten den Grundstock für ein neues Kapitel für BRK Sync legen. Sprechen Sie darüber und lassen Sie mich wissen, was sie entschieden haben. Ciao!«

Bevor wir noch ein weiteres Wort sagen konnten, war sie schon verschwunden. Nur noch eine kleine Pfütze, wo der Schnee von ihren Schuhen geschmolzen war, blieb zurück.

»Was ist gerade passiert?«, fragte Michael.

Ich atmete schwer ein und blies meine Wangen auf, bevor ich aufstand und durch den Raum tigerte. »Oh Gott.« Meine Gedanken rasten. Eine Reise nach Australien und eine Beförderung. Einen Job für eine Firma und eine Chefin zu übernehmen, die ich respektierte. Das wäre wundervoll für meine Karriere.

Und dennoch wurde das alles von der Möglichkeit, noch zwei Wochen mit Michael zu verbringen, in den Schatten gestellt. Sich ein Zimmer zu teilen. Sich neu kennenzulernen. Mein Herz raste. Mein Magen flatterte, als wäre er Tom Daley, der von seinem Sprungbrett springt.

»Auf keinen Fall kriegst du das hin, noch zwei Wochen so zu tun, als stündest du auf mich«, sagte Michael. Seine Wangen waren errötet und er rutschte auf seinem Stuhl umher. »Das muss dir wahnsinnig unangenehm sein. Zwei Tage ist eine Sache, aber zwei Wochen wären…«

Berauschend.

Während ich damit kämpfte, meine Emotionen zu verstehen, war das das Gefühl, das am deutlichsten herauskam. Nachdem ich Michael so lange überhaupt nicht gesehen hatte, schien das zu schön, um wahr zu sein. »Es ist mir nicht unangenehm«, sagte ich und meine Stimme klang seltsam weit weg.

Michael lächelte zögerlich. »Ich gehe dir noch nicht auf die Nerven?«

Frustration und meine verletzten Gefühle drängten sich an der Aufregung vorbei und ich trat in die Pfütze auf den Boden, die sofort meine Socke durchnässte. »Ich bin nicht derjenige, der dich zwei Jahre lang ignoriert hat.«

Michaels Lächeln verschwand und er senkte den Kopf. »Ich weiß. Es tut mir leid.«

Unangenehme Stille breitete sich zwischen uns aus. Hier war meine Chance, um endlich zu verstehen, was passiert war, und dennoch hörte ich mich sagen: »Mach dir keinen Stress.«

Ich hasste, dass seine Schultern runterhingen und auf einmal eine angespannte Atmosphäre im Raum lag. Am liebsten hätte ich die Aufregung zurück. Irgendwie musste ich die Vergangenheit ruhen lassen. Es war doch jetzt sowieso nicht mehr wichtig, oder?

Ich ignorierte meine innere Stimme, die darauf bestand, dass es doch noch wichtig war, weil ich eine Erklärung verdient hatte, und sprach weiter: »Denk an den Spaß, den wir haben könnten. Mir würde ein bisschen Sonne schon gut tun.«

»Ja?« Michael sah mich hoffnungsvoll an. »Mir auch. Es wäre schön etwas rauszukommen.« Sein Lächeln verschwand wieder. »Obwohl ich mich wirklich darauf konzentrieren sollte, eine Wohnung zu finden.«

»Du weißt, dass du bei mir wohnen kannst, so lange du möchtest.«

»Ist dir mein Schnarchen nicht zu viel?«

Ich lachte. »Du kannst im Gästezimmer schlafen.«

»Stimmt. Natürlich. Es würde keinen Sinn machen in deiner Wohnung zusammen zu schlafen.«

Ich wandte meinen Blick von ihm ab und zog meine nasse Socke aus. »Eben. In Perth werden wir es müssen, aber das ist in Ordnung, oder nicht?«

»Na klar! Selbstverständlich.« Er zuckte mit den Schultern und hob seine zittrigen Hände.

»Ist mir egal. Ich mache, was du willst.«

Hmm. Das meinte er definitiv positiv, doch auf einmal war mir das unangenehm. Ich zog mir auch meine zweite Socke aus und streckte meine Zehen auf dem Holzboden aus. »Das ist nicht… ich will nicht, dass du etwas tust, was du nicht willst.« Klang das, als würde ich von Sex sprechen? Mein Herz raste. »Was ich meine, ist…« Oh Gott, ich hatte keine Ahnung.

»Ich versteh schon.« Michael stand auf und lächelte sanft. »Was ich meine ist, dass, wenn du nach Australien fliegen möchtest, bin ich dabei. Es ist ein Abenteuer. Wir können Händchen halten und allen erzählen, wir seien ein Pärchen. Das ist einfach, keine große Sache.«

»Stimmt.« Ich nickte. »Keine große Sache.« Da hatte er recht, oder etwa nicht? »Händchen halten und…sonst was. Vielleicht sollten wir uns zur Übung küssen, nur für den Fall.«

Als Michael seine Augen so weit aufriss, dass ich Angst hatte, sie würden ihm gleich aus dem Kopf fallen und auf den beheizten Boden plumpsen, verfluchte ich mich selbst. Wieso hatte ich das nur gesagt? Was war in mich gefahren?

Ich beobachtete, wie Michael den Mund öffnete und wieder schloss, und mein Herz hämmerte so fest, dass es mir bestimmt gleich aus der Brust fiel.

»Nur Spaß!«, schrie ich ihn schon fast an.

»Oh!« Er lachte und auch das klang in dem Häuschen zu laut. »Guter Witz.«

Wir standen lachend da, bis ich mich dazu zwang, mich abzuwenden. Mein Kopf war so heiß, dass ich befürchtete, er würde gleich explodieren wie in einem Sci-Fi Film. Küssen zur Übung. Das hatte ich wirklich laut gesagt.

Nachdem ich nach irgendeinem Gesprächsthema suchte, völlig egal was, landete ich bei: »Ist dein Reisepass aktuell?«

»Jap.« Michael zog die Kleidung, die er erhalten hatte, aus der Whispering Pines Tüte und faltete das T-Shirt und die Jogginghose zusammen. »Ich muss ihn nur von…uff. Von Jared abholen.« Er seufzte. »Und den Rest meiner Sachen. Immerhin gehören mir keine Möbel oder sowas.«

»Gar keine?« Das schien seltsam.

Er zuckte mit den Schultern und faltete die Kleidung zum dritten Mal zusammen. »Jared hatte schönere Sachen, also habe ich meine weggeschmissen. Würde es dich stören, mich morgen hinzufahren? Er müsste bei der Arbeit sein.«

»Natürlich nicht. Ich bin mir sicher, dass Angela mir frei gibt, damit ich mich auf die Reise vorbereiten kann, wenn es schon so bald los geht. Das heißt, wenn wir… Machen wir das wirklich?«

Michael stopfte das T-Shirt und die Jogginghose zurück in die Tasche und machte damit seine sorgfältige Arbeit wieder zunichte. »Also ich wäre dabei, wenn du es bist.« Er runzelte die Stirn und sah mich an. »Du bist derjenige, der etwas zu verlieren hat. Für mich springt ein kostenloser Trip nach Australien mit meinem besten Freund über Weihnachten dabei raus. Aber bist du bereit, so lange so zu tun, als wären wir zusammen? Es sollten nur ein paar Tage sein. Und dann im neuen Jahr hättest du dir eine dramatische Geschichte ausdenken müssen, wieso wir Schluss gemacht haben.«

Wieso drehte mir der Gedanke daran, mit Michael Schluss zu machen, den Magen um? Es war keine echte Beziehung. Allerdings… irgendwie schon. Und am Ende des Tages war Michael derjenige gewesen, der vor zwei Jahren mit mir Schluss gemacht hatte. Natürlich waren wir nur Freunde gewesen, aber er hatte dennoch die Beziehung beendet und ich wusste immer noch nicht wieso.

Ein panischer Gedanke kam mir in den Kopf. Was, wenn ich alleine nach Australien ging und Michael für weitere zwei Jahre nicht zu Gesicht bekam? Was, wenn dieses Wochenende eine Ausnahme war und ich nur zur richtigen Zeit am richtigen Ort gewesen war? Was, wenn Michael eine neue Wohnung fand und sein Leben weiterführte? Ein Leben ohne mich?

»Ich bin dabei«, sagte ich selbstbewusst und streckte ihm meine Hand hin. »Weihnachten als Boyfriends?«

Michael schüttelte meine Hand und seine Handfläche fühlte sich warm an meiner an. Ein Lächeln hob seine Lippen. »Weihnachten als Boyfriends.«

»WILL!«

Als ich Seths Stimme hörte, drehte ich mich um und winkte ihm zu. Er lief auf dem Parkplatz auf mich zu. »Hey, ich bin froh, dass wir uns noch sehen. Ich muss mit dir über Weihnachten sprechen.«

Er lächelte mich fragend an. »Wirst du mir gleich sagen, dass du mit Angela nach Australien fliegst?«

Darüber musste ich lachen. »Die Gerüchteküche schläft nie, oder?«

»Du hast sie über das Wochenende mit ziemlich saftigen Geschichten versorgt.« Seth verzog das Gesicht. »Das klingt falsch.«

»Das tut es.« Ich wusste, dass Seth in einem ziemlich religiösen Haushalt aufgewachsen war. Er war auf charmante Art und Weise ziemlich etepetete, im Gegenzug zu Logans eher direkten Art. Sie schienen diese wundervolle Ying und Yang Verbindung zu haben.

Auf einmal fragte ich mich, was zwischen den beiden im Bett passierte und ob der stets… naja, prüde Seth auch mal unanständig war. Was mich absolut nichts anging! Was zum Teufel dachte ich da?

»Ist alles in Ordnung?«, fragte Seth mit gerunzelter Stirn.

»Könnte nicht besser sein. Alles okay-o.«

Seth lachte. »Dein schottischer Akzent kommt noch viel mehr raus, wenn du nervös bist.«

»Wirklich?« Meine Wangen fühlten sich heiß an. »Nein, ich bin nur aufgeregt. Wir waren noch nie in Australien und es scheint eine großartige Gelegenheit zu sein. Auch für meine Karriere.«

»Absolut.« Seth zögerte. »Also fliegt Michael mit dir mit?«

»Ja, Angela hat darauf bestanden. Das wird ziemlich cool.«

»Stimmt! Allerdings…« Er sah sich um, um sicherzugehen, dass wir zwischen den parkenden Autos alleine waren. »Es ist eine Sache, wenn Michael und du ein Wochenende lang so tun, als wärt ihr ein Paar. Bist du dir sicher, dass es eine gute Idee ist, das auf zwei Wochen auszuweiten?«

»Das passt schon«, sagte ich und zwang mich zu einem Lächeln. Und das tat es, oder nicht? Es musste passen, denn der Gedanke daran, Michael zurückzulassen, war… Nein. Das gefiel mir ganz und gar nicht. Wir hatten uns gerade erst wieder gefunden. Ich brauchte mehr Zeit mit ihm.

Seth nickte. »Da bin ich mir sicher. Ich frage mich nur, ob es weise ist, so lange so zu tun, als wärst du jemand, der du nicht bist.«

»Ich…ich…« Wieso stotterte ich? Wieso fühlten sich diese Worte an wie ein Schlag in die Magengrube?

Jemand, der du nicht bist.

»Das wird super. Außerdem denken alle im Büro jetzt sowieso schon, ich sei queer.« Mein Atem stockte und ich räusperte mich. »Wir sind beste Freunde. Und Michael ist bi. Das ist also kein Problem.«

»Stimmt. Natürlich nicht. Ich wollte nur sichergehen, dass es für keinen von euch beiden zu viel wird.« Er lächelte verlegen. »Logan und ich wissen aus erster Hand wie… intensiv… es sein kann, etwas vorzuspielen. Aber natürlich waren wir Fremde und beide queer. Nicht, dass Logan out war. Nicht einmal sich selbst gegenüber.«

Neugier packte mich und außerdem hatte Seth damit angefangen.

»Er wusste nicht, dass er bi war?« Ich verlagerte mein Gewicht von einem Fuß auf den anderen und sah mich auf dem Parkplatz um. Janet von HR und ihr Partner stiegen gerade in ihren SUV ein, waren aber außer Hörweite.

Seth zuckte grinsend mit den Schultern. »Nö. Obwohl er ab und zu Sex mit Männern hatte.«

Mein Lachen war ein unangenehm berührter Ausbruch. »Warte mal, was?« Meine Haut fing an zu kribbeln.

Seth grinste immer noch. »Ich weiß, das klingt unmöglich. Und Logan würde dir das auch erzählen, es ist nicht gerade ein Geheimnis. Nicht, dass er es auf Facebook rausposaunt. Um ehrlich zu sein, nutzt er Facebook sowieso kaum. Was ich damit meine ist, unsere Freunde wissen Bescheid und da zählen wir dich dazu.« Er schien noch etwas sagen zu wollen, runzelte jedoch nur die Stirn und legte mir die Hand auf die Schulter. »Ich will nur nicht, dass du verletzt wirst.«

»Werde ich nicht! Da brauchst du dir keine Sorgen machen. Tut mir leid, dass ich an Weihnachten doch nicht vorbeikomme.

Meinst du, wir könnten Angela dazu überreden, Logan und dich mitzunehmen?«

Er lachte. »Vielleicht, aber nein danke. Connor kommt zu Weihnachten mit seinem Kumpel Asher zu uns. Wir lassen dich und Michael das Steuer der Geheimmissionen übernehmen.«

»Na gut.« Irgendwie musste ich nochmal nachfragen. »Wegen Logan…er. Wieso hat er nicht…?«

»Das ist gar nicht so selten, wie du denkst. Männer die Sex mit anderen Männern haben und trotzdem denken, sie wären hetero. Für Logan hatte nie eine emotionale Komponente mitgespielt.« Seth lächelte schüchtern, senkte den Kopf und spielte an seiner Brille rum. »Bis er mich kennengelernt hat, was ziemlich egoistisch klingt, wenn ich es so sage.«

Ich lächelte. »Aber es ist die Wahrheit. Und klingt ziemlich besonders. Außerdem scheint ihr sehr glücklich miteinander zu sein.«

»Das sind wir. Das hätte ich mir an dem Tag, als wir uns kennenlernten, nie vorstellen können. Zu sagen wir wären Gegensätze ist eine Untertreibung. Wir sind es immer noch, aber irgendwie funktioniert es.«

Mein Körper brummte mit einer verwirrenden Mischung verschiedener Gefühle, die ich nicht ganz einordnen konnte. War ich neidisch auf Seth und Logans Beziehung? Offensichtlich. Sicher, ich war schon öfter eifersüchtig auf andere Pärchen gewesen, das war doch jeder mal, oder?

»Ich hätte nie gedacht, dass eure Beziehung als Geheimmission begonnen hat.«

Er lachte. »Keine Ahnung wie überzeugend wir am Anfang waren. Aber…«

Abwesend räusperte er sich. »Weißt du, ich könnte fast glauben, dass du und Michael wahnsinnig ineinander verliebt seid.« Schnell fügte er hinzu: »Wenn ich es nicht besser wüsste.«

Lachend winkte ich ihn ab. »Oh! Das liegt daran, weil wir seit

Ewigkeiten so gute Freunde sind. Das ist alles.«

»Das muss es sein«, stimmte Seth mir zu.

»Das kommt uns bei der Reise nach Australien zugute. Ich sollte fertig packen! Bis zum neuen Jahr.«

Wir umarmten und verabschiedeten uns und ich packte meinen Koffer in mein Auto. Das war das ‚Packen‘, von dem ich gesprochen hatte. Immer mehr Menschen verabschiedeten sich und ich winkte und nickte und wünschte allen um mich herum frohe Weihnachten, während ich auf Michael wartete. Er musste von jemandem aufgehalten worden sein.

Nervös lief ich ziellos über den Parkplatz und ließ das Gespräch mit Seth nochmal revue passieren. Hatte ich die richtigen Dinge gesagt? Was kümmerte mich das überhaupt? Was war dieses nörgelnde Gefühl, das ich nicht identifizieren konnte? Wie eine summende Mücke, die immer außer Reichweite war.

Meine Gedanken kreisten sich um was Seth gesagt hatte: Dass es für Logan nie eine emotionale Komponente gegeben hatte, wenn er mit Männern zusammen gewesen war. Das kam mir seltsamerweise bekannt vor. Schließlich sah ich mir manchmal schwule Pornos zum Wichsen an. Und dennoch redete ich mir ein, dass ich diese Dinge nie selbst tun wollte.

Aber…wieso? Es war schließlich nichts falsch daran. Wieso war ich so…zögerlich? Das wusste ich nicht. Ich stieg in den SUV ein und erweckte den Motor zum Leben. Ich trommelte mit den Fingern auf das Lenkrad und warf einen Blick in den Rückspiegel, um Michaels Ankunft abzuwarten. Ich rückte die Luftgitter zurecht und versuchte an irgendetwas anderes zu denken.

»Verdammt«, murmelte ich. »Okay, was ist das Problem?« Ich hatte den seltsamen Drang meine Mum anzurufen und das Ganze mit ihr auszudiskutieren. Ich war ein erwachsener Mann. Ich konnte das selbst lösen. Trotzdem fand ich, dass es immer half, mit mir selbst zu sprechen, also fuhr ich fort.

»Na gut. Ich war jetzt ‚bi über’s Wochenende‘ und es hat mir gefallen, so wahrgenommen zu werden. Ich fühle mich zu Männern und Frauen hingezogen, obwohl ich meistens am zufriedensten bin, wenn ich alleine Zuhause bin und mir einen runterhole, anstelle jemanden zu ficken. Mit ein paar Ausnahmen. Aber nicht halb so vielen, wie Leute von mir denken.«

Ich schüttelte den Kopf. Schweifte ich vom Thema ab? War ich überhaupt in der Nähe des Problems? Lief ich Gefahr mit dem Kopf gegen die Wand zu rennen? Gingen mir die Metaphern aus?

»Wieso kann ich nicht in echt bisexuell sein?«

Gerade als die Frage in der erhitzten Luft der Lüftungsgitter erklang, öffnete sich die Beifahrertür und ich erschrak fürchterlich.

Michael erstarrte mit einem Fuß in der Tür. »Tut mir leid, habe ich dich erschreckt?«

Ich zwang mich zu einem Lachen. »Nur ein bisschen. Macht nichts.«

»Ich musste nochmal kurz zum Häuschen zurück, um sicherzugehen, dass wir nichts vergessen haben.«

Er schloss die Tür und schnallte sich an. »Sorry, ich bin da manchmal etwas paranoid. Letztes Jahr habe ich meine Jacke in einem Hotelschrank vergessen und wir mussten nochmal eine Stunde zurückfahren.«

Wir bedeutete sicherlich Michael und Jared. Wo waren sie hingefahren? Hatten sie Spaß gehabt? Hatte Jared sich aufgeregt, dass sie noch einmal umkehren mussten? »Alles gut«, sagte ich. »Let's crack on?«, fügte ich auf schottisch hinzu.

Er lachte. »Tally ho? Oder sowas? Oh, hast du etwas gesagt, als ich die Tür aufgemacht hab?«

»Wieso kann ich nicht in echt bisexuell sein?«

»Nö! Let's tally ho.« Ich legte den Rückwärtsgang ein. Herauszufinden was ‚echt‘ war, konnte warten.

Kapitel Neun
Will

»BIST DU DIR sicher, dass ich mit rein kommen sollte?« Zögerlich stand ich im Eingang des Reihenhauses. Obwohl die Sonne hoch am Himmel stand, war das Haus dunkel und still und die grauen Jalousien waren heruntergelassen.

»Ja, das ist in Ordnung. Er müsste in der Arbeit sein.« Michael zog sich die Stiefel aus und ließ sie auf der Eingangsmatte stehen. Er warf seine Handschuhen auf die kleine Ablage im Flur, behielt aber seinen Mantel an.

Ich tat es ihm gleich und folgte ihm ins Wohnzimmer. Der Kamin war einer dieser glatten, modernen Rechtecke in der Wand mit Kristallen verziert und hatte vermutlich kein richtiges Feuer. Ein riesiger Flatscreen Fernseher hing drüber. Die weiße Couch war niedrig und ganz an die Wand geschoben. Sie hatte die Form einer…Bohne?

»Ich hätte Schiss mich da drauf zu setzen«, sagte ich. »Wie hält man die so sauber?«

»Kein Essen oder Trinken.« Michael hatte sich gebückt, um ein Handyladegerät aus der Steckdose neben dem Sofa zu ziehen. Er verzog das Gesicht, als er sich wieder aufrecht hinstellte. »Ich weiß. Das ist der ganze Sinn einer Couch.«

»Erinnerst du dich an die in Zoes Haus? Es muss einen Mittelweg zwischen einem riesigen verfleckten Beanbag mit Zebramuster und dem hier geben.«

Michael lachte kurz. »Ich hoffe es.«

»Ist es immer so…dunkel hier drin?«

»Jap. Sonnenlicht bleicht die Möbel und den Boden aus. Und die Kunst.« Er deutete auf ein abstraktes Gemälde, das überwiegend weiß war. Ich redete mir ein, dass es nicht schlimm war, so ordentlich zu sein. Es war klug, die Sonne nicht reinzulassen. Es war Jareds Zuhause und das musste man ihm zugestehen.

Aber ich glaubte, dass genau darin mein Problem lag. Es gab nirgends auch nur ein Zeichen davon, dass auch Michael hier wohnte.

Er führte mich durch ein Esszimmer und an einem glänzenden runden Tisch und leuchtenden Holzstühlen vorbei in die Küche. Er blieb neben der Küchenzeile stehen und schien nachzudenken.

Ich fuhr mit meiner Hand über die gefleckte graue Oberfläche. »Schön. Quartz?«

»Granit.« Er lachte bitter. »Ich hielt das für sooo erwachsen.«

»'S ist verdammt teuer, kann ich mir vorstellen.«

»Jep.« Er stopfte sich die Hände in die Hosentaschen und sah sich um. »Ich glaub hier drinnen gehört mir nichts. Hast du Durst?«

»Ein Glas Wasser wäre cool. Danke.«

Ich wartete, während Michael den Kühlschrank öffnete und aus einem Krug mit Brita Filter Wasser in zwei kleine Gläser einschenkte. Genauso wie das Wohn- und das Esszimmer, war die Küche spärlich eingerichtet, glatt und sauber. Fast konnte ich mir vorstellen, dass ich mich in einem dieser Modellhäuser befand, in denen man sich Inspiration holte.

Schnell tranken wir und Michael drehte sich zum Spülbecken um, wo er die Gläser auswusch und sie dann auf einem runden Trockenständer platzierte, obwohl es eine Spülmaschine gab. Er schien etwas sagen zu wollen, ließ sich aber dann durch etwas, das er durch das kleine Fenster über der Spüle entdeckte ablenken. Als er sich näher an die Scheibe beugte, zog er scharf die Luft ein.

»Was ist?« Ich stellte mich zu ihm, hielt meine Hand hoch und kniff die Augen zusammen, nachdem die Sonne von dem frischen Schnee in einem Briefmarken großen Garten reflektierte.

Ein Weihnachtsbaum, der noch in Zwirn eingepackt war, lag draußen auf der linken Seite. Mir fiel auf, dass sich im Esszimmer hinter einer der heruntergelassenen Jalousien eine Schiebetür befinden musste. Der Baum lag schräg teils auf dem Boden, teils auf was unter dem Schnee Gartenmöbel zu sein schienen. Auch der Baum war halb von Schnee bedeckt. Als wäre er einfach unachtsam nach draußen geworfen worden.

Michael starrte den Baum an, bevor er fest schluckte und mit einer Hand über seine heilende Wange strich. Dann schüttelte er den Kopf und verließ die Küche.

Ich lief ihm hinterher bis zu einer natürlich perfekt polierten Hartholztreppe und hielt dann inne. Vielleicht war es besser, ihn den Rest alleine erledigen zu lassen.

Was zum Teufel stimmte denn mit Jared nicht, dass er Michael nicht wollte?

Wie konnte er Michael oder den Baum, den Michael für Weihnachten besorgt hatte, nicht zu schätzen wissen? Vielleicht gab es eine Erklärung aber…sein Pech. Der Trottel.

Wenn wir nicht bald auf dem Weg nach Australien wären – ein Plan, der mir immer noch unwirklich erschien – würde ich den Baum aus dem Garten holen und ihn in meiner Wohnung aufstellen. Wir könnten Dekorationen bei Target besorgen und wenn wir zurückkamen, könnten wir den Weihnachtsmusik Radiosender einschalten und den Fernseher auf diesen Kanal, an dem den ganzen Dezember hindurch nichts anderes lief, als ein fröhlich vor sich hinknisterndes Kaminfeuer. Wir würden uns auf die Couch setzen und essen und trinken und verdammt nochmal fröhlich sein, *Jared*.

Zur Hölle mit ihm. Mir gefiel die Idee für Michael und mich. Wieso sollten wir im neuen Jahr nicht wieder zusammen wohnen?

Ich hatte sowieso vor eine Eigentumswohnung mit einem Gästezimmer zu kaufen, also hatte ich zwei Schlafzimmer bereits fest eingerechnet. Wir könnten aber auch in meiner jetzigen Wohnung bleiben. Es gab keine Eile.

Vorausgesetzt natürlich, dass Michael wieder mein Mitbewohner sein wollte. Er hatte zugestimmt, mit nach Australien zu kommen und es hatte Spaß gemacht, wieder Zeit mit ihm zu verbringen. Jetzt, wo *Jared* nicht mehr auf der Bildfläche war, war *mein* Michael sicherlich zurück. Er würde mich nicht nochmal ghosten.

Ich stand immer noch am Fuße der Treppe. Michael war sicherlich dabei zu packen, aber es schien mir zu still zu sein. Vorsichtig stahl ich mich die Stufen hinauf. Meine Füße waren still auf dem Holzboden. Im ersten Stock blieb ich stehen und lauschte, bis ich sanfte Fusstapfen ein Stockwerk höher hören konnte.

Ich fühlte mich wie ein Eindringling, als ich die zweite Treppe hochging und dann einem raschelnden Geräusch folgte. Im Türrahmen zum Schlafzimmer blieb ich stehen. Michael warf Kleidung auf einen Berg zu seinen Füßen. Ein offener Koffer auf dem Boden enthielt Hygieneartikel, einen Laptop und ich konnte nicht erkennen was noch.

»Alles okay?«, flüsterte ich. Wieso flüsterte ich? Wir brachen schließlich nicht ein. Das war vor ein paar Tagen noch Michaels Zuhause gewesen. Obwohl auch das monochromatische Schlafzimmer nicht danach aussah, als würde hier jemand wohnen. Auch hier waren die Jalousien unten und Michael hatte das Licht im angrenzenden Badezimmer angemacht.

»Jep«, antwortete er angespannt. Er zog ein Shirt von einem Kleiderbügel, wodurch der Bügel mit einem lauten Knall zurück gegen die Wand flog. »Kannst du von unten ein paar Müllsäcke unter der Spüle holen? Für meine Kleidung.«

»Klar.« Mein Blick fiel auf das fein säuberlich gemachte Bett.

Ich drehte mich weg. Der Anblick des Bettes, das sie sich geteilt hatten, während Michael nicht einmal mit mir gesprochen hatte, erfüllte mich mit… war ja auch egal. Ich biss die Zähne aufeinander, um das unangenehme Gefühl loszuwerden und eilte die Treppen runter. Je schneller wir von hier verschwanden, desto besser.

Mit schwarzen Mülltüten in der Hand, blieb ich neben der Küchenzeile wie versteinert stehen, als ich einen Schlüssel im Schloss hörte. Einen Moment später hatte ich eine perfekte Sicht auf Jared, der mit Einkaufstüten aus Stoff herein kam, die er erstmal auf dem Boden abstellte.

Scheiße, Scheiße, Scheiße.

Er trat die Tür hinter sich zu, stellte sich aufrecht hin und sah mich.

Ich hob meine freie Hand. »Hi. Alles in Ordnung. Ich bin mit Michael hier.«

Der Schock auf seinem Gesicht verwandelte sich in Misstrauen und machte dann… einen spöttischen Eindruck? Er schnaubte. »Der berühmte Will Stewart höchstpersönlich.«

Alles was ich tun konnte, war ihn anzustarren. »Wie bitte?«

Er stellte seine Stiefel feinsäuberlich auf die Fußmatte, öffnete seine Jacke und hängte sie in den Flurschrank. »Du bist doch Will, oder nicht?«

»Ähm…Ich bin Will, ja.« Allerdings war ich mir nicht so sicher was es mit dem ‚berühmt‘ auf sich hatte.

Jared nahm die Einkaufstüten wieder und marschierte damit in die Küche. Er zwängte sich an mir vorbei, als er die Küchenzeile erreicht hatte. »Netter Akzent. Du bist in echt sogar noch heißer. Die Fotos auf Mikes Handy sind nichts gegen die Realität.«

»Ich…«

Jared seufzte laut, schüttelte den Kopf und öffnete den Kühlschrank. »Hör nicht auf mich. Sorry, ich bin ein Arsch. Das hat überhaupt nichts mit der Situation zu tun.«

Er hielt ein Glas Kimchi hoch und sah mich an. »Wie geht's ihm?«

»Ganz gut. Den Umständen entsprechend.«

Jareds Gesicht zog sich zusammen und er krempelte die Ärmel seines dünnen schwarzen Pullovers hoch, bevor er den Stopfen in die Spüle steckte und das Wasser anmachte.

»Das ist alles ziemlich schief gelaufen und ich fühle mich schrecklich. Er ist so ein lieber Kerl. Wir haben einfach nicht zusammen gepasst. Das hätte ich ihm schon vor langer Zeit sagen sollen. Obwohl er das schon wusste…er musste es gewusst haben. Aber bei ihm sitzt die Verleugnung tief. Das weißt du bestimmt.«

Bevor ich etwas antworten konnte, erschien Michael im Türrahmen. »Stimmt. Ich hätte es mir denken müssen, als du an Thanksgiving fröhlich mit zu meinen Eltern gefahren bist und meiner Mum versprochen hast, gut auf mich aufzupassen. Mein Fehler«, fauchte er.

Jared sah ihn an. »Stimmt, das war meine Schuld.« Er verzog das Gesicht. »Die Kratzer sind schlimmer, als ich gedacht hab.«

Michael zuckte mit den Schultern. »Nicht schlimm.«

Jared widmete sich wieder seinen Einkäufen und verräumte Dosen und Schachteln in der Speisekammer, bevor er den Kühlschrank einräumte.

So sehr ich Michael nicht mit ihm alleine lassen wollte, sagte ich: »Ich sollte gehen, damit ihr beiden reden könnt.«

»Wir haben einander nicht viel zu sagen«, murmelte Michael.

Nachdem Jared ein paar Stangen Lauch in das Wasser in der Spüle geworfen hatte, meinte er: »Das kommt ganz auf dich an. Es gibt schon ein paar Dinge über die wir sprechen sollten. Das Internet wird von deinem Konto abgebucht.«

Michael fuhr sich mit den Fingern durch die Haare. »Ja, okay. Lass uns reden.« Er drehte sich zu mir um. »Stört es dich, wenn du hoch gehst und einfach die Kleidung auf dem Boden einpackst?«

»Mach ich.« Ich hielt immer noch die schwarzen Plastiksäcke

in der Hand und zwang mich dazu die Treppen hochzugehen. Michael hatte mir versichert, dass Jared nicht gewalttätig war. Das war also in Ordnung. Alles war in Ordnung.

In dem Schlafzimmer stopfte ich die Kleidung in die Tüten. Wieso war ich ‚berühmt‘? Was hatte Michael über mich erzählt? *Wieso* hatte er überhaupt über mich gesprochen, obwohl er aufgehört hatte *mit* mir zu sprechen? Gehobene Stimmen klangen von unten. Ich kniete auf dem Boden und hielt inne. Ich konnte von hier aus nicht ausmachen, was sie sagten und ich wollte mich auch nicht zur Treppe schleichen, um ihnen zuzuhören.

Was, wenn Jared doch gewalttätig war? Was, wenn Michael mich brauchte? Was wenn er verletzt werden würde?

Ich packte immer mehr Kleidung in die erste Tüte und verknotete sie, während ich mir einredete, dass ich aus einer Mücke einen Elefanten machte. Es gab noch einiges an Kleidung einzupacken, aber ich tigerte nervös durchs Zimmer.

Wie seltsam es war, in Jared und Michaels Schlafzimmer zu sein. Der geschlossene Koffer lag auf dem Bett. Ich stellte mir Michael auf der rechten und Jared auf der linken Seite vor.

Und dann versuchte ich zwanghaft, mir nichts anderes vorzustellen, und verbannte das schwule Wichsmaterial, das ich online gesehen hatte. Verdammt, das war das Letzte, worüber ich nachdenken wollte. Nicht über Michael *mit ihm.*

Wieder lief ich durchs Zimmer. Wieso dachte ich darüber überhaupt nach? Das ging mich überhaupt nichts an. Ich war nur hier, um Michael zu unterstützen. Es war völlig egal, wie ihre Beziehung ausgesehen hatte. Vor allem im *Bett.* Oh Mann, ich wäre am liebsten irgendwo anders.

Und trotzdem konnte ich meinen Blick nicht von der Matratze und der glatten grauen Tagesdecke abwenden. Jared hatte ein verdammtes Glück, jeden Morgen neben Michael aufwachen zu dürfen, und er hatte es nicht einmal zu schätzen gewusst. Ich hatte mir mit Michael nur für ein Wochenende das Bett geteilt und ich war heute Morgen etwas verwirrt aufgewacht, obwohl ich Zuhause war. Obwohl ich wusste, dass Michael im Gästezimmer nebenan schlief.

Fußstapfen ertönten von der Treppe und ich beeilte mich die restliche Kleidung in den zweiten Müllsack zu stopfen. Michael war zurück. Sein Gesicht war gerötet, doch seine Augen waren trocken. Er griff nach seinem Koffer. »Danke. Lass uns gehen.«

»Alles in Ordnung?« Ich schnappte mir die Müllsäcke.

Er nickte zu übertrieben und lief voraus und die Treppen runter. Jared war zum Glück nicht mehr zu sehen. In meinem SUV hielt ich mich nur knapp davon ab, das Gaspedal durchzutreten, um Michael von hier wegzubringen. Michael sah sich nicht mehr nach seinem vorherigen Zuhause um, als wir losfuhren.

»Ist es okay, wenn ich meine Post erstmal zu dir schicken lasse? Nur, bis ich etwas eigenes gefunden hab.« Er fummelte am Lüftungsgitter rum.

»Natürlich. Du weißt, dass du erstmal bei mir wohnen kannst, wenn wir wieder kommen.« Aus meinem Augenwinkel konnte ich sehen, dass Michael sich abschnallte, den Gurt lockerte und dann wieder schloss, wodurch er den Alarmton, der angegangen war wieder abstellte. Er war still und wusste es vielleicht tatsächlich nicht? Hatte ich ihm das etwa nicht klar gemacht?

Bevor ich nachfragen konnte, sagte er: »Du hast schon zu viel für mich getan. Ich bin mir sicher, dass ich ein Motel finden kann.«

Frustration stieg in mir auf. »Oh, verpiss dich. Du kannst nicht in einem verdammten Motel wohnen.«

Ich war mir nicht ganz sicher, wieso mich das so aufregte. Wir waren beide still, als ich an einer roten Ampel auf die Bremse stieg, und die Luft zwischen uns war angespannt. Ich zwang mich zu einem Lachen. »Du tust mir einen Gefallen, erinnerst du dich?«

Er schnaubte. »Eine voll-bezahlte Reise nach Australien? Wie unangenehm«, versuchte er zu witzeln.

Dieses Mal lächelte ich etwas leichter. »Stimmt.« Ich entspannte den Halt, den ich am Lenkrad hatte und rückte den Rückspiegel zurecht, obwohl ich ihn nicht bewegt hatte.

»Aber ehrlich, es macht mir wirklich nichts aus, wenn du bei mir wohnst. Du kannst den Abwasch machen und aufräumen, wenn es dir dann besser geht.«

»Ähm, du erinnerst dich schon noch daran, mit mir zusammen zu wohnen? Aufräumen ist nicht gerade meine Stärke.«

»Das Reihenhaus war makellos.«

Er zuckte mit den Schultern. »Jared will das so.« Schnell fügte er hinzu: »Natürlich werde ich bei dir jetzt nicht anfangen, unordentlich zu sein.«

»Darüber mache ich mir keine Gedanken. Du kannst du selbst sein.«

Nach einem langen Moment räusperte Michael sich. »Cool. Danke. Wenn wir bei dir sind, sollten wir anfangen zu packen. Schließlich geht der Flieger heute Abend.«

»Nein, wir fliegen erst morgen. Dienstag.«

»Ähm. Dienstag um null Uhr fünfundzwanzig. Das ist fünfundzwanzig Minuten nach Mitternacht. Das ist heute Abend.«

»Verdammte Scheiße!« Mir fiel die Kinnlade auf, während ich in meinem Kopf nochmal die Daten durchging. »Das hatte ich völlig falsch im Kopf. Gut, dass du hier bist, sonst hätte ich Angela stehen lassen. Das zum Thema Karriereleiter.«

»Schön, dass ich helfen kann. Du brauchst aber nicht rasen, wir haben noch den ganzen Tag Zeit.«

Sofort nahm ich den Fuß vom Gaspedal. Mum wäre froh, wenn sie wüsste, dass jemand hier war, um einen Blick auf meinen Tacho zu haben. Die Frustration und Anspannung verschwanden. Wenn ich nicht gerade hinter dem Steuer säße, hätte ich Michael umarmt und ihm nochmals gesagt, wie sehr ich ihn vermisst hatte.

»Du solltest mir die Kurzfassung geben von allem, was ich wissen muss, bevor wir Angela wieder sehen.«

»Stimmt.« Wieder fühlte ich mich schuldig. Es lag mir einfach nicht zu lügen. Aus mehreren Gründen.

»Die Reise nach Australien ist cool, aber bist du dir sicher, dass du den Rest durchziehen willst? Mein Freund zu sein. Also, meinen Freund zu spielen, meine ich.«

Mit dem Blick auf der Straße nickte Michael. »Genau das brauche ich gerade, glaube ich. Die Möglichkeit jemand anders zu sein, wenn auch nur für die kurze Zeit über Weihnachten. Das reale Leben wartet im Januar wieder auf mich, aber für die nächsten zwei Wochen muss ich nicht ich selbst sein.«

Ich rutschte irritiert auf meinem Sitz hin und her. Es war mir unangenehm genug Angela und meine Kolleg:innen zu hintergehen. Ich wollte immer noch *ich selbst* sein.

Wer auch immer das war.

Vor ein paar Tagen hatte ich noch alles unter Kontrolle gehabt. Jetzt war ich mir nicht mehr sicher, ob ich ankam oder weglief.

Michael traf meinen Blick und schenkte mir ein schiefes Lächeln. »Das wird ein Spaß.« Er imitierte Matt, streckte seine Faust in die Luft und grölte: »Geheimmission, Geheimmission, Geheimmission.«

Es machte keinen Sinn, zu viel darüber nachzudenken, oder? Wieso sollte ich nicht die Feiertage zusammen in der Sonne genießen und gleichzeitig meine Karriere ausbauen? »Ich glaube wir brauchen alle manchmal eine gute Geheimmission, hm?«

Ich dachte an Mum und ihre Sprünge. Während ich Michael angrinste, spürte ich mich am Rand der Klippe stehen. Alles was ich nun tun konnte, war zu springen.

Kapitel Zehn
Michael

ALS EIN OFFENBAR endloser Strom an Menschen der Economy Klasse im Flugzeug an uns vorbei zog, nippte ich an meinem kostenlosen Glas Champagner und streckte meine Füße aus. »Ich bin noch nie in der ersten Klasse geflogen«, murmelte ich zu Will, der neben mir am Fenster saß.

»Wir sitzen tatsächlich in Premium Economy«, sagte er. »Ich wette die Ärsche in der Ersten haben Betten.«

Angela, die vor uns am Fenstersitz saß, drehte sich zu uns um. »Haben sie. Aber ich bin nicht dahin gekommen, wo ich jetzt bin, indem ich Firmengelder für Betten im Himmel ausgegeben habe.« Grinsend trank sie einen Schluck Champagner. »So ein Glück, dass es hier so viele freie Sitze gegeben hat, sonst säßen Sie hinten fest.«

Will lachte. »Ich beschwer mich garantiert nicht. Danke nochmal.«

Es schien wirklich luxuriös, zwei etwas breitere Sitze am Fenster zu haben anstelle der normalen drei. Es gab nur sechs Reihen Premiumsitze und als ich hinter mich in den anderen Teil des Flugzeugs sah, schien es, als wären dort jede Menge Menschen zusammengequetscht.

Will tippte auf seinem Handy und auch Angela widmete sich wieder ihrem Telefon. Schon bald rief sie jemanden an und gab Befehle auf die freundlichste Art, die ich je gehört hatte. Ihre

Familie kam von Texas nach Perth geflogen und gesellten sich in…zwei Tagen zu uns?

Wir waren von Albany nach JFK geflogen und waren jetzt auf dem Weg nach Hong Kong, von wo aus wir nach einer kurzen Pause nach Perth flogen. Ich war mir ziemlich sicher, dass das Ganze uns zwei Tage kosten würde. Nicht, dass mich das störte. Es könnte eine Woche dauern und ich wäre nur allzu glücklich, diese Zeit mit Will zu verbringen. Nicht nur mit ihm, sondern als sein Freund. Meine zwei Tage des Fantasierens hatte sich in zwei Wochen verwandelt und ich konnte mir kein besseres Weihnachtsgeschenk vorstellen.

Will schnaubte amüsiert und zeigte mir sein Handydisplay. Es war eine Nachricht von Seth:

Nur zur Info, Angela steht auf Mistelzweige. Seid also vorbereitet.

Mein Mund war plötzlich staubtrocken und ich versuchte mir einen Witz zu überlegen. Ich lehnte mich näher zu Will heran und flüsterte in sein Ohr, nachdem Angela so nahe bei uns saß, obwohl sie immer noch in ihr Handy quatschte. Meine Lippen streiften seine Haut.

»Vielleicht sollten wir doch Küssen üben.«

Oh mein *GOTT*, hatte ich das wirklich gerade gesagt? Also, laut? Zu Will. Von all den Witzen, die mir hätten einfallen können, *das* war, was mein Gehirn sich ausgedacht hatte? Großartig.

Will lachte und fummelte an seinem Handy rum, ohne mich anzusehen. Ich schluckte den Rest meines Champagners in einem Zug runter und fragte mich, ob es wohl unhöflich wäre, nach noch einem Glas zu fragen. Vielleicht, wenn wir uns in der Luft befanden. Rastlos scrollte ich durch mein Handy und schlug einen Fuß über mein Bein. Dann den anderen. Und wieder zurück.

Scheiße. Das Flugzeug befand sich noch nicht einmal in der Luft und wir hatten noch fast sechzehn Stunden vor uns. Ich musste mich beruhigen. Alles war in Ordnung. Will hatte einen

Scherz übers Küssen gemacht und ich hatte nur *seinen* Witz wieder aufgegriffen.

Mein Handy vibrierte in meiner Hand und ich beeilte mich, die Nachricht zu öffnen, dankbar für die Ablenkung. Zoe hatte geschrieben:

Bin froh, dass es dir gut geht. Du hattest mich etwas verunsichert. Zwischen dir und Jared ist es also aus?

Ich schluckte die Bitterkeit und den Schmerz runter. Oh ja, zwischen Jared und mir war es aus. Es hatte sich so komisch angefühlt, wieder im Reihenhaus zu sein um meine Sachen abzuholen. ‚Das Reihenhaus‘ war Monate lang mein ‚Zuhause‘ gewesen. Wieso hatte ich überhaupt jemals geglaubt, ich gehörte dort hin? Dass Jared und ich zusammen gehörten?

Ich hatte nicht damit gerechnet, dass er früher aus der Arbeit loskam und ich hatte definitiv nicht damit gerechnet, dass er seine Augen zusammenkneifen und die Zähne aufeinander beißen würde, weil ich Will mitgebracht hatte. Was jetzt? War er *eifersüchtig*? Er wollte mich doch überhaupt nicht! Und außerdem war da nichts zwischen mir und Will. Das war alles nur zum Schein und von der ganzen Geschichte wusste Jared nicht einmal.

Nun hatte Jared die Freiheit auf seiner makellosen Couch zu sitzen und freudenlos die Feiertage zu zelebrieren, ohne Essen oder Drinks oder lästige Weihnachtsbäume die sich ihm in den Weg stellten. Der Anblick meines Baumes, der einfach rausgeschmissen und vergessen worden war, der fast komplett vom Schnee bedeckt wurde, schien die Situation perfekt darzustellen.

Schnell antwortete ich Zoe:

Definitiv aus. Wir hätten nie zusammen sein sollen.

Nervös schlug ich meine Beine übereinander und bewegte sie dann wieder zurück. Ehrlich gesagt war es ziemlich erniedrigend mit einem Mann zusammen gezogen zu sein, der so schlecht zu mir passte. Ich redete mir ein, dass er keine schlechte Person war, auch wenn ich mich im Moment verbittert fühlte.

»Alles gut?« Wills warmer Atem kitzelte meine Wange, als er sich zu mir rüber lehnte und seine Hand auf mein Knie legte.

Abgesehen davon, dass ich plötzlich gegen einen sofortigen, riesigen Ständer kämpfen musste, ging es mir blendend. »Ähm, jep!«

Er zog eine Augenbraue hoch. »Du wippst so heftig mit dem Knie, dass sie die Vibrationen bestimmt bis in die letzte Reihe spüren können.«

»Oh!« Das erklärte die Hand, die er mir aufs Knie gelegt hatte. »Tut mir leid. Es ist nur…du weißt schon.« Ich versuchte mir eine Ausrede einfallen zu lassen. »Fliegen macht mich nervös«, brachte ich hervor, obwohl das überhaupt nicht der Wahrheit entsprach.

»Wirkich?« Beide seiner dicken Augenbrauen hoben sich. »Das wusste ich nicht. Offenbar sind wir noch nie zusammen irgendwo hin geflogen. Keine Sorge, es ist viel wahrscheinlicher, dass du…« Er wedelte mit seiner freien Hand in der Luft herum. »Von Elefanten zertrampelt wirst, als dass du mit einem Flugzeug abstürzt.«

»Wirklich? Was, wenn ich nie nach Afrika reise?«

»Hmm.« Will schien darüber nachzudenken und während er das tat, streichelte er mit seinem Daumen über mein Knie. War ihm bewusst, dass er das tat? Angela war immer noch am Telefon und achtete nicht auf uns. Will sagte: »Sie könnten aus dem Zoo ausbrechen.«

Ich versuchte, mich normal zu benehmen und gleichmäßig zu atmen. Seine Hand fühlte sich so schwer und riesig auf meinem Knie an und ich konnte kaum meinen Blick von ihm abwenden. Ich würde gleich wirklich einen sichtbaren Ständer haben, wenn ich mich nicht konzentrierte. »Scheint sehr unwahrscheinlich. Außerdem kann ich auch Zoos meiden.«

»Was, wenn sie aus dem Zirkus ausbrechen?«

»Haben Zirkusse noch Elefanten?«

Will verzog das Gesicht. »Bin mir nicht sicher. Sollten sie aber nicht.«

»Ehrlich gesagt, glaube ich, dass ich mir um umher stampfende Elefanten keine Sorgen machen muss.« Sanft drückte er mein Knie. »Du musst dir auch hier keine Sorgen machen. Statistisch gesehen.«

Obwohl ich keine Angst vor dem Fliegen hatte, fühlte ich mich trotzdem beruhigt und sicher, als könne Will mich vor einem Flugzeugabsturz bewahren. Er würde es wahrscheinlich versuchen und das fühlte sich besser an, als es sollte. Genau deshalb hatte ich ihn nach meiner Panne angerufen.

Genau deshalb war ich so in ihn verliebt.

»Willkommen an Board«, sagte eine weiche Stimme über die Lautsprecher. »Bitte nehmen Sie sämtliche Kopfhörer ab und richten Sie Ihre Aufmerksamkeit auf die Sicherheitshinweise.«

Wills Hand glitt von meinem Knie und er setzte sich aufrecht hin. Pflichtbewusst sah er sich die Stewardess an, die ein paar Reihen vor uns stand, während sie uns auf die Notausgänge aufmerksam machte. Ehrlich gesagt, würde es mich nicht überraschen, wenn er sich die laminierten Sicherheitsbestimmungen durchlas, so wie sie es uns anrieten.

Er warf mir einen Blick zu und flüsterte: »Was ist?«

»Hmm?« Ich hatte gar nichts gesagt.

»Du grinst.«

»Oh, gar nichts. Ähm, nur…ich denke nur über Elefanten nach. Die sind so…« *Denk an ein Wort! Irgendein Wort!* »Niedlich«, brachte ich hervor.

Will lachte. »Wahrscheinlich nicht mehr so niedlich, wenn sie dich zu Tode trampeln. Aber ja, sie sind süß.«

Meine Ohren brannten und ich zwang mich, wieder auf mein Handy zu sehen. Ich hatte eine neue Nachricht von Zoe.

Tut mir leid, dass das nicht geklappt hat. Bin froh, dass du wieder mit Will abhängst.

Wir mussten den Flugmodus auf unseren Geräten einschalten,

also hatte ich keine Zeit zu überdenken, wieso genau Zoe froh war, dass ich wieder mit Will zusammen war. Schnell tippte ich:

Ja, es ist super. Wir fliegen über Weihnachten nach Australien für seinen Job. Lange Geschichte, erzähl ich dir später. Tut mir leid, dass ich dir Sorgen bereitet hab und grüß deine Eltern! Vor allem deine Mum.

Ich beendete die Nachricht mit einem kleinen Herz/Zwinker/Kuss Emoji und schaltete mein Handy aus.

Wir befanden uns eine Stunde in der Luft, als die Stewards und Stewardessen noch mehr Drinks verteilten und uns auf die Speisekarte an unseren Sitzen aufmerksam machten. Ich pfiff überrascht. »Cool. Das Essen klingt tatsächlich gut. Spare Ribs? Obwohl es seltsam ist um zwei Uhr morgens Abend zu essen.«

»Absolut«, pflichtete Will mir bei. »Ich bin noch nie so weit geflogen. Vermutlich sollten wir etwas essen und dann versuchen zu schlafen.« Er tippte auf den Bildschirm auf der Rückseite von Angelas Sitz. »Immerhin gibt es genug zum Anschauen.«

Ich konnte sehen, dass Angela ihre Kopfhörer aufgesetzt hatte und eine Serie ansah, bei der es sich auf den ersten Blick um alte Folgen von *Sex and the City* handelte. Das schien mir passend.

Schon bald wurde das Abendessen serviert und die Spare Ribs waren wahnsinnig lecker. Ich nippte an meinem Glas – richtiges Glas, kein Plastik! – australischem Shiraz. »Nicht, dass das Eiersalat-Sandwich und die Cola, die ich auf meinem Delta Flug bekommen habe, nicht gut waren, aber das hier ist auf einem ganz anderem Level.«

Will schluckte einen Bissen geröstetes Wurzelgemüse runter. »Aber hattest du jemals das Schinken-Käse Sandwich und ein 7Up auf einem United Flug? Das darf man nicht verpassen.«

»Klingt wunderbar.«

»Nur das Beste.«

Ich musste zugeben, dass sich das hier alles wahnsinnig erwachsen anfühlte, obwohl ich wusste, dass das nur damit zusammenhing, dass die Premiumsitze wahnsinnig viel Geld kosteten. Trotzdem, im vorderen Teil des Flugzeugs zu sitzen und mit meinem Partner auf Dienstreise zu sein, gab mir ein euphorisches Gefühl.

Ich nahm etwas von dem Kartoffelbrei mit Knoblauch auf die Gabel und rollte innerlich die Augen. Will war nicht einmal mein richtiger Freund und jetzt bezeichnete ich ihn schon als Partner? *Beruhig dich mal, Junge.*

Entspannt durchstöberten wir die Filmoptionen und scrollten auf unseren Bildschirmen runter. Will fragte: »Hast du diese Dokumentation hier gesehen? Eine wilde Mordgeschichte.« Er deutete zu einem kleinen Bildchen auf seinem Display.

Ich schüttelte den Kopf. »Worum geht's? Abgesehen von Mord natürlich.«

»Kann ich nicht sagen, ich will es dir nicht spoilern.«

»Okay, da bin ich gespannt. Danke.« Ich nahm einen Schluck meines Weins. »Übrigens, bist du dir sicher, dass ich keinen Anzug brauche?«

»Jap. Ich habe einen für Meetings dabei, falls ich ihn brauche, aber vermutlich kleiden auch wir uns in Business Casual.«

»Okay.« Es war trotzdem unangenehm, dass ich keinen Anzug besaß, der mir passte. »Ich sollte einen haben. Für Hochzeiten und Beerdigungen zumindest.«

»Keine schlechte Idee. Wir können einen kaufen gehen, wenn wir wieder zu Hause sind.«

Oh man, ich liebte den Klang dieses Wortes. ‚Zuhause'. Nicht ‚kaufen'. Einkaufen zu gehen war okay, aber der Gedanke an ein *Zuhause* mit Will und Pläne für das neue Jahr, brachten mich dazu, im Gang auf und ab springen zu wollen, während wir über den Nordpol flogen. Als ich mir die Fug Route auf dem Display ansah, sagte ich: «Ich wusste überhaupt nicht, dass Flugzeuge hier noch fliegen. Ich dachte immer, dass alles links und rechts vorbei geht.«

»Ist bei mir dasselbe! Wild, oder? Ich würde nicht in Sibirien abstürzen wollen. Oder sonst irgendwo.«

»Nee, muss nicht sein.« Ich verzog das Gesicht. »Dann würde sich die größte Sorge meiner Mutter bewahrheiten.«

»Dass du bei einem Flugzeugabsturz umkommst?«

»Ich, oder eines ihrer anderen Kinder. Sie war schon immer etwas paranoid was das Fliegen angeht.«

»Das macht Sinn, dass sich das auf dich übertragen hat. Geht's dir einigermaßen gut?«

Uff. Ich wollte ihn nicht weiter anlügen. »Alles gut. Ich bin nur nervös, wenn das Flugzeug abhebt. Dann ist wieder alles in Ordnung.«

Will öffnete einen kleinen Becher mit Schokoladeneis, das komplett zugefroren gewesen war, aber mittlerweile genug getaut hatte, dass wir es essen konnten.

Er sagte: »Aber deiner Mum geht es dann nicht besser?«

»Nö. Sie hasst es zu fliegen.«

»Obwohl es viel gefährlicher ist, Auto zu fahren?«

»Jap. Logik funktioniert da nicht.« Ich öffnete mein eigenes Eis.

»Verstehe ich. Solche Ängste haben wir doch alle.«

»Kann sein. Zumindest hatte ich keinen Grund, ihr zu sagen, dass ich fliege. Ich melde mich bei ihr, wenn wir angekommen sind. In der Zwischenzeit wollte ich ihr keine Sorgen bereiten.«

»Wenn ich das so machen würde, würde meine Mum durchdrehen.«

Ich lachte. »Stimmt, aber du und deine Mum habt auch ein ziemlich enges Verhältnis.« Nachdem ich einen extrem cremigen, süßen und beeindruckend kalten Bissen Eis runtergeschluckt hatte, fragte ich:

»Was hast du ihr über mich erzählt?«

Will runzelte die Stirn und sah eindringlich in Angelas Richtung, die immer noch ihre Kopfhörer auf hatte, während sie zu Abend aß und eine Serie schaute. Oh, stimmt ja. Ich lehnte mich zu Will rüber und flüsterte ihm ins Ohr: »Mein Fehler.«

»*Ist okay*«, sagte er wortlos. Dann murmelte er in mein Ohr: »Wir müssen aber aufpassen. Wir sollten versuchen, die ganze Zeit so zu tun, als wären wir zusammen. Außer, wenn wir wirklich alleine sind.«

Ich nickte und versuchte meine Gedanken nicht wandern zu lassen.

Nachdem wir unser Abendessen verputzt hatten, verdunkelten sich die Kabinenlichter. Sowohl Will als auch ich suchten uns einen Film aus, den wir uns ansehen konnten, während wir versuchten zu schlafen.

Obwohl ich versucht war die True Crime Dokumentation anzuschauen, die Will mir empfohlen hatte, entschied ich mich für *Almost Famous*, was als Kind einer meiner Lieblingsfilme gewesen war. Ich kannte ihn fast auswendig, also konnte ich die Augen schließen und einschlafen und trotzdem wissen, was passierte. Das war irgendwie beruhigend.

Wenn ich es mir doch nur endlich bequem machen könnte. Alle paar Minuten bewegte ich mich, obwohl ich genug Platz im Sitz und auch genug Beinfreiheit hatte. Der Typ neben Angela hatte seinen Sitz ein paar Zentimeter nach hinten gekippt und ich tat es ihm gleich, bevor ich meinen Bildschirm meiner neuen Position anpasste.

Will lehnte sich ebenfalls zurück und legte mir den Arm um die Schultern. Wortlos deutete er mir, dass ich mich an seine Schulter anlehnen sollte und mein Herz fing an zu rasen. Natürlich, wir waren ja ein Pärchen. Pärchen taten so etwas.

Ich rückte meine Kopfhörer zurecht und fand eine passende Position, in der ich mich an Will anlehnen konnte, ohne ihm die Kopfhörer in die Haut zu pressen. Er drückte meinen Arm um mir mitzuteilen, dass es auch für ihn eine gute Position war.

Zumindest war ich mir ziemlich sicher, dass die Berührung mir das mitteilen sollte. Um nachzufragen würde ich mich bewegen müssen und er würde mich schon anstupsen, wenn es ihm zu unbequem wurde. Ich schloss meine Augen und hörte dem Film zu, während ich langsam abdriftete. Wills Wärme und das Gewicht seines Armes waren genauso beruhigend wie die bekannten Lieder aus dem Filmsoundtrack.

Kapitel Elf
Will

»SIND SIE ZUSAMMEN?«

Langsam blinzelte ich die Flughafenmitarbeiterin an, die mich erwartungsvoll ansah. Es dauerte einen Moment bis ich realisierte, dass sie fragte, ob Michael und ich ein Paar waren. »Oh! Ähm, ja.«

»Bitte zu Schalter Nummer Drei und in die Warteschlange einreihen.« Sie ratterte die Anweisung emotionslos herunter und ich war mir nicht genau sicher, wieso ich mich auf Feindseligkeit vorbereitet hatte.

Michael und ich liefen wie angewiesen zu unserem Zollschalter, um zu warten.

Es war mir überhaupt nicht in den Sinn gekommen, dass Pärchen normalerweise zusammen durch den Sicherheitscheck gingen und ich fing an, etwas nervös zu werden. Was albern war, es war ja nicht so, als würde der Beamte uns nach unserer Beziehung ausfragen und uns dann als Fälschung deklarieren.

Michael stöhnte sanft auf und streckte die Arme über den Kopf. Er trug eine Jogginghose und sein Hoodie und T-Shirt rutschten hoch, wodurch ein kleiner Streifen Haut an seinem Bauch sichtbar wurde.

Er sagte: »Oh Mann, das war ein langer Tag. Tage? Ich bin bereit zu schlafen. Und nochmal zu duschen.«

Angela hatte uns eine der Lounges gebucht, wo wir uns während unseres zehnstündigen Aufenthalts in Hong Kong ausruhen konnten. Wir konnten duschen und uns umziehen und das Buffet genießen, das laufend aufgefüllt wurde.

Trotzdem hatte der Flug nach Perth nochmal sieben Stunden gedauert und jetzt war es hier schon nach elf Uhr Abends.

»Hast du überhaupt geschlafen?«, fragte Michael.

»Hm? Ein bisschen«, log ich. Naja, auf dem ersten Flug hatte ich es geschafft, kurz einzunicken, obwohl mein Arm, auf dem Michael es sich bequem gemacht hatte, irgendwann eingeschlafen war, was mich wiederum aufgeweckt hatte. Ich hatte nicht das Herz dazu gehabt, Michael zu wecken, also hatte ich mich damit begnügt, meine Hand immer wieder zur Faust zu ballen und den letzten Auto-Actionfilm mit Vin Diesel anzusehen.

Mir war klar, dass er nach dem zweiten Flug fragte. Er war nach der ersten Essensausgabe um etwa vier Uhr nachmittags eingeschlafen, doch ich hatte mich in einem übermüdeten Zustand befunden. Hoffentlich würde ich einfach wegkippen, sobald wir das Hotel erreicht hatten.

Die Beamtin hinter dem Zollschalter winkte uns zu sich. Sie sah sich unsere Reisepässe mit einem ernsten Gesichtsausdruck an, scannte sie ein und fragte: »Was ist der Grund Ihres Besuchs?«

Ich räusperte mich. »Ich bin auf Dienstreise mit meiner Chefin.«

Ihr Blick fiel auf Michael. »Und Sie?«

»Ähm. Ich bin nur die Begleitung. Von meinem Freund.«

»Irgendwelcher Alkohol oder Tabak im Gepäck?«

Wir schüttelten den Kopf und beantworteten noch ein paar Fragen, bevor sie uns gehen ließ. Wir hatten offiziell Australien als ein Pärchen betreten. Impulsiv griff ich nach Michaels Hand, als wir auf unser Gepäck und dann auf Angela und ihre Familie warteten.

Michael verschränkte beiläufig seine Finger mit meinen und sagte: »Oh, ich sehe deinen blauen Koffer.«

Für einen Moment blieb mir der Atem weg. Es fühlte sich alles so natürlich und normal an. Als wären Michael und ich wirklich ein Paar. Wieder wurde ich als etwas anderes als hetero wahrgenommen – von der Zollbeamtin und der Mitarbeiterin – und es fühlte sich…auf die beste, aufregendste Art und Weise normal an.

Michael zog an meiner Hand und schenkte mir ein fragendes Lächeln. »Wir sollten uns den Koffer schnappen.«

»Stimmt!« Ich ließ ihn los, um um das Gepäckband herumzulaufen und den Koffer runterzunehmen, bevor er sich noch einmal im Kreis drehte. Vermutlich brauchte ich einfach nur Schlaf.

Angela, ihr Ehemann Paul und ihre zwei Töchter kamen auf uns zu. Sogar Angela sah erschöpft aus und bedachte uns nur mit einem müden Lächeln. Zu Paul sagte sie: »Schatz, ich geh kurz für kleine Mädchen.«

Die beiden Teenager, Olivia und Makayla, folgten ihr. Paul gähnte weit. »Ohhhh Mann, bin ich froh wieder festen Fuß unter meinem Grund zu haben.« Er schüttelte den Kopf. »Was habe ich da gerade gesagt? Sie wissen, was ich meine.«

Michael stimmte ihm zu: »Verstehen wir, das war ein langer Flug.«

Paul strich mit einer Hand über seinen glänzenden, haarlosen Kopf. Er war weiß, stämmig und trug ein violettes Polohemd, Levi's und echte Cowboystiefel. Wir hatten gemeinsam in Hong Kong zu Mittag gegessen, aber Angela hatte die meiste Zeit über die Meetings in Perth gesprochen. Paul schien zufrieden damit, ihr zuzuhören, während die Mädchen sich mit ihren Handys beschäftigt hatten.

Er zeigte auf das Gepäckband. »Oh, das ist einer von Rosies Koffern.« Er drängelte sich durch die Menschenmenge und schnappte sich das riesige pinke Gepäckstück.

»Rosie?«, fragte Michael. »Tut mir leid, ich dachte die Mädchen heißen Olivia und Makayla?« Er biss sich auf die Lippe.

»Habe ich das falsch verstanden?«

»Nein, nein! Angela und ich haben uns in Rosebud, Texas kennengelernt. Rosie ist mein kleiner Spitzname für sie.«

Ich lächelte. »Das ist süß.«

»Wo haben Sie sich getroffen?«

»Albany«, antwortete Michael, bevor er zu mir sagte: »Du kannst mich Al nennen.«

»Wie in dem Lied!« Paul lachte. »Guter Scherz.«

Michael und ich sahen einander an und verstanden offenbar beide die Referenz nicht, aber wir fragten nicht nach.

Gerade als wir die letzten Gepäckstücke vom Band nahmen, kamen Angela und die Mädchen zurück.

Olivia war neunzehn und hatte gerade angefangen in Columbia zu studieren, und Makayla war vierzehn. Sie waren beide asiatisch, schlank, hatten langes dunkles Haar und während Olivia fast so groß war wie ich, war Makayla sogar kleiner als Angela. Makayla trug außerdem eine Zahnstange, was ihr offenbar unangenehm war, wenn man bedachte, wie oft sie sich beim Sprechen die Hand vor den Mund hielt.

Der Terminal war klein und es war einfach den Fahrer zu entdecken, der ein Schild mit Angelas Namen hoch hielt, während sich um ihn herum Menschen umarmten und küssten.

Das Aufeinandertreffen von Menschen an Flughäfen fand ich schon immer schön anzusehen. Ich sah einem älteren Pärchen dabei zu, wie sie auf eine erwachsene Frau zuliefen, bei der es sich vermutlich um ihre Tochter handelte. Auf einmal vermisste ich Mum und Dad wahnsinnig.

Der Fahrer rief uns: »Frohe Weihnachten!«, entgegen, als wir auf ihn zu kamen. Er blickte auf seine Uhr. »Das heißt, in zwanzig Minuten ist es so weit.«

»Moment mal, wirklich?«, fragte Michael.

»Absolut«, antwortete der Fahrer. »Es ist gerade Heiligabend. Der Weihnachtsmann ist gerade auf dem Weg sich seine Kekse und Milch abzuholen. Obwohl er wahrscheinlich ein Fry-Up und Tinny – also, Dosenbier, bevorzugen würde.«

Als wir aus der Flughafentür liefen und endlich an der frischen Luft waren, atmeten wir alle erleichtert die warme Sommerluft ein. Nach der Kälte in Albany fühlte es sich fast schon luxuriös an. Michael zog einen kleinen Koffer hinter sich her und hatte eine Reisetasche über die Schulter gespannt, drehte sich aber dennoch kurz im Kreis. Seine Augen waren geschlossen und pure Freude stand ihm in sein schönes Gesicht geschrieben.

Sein…Moment, was hatte ich da gerade gedacht? Ich musste über mich selber lachen. Offenbar hatte ich meine Rolle nun wirklich angenommen.

Der Fahrer führte uns zu einem schwarzen Minivan und Olivia seufzte laut. »Hättest du uns nicht eine Limo buchen können, Mum?«

»Nein, hätte ich nicht. Du bist nicht zu cool für einen Van, junge Frau.«

Paul sagte: »Es ist ein Mercedes-Benz, Liv. Das wirst du aushalten.«

Wir stiegen ein und Michael und ich boten an, uns in die letzte Reihe zu setzen.

Die Straße war komplett verlassen und auf beiden Seiten reihten sich Bäume auf. Ich wünschte, ich könnte das hintere Fenster öffnen und den Duft der Blüten einatmen. Auf einmal Sommer zu haben fühlte sich magisch an.

»Das ist ein Wahnsinns Weihnachtsgeschenk«, murmelte Michael mir zu. »Danke.«

»Hey, es ist eigentlich Angelas Geschenk«, sagte ich.

Paul nickte. »Hört, hört! Lasst uns alle Danke sagen, dass sie diese wundervolle Weihnachtsreise organisiert hat.«

»Während der sie arbeitet«, murmelte Olivia. Als ihr Vater sie anfunkelte, sah sie plötzlich verlegen aus. »Aber ja, es ist ziemlich cool. Danke, Mum.«

»Ist mir ein Vergnügen. Außerdem hat Dale das alles organisiert.«

»Das war klar«, fügte Makayla hinzu. »Dale ist ein Engel. Wieso ist er nicht dabei?«

»Er hatte Pläne mit der Familie«, antwortete Angela. »Aber Will wird mich tatkräftig unterstützen. Hab ich euch erzählt, was für einen tollen Job er letzte Woche in Seattle geleistet hat?«

»Das Thema Arbeit ist bis nach Weihnachten tabu, Rosie«, erinnerte Paul sie sanft.

»Stimmt!« Angela mimte, sich die Lippen zuzuschließen.

Wir fuhren durch leere Wohngebiete und an dunklen Häusern vorbei. Offenbar waren die Anwohner längst in ihren bequemen Betten und träumten von ihren Geschenken.

Michael murmelte mir zu: »Dude, ich bin so müde.« Er rieb sich über das Gesicht.

»Bro, wem sagst du das«, raunte ich in meinem flachen Brett Yankface Akzent. »Der Kegger letzte Nacht hat mir den Rest gegeben.«

Makayla kicherte, während Olivia uns misstrauisch ansah. Angela klatschte erfreut in die Hände. »Sie klingen sehr überzeugend.«

Ich lachte. »Danke. Das ist ein alter Insider mit Michael. Normalerweise klinge ich nicht so amerikanisch.«

Ohne von ihrem Handydisplay aufzusehen, fragte Olivia: »Seit wann klingen Sie überhaupt ein bisschen amerikanisch?«

Michael mischte sich ein: »Das versuche ich ihm schon seit Jahren zu sagen, aber er schwört, dass sein Akzent, und ich zitiere ‚stark abgenommen‘ hat. Das bildet er sich zumindest ein.«

»Tu ich nicht! Meine Familie klingt viel schottischer als ich.«

»Oh, aye…Captain?«, sagte Michael in einem wirklich furchtbaren Akzent.

»Oi!« Ich zwickte Michael sanft in die Seite und er versuchte, mir zu entkommen.

»Hör auf! Du weißt, dass ich kitzelig bin.«

»Ach, wirklich?« Ich fuhr mit meinen Fingern über seine Rippen. »Das ist mir ja neu. Stört dich das?«

Alle lachten, sogar die grimmige Olivia. Sie sagte: »Ihr seid viel zu süß.«

Und das hätte nicht so ein breites Grinsen auf mein Gesicht zaubern sollen, doch das tat es. Im Schein der Straßenlichter, wo wir an einer Kreuzung anhielten, sah Michael aus, als wäre er rot angelaufen. Ohne darüber nachzudenken hob ich meine Hand und strich mit meinen Knöcheln über seine erhitzte Wange, bevor ich sie wieder wegzog und aus dem Fenster blickte. Für einen kurzen Moment, bevor ich mich weggedreht hatte, hatte er seine Augen aufgerissen.

Das war in Ordnung. Ich war schließlich derjenige, der vorgeschlagen hatte, sich unserer gespielten Beziehung hinzugeben und ganz offensichtlich verlief alles nach Plan.

Kapitel Zwölf

Michael

NEBEN DEM GLEICHMÄßIGEN Summen des Deckenventilators strömten fröhliche Stimmen durch die Luft. Die Sonne stand bereits hoch im Himmel, also war es an der Zeit, meine Augen zu öffnen. Ich wusste, wo ich mich befand. Wäre ich in Jareds Reihenhaus in Albany, gäbe es weder einen Deckenventilator, noch den Klang von Gelächter in der Ferne, der durch das offene Fenster strömte.

Es war wundervoll, die Augen zu öffnen und den unfassbar blauen Himmel durch das große Fenster unseres Hotelzimmers zu sehen. Will auf dem Balkon ausmachen zu können, der in die Ferne blickte und das Geräusch von Vögeln, Möwen vielleicht?, wahrzunehmen.

Will trug ein grünes Polohemd und eine cremefarbene Stoffhose, die sich perfekt an seinen runden Hintern und dicke Schenkel schmiegte. Er passte zu dem tropischen Vibe unseres blauen Zimmers. Moment mal, war Perth tropisch? Ich hätte schwören können am Vorabend Palmen gesehen zu haben, allerdings war es sehr dunkel gewesen.

Es gab definitiv einen Strand-Vibe, zu dem Will perfekt passte. Gott, er war so schön. Innen und außen. Wie hatte ich es geschafft, so ein Glück zu haben? Hier befanden wir uns nun, auf der anderen Seite der Welt, und ich durfte mir ein Bett mit ihm teilen und seine Hand halten und—

Und es war alles nur gestellt.

Stimmt. In dem selben Doppelbett zu schlafen war keine große Sache. Es war ja nicht so, als ob wir es miteinander trieben. Keine Küsse, keine Berührungen, kein Kuscheln oder Blow-Jobs oder—

Ruckartig setzte ich mich auf die Bettkante, bevor meine Morgenlatte noch auf irgendwelche irrsinnigen Ideen kam. Die Matratze quietschte und Will drehte sich zu mir um. Ein breites Grinsen machte sich auf seinem Gesicht breit. Seine Zähne glänzten in der Sonne und seine goldene Fliegersonnenbrille saß auf seinem Kopf.

»Frohe Weihnachten.«

»Oh, stimmt! Jep, frohe Weihnachten. Es ist so komisch, dass heute schon der Fünfundzwanzigste ist. Aber wir waren auch für eine Ewigkeit in dem Flugzeug also…kann das schon sein.«

Will lächelte. »Es ist auf jeden Fall verwirrend, das stimmt. Gut geschlafen?«

»Ja, ich denke schon.« Ich hatte mich am Vorabend nur in frischen Boxershorts bekleidet hingelegt, nachdem ich nach dem Duschen zu müde gewesen war, meinen Koffer nach einem T-Shirt zu durchsuchen.

Mir fiel eine kleine Schachtel auf dem runden Frühstückstisch vor dem Fenster auf. Das Kästchen war in rot, grün und gold verpackt, mit einer glitzernden Schleife drauf. »Was ist das?«

»Frohe Weihnachten.« Will reichte mir das Geschenk.

»Hä? Wann hast du das denn besorgt?« Ich hielt die perfekt eingepackte Schachtel in der Hand und fühlte mich sofort schuldig.

»In der Lobby gibt es einen kleinen Geschenkladen. Hat mich überrascht, dass die heute überhaupt geöffnet haben. Anscheinend machen sie an den Weihnachtsfeiertagen ein gutes Geschäft, weil viele Typen vergessen, ihren Frauen etwas zu besorgen.«

»Du warst unten? Wie viel Uhr ist es? Wie lange habe ich

geschlafen?« Ich griff nach meinem Handy auf dem hölzernen Nachttisch und war erleichtert, als ich sah, dass es erst kurz nach zehn Uhr morgens war.

»Alles gut. Ich bin um Sechs schon aufgewacht und konnte nicht mehr einschlafen. Jetlag glaube ich. Aber ich weiß gar nicht, wie viel Uhr es in Albany ist.« Er deutete auf das Geschenk, das sich sehr leicht anfühlte. »Ist nur was ganz Kleines, das mich an dich denken hat lassen.«

»Ich habe gar nichts für dich.«

»Klar hast du. Du bist hier oder nicht?«

»Oh ja, was für eine Opfergabe. Wie soll ich diesen Luxus nur überstehen?« Ich sah an Will vorbei. »Wow! Der Balkon sieht ja riesig aus.«

Sein Gesicht verzog sich. »Warte. Stört dich das? Wegen der Höhenangst, von der du gesprochen hast? Zugegebenermaßen bin ich derjenige, der vom Pferd gefallen ist, aber wenn dir das hier zu hoch ist, können wir sicher nach einem anderen Zimmer fragen.«

»Nein, Balkone sind kein Problem, solange ich mich nicht über das Geländer lehne. Ich weiß, es ist seltsam. Eine Leiter oder ein Pferd sollten mir nicht mehr Angst machen, aber… Davon abgesehen ist das Zimmer der Wahnsinn. Wie hat Angela es geschafft, so ein Zimmer last minute an Weihnachten zu buchen?«

»Dale ist ein echter Zauberer.«

Während ich dort auf der Bettkante in nur meinen Boxershorts saß, mit der Decke um die Hüften, packte ich das Geschenk aus. »Es ist so schön eingepackt. Das tut mir fast leid.«

»Mit der Verpackung habe ich leider nichts zu tun.« Er verlagerte sein Gewicht von einem Bein aufs andere und wieder zurück. »Wie gesagt, es ist etwas winzig Kleines.«

In der Schachtel, in Papier eingepackt, saß eine kleine Weihnachtsbaumkugel in der Form eines Koalas. Am Ende des goldenen Aufhängers trug der Koala eine Sonnenbrille, eine rotweiße Weihnachtsmütze und stand auf einem Surfboard.

Grinsend hielt ich den Anhänger hoch.

»Oh mein Gott.«

»Ich weiß, dass du diesen Weihnachtsbaum gekauft hast, und es alles so schief gegangen ist, also dachte ich mir, für nächstes Jahr hättest du vielleicht gerne einen neuen Anhänger. Er ist bisschen kitschig, ich weiß.«

»Ich *liebe* ihn. Er ist so witzig.« Ich lachte. »Jared würde ihn so sehr hassen. Das ist perfekt. Vielen Dank.«

Mit den Händen in den Hosentaschen zuckte Will mit den Schultern. »Gern geschehen. Ist nur ein kleiner Anhänger. Sie hatten auch ein paar schöne, vornehme Kugeln aber…naja. Ich hab mir überlegt, welchen Anhänger du wohl für dich selbst aussuchen würdest. Ich war zwischen dem hier und einem Känguru mit einem Bier in der Hand hin und hergerissen.«

»Das klingt super.« Ich sprang auf und zog ihn in eine Umarmung.

»Echt jetzt. Vielen Dank. Ich liebe, dass du weißt, dass ich nicht vornehm bin.«

Will erwiderte die Umarmung und strich mir über den nackten Rücken. »Ich wusste, dass du etwas Lustiges bevorzugst.«

»Vornehm ist auch verdammt überbewertet.« Ich lehnte mich gegen ihn und gähnte weit. »Frohe Weihnachten.«

»Ich bin froh, dass du hier bist.« Will strich mit seiner Hand hoch und runter, hoch und runter.

»Ich bin froh, dass *wir* hier sind.«

Es dauerte einen Moment bis mir auffiel, dass wir uns schon viel länger umarmten als es normal war. Vor allem, nachdem ich nur Unterwäsche trug und Wills Hand auf meinem Rücken festzukleben schien.

Was taten wir da? Das war alles ziemlich un-hetero, obwohl wir keine Zuschauer hatten. Wir hatten uns in der Vergangenheit nie so umarmt. Auf keinen Fall. Ich hätte meine Augen schließen und mich näher an ihn schmiegen und mein Gesicht gegen Wills stoppeligen Hals pressen können, um ihn dort zu küssen…

Würde er es zulassen?

Würde es ihm…gefallen?

Wow! Die Morgenlatte schien ein Comeback zu machen, also klopfte ich Will auf eine sehr männliche Art auf den Rücken und wand mich aus der Umarmung raus und in Richtung Badezimmer. Ich hielt lang genug inne, um die Baumkugel an die Lampe auf dem Tisch, der in einer Zimmerecke stand, zu hängen. Der glitzernde Koala grinste nun von dem cremefarbenen Lampenschirm aus.

»Ich sollte duschen gehen«, verkündete ich. »Haben wir Pläne?«

»Erst in einer Stunde. Lass dir Zeit.«

Schnell wusch ich mich in der gläsernen Dusche und drehte die Temperatur auf kalt, um mich aufzuwecken. Und um meine Gedanken in den Griff zu bekommen. Will war hetero. Natürlich würde er es nicht genießen, wenn ich seinen Hals küsste.

Das war nur eine Umarmung gewesen. Eine lange, seltsam intime Umarmung. Ich durfte mich nicht so von unserer Lüge mitreißen lassen. Oder es war der Jetlag. Jedenfalls durfte ich mich solchen Fantasien nicht hingeben.

Aber ehrlich mal, seit wann streichelte Will mir sanft über den Rücken? Auch noch während ich halb nackt war?

Ich drehte an dem Knopf an der Dusche und das Wasser wurde noch kälter. Was gar nicht einmal so kalt war, nachdem Perth an sich sehr heiß war. Lauwarm musste ausreichen.

Nach meiner Dusche stand ich auf der flauschigen Fußmatte vor dem Spiegel. Mit einem Handtuch um die Hüften geschlungen lehnte ich mich nah an den Spiegel heran, um einen wachsenden Pickel an meinem Kinn zu inspizieren. Das sollte mich nicht überraschen, schließlich hatten wir die letzten zwei Tage mit Reisen verbracht.

Trotzdem wünsche ich, ich hätte einen Bartwuchs, der ihn

abdeckte. Doch auf meinem blassen Gesicht stach er hervor wie ein…wirklich rotes Ding. Naja.

Ich verteilte etwas Haargel in meinem Haar und versuchte es zu stylen. Obwohl ich gerade erst mehr als acht Stunden geschlafen hatte, war mein Gehirn noch nicht in dieser Zeitzone angekommen.

Als Will sanft an der Tür klopfte, bat ich ihn herein. »Kann ich mir die Zähne putzen? Aus irgendeinem Grund habe ich das vorhin vergessen.«

»Wegen dem Jetlag.« Ich ging vor dem Waschbecken einen Schritt zur Seite und holte meine Zahnpasta aus dem Plastikbeutel raus, in dem ich meine Hygieneartikel transportiert hatte. Ich reichte sie Will, obwohl er sicherlich seine eigene mitgebracht hatte.

Mein Mundgeruch war bestimmt grauenhaft, also holte ich auch meine Zahnbürste aus dem Beutel. Will verteilte etwas Zahnpasta auf seiner Bürste und gab sie mir dann zurück. Seite an Seite putzten wir uns die Zähne. Gelegentlich hielt einer von uns inne, um ins Waschbecken zu spucken.

Zahnpaste lief aus Wills Mundwinkel und er murmelte etwas, als er sich nach vorne beugte und spuckte, bevor er den Wasserhahn aufdrehte, um seine Zahnbürste zu befeuchten. Er murmelte: »Das hat mir gerade noch gefehlt, Zahnpasta auf mein sauberes Hemd zu tropfen.« Sein Blick fiel auf sein Spiegelbild und er wischte sich vorsichtig den Mund ab.

Ich lachte und spuckte dabei sofort schaumige Zahnpasta auf meine Brust. Natürlich tat ich das. Doch das brachte mich nur noch mehr zum Lachen und um meine Zahnbürste herum fragte ich: »So?«

Will grinste. »Dich kann man nirgendwo mit hinnehmen. Zum Glück bist du noch nicht angezogen.«

Dann hob er seine Hand und wischte die Zahnpasta mit seinem Finger weg.

Von meiner nackten Brust.

Mit seinem *Finger*.

Außerdem streifte er dabei meinen Nippel.

Mit dem Finger in der Luft versteifte Will sich plötzlich. Der Zahnpasta-Speichel hing immer noch an seiner Haut. Er blinzelte und starrte seinen Finger an. Erst jetzt schien ihm aufzufallen, was er gerade getan hatte.

Wir waren nur ein paar Zentimeter voneinander entfernt. Mein Schwanz war steif. Meine Haut kribbelte. Mein Herz war kurz davor mir aus der Brust zu springen. Diese beiläufige Intimität würde mich noch umbringen.

Wills Gelächter war laut und hallte von den weißen Fliesen wieder. »Jetlag!« Er beugte sich nach vorne und wusch sich die Hände in dem Waschbecken, während ich keinen Muskel bewegte. Wurden seine Ohren etwa gerade rot?

»Kaffee?«, platzte es aus ihm heraus.

Ich hatte wieder angefangen meine Zähne zu putzen, obwohl kaum noch Zahnpasta in meinem Mund übrig war. Schnell spuckte ich in das Becken und versuchte mich an einem fröhlichen Ton. »Ja, gerne!«

»Ich schau mal, ob ich die Maschine zum Laufen krieg. Die sieht teuer aus, der Kaffee sollte also gut sein.«

»Was Kaffee angeht bin ich nicht wählerisch. Nicht so wie—« Ich musste wirklich aufhören von Jared zu sprechen. Oder an ihn zu denken. »Ich bin nicht wählerisch«, wiederholte ich.

»Super, ich werde…« Will deutete mit seinem Daumen über seine Schulter und verschwand wieder in das Hotelzimmer.

Während ich ausatmete, blies ich meine Wangen auf und sah in den Spiegel. *Uff, dieser Pickel.* Aber worauf ich mich wirklich konzentrieren sollte, war der Fakt, dass ich meine gesamte Selbstbeherrschung gebraucht hatte, um Will nicht zu küssen.

Nicht nur, nicht *küssen*, sondern ihn gegen die saubere weiße Wand zu pressen und ihn zu verschlingen.

Das war alles nur zum Schein und ja, ich hatte gewusst, dass ich immer noch in ihn verliebt war, aber ich könnte schwören, dass auch er sich anders verhielt. Was hatte es mit dieser Umarmung auf sich gehabt? Es war nicht möglich, dass Will…für mich?

Nein, fang gar nicht erst an, daran zu denken.

Am Vorabend war ich so müde gewesen, dass ich kaum mitbekommen hatte, dass ich wieder im selben Bett wie Will eingeschlafen war. Immerhin war mir dann die Folter erspart geblieben, darüber nachzudenken, wie nah und doch fern er mir war.

Ich hatte das Gefühl, dass sich das heute Nacht ändern würde.

»FROHE WEIHNACHTEN, IHR Lieben!« Angela hielt ihren Mimosa hoch und wir stießen alle mit unseren Champagnergläsern an.

Das beinhaltete auch Makayla, die sagte: »Happy Birthday, Jesus«, bevor sie den Inhalt runterkippte.

Paul gab ihr einen durchdringenden Blick. »Mimosas sind ein Privileg, kein Recht. Und du bekommst nur einen. Ich an deiner Stelle würde es langsam angehen lassen.«

Makayla kicherte, während Olivia die Augen verdrehte. Wir saßen an einem runden Tisch auf dem riesigen Balkon, der an die Suite der Barkers im obersten Stockwerk des Hotels angrenzte. Die Ränder des Balkons waren komplett aus Glas, sodass wir eine wundervolle Sicht auf die Marina und das blaue Meer hatten. Je weiter es sich dem Stand näherte, desto heller wurde es.

Die Sonne schien über ein Vordach aus Holzlatten mit hellem Stoff dazwischen auf uns herunter. Ein Deckenventilator blies kühle Luft über uns, was angenehm war, denn verdammte Scheiße, war das heiß.

Ich hatte mich mit Sonnencreme eingeschmiert und beschwerte mich nicht, nachdem ich bis gestern noch im kalten, grauen

Dezember in Albany gesteckt hatte. »Ich habe noch nie einen Balkon mit Deckenventilator gesehen«, sagte ich. Mein Mimosa schmeckte etwas seltsam, wegen der Zahnpasta, die ich noch im Mund spürte, war aber trotzdem angenehm.

»So eine gute Idee, stimmt's?«, antwortete Angela. Zu dem jungen blonden Mann, der uns bediente und der gerade einen neuen Krug Mimosas zubereitete, sagte Sie: »Ihr Hotel ist einfach wundervoll.«

Er nickte. »Dankeschön.«

»Ist ja nicht so, als würde es ihm gehören«, murmelte Olivia. Dann fragte sie mich: »Waren Sie etwa noch nie in Mexiko oder in der Karibik?«

Sie spielte mit einer rosafarbenen Perlenkette um ihren Hals. Die gesamte Barker Familie war in sommerlichen Pastelltönen gekleidet und Will passte wunderbar zu ihnen. Ich trug lange khaki Shorts und ein kurzärmliges Hemd, das rot/blau kariert war. Das war mein einziges sommerliches Hemd und hätte wahrscheinlich gebügelt werden müssen, obwohl ich es ganz vorsichtig in den Koffer gelegt hatte.

»Ehrlich gesagt, nein«, antwortete ich. »Aber meine Eltern leben in Florida.« Ich verzog den Mund. Was hatte das denn mit irgendetwas zu tun? »Aber er ist, äh, cool. Der Ventilator.«

»Buchstäblich!« Angela grinste. »Nun, erzählen Sie uns von Ihrer Familie. Unterstützen sie Ihre Beziehung mit Will?«

»Ähm ja. Sie finden Will toll.« Ich trank meinen Mimosa aus und lächelte Will neben mir an.

Das war nicht gelogen. Meine Eltern hatten keine Probleme mit Will und Zoe oder meinen anderen Freunden vom College. Sie interessierten sich nicht sonderlich für meine Freunde, mochten sie aber alle. Sie hatten gesagt, dass sie es genossen hatten, Jared an Thanksgiving kennenzulernen. Nicht, dass das jetzt noch etwas ausmachte.

Die Barkers schienen darauf zu warten, dass ich mehr sagte.

Fast wünschte ich mir, die Mädchen hätten die Erlaubnis, das Handy am Tisch zu benutzen. Wieso hatte ich das Gefühl, dass vor allem Olivia jegliche Widersprüche sofort aufspüren und mich damit necken würde? Nicht, dass ich einen Grund hätte, über meine Familie zu lügen. Nur meinen Freund.

Ich war immer noch nervös, als ich ihnen von meinen Eltern und Geschwistern erzählte. Ein weiterer Mimosa ging runter wie Wasser und es war gut, dass immer mehr Essen an den Tisch serviert wurde.

Es war ein ziemlich ausgefallener Brunch mit Eiern Benedict und Meeresfrüchte Frittata. Warmen Weizenbrot und gegrillten Garnelen, was, wie ich herausfand einfach nur Shrimps waren. Außerdem gab es Waffeln mit dem besten frischen Obstsalat, den ich je gegessen hatte. Es waren zwar alles kleine Gänge, aber schon bald fühlte ich mich voll.

Angela hatte zwar keine erste Klasse Flugtickets gekauft, aber dafür schien sie nicht zu sparen, wenn es um Hotels und Essen ging. Die Gerichte hörten nicht auf. Als nächstes brachten sie uns saftige gegrillte Würstchen, die der Kellner ‚Snags' nannte. Ich stöhnte, als ich den ersten Bissen nahm.

Kauend nickte Will mir zu und streckte einen Daumen nach oben.

»Ist das nicht alles einfach wunderbar?«, fragte Angela. »So eine nette Abwechslung von dem typischen Truthahn mit Füllung. Obwohl ich ein Fan von Tradition bin.« Den Kellner, dessen Name Lachlan war, wie wir erfahren hatten, fragte sie: »Ist das ein typisches australisches Weihnachtsfrühstück?«

Während er mit dem Korken einer weiteren Flasche Champagners beschäftigt war, sagte er: »Das kommt ganz darauf an. Meine Oma würde Schinken und Truthahn und das alles servieren. Aber meine Eltern tendieren mehr zu Salaten und Shrimp Cocktails. Grillspießen.« Er öffnete die Flasche. »Und spritzigem Shiraz.«

Laufend kamen neue Kellner in frischen weißen Hemden und Khaki Shorts, die meinen peinlicherweise täuschend ähnlich sahen, auf den Balkon und brachten neues Essen. Einer von ihnen reichte uns saubere Gläser. Ich hatte vorher noch nie Rotwein mit Kohlensäure getrunken, sagte das aber nicht laut.

Angela nahm einen Schluck und verkündete: »Lecker! Ich habe in meinem Leben schon viel Rosé getrunken—bitte Ruhe auf den billigen Plätzen«, fügte sie in Pauls Richtung mit einem liebevollen Zwinkern hinzu. »Aber einen spritzigen Roten hatte ich noch nie. Was ist mit Ihnen?«, fragte sie Will und mich.

Sofort war ich erleichtert, als Will verneinte. Also war ich nicht der einzige Kulturbanause hier.

Makayla fragte Lachlan: »Müssen Sie den ganzen Weihnachtstag arbeiten?«

Er lächelte. »Nee. In ein paar Stunden habe ich frei. Meine Familie trifft sich am Strand. Das ist definitiv eine Weihnachtstradition für uns Aussies.«

»Oh, hier in der Nähe gibt es einen berühmten Strand, oder?«, fragte Angela.

Lachlan grinste. »Jep. Barking Beach. Der wurde als bester Strand in ganz Oz ausgezeichnet. Sie sollten definitiv den Barkers besuchen, wenn das Frühstück verdaut ist.«

»Sie haben einen Strand nach uns benannt!«, rief Angela aus.

»Oh mein Gott, da müssen wir hin!« Makayla grinste.

Olivia erklärte Lachlan: »Unser Nachname ist ‚Barker‘. Naja, meine Schwester und ich heißen Barker-Robertson.«

»Cool«, antwortete Lachlan. »Er ist nur fünf oder 10 Minuten von hier entfernt, wenn Sie die Fußgängerpromenade entlanglaufen. Heute wird es etwas hektisch sein, weil Weihnachten ist. Allerdings ist es meistens hektisch während des Sommers. Passen sie nur auf, immer zwischen den Fahnen zu schwimmen. Und auf die Rettungsschwimmer zu hören.«

Da spitzte Olivia die Ohren. »Rettungsschwimmer? Jep. Wir

sollten da definitiv heute Nachmittag runterlaufen.«

»Klingt gut«, sagte Will. Er warf mir einen Blick zu. »Nur falls du Lust hast, schwimmen zu gehen?«

»Absolut. Kann sein, dass ich vorher nochmal schlafen muss.« Ich lehnte mich in meinem Stuhl zurück. »Das war eine Menge Essen.«

»Hmm. Ein Nickerchen«, bemerkte Paul zufrieden, während er an seinem Shiraz nippte.

Der spritzige Rotwein war wirklich erfrischend und mein Kopf fühlte sich angenehm erheitert an. Ich war zwar nicht betrunken, aber meine Wangen fühlten sich warm und rot an. Ein Schläfchen klang himmlisch.

Angela hob ihr Glas in die Luft. »Frohe Weihnachten. Ich weiß, heutzutage möchte niemand mehr ein Tischgebet sagen, aber ich bin so dankbar, glücklich und gesund zu sein, und den Tag mit euch allen verbringen zu können.« Sie strahlte Paul und dann die Mädchen an. »Mit meiner wundervollen Familie.« Dann bedachte sie mich und Will mit einem Lächeln. »Und neuen Freunden. So ein schönes Pärchen. Love is Love. Daran glaube ich so fest. Ich erinnere mich daran, als mein Daddy einmal—«

»Mum, bitte erzähl die Geschichte nicht!«, unterbrach Olivia sie. »Du bist manchmal so extra, oh mein Gott.«

»Ich weiß, ich weiß.« Angela zuckte lächelnd die Schultern und schien überhaupt nicht von ihrer Tochter irritiert. Zu mir und Will sagte sie: »Wenn ihr Jungs irgendwann mal Kinder habt, macht euch schonmal darauf bereit, dass sie ihre Eltern peinlich finden werden. Wollen Sie Kinder?«

»Jetzt frag sie doch nicht so aus!« Olivia schüttelte ihren Kopf und murmelte etwas in ihren Bart hinein.

Ich trank nochmal von meinem spritzigen Wein, als Will sagte: »Schon in Ordnung. Soweit sind wir noch nicht, aber ich glaube, meine Mum und Dad würden sich freuen.«

»Familie ist wirklich die größte Freude im Leben«, verkündete

Angela ernst. »Jeder sollte das erleben dürfen.«

»Ich glaub Mum ist langsam betrunken«, flüsterte Makayla, auch wenn es sie nicht zu stören schien.

Wieder murmelte Olivia etwas vor sich hin, das ich nicht ausmachen konnte, und versuchte gleichzeitig eine Fliege zu vertreiben.

Angela lachte nur. Ihre Wangen waren pink und es war gut möglich, dass sie etwas angetrunken war. Sie lehnte sich zu ihrer Tochter rüber und griff nach Olivias Kinn, um ihr einen Kuss auf die Wange zu geben. Olivia ließ es zu.

Angela sagte: »Du bist jetzt im College, meine Kleine. Du bist zu alt, um dich wegen deiner Eltern zu genieren.«

Olivia hob eine dünne Augenbraue. »Über Dad habe ich gar nichts gesagt.«

Wir lachten alle, als Paul den Arm hob, um sich selbst auf die Schulter zu klopfen.

Unbeeindruckt fuhr Angela fort. »Weihnachten ist eine Zeit für Familie und Traditionen. Und obwohl wir hier im Sonnenschein am anderen Ende der Welt sitzen und nicht einmal einen Baum haben, ist das okay.« Sie zwinkerte mir zu. »Weihnachtsbäume können sowieso ganz schön gefährlich sein.«

Sie griff in ihre Hosentasche und holte einen grünen Plastikzweig mit weißen Beeren hervor, den sie prompt über ihren eigenen Kopf hielt.

. Als Paul sich zu ihr lehnte, um ihr einen Kuss zu geben, kreischten die Mädchen lachend auf. Olivia wiederholte, wie peinlich ihre Eltern waren. Angela warf ihr den Mistelzweig zu und Olivia schlug ihn weg und in Makaylas Richtung, als spielten wir plötzlich Hot Potatoe.

Wahrscheinlich lag es an der Kombination aus Jetlag und Wein, aber wir konnten nicht aufhören zu lachen, als wir den Plastikzweig um den Tisch fliegen ließen.

Plötzlich erschien Lachlan, der sich den Zweig aus der Luft

griff und über seinen eigenen goldenen Kopf hielt. Er wackelte mit den Augenbrauen, während er eine andere Kellnerin ansah, die gerade einen Servierwagen mit Desserts auf den Balkon geschoben hatte.

Die ältere Frau, die wahrscheinlich schon steil aufs Rentenalter zuging, seufzte laut und versuchte, nicht zu lächeln. Es war albern und lustig und wir klatschten, als sie einen Kuss auf Lachlans Wange presste. Vermutlich war das ein Verstoß gegen die Hotelregeln, aber niemand schien sich daran zu stören.

Dann flog der Mistelzweig in meine Richtung und ich hob meinen Arm um danach zu greifen, bevor er zu weit und über das Geländer des Balkons segelte.

»Hab ihn!« Mehr Applaus ertönte und ich hielt den Zweig triumphierend hoch.

Und Will lehnte sich mir entgegen.

Und Will küsste mich.

Wir lächelten beide und unsere Lippen trafen sich nur für einen Moment. Einen endlosen, perfekten Weihnachtsmoment unter einem Mistelzweig aus Plastik auf einem warmen australischen Balkon. Um uns herum waren Menschen, die wir kaum kannten, die johlten und lachten und vor Freude klatschten.

Will *küsste* mich und ich wollte den Moment pausieren, als wären wir in einem Film, damit ich einen Screenshot machen und ihn für immer in meiner Camera Roll aufbewahren konnte.

Doch das Leben war kein Film und nach ein paar heftigen Schlägen meines Herzens, war es wieder vorbei. Unsere Blicke trafen sich, als Will sich wieder zurücklehnte und alles, was ich tun konnte, war zu Grinsen. Ausgelassenes Gelächter stieg in mir auf. Nie hatte ich jemanden so sehr geliebt, wie ich Will liebte. Und ich konnte mir nicht vorstellen, dass sich das je änderte.

Will würde nie zu mir gehören, aber ich würde für immer die Erinnerung an unseren Kuss unter dem Mistelzweig aus Plastik im Sonnenschein mit mir tragen.

Kapitel Dreizehn

Will

ICH HATTE NICHT vorgehabt, Michael zu küssen.

Nicht, dass es ein Problem war, oder so etwas. Es war einfach nicht geplant gewesen. Genauso wenig hatte ich es getan, um Angela unsere Beziehung zu verkaufen. Er hatte den Mistelzweig hochgehalten und wir mussten alle lachen, und ihn zu küssen hatte sich angefühlt wie das Natürlichste auf der ganzen Welt.

Nun verließen wir den Aufzug und schlenderten zu unserem Zimmer zurück, um nochmal ein kleines Schläfchen zu machen, bevor wir uns in ein paar Stunden wieder mit den Barkers trafen, um an den Strand zu gehen. Korrektur: Ich versuchte es zu ‚schlendern‘, was sich als schwierig herausstellte, nachdem ich offenbar eine außerkörperliche Erfahrung hatte.

Ich hatte Michael geküsst und ich musste es wieder tun.

Fühlte er genauso? Wahrscheinlich hatte es ihm überhaupt nichts bedeutet. Ein Weihnachtskuss zwischen Freunden bei einem Brunch mit jeder Menge Alkohol. Außerdem war es nur ein flüchtiger Kuss gewesen. Kein tiefer, sexy, sanfter, harter, feuchter, schmutziger—

Stolpernd hielt ich mich an dem Türrahmen vor unserem Zimmer fest. Ich zwang mich zu einem Lachen. »Oops, ich glaube das war's bei mir mit dem Alkohol.« In Wahrheit könnte ich noch ein paar Drinks mehr vertragen, bis ich so betrunken war, dass ich davon stolperte.

Michael lachte und legte seine Hand auf meine Schulter. »Alles okay?«

Verdammt nein, nichts ist okay.

Dennoch schaffte ich es, zu nicken und die Schlüsselkarte in die Tür zu stecken. Wir hatten das *Nicht Stören* Schild an die Türklinke gehängt, also war das Bett immer noch ein richtiges Durcheinander. Wie hatte ich es geschafft, neben Michael zu schlafen, ohne ihn zu haben? Ich würde sterben, wenn ich ihn nicht haben könnte.

Bevor ich etwas unfassbar Dummes tun konnte, flüchtete ich ins Badezimmer, um mir Wasser ins Gesicht zu spritzen. Ich lehnte mich über das Waschbecken und atmete tief durch, während Wasser von meinem Kinn tropfte. Ein Zahnpastafleck klebte an der Seite des Beckens fest und ich erzitterte bei dem Gedanken Michaels Brust angefasst zu haben.

Das hatte ich nicht mit Absicht getan. Es hatte sich... so natürlich angefühlt. Als er mich über die letzten zwei Jahre hinweg geghostet hatte, hatte ich ihn einfach so vermisst. *Nein, darüber durfte ich nicht nachdenken!* Doch auch während der ganzen Zeit hatte ich nie solche Gefühle für ihn gehabt. Meine Neugier Männern gegenüber und die neuen Fantasien, die ich bei der Selbstbefriedigung gehabt hatte, hatten nie etwas mit Michael zu tun gehabt.

Fuck. War es dabei vielleicht doch um Michael gegangen?

Ich hob meinen Kopf und sah mich intensiv im Spiegel an. Das war jetzt egal. Das Einzige, was jetzt zählte, war, dass wir uns in einem Hotelzimmer am anderen Ende der Welt befanden und ich mich nach Michael verzehrte.

Mein Herz hämmerte in meiner Brust als ich die Tür aufriss. Michael stand vor der Schiebetür zu unserem Balkon und drehte sich vor mir um. Zwischen seinen Augenbrauen hatte sich eine kleine Furche gebildet. Bevor er nachfragen konnte, platzte es aus mir heraus: »Kann ich dich nochmal küssen?«

Seine blauen Augen weiteten sich. Sein Mund öffnete und schloss sich wieder. Verdammt, dieser Mund. Schließlich sah er sich um und lächelte mich an, als hätte ich einen Scherz gemacht und er wartete auf die Pointe.

»Na klar?«

»Oh, zum Glück«, murmelte ich, als ich schnurstracks auf ihn zulief und seinen Mund mit meinem vereinnahmte. Ich legte meine Hände an seine Wangen, als ich ihn endlich richtig küsste. Kein süßes kleines Aufeinanderpressen unserer Lippen. Ein richtiger, mächtiger Kuss.

Michael erschrak kurz, bevor er sich mir hingab und den Kuss erwiderte. Er wimmerte leise und krallte seine Finger in meine Seiten. Ich konnte noch einen leichten Hauch des Pavlova auf seinen Lippen schmecken und ich wollte nichts mehr als das Innere seines Mundes zu kosten. Nur zu gerne wollte ich an seiner Zunge saugen und ihm die Kleider vom Leib reißen. Ich wollte—

Mit der Hand flach auf meine Brust gepresst, trat Michael einen Schritt zurück. Er sah mich unsicher an und flüsterte: »Was tust du?«

Ich atmete schwer und mein Schwanz war hart in meiner Stoffhose. »Ähm… ich weiß es nicht.« Was *tat* ich? Ich hatte schon einige Frauen geküsst. War ich schlecht darin einen Mann zu küssen?

»Du weißt es nicht?« Michaels Augenbrauen hoben sich. Eine Emotion flackerte in seinen Augen auf. War er… verletzt? Er ließ seine Hand fallen.

Ein Lachen platzte aus mir heraus und ich klang etwas gestört. »Ich bin betrunken.« Ich entfernte mich von ihm, als die Panik über mich hereinbrach.

»Du bist betrunken?« Michael beobachtete mich zweifelnd.

Dass er mich offenbar immer noch gut genug kannte, um zu wissen, dass ich nicht betrunken war, ließ Schmetterlinge in meinem Bauch aufflattern. Was verrückt war und sofort fühlte ich mich, als würde ich überreagieren.

Wir hatten uns nur ein paar Jahre nicht gesehen, natürlich wusste er das immer noch. Und dennoch machte es mich glücklicher als es sollte.

»Ich bin nicht betrunken«, gab ich zu. »Ich…Ich habe dich geküsst.« Nicht, dass es daran einen Zweifel gab. Michaels Lippen glänzten mit unserem gemeinsamen Speichel. Ich sah zwischen seinen Augen und seinen Lippen hin und her, als wäre ich in einem Teufelskreis gefangen.

»Wieso? Zum… Üben?« Michael sah mich immer noch misstrauisch an.

Hier servierte er mir die perfekte Ausrede auf dem Silbertablett. Naja, so sinnvoll diese Ausrede sein könnte. Aber ich konnte ihm nicht in die Augen sehen und ihn anlügen. »Nein«, ächzte ich. Schnell räusperte ich mich. Schweiß bildete sich auf meinen Handflächen und die Haare in meinem Nacken standen zu Berge. »Nein«, wiederholte ich. »Nicht zum Üben. Nur…für uns.«

Michaels Lippen öffneten sich. »Uns?«, flüsterte er.

»Wenn du willst? Ich… ich bin neugierig.«

»Neugierig?«

»Wirst du einfach alles wiederholen, was ich sage?« Ich versuchte mich an einem Lachen.

»Tut mir leid.« Michaels Wangen erröteten und er sah mich immer noch unsicher an.

Mein Mund war trocken und mein Herz hämmerte in meiner Brust. Ich war hart. Nur schwer konnte ich meinen Blick von seinen Lippen abwenden, um ihm in die Augen zu sehen, die fast schon schwarz vor Lust zu sein schienen. Seine Brust hob und senkte sich, seine zittrigen kleinen Atemzüge füllten die verschlafene, sonnige Stille des Zimmers.

»Ich will wissen, wie es ist mit einem Mann zusammen zu sein«, verriet ich mit rauer Stimme. »Das frage ich mich schon seit einer langen Zeit.«

Michaels Augen weiteten sich und seine Finger zuckten.

Bevor er mir antworten konnte, fügte ich schnell hinzu: »Nicht irgendein Mann. Deshalb habe ich nicht—« Ich brach ab und fuhr mir mit einer Hand durch die Haare, bevor ich anfing hysterisch zu lachen. »Ich vermassle das gerade alles, hm? Was ich sagen will ist… ja, ich habe mich gefragt wie es wohl ist mit einem Typen zu schlafen. Aber ich habe es nie ausprobiert, weil ich es nie wollte. Bis jetzt. Und jetzt, will ich wirklich wissen, wie es sich anfühlt. Mit dir.«

»Mit mir«, wiederholte er langsam.

»Wirst du es mir zeigen?«

Es gab keine Zeit, die Frage im Raum stehen zu lassen, nachdem Michael mich nicht nur küsste, sondern seinen ganzen Körper gegen mich fallen ließ. Mit Michael in meinen Armen fielen wir so heftig zurück auf das Bett, dass wir Glück hatten, dass es nicht unter uns zusammenbrach.

Es gab kein Zögern oder Verwirrung. Das war kein süßer, neugieriger, sanfter Kuss. Da war keine Unschlüssigkeit oder Vorsicht. Es gab nur Zungen und Zähne und Spucke und mit jeder Berührung blieb mir die Luft weg.

Michael lag auf mir und war hart in seinen Shorts, also bockte ich meine Hüften auf der Suche nach noch mehr Berührungspunkten. Auf einmal war mein übervoller Magen vergessen. Plötzlich zog Michael sich zurück und seine Zähne nahmen meine Lippen fast mit.

Bevor ich mir Sorgen machen konnte, dass er sich umentschieden hatte, zog er an seinem Shirt. Die Knöpfe machten ihm zu schaffen. Währenddessen arbeitete ich mit zitternden Fingern an meiner eigenen Kleidung. Zusammen schafften wir es die Oberteile auszuziehen und Michael setzte sich auf mich, was sich seltsam anfühlen sollte, es jedoch nicht tat.

Er lachte—hoffentlich vor Freude—und diese wunderschönen

Grübchen zierten seine Wangen. Ich musste ihn einfach wieder küssen. Also nahm ich sein Gesicht zwischen meine Hände und zog ihn an mich heran. Wir lächelten beide, so wie wir es auf dem Balkon unter dem Mistelzweig getan hatten.

Er ließ seine Hände über meinen Bauch gleiten und meine Brust hinauf, bevor er mit rauen Fingern anfing, über meine Nippel zu streicheln.

Seine Berührungen waren elektrisierend und gelangten auf direktem Wege zu meinem harten Schwanz, der mittlerweile in meiner Stoffhose fast schmerzhaft steif war. Ich stöhnte auf.

Es war, als würde Michael meine Geräusche in sich aufnehmen. Er küsste mich tief, berührte mich und bewegte sich über mir, sodass unsere Hüften immer wieder aufeinander trafen. Aus irgendeinem Grund erinnerte ich mich in dem Moment daran, dass ich einst bei einem Urlaub in Mexiko im Meer hin und her gerissen wurde. Dieses Gefühl der Flut und der Kraft des Meeres, das Gefühl hilflos zu sein und mich nur hingeben zu können, bis ich wieder am Land kam.

Meine Gedanken drehten sich und konzentrierten sich auf die Sensation von Michaels Zunge in meinem Mund. Ich wollte mich nicht von der Flut mitreißen lassen. Endlich hatte ich die Chance, mit einem Mann zusammen zu sein. *Mit Michael.*

Verdammt, hatte ich das schon die ganze Zeit gewollt?

Alles was ich wusste, war, dass ich diese Gelegenheit mit beiden Händen am Schopfe packen musste.

Oder immerhin mit einer Hand.

Michael stöhnte auf, als ich nach ihm griff. Plötzlich hatte ich nur noch ein Ziel im Leben: Ihn überall zu spüren. Seine Haut auf meiner. Zu wissen, dass das hier real war. Irgendwie schaffte ich es, seine Hose zu öffnen und meine Hand reinzustecken und—

»Oh fuck.« Ich stöhnte auf. »Du bist hart.« Für mich.

Mein bester Freund war wegen mir erregt. Ich konnte den Beweis dafür spüren. Heiß, an meiner Handfläche. Ich legte meine

Hand um Michaels dicken, gekrümmten Schaft. Ich hielt ihn fest und streichelte ihn, so wie ich es mit meinem eigenen Schwanz tun würde, nur aus einem anderen Winkel.

Das hatte ich mir unzählige Male vorgestellt. Nicht mit Michael, aber verschiedenen, willkürlichen Männern. Meistens hatten sie nicht einmal ein Gesicht.

Nun hatte ich einen richtigen Schwanz, der in meiner Hand pochte und ich wollte jeden Zentimeter davon. Ich wollte alles.

Er schmeckte nach dem Meringue und Beeren und Schlagsahne, doch mit einem perfekten Hauch des Cappuccino, den er nach dem Essen getrunken hatte. Ich stöhnte in seine Küsse, während ich seinen Schaft drückte. Es sollte sich seltsam anfühlen, diese Dinge mit meinem besten Freund zu tun. Stattdessen hatte ich das Gefühl, dass die Puzzleteile sich endlich zusammenfügten.

Krauses Haar kitzelte meine Finger, während ich seine schweren Eier erforschte. Natürlich fühlte es sich anders an als Sex mit Frauen, auf die offensichtliche Art und Weise. Aber am Ende des Tages ging es um dasselbe: Sich anzufassen, aneinander zu reiben und sich gut zu fühlen.

Als Michael mit einem wilden Ausdruck in den Augen durch leicht geöffnete Lippen aufschrie, zogen sich auch meine Eier zusammen. Dass ich ihm dieses Gefühl geben konnte, dass ich ihn glücklich machen konnte, erfüllte mich mit Freude und Sinn.

Michael war wegen mir erregt und ich würde ihn zum Höhepunkt bringen.

Er legte eine Hand auf meine Brust und vergrub seine stumpfen Fingernägel in meiner Haut, während ich ihn mit neugefundenem Selbstvertrauen streichelte. Ein Wimmern entwich ihm und sein Gesicht war errötet, seine Augen aufgerissen. Ich hatte es immer geliebt, meinem Partner ansehen zu können, dass sich meine Berührungen gut anfühlten. Michaels Aufregung in meiner Hand spüren zu können war alles, was ich mir je hätte wünschen können.

»Will«, stöhnte er hilflos auf.

»Alles ist gut«, sagte ich ihm und strich über den Lusttropfen, der sich an seiner heißen Schwanzspitze gebildet hatte.

Ich wollte uns umdrehen, damit er unter mir lag und ich seinen Schwanz in den Mund nehmen konnte. Ich wollte ihn kommen sehen und jeden Tropfen in mir aufnehmen. Ich wollte seine Beine spreizen und mich in seinem Körper versenken und mich in ihm ergießen, bis keiner von uns beiden mehr laufen konnte.

Eigentlich sollte er mir zeigen, wie Sex zwischen Männern funktionierte, aber ich wollte mich um ihn kümmern. Er schüttelte sich und japste auf. Offenbar war er auf dem Weg zum Höhepunkt und obwohl er auf mir lag, fühlte ich mich, als hätte ich die Kontrolle.

»Alles ist gut«, wiederholte ich. »Ich werde dich zum Höhepunkt bringen.«

Wieder japste Michael auf und fing an, sich gegen meine Hand zu reiben, während er seinen Rücken durchdrückte. Sein Gesicht und Nacken waren von einer Röte, die bis zur Mitte seiner Brust reichte. Sein Mund stand offen und seine Augen waren geschlossen, als er abspritzte und sein Sperma über meinem Bauch verteilte. Er zog sich über mir zusammen und fing an zu beben, als ein paar letzte Tropfen aus ihm herauskamen.

Benommen flüsterte ich: »Mission erledigt.«

Michael bebte erneut. War ihm kalt? Unsere Haut war mit Schweiß überzogen und die Sonne schien durch das Fenster. Ich legte meine Arme um ihn, sein Atem heiß gegen meinen Nacken, als ich realisierte, dass er lachte.

Plötzlich konnte auch ich mich nicht mehr zurückhalten, doch ich war so steif, dass sich mein Gelächter in ein Wimmern verwandelte, als ich mich durch meine Hose hindurch rieb. Es war Jahre her, seit ich das letzte Mal in der Hose gekommen war, aber ich fühlte mich gefährlich nah dran.

»Ist okay, Baby. Ich hab dich.«

Mein bester Freund hatte mich gerade Baby genannt, und aus irgendeinem Grund war es genau das, was ich hören wollte. Michael zog an meiner Hose und meinen weißen Boxer Briefs, bis sie mir in den Knien saßen. Innerhalb einer Sekunde hatte er es sich zwischen meinen Beinen bequem gemacht und nahm meinen Schwanz in seinen Mund.

Ich hatte schon einige Blowjobs gehabt, aber das hier fühlte sich anders an. Obwohl Michael kaum Barthaare hatte, konnte ich den Hauch davon an meinen Eiern spüren. Und obwohl sich seine goldenen Locken weich unter meinen Fingern anfühlten, war sein Kiefer irgendwie fester. Eine Männlichkeit, die ich noch nie gespürt hatte und die meine Neugier schon vor einiger Zeit geweckt hatte.

Und von allen Männern, war es *Michael.* Ich hatte ihn so verdammt vermisst.

Mehr, als ich es mir selbst erlaubt hatte zuzugeben. Doch nun war er hier und hatte seine Finger gegen meinen Damm gepresst, während er an meinem Schwanz saugte.

Ich ließ mich gehen, und mein Orgasmus brach über mich herein wie diese wilde Meeresflut.

Alles was ich tun konnte, war es, nach Luft zu schnappen, als Michael um mich herum schluckte. Ich sah ihm dabei zu, wie er mich entleerte und ich konnte weiße Spritzer auf seinen rosigen Lippen sehen, als er sich von mir zurückzog. Sofort nahm ich sein Gesicht zwischen meine zittrigen Hände und küsste ihn. Ich konnte mich selbst schmecken, und ein aufgeregter Nervenkitzel schoss durch mich hindurch.

Als ich wieder sprechen konnte, obwohl ich es vermutlich nicht sollte, sagte ich: »So fühlt es sich also an? Es mit einem Mann zu treiben, meine ich.«

Michaels Augen suchten mein Gesicht ab, aber die Furche bildete sich wieder zwischen seinen Augenbrauen. Er lag mit seinem gesamten Gewicht auf mir, doch ich genoss es. Er murmelte: »Nicht immer. Aber, ähm. ja.«

Ich wusste nicht, was ich sagen sollte, also entschied ich mich für »danke«, weil ich ein verdammter Idiot war.

Trotzdem lächelte Michael und zeigte mir erneut sein Grübchen. »Gern geschehen.« Er presste sein Gesicht gegen meinen Hals und küsste meine feuchte Haut. Ich zog die Bettdecke über uns, obwohl wir ganz klebrig und noch halb angezogen waren. Trotzdem war ich noch nicht bereit, ihn wieder loszulassen.

Kapitel Vierzehn

Michael

Ähm, ja, nein, es fühlte sich *nie* so an.

Zumindest hatte es das für mich nicht. Mit Zoe und ein paar anderen Leuten hatte ich guten Sex gehabt, aber so explosiv hatte es sich mit niemandem angefühlt. Vielleicht war der Sex mit Jared so unbefriedigend gewesen, dass ein Handjob von Will mich gleich umwarf?

Oder vielleicht lag es an der Liebe. Hier mit Will zu liegen, ineinander verschlungen, auf ihm drauf und mit meinem Gesicht in seinem Nacken, liebte ich ihn so sehr, dass mir Tränen in die Augen stiegen. Es machte mir Angst aufzuschauen. War das hier die Realität oder irgendein Traum, der aus meinem Jetlag und der unerwiderten Liebe, mit der ich seit Jahren kämpfte, entstanden war?

Will fuhr meine Wirbelsäule mit seinen Fingerspitzen nach. Sein warmer Atem kitzelte meine Schulter. Ich konnte sein Sperma und seinen Schweiß schmecken. Wenn das hier ein Traum war, dann war er verdammt realistisch.

Das war das beste Weihnachten der Welt. Innerhalb weniger Minuten hatte sich der kurze Mistelzweig Kuss, den ich für immer wertschätzen würde, zu der Situation hier verwandelt.

Doch in was für einer Situation steckten wir hier überhaupt? Abgesehen von dem Sex, hatte das zu bedeuten, dass Will... auch Gefühle für mich hatte?

Als mir auffiel, wie kindisch das klang, verzog ich das Gesicht. Aber ich fühlte mich jung und dumm und unsicher. Ich war schon so lange in Will verliebt, dass der bloße Gedanke daran, dass er auch nur ansatzweise dasselbe für mich empfinden könnte, mich erzittern ließ.

»Michael?« Seine ruhige Stimme erklang unter mir.

Vermutlich wollte er, dass ich von ihm runterging. Ich rollte mich neben ihm auf den Rücken und starrte an die makellose weiße Decke. »Ja?« Meine Stimme war peinlicherweise kurz davor zu brechen.

Auf gar keinen Fall würde ich anfangen zu weinen. Das würde Will nur irritieren und das wollte ich ihm nicht antun. Die Situation hatte nichts mit mir zu tun. Wenn er wirklich nur neugierig war – was er offensichtlich war! – dann musste ich für ihn da sein und die Atmosphäre nicht noch seltsamer machen, als sie es sowieso schon war.

Ich drehte mich weiter, stand auf und flüchtete ins Badezimmer. Schnell hielt ich einen Waschlappen unter warmes Wasser und spannte meine Beine an, damit sie aufhörten zu zittern.

»Michael?«

Als ich den Kopf drehte, sah ich Will endlich wieder an. Er saß aufrecht auf dem Bett und sein Schwanz hing immer noch aus seiner offenen Hose raus. War das mein Sperma, dass ihm zwischen den Brusthaaren klebte? Er war *wunderschön*.

»Ja?« Mir fiel auf, dass ich lächelte.

Er grinste zurück und legte den Kopf schief. »Bist du…ist es…?« Er runzelte die Stirn und sah das Waschbecken an.

Oh Scheiße, stand ich etwa schon zu lange hier? »Wasser hat eine Weile zum warm werden gebraucht«, sagte ich und presste den Waschlappen aus. Mein Schwanz hing auch noch aus der Hose und ich dachte mir, es machte Sinn, mich zu waschen, während ich schonmal hier stand.

Will sah mir dabei zu.

Meine Haut kribbelte und Gänsehaut, die nichts mit der Klimaanlage zu tun hatte, breitete sich auf meinen Armen aus. Will und ich hatten gerade Sex gehabt. Wir hatten einander zum Höhepunkt gebracht.

Wir hatten uns geküsst.

Das war so lange mein Traumszenario gewesen, dass ich jetzt völlig mit der Situation überfordert war. Ging es ihm gut? Hatte es ihm gefallen?

Ich fasste mir an die geschwollenen Lippen. Jeder würde davon Kommen gelutscht zu werden. Dass er sich in meinen Rachen entleert hatte, hatte nichts zu bedeuten. Ich sollte mich da nicht reinsteigern. Ich hatte unsere Freundschaft schon einmal zerbrochen und hatte nicht vor, es ein zweites Mal zu tun.

Was auch immer das hier war. Ich konnte ihn nicht plötzlich mit all meinen versteckten Gefühlen konfrontieren. Er hatte gerade seinen ersten Orgasmus mit einem Mann gehabt. Es war nicht der Moment für meine ich-bin-seit-Ewigkeiten-in-dich-verliebt-bitte-liebe-mich-zurück Rede.

Ich wusch den Waschlappen nochmal ab, bevor ich ihn ihm brachte. »Hier.« Er nahm ihn und seine Finger streiften dabei meine. Wie ich dort stand, realisierte ich, dass mein nasser Schwanz immer noch aus meiner Hose hing.

Will senkte seinen Blick und auch ich sah von ihm weg. Ich hatte keine Ahnung, was ich sagen sollte.

Um mich davon abzuhalten, all die falschen Dinge zu äußern, beschäftigte ich mich damit, mich auszuziehen und die Boxershorts anzuziehen, in denen ich in der Nacht zuvor geschlafen hatte.

»Ist alles okay?«, fragte Will.

Ich drehte mich zu ihm um. Er saß auf der Bettkante und hatte seine zusammengeballten Boxer Briefs und Stoffhose auf dem Schoß. Seine Beine waren voller kleiner dunkler Haare und ich wollte einfach auf die Knie fallen und meine Wange an seinem

Schenkel reiben.

Ich nickte. »Was ist mit dir?«

Auch er nickte und lächelte zaghaft.

»Cool«, sagte ich. »Also…« Wir waren beide erwachsen und mussten uns darüber unterhalten. Ich setzte mich neben ihn aufs Bett. Unsere Knie berührten sich und nun breitete sich meine Gänsehaut auch auf meine Beine aus. »Wie lange stehst du schon auf Kerle? Du hat nie was gesagt. Was völlig okay ist! Ich bin nur ein bisschen verwirrt.«

Will lachte leise. »Man könnte sagen, dass ich auch etwas verwirrt bin. Es ist eine ziemlich neue Entwicklung. Du warst nicht da.«

»Oh.« Schuldgefühle verdrehten mir den Magen. »Tut mir leid.«

Will zuckte angespannt mit den Schultern und sah mich nicht an. Das half mir nicht weiter. Außerdem hatte ich ihn weggestoßen. Nein, ich war weggelaufen, wie ein Feigling. Ich hatte das Gefühl gehabt, mich von ihm fern halten zu müssen, um nicht komplett den Verstand zu verlieren.

Das hatte jedoch nicht einmal ein kleines Bisschen funktioniert und nun hatten wir Sex miteinander gehabt hatten und ich dachte, dass es Will gefallen hatte und vielleicht…

Mir wurde schwindelig. Das waren verdammt viele ‚vielleichts‘.

Leise fragte Will: »Können wir uns zudecken?«

»Absolut.« Der nasse Waschlappen lag auf Wills zusammengeknüllter Kleidung und ich stand auf und nahm ihn, bevor ich zögerte. »Du hast da etwas übersehen.« Ich lehnte mich ihm entgegen und fuhr mit dem Waschlappen über Wills Brust. Der raue Stoff kratzte über seine behaarte Haut. Sanft rieb ich über die getrockneten Sperma-Flecken.

Er ließ mich gewähren und sah mich an. Doch sein Blick war diesmal nicht sexy. Plötzlich schien er verletzlich auf eine Art, die ich von ihm nicht kannte. Will war immer stark und kompetent und beherrscht gewesen und jetzt war ich kurz davor, ihn in die Bettdecke einzuwickeln und ihm einen Kuss auf die Stirn zu geben.

Ich nahm die Kleidung von seinem Schoß und ließ sie in die Ecke mit meiner Schmutzwäsche fallen. Wir konnten uns später immer noch um die Wäsche kümmern. Will zog die Decke über sich und ich schlüpfte neben ihm darunter. Wir lagen beide auf der Seite und sahen einander an.

Wir berührten uns nicht und die Matratze war breit genug, dass einige Zentimeter zwischen uns lagen. Ich wollte nichts mehr, als ihn in meine Arme ziehen, um ihm zu sagen, dass alles gut werden würde. Wäre das eine Beruhigung für ihn oder für mich?

Ich wollte ihn fragen, was er brauchte, und in der Vergangenheit hätte ich auch genau das getan. Wenn wir nicht gerade Sex miteinander gehabt hätten. Es war schwierig, die richtigen Worte zu finden und es kam mir vor, als würden wir jetzt eine komplett andere Sprache sprechen.

Ich entschied mich für: »Willst du ein Schläfchen machen?«

Er schüttelte den Kopf. Seine Stirn legte sich in Falten und ich konnte seine Anspannung spüren. »Okay.« Ich musste vorsichtig sein, aber alles, was ich sagen konnte, war: »Flippst du gerade aus?«

Da musste er lachen und sein ernstes Gesicht entspannte sich. »Ein bisschen. Du?«

»Ja, es ist…Wir können uns einfach unterhalten, okay? Es muss nicht seltsam sein.«

»Okay.« Will legte seine Hände unter seinem Kopf auf das Kissen. Die Decke rutschte runter und ich zog sie wieder bis zu seiner Schulter hoch. »Also… worüber willst du reden?«

Seine Ernsthaftigkeit brachte mich zum Lachen und er lachte direkt mit. Für einen Moment tat ich so, als müsste ich darüber nachdenken. »Hmm. Gibt es etwas Neues? Was ist mit dem Wetter? Ich hatte noch nie tropische Weihnachten.«

»Ich auch nicht. Mir gefällt's. Scheiße, lass mich nicht vergessen, nachher meine Eltern anzurufen. Ich muss nochmal nachschauen, wie der Zeitunterschied ist. Gestern Abend habe ich's zwar gegoogled, aber schon wieder komplett vergessen.«

»Warst du von irgendwas abgelenkt?«

Er tippte nachdenklich mit dem Finger gegen sein Kinn. »Nein. Alles wie immer.«

»Alles wie immer«, wiederholte ich. Oh Mann, meine Finger kribbelten mit dem Verlangen mit seinem Brusthaar zu spielen.

»Weißt du, ich weiß gar nicht, wann das angefangen hat, dass ich Männer und Frauen attraktiv finde.«

Okay. Wir waren offenbar bei dem Thema angelangt. Ich machte ein sanftes Geräusch, das signalisieren sollte, dass ich ihm zuhörte und nickte ihm aufmunternd zu.

»Ich hatte nie wirklich vor, dem nachzugehen. Abgesehen davon, mir beim Wichsen schwule Videos anzusehen.«

Die Aussage schaffte ein Bild vor meinem inneren Auge, das kurz davor war, meinen Schwanz wahnsinnig schnell wieder in einen steifen Zustand zu versetzen. »Das ist in Ordnung. Du musst nichts mit niemandem tun.«

Das Wissen, dass ich der erste Mann war, mit dem er etwas hatte, ließ meine Gedanken kreisen. Fast wollte ich ihn anflehen, mir zu sagen, wieso er mich ausgewählt hatte, doch im Moment ging es nicht um mich, es ging um Will.

Seine Stirn runzelte sich wieder. »Es ist komisch. Es gab zwar ein paar Ausnahmen, Amelia zum Beispiel, aber meistens ziehe ich es vor, mir zu Hause mit Pornos oder Fantasien selbst einen runterzuholen.«

Ich hatte Amelia nie kennengelernt, doch ich fragte mich, ob sie es bereute, Will vor all den Jahren gehen gelassen zu haben. Was war in ihrem Kopf vor sich gegangen? Das konnte ich nicht nachvollziehen. Aber Moment... machte mich das zu einer Ausnahme?

Ich versuchte, mich zu konzentrieren. »Es ist nichts falsch daran, dich selbst zu befriedigen. Wir alle tun es. Oder zumindest fast alle. Kann sein, dass manche Menschen es nicht tun?«

»Ja, aber ich ziehe es meistens richtigem Sex vor. Ich glaube, das ist nicht normal.«

Meistens, aber nicht heute? War es wirklich nur Neugier? Ich räusperte mich. »Es ist nicht *nicht-normal.* Manche Leute, die ace sind, finden es super zu masturbieren. Ich glaube, das hängt von der Person ab.«

Will schien darüber nachzudenken. »Aber ich liebe Sex. Ich denke sehr viel daran. Und ich habe geliebt—« Er wedelte mit einer Hand über die Matratze zwischen uns. »Was wir getan haben.«

Guter Gott, liebst du mich auch?

Okay, nein. Das sollte ich nicht einmal andeuten. Wenn Will es sagte, cool, aber er war offensichtlich verwirrt und musste sich erstmal mit seinen eigenen Gefühlen auseinandersetzen.

Trotzdem musste ich nachfragen: »Es hat dir gefallen?«

Er fing an, laut zu lachen und lehnte sich auf seinen Ellbogen. »War das nicht offensichtlich?«

Erleichterung durchfuhr mich. »Ich wollte es nicht einfach annehmen! Das ist alles neu. Ich meine, ich habe es natürlich schon öfter mit Männern getrieben, aber du nicht. Und wir…wir haben nie…« Mein Gesicht wurde heiß und ich wusste, dass meine Haut eine rote Farbe annahm. »Ich will nur sichergehen, dass zwischen uns alles in Ordnung ist.« Nur knapp konnte ich dem Drang widerstehen, mir das Kissen über den Kopf zu ziehen.

Will lächelte mich lieb an und mein Herz schlug schneller. »Es ist in Ordnung.« Er zögerte. »Ich würde gerne…diese Sache erkunden. Wir sind zwar nicht wirklich zusammen, aber wir sind Freunde.«

Der mit Freude gefüllte Ballon in meinem Bauch, entleerte sich mit einem kleinen, traurigen Zischen. Okay. Nicht zusammen. Das war in Ordnung. Damit konnte ich umgehen. Oder vielmehr, damit musste ich umgehen. Es gab keine andere Möglichkeit. Ich hatte Will einmal geghostet und ich würde es nie wieder tun. Ich würde ihn so lange lieben, wie er es zuließ und wenn er mir nie mehr als Freundschaft geben konnte, musste es trotzdem ausreichen.

»Eine Freundschaft Plus? Damit hättest du immerhin genug Übung, Angelas bisexuellen Partner zu spielen.«

»Gut möglich. Also…während wir hier sind haben wir Spaß zusammen? Bisexuell über die Feiertage?« Schnell fügte er hinzu: »Du bist natürlich immer bi. Und ich…«

»Du findest gerade heraus, wer du bist. Das ist völlig okay. Es ist nichts falsch daran, Spaß zu haben. Es ist immerhin Weihnachten.«

»Jep. Weihnachten ist bekannt für sexuelle Experimente.«

»Das kommt in den besten Weihnachtsliedern vor. Weißt du, in ‚We Three Kings‘ geht es um einen heißen Dreier.«

Will lachte bis seine Schultern bebten. Ich liebte es, ihn so zu sehen. Die Anspannung war so schnell wieder verschwunden, wie sie aufgetaucht war. Zumindest für den Moment.

Er sagte: »’Herbei, O ihr Gläubigen’ handelt von einer Orgie in Bethlehem.«

»Hast du schonmal darüber nachgedacht, wie viele Weihnachtslieder ‚O‘ im Titel haben? Ich mein ja nur.«

Will lächelte immer noch und biss sich auf die Lippe. Der Ausdruck in seinen Augen wurde dunkler, während sein Blick zwischen meinem Gesicht und meinem…Nippel? hin und her wanderte. Er beobachtete mich vorsichtig, während er langsam seine Hand ausstreckte und mit seinem Knöchel über meinen Nippel streifte, genauso, wie er es getan hatte, als er die Zahnpasta an diesem Morgen von meiner Brust gestrichen hatte. Lust zog an mir und meine Eier fingen an zu kribbeln.

»Hast du Lust? Herumzuspielen?« Er zog seine Hand wieder

zurück und ließ sie in der Luft schweben, während er auf meine Antwort wartete.

Ich strampelte die Decke und meine Unterwäsche von mir und nahm meinen anschwellenden Schwanz in die Hand. »Ich hab Lust.«

Will machte ein Geräusch, das ein Knurren hätte sein können, bevor er sich halb auf mich rollte und meinen Nippel mit seinen Lippen umschloss. Ich stöhnte, als ich seinen Kopf fest an mich hielt. Waren meine Nippel plötzlich mit meinen Eiern verbunden? So fühlte es sich zumindest an.

War das das, was er heute Morgen hatte machen wollen, nachdem mir die Zahnpasta aus dem Mund und auf die Brust gelaufen war? Vermutlich. Der Gedanke machte meinen Schwanz nur noch härter.

Als er von ihnen abließ, waren meine Nippel feucht und so fest, dass ich damit hätte Glas schneiden können. Mit schwerem Atem stützte er sich mit einem Arm auf der Matratze ab und hatte seinen Blick fest auf meinen Ständer gerichtet.

Seine Lippen waren feucht und *Scheiße*, ich konnte mir nur zu gut vorstellen, wie sie sich mit einem lauten *Schlürf* um meinen Schwanz schlossen.

Ich hatte das Gefühl, dass Will dasselbe Bild im Kopf hatte jedoch zögerte. Mit einer Hand fuhr ich ihm über seine wunderbar behaarte Brust und beobachtete, wie sie sich hob und senkte.

»Ist schon okay«, murmelte ich. »Keine Eile.«

Er schien verlegen zu sein und nickte, wich meinem Blick jedoch aus. Seine Lippen bewegten sich, als wolle er etwas sagen, hielt sich aber davon ab.

»Was ist?« Weiter streichelte ich über seine Brust.

»Du kannst mich alles fragen.«

Darüber schien er nachzudenken. »Kann ich dich ansehen?«

»Ähm ja. Das tust du schon.« Ich lachte und versuchte, mich nicht zu bewegen. »Viel Spaß. Auch wenn es da nicht viel zu sehen gibt«, witzelte ich.

»Das stimmt nicht.« Plötzlich trafen Wills Augen auf meine und seine Stimme nahm einen bestimmten Ton an. »Ich hasse es, wenn du das tust. Dich selber klein reden.«

»Oh, das ist schon okay! Ich bin einfach nicht… ich gehe nicht so viel ins Fitnessstudio wie du. Ich versuche es, aber…« Jared hatte es geliebt, ins Fitnessstudio zu gehen. Ich hatte mir sogar einen Personal Trainer angeschafft, war aber immer noch ziemlich schmächtig.

»Du siehst toll aus. So wie du bist.«

Wills Stimme war voller Überzeugung, als er das sagte und sein Blick fiel auf meine Brust. Ich konnte mich nur schwer davon abhalten, den Bauch einzuziehen und meine Brust aufzuplustern. Stattdessen konzentrierte ich mich aufs Atmen, während Will mich begutachtete.

Es geht hier schließlich um ihn.

Ich beobachtete, wie er mich beobachtete und fühlte dabei Schmetterlinge wild in meinem Bauch herumflattern. Nur zu gerne wollte ich nochmal einen Witz reißen. Sein Blick hätte genauso gut seine Finger oder seine Zunge sein können, so sehr kribbelte es mich am ganzen Körper. Mein Schwanz lief aus.

Wills Blicken so ausgeliefert zu sein erregte mich auf eine Weise, die ich nie für möglich gehalten hätte. Unzählige Male hatte ich mir vorgestellt, von ihm berührt zu werden und ihn zu küssen und von ihm gefickt zu werden. Aber nie hatte ich hieran gedacht.

Irgendwie sagte ich: »Willst du, dass ich mir für dich einen runterhole?«

Seine Augen schienen fast aus seinem Kopf zu springen, bevor Wills Stimme wieder diesen knurrenden Ton annahm. »Ja.«

Ich spreizte meine Beine und er lehnte sich zurück, bis er vor mir kniete. Seine große Hand lag wie ein Brandmal auf meinem linken Oberschenkel. Ehrlich gesagt, war ich mir nicht ganz sicher, wieso ich ihm das angeboten hatte. Doch als ich mich selbst bearbeitete, in meine Hand spuckte und mich von der Rauheit mitreißen ließ, als mein Schwanz sich davon, so bald wieder angefasst zu werden und das ohne Gleitgel, ganz wund anfühlte, stellte sich mein Gefühl als wahr heraus.

Will atmete schwer, während er mich beobachtete und seine Finger pressten in meinen Schenkel. Sein Blick wanderte von meinem Schwanz zu meinem Gesicht, zu meiner Brust, zu meinem Schwanz, zu meinem Gesicht und wieder zurück. Schweiß bildete sich an seiner Gurgel und ein Lusttropfen kam aus seiner Eichel und das, obwohl er sich nicht einmal angefasst hatte und er kurz davor erst einen Orgasmus gehabt hatte.

So hatte ich mich noch nie mit jemandem verhalten. Ein…ein…wie war das Wort nochmal? Exhibitionist? Aber das Wissen, dass Will so davon erregt wurde, mich anzusehen, fühlte sich an wie ein Rausch. Ich hatte so viel zwischen uns vermasselt, aber das hier konnte ich ihm geben. Ich konnte ihn glücklich machen und ihn erregen.

Mit meiner anderen Hand griff ich in meinen Schritt um mit meinen Eiern zu spielen. Ich wusste, dass mich das schneller zum Höhepunkt bringen würde.

Der Orgasmus überkam mich plötzlich und ich schrie auf, während ich mit einem tiefen, brennenden Gefühl der Lust erzitterte. Will keuchte, als wäre er derjenige, der dabei war abzuspritzen, und sah mir intensiv dabei zu, wie ich mich durch den Höhepunkt brachte. Guter Gott, ich wollte nichts mehr als meine Beine anzuheben und ihn anzuflehen, mich zu ficken.

Doch ich musste es langsam angehen lassen. Ich fing an zu lachen und rutschte fast in Hysterie ab. Als ob wir es gerade ‚langsam angingen‘.

Sein Adamsapfel sprang auf und ab, als Will mich immer noch beobachtete. Vermutlich fragte er sich, wieso ich so lachte.

»Ist schon okay«, brachte ich hervor und setzte mich auf, um ihn zu küssen. Genauso wie vorher dauerte es nur einen kurzen Moment von meinen Lippen um seinen Schwanz, bis er kam. Ich schluckte alles, was er mir zu geben hatte, während er seine Finger in meinem Haar vergrub. Sein Sperma tropfte mir von den Lippen, nachdem ich mich über ihn gebeugt hatte.

Zusammen ließen wir uns zurück auf die Matratze fallen und versuchten unseren Atem unter Kontrolle zu bringen. »Heilige Scheiße«, murmelte ich. Der salzige, bittere Geschmack von Will in meinem Mund war der Beweis dafür, dass, jep, wir hatten das gerade wirklich getan.

Normalerweise war ich kein… ich versuchte das richtige Wort zu finden. Ein Vorführer? Nein. Ein Aufspieler? Das passte auch nicht so ganz. Was auch immer. Der Punkt war, dass ich mich schamlos vor Will selbst befriedigt hatte und es hatte sich angefühlt, als würde er mich wirklich sehen.

Abgesehen davon, dass ich nackt vor ihm gelegen hatte, hatte es sich angefühlt, als würde ich ihm ehrlich zeigen, wie sehr ich ihn wollte. Es war roh und real gewesen.

Es schien, als wäre es leichter mutig zu sein, solange wir uns auf der anderen Seite der Welt befanden.

Als wären wir in einer verzauberten Blase oder so etwas. Sobald sich mein Atem beruhigt hatte und mein Mut anfing zu verblassen, stiegen die Sorgen wieder auf. Würden wir uns gleich wieder nervös und seltsam verhalten?

Ich drehte meinen Kopf nach links. Neben mir keuchte Will sanft. Ein abwesender Ausdruck lag in seinem Blick, während er mit hochrotem Gesicht an die Decke starrte. Dann drehte er den Kopf und sah mich an. Sein ganzes Gesicht wurde von einem breiten, schönen Lächeln erhellt.

»Versprichst du mir, dass das unsere Freundschaft nicht zerstört?«, platzte es aus mir heraus, obwohl ich derjenige war, der in ihn verliebt war und er nur von einer Freundschaft Plus gesprochen hatte.

Grinsend zeigte Will mir den Mittelfinger. Ich verschränkte ihn mit meinem eigenen Mittelfinger, bevor wir uns in ein paar langsamen, faulen Küssen verloren. Ein Mistelzweig war nicht mehr nötig.

Kapitel Fünfzehn
Will

»HATTEN SIE EIN schönes Nickerchen?«, fragte Angela, als wir sie in der Lobby voller Weihnachtsgirlanden und einem gold, silber und rot geschmückten Weihnachtsbaum begrüßten. Ein klassisches Weihnachtslied ertönte durch die Lautsprecher, ich war mir allerdings nicht sicher, ob es eins mit einem ‚O' im Titel war.

Adrenalin durchflutete mich, als ich daran dachte, womit Michael und ich den Vormittag verbracht hatten. Definitiv kein Nickerchen. Lust brannte mir in den Adern und ich fühlte die Hitze in mein Gesicht steigen, während ich mir eine Antwort überlegte, in der richtige Worte vorkamen und nicht nur aufgeregte Quietschgeräusche.

Zum Glück schien Michael mein Problem zu erkennen und antwortete: »Auf jeden Fall. Das war sehr entspannend.« Er drückte meine Hand und verschränkte unsere Finger miteinander.

»Es geht nichts über einen weihnachtlichen Mittagsschlaf«, stimmte Paul zu und klopfte sich auf seinen Bauch, der von einem grellen Hawaiihemd bedeckt wurde. »Wenn jetzt nur noch Football im Fernsehen laufen würde.«

»Zum Strand zu gehen ist so viel besser als blöder Football«, verkündete Makayla und rückte den breiten Rand ihres Strohhutes zurecht.

»Der Strand und Football sind beide cool«, mischte sich Olivia ein. »Dad, hast du nach dem aktuellen Stand geschaut? Wie viel Uhr ist es daheim? Ich bin total abgef—durcheinander.«

Oh Mist, ich musste immer noch meine Eltern anrufen. Ich hatte einen Videoanruf von meiner Mutter verweigert, als Michael und ich gerade aus der Dusche gekommen waren. Wo wir unter dem heißen Wasserstrahl rumgemacht hatten, als wären wir Teenager. Selbst, wenn ich mir einen Bademantel angezogen und mich damit auf den Balkon gesetzt hätte, um mit meinen Eltern zu reden, hätten sie definitiv gewusst, dass ich etwas zu verheimlichen hatte.

Während ich Michaels Hand umklammert hielt, sah ich mich in der Lobby um. Sahen wir anders aus? Konnte man uns etwas ansehen? Verdammt, ich war ein erwachsener Mann, fühlte mich aber wie ein Teenager. Das rauschartige Gefühl, das ich beim Glamping empfunden hatte, als mir klar war, dass Menschen mich als bisexuell oder zumindest als nicht hetero wahrnahmen, verdoppelte sich. Vervielfältigte sich ins Tausendfache. Ins Zehntausendfache, ins—

»Alles okay?«, flüsterte Michael.

Ich nickte. »Nur…glücklich. Aufgeregt. Erfreut.«

Er lachte leise. »Ekstatisch?«

»Jep.« Ich biss mir auf die Lippe, um nicht zu Grinsen, als wäre ich verrückt geworden. Die Aufregung in mir war so groß, dass ich hätte anfangen können, um den Weihnachtsbaum zu tanzen.

Nachdem ein Hotelangestellter uns einen isolierten Picknick-korb gebracht hatte, den ich anbot zu tragen, machten wir uns auf den Weg und liefen die volle Strandpromenade entlang. Trotz meiner Sonnenbrille blinzelte ich gegen den intensiven Schein der Nachmittagssonne.

Unsere Handflächen fühlten sich bald schon feucht an, wo wir sie fest aneinander gepresst hatten, doch es gab nichts auf der Welt, wofür ich Michael los lassen würde.

Wir hatten unzählige Male Händchen gehalten in der letzten... Woche? Es musste mittlerweile eine Woche her sein, oder zumindest fast. Zeit hatte keine Bedeutung mehr, nachdem wir so weit gereist waren und uns in dieser Blase so weit weg von zu Hause befanden.

Ich hatte mich schneller daran gewöhnt, Michaels Hand zu halten als ich es gedacht hätte, aber jetzt? Oh, jetzt fühlte es sich magisch an.

Der warme Druck seiner Finger erinnerte mich an die Sensation dieser Finger auf meinem Körper. Ich dachte an das Bild, das er abgegeben hatte, als er sich selbst befriedigt hatte und wie er seine Hände benutzt hatte, um sich anzufassen. Es war alles neu und aufregend. Zwar hatte ich meine Jungfräulichkeit vor über zehn Jahren verloren, aber damals war ich nicht bisexuell gewesen. Naja, vielleicht ja doch, wenn ich es jetzt war.

Und das schien ich ja wohl zu sein, oder?

Erneut blubberte ein Schwindel erregender Glücksrausch durch mich, als hätte ich Champagner auf leeren Magen getrunken und ich stupste Michaels Schulter mit meiner eigenen an, bevor ich ihm einen Kuss auf die Wange gab.

Der kurze Moment meiner Lippen auf seiner Wange musste mir für den Moment reichen, obwohl ich nur zu gerne den Picknickkorb fallen gelassen und ihn in meine Arme gezogen hätte, um ihn ordentlich küssen zu können.

Michael lachte und flüsterte: »Wie lange bleiben wir am Strand? Und, meinst du, dass heute irgendwelche Drogerien geöffnet haben?«

Es dauerte einen Moment, bis ich verstand, dass er Gleitgel kaufen wollte. Und wahrscheinlich Kondome. Meine ganze Haut kribbelte vor Lust, obwohl ich gleichzeitig nervös wurde. Ich wollte alles mit Michael tun, auch wenn es mich gleichzeitig einschüchterte.

Vielleicht wäre es gar nicht so schlecht, wenn wir bis zum

zweiten Weihnachtsfeiertag nicht einkaufen gehen konnten. Bis zum sechsundzwanzigsten Dezember zu warten, gab mir genug Zeit, um meine Nerven zu beruhigen, oder nicht?

Der Strand war komplett von Leuten überfüllt, so wie vorhergesagt.

Nikolausmützen und Bikinis schienen auf der Tagesordnung zu stehen und vor uns entwickelte sich ein lautes, fröhliches Bild. Wir bahnten uns einen Weg durch die Menschen, um einen freien Fleck zu finden, während der Sand zwischen unseren Zehen kochte.

Der indische Ozean war absolut spektakulär. Das Wasser war kristallklar, als es über den hellen Sand schwappte. Trotz der Menschenmenge war mir sofort klar, wieso das hier so ein beliebter Platz war.

Wir legten die Decken, die uns vom Hotel bereitgestellt worden waren, auf den Sand und machten es uns neben einer Familie bequem, die das Weihnachtsalbum von Mariah Carey durch ihre Bluetooth Lautsprecher abspielte. Sofort fing Angela an, sich mit den Eltern zu unterhalten und in einer Babystimme auf ein gurgelndes Baby einzusäuseln, das einen Strampelanzug mit einem Stechpalme-und-Efeu Muster trug. Währenddessen öffnete Paul eine Flasche Sprudelwasser und lehnte sich zurück, während Makayla versuchte Olivia davon zu überzeugen, mit ihr schwimmen zu gehen.

Der Strand erstreckte sich über ein paar hundert Meter und enthielt vermutlich ein paar tausend Besucher, die sich auf die Sandfläche gequetscht hatten. Hoffentlich war das der vollste Tag des Jahres, ich konnte mir nämlich nicht vorstellen, dass noch recht viel mehr Menschen hier Platz finden würden.

Michael sah sich um. »Wow. Es ist echt voll.«

Die Frau, die sich mit Angela unterhielt, wippte ihr Knie auf und ab, auf dem sie ihr Baby abgesetzt hatte und sagte: »Wir befinden uns in der Hochsaison. Mit den Schulferien und dem

Ganzen. Achtet darauf, zwischen den Fahnen zu schwimmen.« Sie deutete auf ihre rechte Seite und den nördlichen Teil des Strandes. »Da oben gibt es eine gefährliche Stelle. Haltet euch vom Croc fern. Der zieht euch in Sekunden aufs offene Meer hinaus.«

Olivia sah scharf von ihrem Handydisplay auf. »Hier gibt es Krokodile?«

Die Frau lachte kurz. »So nennen wir nur die Stelle da oben. Ein gefährlicher Strom. Solange ihr euch zwischen den Fahnen aufhaltet und auf die Rettungsschwimmer hört, ist alles in Ordnung.«

Vorsichtig zog ich an Michaels Hand und er kniete sich neben mich auf die Decke. »Alles okay?«, fragte ich.

Er nickte. »Es sind nur verdammt viele Menschen.«

»Willst du zurück gehen?«, murmelte ich und legte meine Hand in seinen Nacken. Dort rieb ich mit meinem Daumen sanft über seine Haut. »Wir müssen nicht bleiben.« Und wenn wir zu unserem Zimmer zurückkehrten…

Makayla hatte offenbar meine Frage gehört. Naja, sie befand sich ja auch nicht weit von uns weg, und bat uns: »Bitte gehen Sie zuerst mit mir schwimmen? Olivia will nicht nass werden. *Am Strand.*«

Ihre Schwester ignorierte sie und Makayla sprach weiter: »Meine Eltern schwimmen nicht gerne, außer in einem flachen Pool.«

Zu Michael sagte ich: »Willst du zurückgehen und ich komme in einer Dreiviertelstunde bis Stunde nach?«

Er schenkte mir ein süßes Lächeln. »Nö. Lass uns schwimmen gehen.« Er zog den Saum seines alten marineblauen Shirts hoch. »Setz die Sonnenbrille auf, Makayla. Du wirst gleich geblendet.«

Sie kicherte, als Michael sich das Shirt über den Kopf zog, bevor sie ihre Augen aufriss. Ich folgte ihrem Blick und ver- schluckte mich fast, als mir auffiel, dass meine Bartstoppeln rote Spuren hinterlassen hatten. Ganz abgesehen, von den Spuren mit denen ich seine Haut absichtlich markiert hatte.

Olivia zeigte mir einen Daumen nach oben, doch mein Gesicht fühlte sich an, als stünde es vor Scham und seltsamen Stolz in Flammen. Zum Glück waren Angela und Paul in das Gespräch mit unseren Nachbarn vertieft. Meine Chefin musste wirklich nicht so viel über mein Sexleben wissen.

Mein Sexleben. Mit einem Mann. Mit Michael.

Plötzlich musste ich lachen. Ich *kicherte* fast. Seit Jahren hatte ich mich nicht mehr so aufgeregt und *jung* gefühlt. Es war ein fast euphorisches Erlebnis, als wäre ich betrunken oder high. Wahrscheinlich sollte es mir peinlich sein, dass die Mädels den Beweis sahen, aber verdammt, der Nervenkitzel, den ich spürte bei dem Gedanken Michael für mich markiert zu haben!

Ihr steckt nur in einer Freundschaft Plus, erinnerst du dich?

Michael lächelte mich fragend an und hielt mir eine Flasche Sonnencreme hin. »Kannst du?« Er deutete auf seinen Rücken.

Oh ja. Übermütig presste ich etwas von der weißen Creme auf meine Hand und kniete mich hinter Michael. Ich verteilte die Lotion auf seinem Rücken, während er sich seine Brust und die Arme eincremte. Meine Hände bewegten sich wie von selbst und strichen über seinen schlanken, festen Oberkörper, bevor sie sanft über seine Rippen fuhren. Seinen Rücken herunter und über den Rand seiner Badeshorts. Nur ganz leicht vergruben sie sich unter seinem Hosenbund um jeden Zentimeter blasse Haut zu erwischen.

Michael räusperte sich. »Ich glaube, du bist fertig.«

Blinzelnd zwang ich meine Hände wieder nach oben, bis zu seinen Schultern. »Bist du sicher?«

Er sah mich über seine Schulter an und lachte, bevor er mir zuraunte: »Dude, das ist ein Familienausflug.«

Stimmt. Jep. Guter Punkt.

Schnell zog ich mich bis auf die Badehose aus und wir verteilten die Sonnencreme auf meiner nackten Haut, während wir versuchten nicht, zu kichern wie kleine Kinder.

Nachdem wir Angela und Paul versprochen hatten, Makayla nicht aus den Augen zu verlieren, bahnten wir uns einen Weg durch das Labyrinth aus Handtüchern, Decken und betrunkenen Menschen und denen, die sich einfach nur sonnten.

Wir näherten uns einem Strandbuggy mit zwei Rettungsschwimmern. Einer stand im hinteren Teil, während der andere am Steuer saß. Beide beobachteten das Wasser. Sie trugen blaue langärmlige Uniformoberteile und lange schwarze Shorts.

Makayla stupste mich mit ihrem Ellbogen an und nickte in Richtung des blonden Rettungsschwimmers, der im hinteren Teil des Fahrzeugs stand und über das Dach des Buggy hinwegsah. »Der Typ sieht aus wie Chris Hemsworth! Sie wissen schon, Thor?«

Für wie alt hielt sie uns? »Tut er«, stimmte ich ihr mit einem Lächeln zu.

»Vielleicht muss er mich heute retten.« Sie grinste.

»Lass uns das gerettet werden müssen heute unterlassen. Danke.«

Michael sagte: »Ehrlich gesagt, hätte ich auch nichts dagegen.« Er grinste Makayla breit an.

Ein unangenehmes, säureartiges Gefühl durchstach mich. Während wir an ihnen vorbeigingen, fiel mein Blick auf den Rettungsschwimmer und ich musterte ihn intensiv. War braun gebrannt, mit Muskeln bepackt und mit einem starken Kiefer versehen etwa Michaels Typ? Ich versuchte mir vorzustellen, wie ich gegen so einen Hemsworth-Doppelgänger ankommen könnte und—

Wieso war ich *eifersüchtig*? Das war absolut lächerlich. Selbst, wenn Michael und ich…Er würde trotzdem nicht einfach mit einem Rettungsschwimmer ins Bett gehen. Sicherlich nicht.

»Will?«

Ohne es zu merken hatten sich meine Schritte verlangsamt, bis ich kaum noch vor mich hinkroch. Mein Blick war starr auf den Rettungsschwimmer gerichtet, der gerade ein Fernglas rausgeholt hatte, um das Wasser besser im Blick zu haben. Schuldbewusst sah ich zu Michael, der mich mit gerunzelter Stirn beobachtete.

»Komme schon!«

Das Stückchen Wasser zwischen den roten und gelben Flaggen, die im Sand steckten, war voller kreischender Kinder und Menschen jeden Alters, die sich in den überraschend starken Wellen vergnügten. Schnell bemerkten wir, dass wir für unseren Lauf ins Wasser den richtigen Zeitpunkt abwarten mussten, weil wir ansonsten von den Wellen mitgerissen wurden.

Keuchend wischte ich mir das Salzwasser aus dem Gesicht und ging ein paar Schritte zurück, bevor eine neue Welle um meine Beine schwappte. Makayla war auf ihren Hintern geplumpst, lachte aber, als Michael und ich ihr auf die Füße halfen. Sie war so klein, dass wir sie mit unserer Kraft fast in die Luft hoben.

Seemöwen kreischten und die Sonne schien auf uns hinab, als ich die salzige Luft tief einatmete. Es war schon viel zu lange her, seit ich das letzte mal am Meer war. Es war zwar kein typisches Weihnachten, war aber besonders auf eine eigene Art und Weise, vor allem, nachdem ich Michael an meiner Seite hatte.

»Wir müssen am Wellenbruch vorbei!«, rief Makayla uns mit Autorität in der Stimme zu. Sie rückte die Träger ihres niedlichen gepunkteten Zweiteilers zurecht und beobachtete die auf uns zu kommenden Wellen mit einer eisernen Entschlossenheit. »Ich sage wann!«

Wie Läufer an der Startlinie warteten wir und ließen eine weitere Welle brechen und uns um die Beine schwappen. Als Makayla den Befehl gab, rannten wir nach vorne.

Wieso war es so verdammt schwierig im Wasser zu rennen? Ich hob meine Füße zur Seite und beobachtete die Wellen, die auf uns zukamen. Plötzlich stolperte ich, während Michael und Makayla an mir vorbei rasten.

»Oh Scheiße!« Michael warf sich nach vorne ins Wasser und fing an mit seinen Armen Kraulbewegungen zu machen. Er schaffte es über die Welle, kurz bevor sie brach.

Makayla tauchte unter und ich hielt inne. Sollte ich tauchen? Mich umdrehen und darauf reiten? Oder—

Keine Zeit! Ich steckte meine Füße fest in den Sand und machte mich mit aller Kraft auf den Aufprall gefasst. Meine Hände waren zu Fäusten geballt und ich schloss meine Augen. Die Welle belächelte meinen Versuch standhaft zu bleiben jedoch und warf mich in einem perfekten Rückwärtssalto zurück.

Ich knallte mit dem Hintern auf dem Sand auf und hustete und keuchte, als die Welle mich in Richtung Land zurücktrug. Eine weitere Welle krachte über mich herein und ich stand auf, um mit ein paar anderen, die sich auch verkalkuliert hatten, zurück zum Strand zu laufen.

Es war schwierig, Michael und Makayla auszumachen, nachdem sich so viele schwimmende Köpfe im Wasser befanden, doch ich konnte sie schließlich entdecken. Hustend winkte ich ihnen und deutete ihnen, dass sie nicht zurück kommen brauchten. Hoffentlich würde Michael verstehen, dass ich mich so leicht nicht unterkriegen lassen würde.

Dieses Mal atmete ich tief ein und tauchte unter der kommenden Welle hindurch. Das Wasser über mir blubberte und ich tauchte auf der anderen Seite wieder auf. Nur knapp entging ich einem Zusammenprall mit einem alten Mann und seiner Enkeltochter. Michael rief nach mir und ich paddelte zu ihm rüber.

»Alles okay?«, fragte er und streckte seinen Arm aus, um ihn mir um den Rücken zu legen. »Du kannst hier stehen. Wir haben eine Sandbank gefunden.«

»Ja, alles gut.« Eine kleine Welle hob uns hoch, doch das war gar nichts im Vergleich zu den riesigen Wassermassen, die am Strand zerbrachen. Als wir die Sandbank wieder mit unseren Füßen berührten, küsste ich Michael und legte ihm meinen Arm um die Schultern.

»Hab dich vermisst.«

Er blinzelte mich an, lächelte fragend, aber sah zufrieden aus. »Das waren vielleicht…drei Minuten. Höchstens.«

Ich zuckte mit den Schultern, während wir von einer weiteren Welle hochgehoben wurden. »Hab dich trotzdem vermisst.«

Makayla säuselte: »Ich hab dich auch vermiiiiiisst.«

»Entschuldige, wir sind eines dieser anstrengenden Pärchen«, sagte ich, während Michael neben mir einen Satz machte, kurz bevor eine stärkere Welle auf uns zu kam.

»Oh Mann, die Angestellten im Hotel haben wirklich nicht übertrieben, als sie erzählt haben, wie voll der Strand ist«, bemerkte er.

Sowohl das Stückchen Wasser, als auch der Strand war ein einziges Menschenmeer.

Eine niedrige Wand aus Beton erstreckte sich zwischen dem Strand und der dahinter liegenden Strandpromenade und einem Park mit viel Gras und hohen Tannen. Ein Rettungsturm stand hoch in der Mitte des Strandes. Ich konnte mir nicht vorstellen, wie die Rettungsschwimmer irgendetwas sehen konnten, nachdem hier so ein Chaos herrschte.

Als wir nach einer weiteren Welle wieder sanken, hatten wir die Sandbank bereits wieder verloren. Plötzlich erschien ein Typ, der einem Wasserball hinterher jagte. Makayla schwamm ihm aus dem Weg, fing aber an zu keuchen, nachdem er in ihre Richtung getreten hatte und sie nun den Mund voller Meereswasser hatte. Fast hätte er sie am Kopf erwischt.

Zeitgleich riefen Michael und ich: »Hey!«, doch es war eine ältere Frau um die Sechzig in einem hell grünen Badeanzug, die die Aufmerksamkeit des Mannes auf sich lenkte.

»Oi!«, schimpfte sie. »Lass den Unfug. Ich habe doch gesagt, dass es hier zu voll ist für so einen Blödsinn.«

Der Kerl grummelte vor sich hin, schnappte sich aber seinen

Ball und schwamm zu einer Gruppe Menschen zurück, die alle Mitte zwanzig zu sein schienen. Sanft griff ich nach Makaylas Arm, um sicherzugehen, dass es ihr gut ging. Wir bedankten uns bei der Frau und sie winkte ab.

»Ihr müsst nur aufpassen. Manche Menschen interessieren sich nicht für den Spaß anderer, vor allem wenn sie auf dem Grog sind. Manchmal wünschte ich, Barking wäre nie als bester Strand in Oz ausgezeichnet worden. Als ich jünger war, war es nie so voll.« Sie schnaubte. »Naja, als ich jünger war, war die Erde aber auch noch eine Scheibe und wir dachten, die Sonne würde um uns kreisen.«

Michael lachte. »Tut mir leid, Sie müssen Touristen wie uns hassen.«

»Nö. Solange ihr schwimmen könnt und auf die Rettungsschwimmer hört, ist alles okay. Es sind nur die Idioten, die den Regeln nicht folgen, die mich wirklich nerven.«

»Wieso würde jemand ins Wasser gehen, der nicht schwimmen kann?«, fragte Makayla und trat das Wasser, als eine Welle uns wieder anhob und senkte.

»Eine gute Frage.« Die Frau lachte. »Das passiert häufiger als man denkt. Die Rettungsschwimmer haben wirklich einiges zu tun, vor allem an Tagen wie heute, wenn die ganzen betrunkenen Backpacker ihren Unfug treiben. Allerdings bin ich hier jedes Jahr seit ich laufen kann geschwommen und das werden nicht mal die mir versauen.«

Unter Wasser, während wir mit den Armen Kreise bildeten um an der Wasseroberfläche zu schwimmen, rieb ich meinen Fuß gegen Michaels. Der Drang ihn zu berühren schien mich nicht mehr loszulassen. Er schenkte mir ein Lächeln und rieb zurück. Unsere Finger verschränkten sich miteinander, als wir mit den Wellen auf und ab sanken.

Ich versuchte der Unterhaltung wieder zu folgen, als Makayla zu der Frau sagte: »Einer der Rettungsschwimmer sieht aus wie

Thor mit kurzen Haaren.«

Die Frau lachte herzlich. »Das ist bestimmt Liam Fox. Er war mal erfolgreicher Fußballer. Jetzt ist er berühmt dafür, schwul zu sein. Das war ein ziemlich großes Drama. Sein Partner Cody ist auch Rettungsschwimmer. Gute Jungs.«

»Das ist so cool!« Makayla grinste uns an.

Bevor ich antworten konnte, fing jemand am Strand an, in ein Megafon zu rufen.

Michaels Halt an meiner Hand verfestigte sich, als er fragte: »Ist ein Hai da?« Hektisch sah er sich um.

Die Frau lachte. »Nee. Sie verschieben nur die Flaggen. Wenn ein Hai gesichtet wird ertönt eine Sirene.«

Dass es genug Sichtungen gab, um eine Sirene zu rechtfertigen, war irgendwie nicht beruhigend. »Wieso werden die Flaggen verschoben?«, fragte ich.

»Die Strömung und Bedingungen ändern sich«, erklärte die Frau, als sie anfing mit selbstbewussten Bewegungen in Richtung Süden zu schwimmen. »Kommt mit oder schwimmt zurück an Land. Frohe Weihnachten!«

Der Wind hatte sich innerhalb weniger Sekunden verstärkt. »Lasst uns zurückschwimmen«, sagte ich. Die Wetterkonditionen wurden meiner Meinung nach etwas zu wild. Michael und Makayla stimmten mir zu und ich ließ Michaels Hand los, um schwimmen zu können.

Am überfüllten Strand deuteten die Rettungsschwimmer zu ihrer Linken und riefen durch das Megafon, dass die Besucher sich ein paar Meter weiter bewegen sollten.

Wir traten im Wasser und ruderten mit den Armen und sahen uns nach den Wellen um, die einfach nicht aufhörten.

»Wieso schwimmen wir in die falsche Richtung?«, fragte Makayla laut.

Mein Magen fühlte sich an wie ein Stein. Sie hatte recht. Obwohl wir in Richtung Strand schwammen, kam es mir vor, als wäre er nun weiter weg. Ich versuchte schneller und fester zu treten, doch das beängstigende Gefühl, weiter auf das offene Meer getrieben zu werden, war nicht zu bestreiten.

»Es ist okay!«, rief ich, obwohl es sich anfühlte, als würden sich unsichtbare Tentakeln um meinen Körper schlingen.

Das musste die reißende Strömung sein. Mein Blick fiel auf Michael, der verzweifelt um sich trat, die Augen weit aufgerissen. Ich musste die Ruhe bewahren. Er brauchte mich. Makayla brauchte mich. Alles war in Ordnung.

Abgesehen von der Tatsache, dass wir definitiv immer weiter von der Sicherheit des Ufers weggeschwemmt wurden. Wellen folgten uns und unser Haar klebte uns an der Stirn. Makayla strich sich die Haare aus dem Gesicht und verzog den Mund, als sie nach unten trat und sich sichtlich schwer tat. In den stetig steigenden Wassermassen tauchten wir auf und ab und der Strand erschien und verschwand wieder.

Erschrocken stellte ich fest, dass Michael außer Reichweite war. Ich öffnete meinen Mund um nach ihm zu rufen, als ich mich an dem Salzwasser verschluckte, dass in dem Moment über mich hereinbrach. Mein Herz hämmerte als ich mich zurück an die Oberfläche beförderte und hustete.

Vor einem Moment waren wir noch zusammen auf und abgewippt. Ich trat so stark ich konnte um mich und schwamm Michael und Makayla entgegen.

Obwohl die Sonne immer noch hoch am wolkenlosen Himmel stand, zitterte ich und die Kraft der Strömung zog an mir wie eiskalte Finger. Mein Kopf kribbelte und mein Puls raste. Meine Gliedmaßen fühlten sich plötzlich an, als wären sie aus Blei, als ich darum kämpfte den Kopf über Wasser zu halten und irgendwie zu Michael und dann zurück an Land zu schwimmen.

Michael und Makayla erschienen und verschwanden aus meinem Blickfeld und Michael versuchte, mir etwas zuzurufen, doch ich konnte ihn nicht hören. Wir hatten uns gar nicht so weit draußen befunden, doch nun erschien der Strand erschreckend weit entfernt.

Ich werde sterben!

Der Rettungsschwimmer erschien wie aus der Luft gezaubert, griff nach meinem Arm und zog mich quer über das Longboard, bevor er sich rittlings aufsetzte mit beiden Beinen im Wasser. »Alles in Ordnung?« Er hielt mich weiterhin an meinem Oberarm fest.

Zum ersten Mal seit gefühlten Stunden schaffte ich es, richtig einzuatmen. Es war Thor—nein, Moment, wie hatte die Frau ihn genannt? Liam? Er sagte: »Ich hab dich, keine Angst.«

Die paar Sekunden Erleichterung, die ich verspürt hatte, löste sich in Luft auf. »Michael!« Ich bemühte mich, mich aufzusetzen um Michael und Makayla zu finden.

Liams Halt ließ nicht locker. Allerdings drehte er das Brett und deutete in die Ferne. »Deinen Freunden geht's gut.«

Die herrliche Erleichterung kam zurück. So stark, dass mir die Tränen in die Augen stiegen. »Er ist mein fester Freund«, keuchte ich, obwohl es sicherlich keinen Grund gab, vor dem Rettungsschwimmer die Lüge aufrecht zu erhalten.

»Und das ist *mein* fester Freund, der ihn in Sicherheit bringt.« Liam drückte meinen Arm, um mich zu beruhigen. »Ihm geht's gut.«

Makayla und Michael hingen auf der Seite eines Longboards, auf dem eine Rettungsschwimmerin saß. Ich sah dabei zu, wie Liams Freund—Cody?—auf seinem Board angeschwommen kam und sich aufsetzte, um Michael auf sein Board zu ziehen.

Cody war kompetent, kräftig und flink.

Liam behandelte mich ähnlich und zog mich auf sein Longboard. Plötzlich lag ich auf dem Bauch und er fand Platz zwischen meinen Beinen, um uns seitlich auf Höhe des Strandes zu befördern. Dann drehte er das Board mit der Nase nach vorne, um uns zurückzubringen. Er wich den Wellen gekonnt aus, und ich konnte nicht umhin, einen lauten Schrei auszustoßen, als das Wasser unter uns anstieg und uns mit der Welle direkt zum Strand zurück beförderte.

Wir rollten vom Brett und Liam half mir auf die Beine, während ich mir das Salzwasser aus dem Gesicht strich. Mein Mund zwar trocken und ich hustete, was ich allerdings ignorierte, als ich nach Michael griff. Er umarmte mich fest und sein Gesicht war vor Sorge zusammengekniffen.

Makayla lachte, als sie am Ufer ankam. »Das war so cool!«

Liam, Cody und die Rettungsschwimmerin – eine hübsche junge Asiatin – lachten mit ihr, während ich erneut anfing zu husten. Liam bestand darauf, dass ich mich in den Sand setzte, gerade so außer Reichweite des Wassers.

»Hast du viel Wasser geschluckt?«, fragte er.

Ich schüttelte den Kopf und die ganze Aufmerksamkeit war mir furchtbar unangenehm. Meine Haut kribbelte durch die ganzen Blicke der Menschenmenge, die sich um uns herum angesammelt hatte.

Michael kniete sich neben mich hin und rieb mir über den Rücken. Zu den Rettungsschwimmenden sagte er: »Es war alles in Ordnung und dann wurden wir plötzlich immer weiter weggeschwemmt.«

»Rippströmung«, sagte Cody. »Generelle Strömungen wie der Croc finden immer am selben Ort statt, aber Rippströmungen können irgendwo auftauchen. Deshalb haben wir die Flaggen verschoben. Da draußen wird es ganz schön wild.« Sein Akzent klang seltsam Nordamerikanisch. »Das wichtigste ist, nicht in Panik zu verfallen.«

Eine Stimme erklang aus dem Walkie Talkie, das im Buggy lag. »Da ist noch ein Kopf draußen. Vierte Rampe.«

Die Frau nahm ihr Board in die Hand und sprintete zurück in Richtung Wasser. Sie paddelte so schnell, dass mir fast schwindelig wurde. Ich fühlte mich als hätte ich Beton geschluckt. Ich blinzelte in Richtung der hohen Wellen und hörte zu, wie Cody in der Entfernung in das Walkie Talkie sprach.

Michaels Hand, die meinen Rücken auf und ab strich, schien mir im Moment die einzige reale Sensation zu sein.

Während Michael fest auf meiner rechten Seite saß, ging Liam links von mir in die Hocke. »Sicher, dass du nicht viel Wasser geschluckt hast?«

Fast wollte ich scherzen: »Nein, nur Beton«, doch Liam hatte Wichtigeres zu tun. Also ächzte ich nur: »Nur einen Mund voll.«

Liam nickte und tauschte einen Blick mit Cody aus. Sie schienen eine stille Unterhaltung zu führen. Zwischen ihnen zwar ein ziemlicher Größenunterschied und außerdem sah Cody um einiges jünger aus als Liam. Ich musste mir ihre Geschichte unbedingt online durchlesen. Vorausgesetzt, Liam war so berühmt, wie die Frau gesagt hatte.

Liam nickte Cody zu und schien damit ihr stummes Gespräch zu beenden. Zu mir sagte er: »Wenn du anfängst, dich schlecht zu fühlen, geh sofort zum Arzt. Das Problem ist, dass du vielleicht Wasser in der Lunge hast, ohne es gemerkt zu haben. Aber ich glaube, du wirst dich wieder erholen.«

Ich nickte. »Ich fühle mich, als wäre ich bei einem Marathon mitgelaufen.«

»Das ist ein Nebeneffekt von Panik«, sagte Cody. »Nimmt dir all deine Energie. Aber das wird schon. Passiert uns allen mal, glaub mir.«

Scham überkam mich wie eine weitere Welle. Ich war in Panik ausgebrochen. Das hatte alles nur schlimmer gemacht. Seit wann hatte ich Panik? Normalerweise behielt ich in einer Krise immer einen kühlen Kopf und sagte anderen Leuten, was sie zu tun hatten, sobald sie die Fassung verloren. Angela hätte mich nie auf diese Reise mitgenommen, wenn ich ein Mensch wäre, der in Panik ausbrach.

Ich wischte mir über den Mund. Meine Lippen kribbelten von

dem Salz und mein Kopf war so heiß, dass ich Angst hatte, er würde gleich explodieren.

Michael stand auf und schüttelte die Hände der Rettungsschwimmer. »Vielen Dank.« Auch Makayla dankte ihnen aufrichtig.

Cody lächelte. »Kein Stress. Dafür sind wir da. Habt ihr gut gemacht.«

»Hinten sind noch mehr Köpfe im Wasser—der Croc wacht auf!«, rief Liam Cody vom Buggy aus zu. »Fünftes Tor!«

Sofort verfrachtete Cody die Longboards auf der Seite des Buggy, bevor er reinhüpfte und Liam sich auf die Hupe stützte, während sie in Richtung Norden los düsten. Sie bewegten sich durch die Menschenmassen und am Wasserrand, um noch mehr Leuten das Leben zu retten.

»Wow«, sagte Makayla und seufzte. »Das war so heiß.« Sie schlug sich eine Hand vor den Mund und Michael bebte neben mir vor Lachen. Er strich mir immer noch über den Rücken.

Auch ich musste lachen, doch das verdrängte die Scham und das Gefühl, versagt zu haben, nicht.

Was muss er wohl von mir denken?

»Kommen Sie schon, wir müssen das Mum und Dad erzählen!«, rief Makayla aus und zog an meiner Hand.

Ich stöhnte auf. »Kann's kaum abwarten, Angela und Paul zu erzählen, dass ich ihre Tochter fast ertränkt hätte. Frohe Weihnachten!«

»Was?« Sie stemmte sich die Hände in die Hüften und sah mich an. »Das ist nicht Ihre Schuld, dass da ein…wie haben sie es genannt? Eine Rippströmung war?«

Ich zuckte mit den Schultern, wodurch ich unbeabsichtigt Michaels Hand von mir stieß. »Trotzdem war es meine Aufgabe, auf dich aufzupassen.«

»Mir geht's gut!« Sie schüttelte den Kopf. »Und es ist nicht Ihre Schuld. Das ist der Grund, wieso es Rettungsschwimmer gibt.«

Michaels Hand fühlte sich kühl an, als er sie mir in meinen geröteten Nacken legte. »Makayla geht es gut. Wir sind alle in Sicherheit.«

»Da hatte ich nichts damit zu tun«, murmelte ich. Was, wenn die Strömung mich nicht von ihnen weggetrieben hätte? Wäre ich eine der Personen gewesen, die ihre Begleiter in einem Moment der Panik ertränkt?

»Bist du dir sicher, dass es dir gut geht?« Michael drückte beruhigend meinen Nacken und lehnte sich um mich herum, um mir mit offensichtlicher Sorge im Blick ins Gesicht zu sehen. »Fällt dir das Atmen schwer? Wir können einen Krankenwagen rufen.«

Na großartig, nun war ich obendrauf eine Drama Queen und bereitete ihm Sorgen. »Nein, nein. Alles gut.« Und das war es. Ich hatte zwar das Gefühl tagelang schlafen zu wollen, doch meinem Körper ging es gut. Ich zwang mich dazu, aufzustehen und zu gehen und zu lächeln.

Kapitel Sechzehn
Michael

»FROHE WEIHNACHTEN, MUM. Ist Dad auch da? Tut mir leid, dass wir uns gestern nicht richtig gehört haben.«

Ich war seit einer Weile halb-wach und nickte immer wieder ein, während ich Will dabei zuhörte, wie er sich im Zimmer bewegte. Als ich meine Augen öffnete, stellte ich überrascht fest, dass Will auf dem Balkon saß und die Schiebetür hinter sich geschlossen hatte. Es klang, als säße er direkt neben mir. Vermutlich machte es Sinn, in einem so warmen Land nur eine einfache Verglasung zu haben.

»Ja, es war ein schöner Feiertag am Strand. Wir haben eine wirklich gute Zeit.«

Ich drehte mich auf die Seite und konnte Wills Kopf durch das Fenster sehen. Er trug ein hellblaues Shirt mit umgeschlagenen kurzen Ärmeln, das auf der Vorderseite bestimmt Knöpfe hatte. Wahrscheinlich hatte er dazu seine karierten Shorts an.

Der Himmel war wieder mal ein wolkenloses Blau und ich hatte vermutlich verschlafen, obwohl wir früh ins Bett gegangen waren.

»Aye, das Wetter ist wundervoll.«

Ich musste Lächeln. Wills Akzent kam mehr zur Geltung, sobald er mit seinen Eltern sprach. Aber hatten wir wirklich eine gute Zeit?

Wir hatten eine gute Zeit gehabt, was die Untertreibung des

Jahres war, nachdem wir gestern so viele Orgasmen ausgetauscht hatten. Frohe Weihnachten und hohoho und das Ganze.

Aber Will hatte sich zurückgezogen, nachdem wir am Strand gewesen waren. Hatte unsere Nahtoderfahrung ihm klar gemacht, dass er mich doch nicht wollte? Dass er gar nicht bi war, das Experiment vorbei und wir uns wieder darauf konzentrieren sollten, allen etwas vorzumachen?

Der glitzernde Koala auf dem Surfboard, den er mir zu Weihnachten geschenkt hatte, beobachtete mich von seinem Platz an dem cremefarbenen Lampenschirm aus. »Hey, uh, Mate«, flüsterte ich. Denn offenbar sprach ich nun mit Weihnachtskugeln. »Was meinst du?«

Der Koala antwortete nicht.

Ich drehte mich auf den Rücken und blickte an die Decke. Ich hatte nackt geschlafen, so wie Will auch, doch wir hatten uns kaum berührt. Während ich für Runde…vier? Fünf? Egal welche Zahl es war, ich war jedenfalls bereit gewesen.

Doch nachdem wir aus dem Meer gerettet worden waren, hatte Will den restlichen Tag damit verbracht, still zu sein. Ich hatte darauf gewartet, dass er mich küssen würde, doch er hatte nur das Licht ausgemacht und sich schlafen gelegt.

Natürlich hatte ich die Symptome für trockenes Ertrinken gegoogled, doch er hatte darauf bestanden, dass es ihm gut ging. Vielleicht hatte ihn der Jetlag wieder eingeholt, doch, wenn etwas nicht stimmte, wäre es mir lieber, er würde mit mir darüber sprechen.

Das ist ganz schön mutig, dass ausgerechnet du das denkst, Mate.
Na toll. Nun hörte ich schon die Stimme eines glitzernden, surfenden Koalas in meinem Kopf. »Sei still…« Ich versuchte mir einen Namen zu überlegen. »Kevin. Kevin der Koala hat dazu nichts zu sagen.«

Will machte Geräusche, als würde er der Stimme am anderen Ende der Leitung zuhören, und hielt das Telefon an sein Ohr. Es bestand also keine Gefahr, dass ich im Bild zu sehen sein könnte, wenn ich mich hinter ihm vorbei schlich.

Ich hüpfte ins Bad und duschte. Als ich aus der Dusche stieg, rubbelte ich mir mit einem Handtuch über den Kopf und wickelte es mir dann um die Hüfte.

»Michael?«

Ich stöhnte fast auf bei dem Klang von Wills ruhiger Stimme. Er hatte mich nie ‚Mike‘ genannt und mein Name auf seiner Zunge war süß und sexy. Schnell rieb ich mit der Handfläche über den Spiegel und hoffte, dass meine Stimme unbesorgt klang. »Komm rein! Guten Morgen. Nachmittag? Ich weiß es nicht.«

Normalerweise warf ich einen Blick auf mein Handy, bevor ich aufstand, aber wen interessierte es schon, wie viel Uhr es hier war?

Hinter mir öffnete Will vorsichtig die Tür, als ich das Gesicht verzog und auf dem blauen Fleck rumdrückte, den ich mir am Vortag beim Aufsteigen auf das Longboard des Rettungsschwimmers geholt hatte. Wills Augen weiteten sich.

»Bist du verletzt?« Er machte einen Satz nach vorne und studierte meine Schulter.

Ich beobachtete seine ernsthafte Intensität im Spiegel und die Schmetterlinge in meinem Bauch wachten wieder auf.

»Ist nur ein blauer Fleck.« Seine Finger fühlten sich warm auf meiner nassen Haut an. »Gestern war beängstigend, hm?«, sagte ich leise. Gestern Abend waren wir so müde gewesen, dass wir nicht mehr darüber gesprochen hatten. »Hast du es deinen Eltern erzählt?«

Im Spiegel sah ich ihm dabei zu, wie er… sich verspannte und das Gesicht verzog. Er ließ seine Hände fallen und ging wieder zurück ins Schlafzimmer. »Nein. Sie würden sich nur Sorgen machen.«

Am Bett schnappte ich mir sein Handgelenk. Ich musste ihn unbedingt berühren. »Was ist los? Und bevor du sagst ‚gar nichts‘, ich weiß, dass etwas nicht stimmt.« Wenn es jemanden gab, der wusste, wie es aussah, wenn man seine Gefühle versteckte, dann war ich es. »Sogar Kevin weiß, dass dich etwas beschäftigt.«

Will runzelte die Stirn. »Kevin?«

Ich deutete auf die Lampe. »Kevin der Koala. Er ist weise.«

Will schnaubte kurz und lächelte mich sanft an. »Was ist los mit dir?«

»Was denn? Ich unterhalte mich immer mit Weihnachtskugeln. Das ist völlig normal.« Ich wusste nicht, was mit mir los war. Was ich allerdings wusste, war, dass gestern der schönste, magischste Tag meines Lebens gewesen war. Zumindest, bis Will still wurde und plötzlich abgelenkt schien. Vielleicht war das, was zwischen uns passiert war, nur ein kurzweiliges Weihnachtswunder gewesen.

Der Gedanke ließ meine Beine weich werden.

Ich setzte mich auf das Bett und zog Will neben mich auf die Matratze, bevor ich einmal tief Luft holte. Wenn er das Plus aus unserer Freundschaft wieder zurücknehmen wollte, dann musste ich das wissen. Auch, wenn es mich umbrachte. Was tatsächlich gar nicht so unwahrscheinlich war.

Innerhalb nur eines Tages hatte ich mich noch so viel mehr in Will verliebt. Es hatte sich so verdammt *richtig* angefühlt, ihn zu küssen und anzufassen und mit ihm zu kommen.

Ich hielt immer noch sein Handgelenk fest. Schnell ließ ich es los und legte meine Hände auf meinen Schoß.

»Willst du aufhören?« Ich deutete zwischen uns hin und her und zwang mich dazu, ihm ins Gesicht zu sehen. »Sex zu haben, meine ich? Das ist okay, wenn du aufhören willst. Ich weiß, das ist alles neu für dich und vielleicht ist dir aufgefallen, dass es doch nicht dein Ding ist.«

»*Nein.*« Will sagte dieses eine Wort mit so viel Überzeugung, mit so viel tiefer Bariton Kraft, dass mein Schwanz sofort hart wurde. Er legte seine Hand auf mein Knie und drückte sanft zu, bevor er inne hielt. »Außer du willst aufhören?«

Ich schüttelte meinen Kopf so heftig, dass ich mir wahrscheinlich selbst eine Gehirnerschütterung zufügte.

»Nö, alles gut.«

Ein Lächeln zog an Wills vollen Lippen. »Dann sind wir uns einig, dass wir weiter…experimentieren.«

»Ähm, jep.« Ich zog sein Gesicht zu mir und küsste ihn. Gleichzeitig öffneten wir unsere Münder und unsere Zungen trafen sich.

Er hatte sich nicht rasiert, und ich liebte das leichte Kratzen seiner Stoppeln, während wir uns küssten und küssten. Kein Ende in Sicht. Wenn das hier wirklich nur ein Experiment war, das nach dieser Reise vorbei war, würde mein Herz in so viele winzige Teilchen zerbrechen, dass sie nicht mehr auffindbar sein würden.

Das ist ein Problem für den Michael der Zukunft, sagte Kevin und dieser glitzernde Koala hatte recht. Immerhin könnten wir morgen vom Bus überfahren werden, also scheiß drauf.

Will lag auf dem Rücken und ich hatte ihm schon das Hemd aufgeknöpft. Gerade war ich dabei den Hosenstall seiner karierten Shorts zu öffnen, als ich inne hielt. Ich hatte mich mit meinem Handtuch mit gespreizten Beinen auf ihn gesetzt und er fuhr mit seinen Händen über meine Schenkel, während das Handtuch kurz davor war, einen Abgang zu machen.

Mit Jared hatte ich mir immer verkniffen, auszusprechen, was mich beschäftigte. Ich hatte Will nichts erzählt, obwohl ich ihm vermutlich hätte alles sagen müssen. Doch bei dem Gedanken daran, ihm zu gestehen, wie sehr ich ihn liebte, wurde mir schlecht. Ich musste schwer schlucken und die Angst beiseite schieben. Es ging gerade nicht um mich.

»Michael?« Er runzelte die Stirn und sah mich fragend an.

»Wenn es also nichts mit dem, was wir zusammen machen, zu tun hat, was ist dann los?« Mein Herz fing an wie wild zu schlagen. War ich etwa gerade dabei, alles zu vermasseln, indem ich das Thema nicht einfach fallen ließ? Vielleicht hätte ich einfach meinen dummen Mund halten sollen, denn Will brach unseren Blickkontakt und auch seine Berührungen an meinen Beinen stoppten.

Doch er ließ nicht los.

Langsam fuhr ich mit meinen Händen über seine Brust. Wir waren beide steif, doch das war gerade egal. Ich wollte ihn beruhigen und ihm bei was auch immer ihn so beschäftigte helfen.

»Baby, bitte sprich mit mir.« Ich hatte nie irgendjemanden ‚Baby‘ genannt, aber es fühlte sich richtig an. »Hat dich die Situation am Strand so mitgenommen?« Das schien Sinn zu machen, nachdem er sich danach anders verhalten hatte. »Das war wirklich beängstigend.«

Er prustete seine Wangen auf, sah mich immer noch nicht an und lachte trocken. »Ja, aber du und Makayla seid nicht in Panik verfallen. Ich habe alles nur noch schlimmer gemacht.«

»Moment mal, was?« Ich konnte nicht glauben, was ich da hörte. »Verarscht du mich? Dude, ich bin komplett ausgeflippt.«

Will sah mich an und verengte seine Augen. »Komm schon. Cody sagte, dass du und Makayla das gut gemacht habt. *Ich* bin derjenige, der Panik bekommen hat und fast ertrunken wäre.«

»Hat er?« Ich versuchte mich an das Gespräch mit den Rettungsschwimmern am Strand zu erinnern. »Ich weiß gar nicht mehr, was er gesagt hat. Ich war einfach so erleichtert, dass wir alle in Sicherheit waren. Das hätte wirklich deine Beförderung in Gefahr gebracht, wenn wir Angelas Tochter schon am ersten Tag verloren hätten.«

Ein Lachen platzte aus Will heraus und ich hätte schwören können, dass seine Anspannung etwas nachließ. Er sagte: »Wir sollten mindestens eine Woche warten.«

»Eben.« Ich rieb mit meinem Daumen über sein Schlüsselbein. »Glaub mir, ich hatte wahnsinnige Angst. Ich glaube mir ist dann nur aufgefallen, dass es nichts hilft, also habe ich aufgehört zu kämpfen. Außerdem habe ich die Rettungsschwimmer kommen sehen. Ehrlich gesagt war Makayla der Superstar. Sie hat Wasser getreten und die Luft angehalten, sobald eine Welle gekommen ist. Wäre ich allein gewesen, wäre ich sicherlich mehr ausgeflippt.« Ich erschauderte. »In der einen Sekunde warst du noch neben mir und dann warst du auf einmal weg.«

Will nickte und breitete seine Finger auf meinen Schenkeln aus. »Ich bin nicht mehr zu dir gekommen. Die Rettungsschwimmer habe ich nicht gesehen.« Er schluckte schwer und seine Finger pressten sich stärker in meine Haut. »Ich konnte nicht denken.«

»Das ist okay, Baby. Es ist nicht deine Schuld.«

Er seufzte laut und schüttelte den Kopf. »Das sollte mir nicht passieren! Ich bin standhaft. Zuverlässig. Ich sollte keine verdammten Panikattacken haben.«

Ich lächelte und meine Zuneigung zu Will füllte mich, bis sie fast drohte überzuschwappen. »Du bist immer noch standhaft und zuverlässig, versprochen. Deshalb habe ich dich in der Nacht, als ich am Straßenrand stand, angerufen. Ich wusste, dass du rangehen würdest. Du bist genauso wie diese Rettungsschwimmer. Jederzeit bereit jemanden zu retten.«

Er schnaubte. »Wohl kaum.« Trotzdem war es offensichtlich, dass es ihm gut tat diese Worte zu hören. Wieso auch nicht? Es entsprach ja der Wahrheit.

»Es ist okay, dass du Panik hattest. Das ist jetzt vorbei. Es ändert nichts an deinem Charakter und dir als Person, versprochen.«

Will atmete tief ein und hob seine Hand, mit dem Mittelfinger in die Höhe gereckt.

»Schwörst du's?«

Wir wickelten unsere Finger umeinander. Ich lehnte mich ihm entgegen und presste einen Kuss auf seine Fingerspitze, bevor ich drüber leckte. Er erschauderte und ich genoss es, die Sensation unter mir zu spüren. Ich saugte unsere Finger in meinen Mund und Will schnappte sich meine Hüften, bevor er sich mir entgegen bockte.

Wer hätte gedacht, dass Mittelfinger so sexy sein konnten?

Kapitel Siebzehn
Will

MICHAEL ZOG SEINE Hand zurück um mich von meinen Shorts zu befreien. Doch meinen Mittelfinger behielt er fest zwischen seinen Lippen, während er daran saugte. Ich stöhnte auf und stieß hilflos mit meinem Unterleib nach oben, als er meinen harten Schwanz rausholte. Als Spucke an meinem Finger runterlief, ließ er mit einem dreckigen *pop* davon ab, dessen Klang meine Eier zusammenzog.

Der Knoten in seinem Handtuch hatte sich endlich gelöst und er warf es zur Seite, als er sagte:

»Wir müssen immer noch eine Drogerie finden, aber das sollte erstmal reichen. Für deinen Finger, meine ich.«

Offenbar erwartete er eine Antwort, was mir schwer fiel, nachdem ich mich schon kurz vorm Höhepunkt befand. »Ich…Okay?«

Er lehnte sich runter und küsste mich wild. Sein Atem war heiß auf meinen Lippen, als er fragte: »Kannst du…du weißt schon. An meinem Loch herumspielen?«

Ich schluckte schwer und nickte. »Nur dass du's weißt, ich bin mir nicht so sicher, was ich da tue.« Mein Lachen klang unkontrolliert und hysterisch. Ich fühlte mich so schuldig wegen der Situation am Strand und Michael hatte mein Gewissen beruhigt. Doch jetzt sollte ich derjenige sein, der ihm gab, was er brauchte.

Michael rutschte von mir runter und legte sich auf die Seite. Er zog an mir, bis ich seine Position nachmachte. Vorsichtig presste er ein Bein zwischen meine und fuhr mit seiner Hand unter mein offenes Hemd, um leicht über meine Rippen zu streicheln. Ich hielt ihn an der Hüfte fest und wünschte mir, dass ich mehr zu bieten hätte.

»Du musst denken, dass ich…«

Er beobachtete mich geduldig und fragte schließlich: »Was?«

»Weiß nicht.« Ich schloss meine Augen. »Ich habe diesen dämlichen Ruf als Aufreißer, aber in Wahrheit habe ich noch nie… du weißt schon.«

»Mit jemandes Hintern gespielt?«

Ich lachte und öffnete die Augen. »So kann man's auch ausdrücken. Aber nein, habe ich nicht. Ich weiß, dass das nicht unbedingt nur zwischen zwei Männern passiert, aber…«

»Oh ja, Frauen stehen definitiv auch auf anal. Nichtbinäre Menschen auch, natürlich. Ärsche sind für jedermann. Wenn man drauf steht.«

»Weiß ich.« Ich fuhr mit meiner Hand seine Seite rauf und runter. »Ehrlich gesagt hätte ich trotz meiner Neugier Männern gegenüber nie gedacht, dass ich mich einmal in dieser Position befinde. Ich hätte nie gedacht, dass ich… experimentieren würde.«

Sein Blick senkte sich. »Ah, hast recht. Verstehe ich.«

»Es ist mir ziemlich peinlich.« Ich wollte mich von ihm wegdrehen und unter der Decke verkriechen, doch Michaels Bein war fest zwischen meinen verankert. Unsere Haut wurde heiß und schwitzig auf eine Art, die ich seltsamerweise genoss.

»Was ist peinlich?« Er beobachtete mich.

»Dass Leute mich für einen… einen Casanova halten. Dabei hatte ich bisher immer nur normalen Sex, der in Ordnung war, aber nicht sonderlich aufregend.« Zumindest nicht seit Amelia und das war jetzt über zehn Jahre her.

»Ohh, ‚Casanova‘, hm? Das gibt bestimmt Punkte beim Scrabble.«

Ich lachte. »Steigen durch die Inflation auch die Scrabble-

Punkte? Dann wären es bestimmt doppelt so viele.«

Auch Michael lachte, während er mir über den Rücken und meinen Oberkörper strich. Plötzlich kratzte er mit seinen Fingernägeln durch meine Brustbehaarung. »Das kommt daher, weil du so schön bist. Alle gehen davon aus, dass du alle fünf Minuten jemanden im Bett hast.«

Mein Herz schien einmal auszusetzen. »Schön?«

Er rollte lächelnd die Augen. »Komm schon. Du weißt, dass du wahnsinnig gut aussiehst.«

Okay, mir war durchaus bewusst, dass die Genetik-Götter es gut mit mir gemeint hatten, aber der Gedanke daran, dass *Michael* mich schön fand, war ziemlich befriedigend.

Ich presste meine Beine zusammen und drückte damit seinen Schenkel, der sich nicht bewegt hatte.

Mein Schwanz hing aus meinen offenen Shorts raus. Ich zog und schob an meinen Klamotten, bis auch ich nackt war. »So. Das ist besser«, murmelte ich und küsste ihn sanft.

»Hmm. Das ist es.« Mit seinem Bein zwischen meinen presste er unsere Hüften aneinander.

Vielleicht lag es daran, dass wir uns seit Jahren kannten, aber ich konnte mich nicht daran erinnern, mich jemals so wohl gefühlt zu haben, während ich mit einer anderen Person nackt war. Sogar mit Amelia, obwohl wir damals noch jung waren und uns erst an unsere eigenen Erwachsenenkörper gewöhnten.

»Du meintest, dass du es genießt, dir einen runterzuholen, stimmt's?«, fragte Michael. »Zeigst du's mir?«

Wie sollte ich bei diesen Worten *atmen* können, ganz abgesehen vom Wichsen? Es hatte mich so erregt, Michael gestern zuzusehen. War das erst einen Tag her?

Gestern war der erste Weihnachtsfeiertag gewesen und da hatten wir uns auch zum ersten Mal geküsst. Danach folgte dann das erste Mal, dass wir all diese wundervollen Dinge miteinander getan hatten…

Schnell versuchte ich, meine zerstreuten Gedanken wieder einzufangen. Michael wollte, dass ich es ihm zeigte.

Ich schluckte schwer und versuchte es nicht zu überdenken, als ich eine Hand um meinen Schwanz wickelte.

Michael zog sich ein paar Zentimeter zurück und schenkte mir ein ermunterndes Lächeln. Die Gier in seinem Blick war offensichtlich.

»Brauchst du Gleitgel?«, fragte er. »Oh Gott, ich hoffe heute hat ein Drogeriemarkt offen.«

Ich spuckte ein paar Mal in meine rechte Hand. »Alles gut. Ich bin ein Experte im Wichsen. Jahrelange Erfahrung.«

Er lachte und griff nach meinem Handgelenk. »Hier.« Michael lehnte sich über meine rechte Handfläche und spuckte. Langsam leckte er über meine Finger, bevor er noch einmal in meine Hand spuckte.

Die sanften, feuchten Geräusche waren wundervoll intim. Sonnenlicht schien durch die Fenster und als wir dort auf unserer zusammengeknüllten Decke lagen, hätten wir genauso gut auf einer Wolke schweben können. Nur wir beide, in unserer eigenen Welt.

Michael hob seinen Kopf. »Fühlt sich das gut an?«

Ich stöhnte auf und fing an, meine Hand um meinen Schwanz auf und ab zu bewegen. »*Ja*. Du hast *sehr* gute Arbeit geleistet.« Eigentlich hatte ich das als Scherz gesagt, doch seine Augen weiteten sich und sein Atem stockte. Hmm. Ihm gefiel es also, gelobt zu werden. Daran musste ich mich erinnern. Wenn ich nicht gerade damit beschäftigt war mich selbst zu befriedigen.

Ehrlich gesagt, wäre es mir peinlich gewesen, wie schnell ich kurz vorm Höhepunkt stand, doch Michael war so in die Show vertieft, dass ich stattdessen seltsam stolz war. Ich atmete schwer und drückte mit meiner Hand auf die Basis meines Schafts.

Michael fuhr mit seinem Daumen über die feuchte Eichel. »Dir zuzusehen ist so heiß.«

Er hob seinen Daumen zu seinem Mund und leckte den Tropfen ab. »Ich liebe Sperma.«

Mein ganzer Körper erschauderte. »*Fuck.*«

Er grinste und fuhr mit seinen Fingerspitzen ganz langsam meinen Schaft entlang. »Das ist, wie wenn du mit deinen Fingern in eine Frau eindringst und ihre Pussy feucht für dich ist. Ich liebe das.«

Nickend stöhnte ich auf. Mein ganzer Körper pulsierte vor Hitze.

Michael vergrub seine Finger in meinen Haaren und küsste mich hart.

Ich konnte noch den Hauch meines eigenen Lusttropfens auf seiner Zunge schmecken und es sollte nicht erregend sein, doch das war es irgendwie trotzdem.

Oh Gott, ich war kurz davor zu explodieren.

Michael streichelte weiterhin über meinen Schwanz und flüsterte: »Ich liebe es zu spüren, wie sehr du mich willst. Es schmecken zu können.«

Hektisch nickte ich und sagte: »Ich will dir einen blasen.« Wahrscheinlich wäre ich nicht gut darin, aber ich wollte es so gerne ausprobieren. »Es fühlt sich so gut an, wenn du es bei mir tust.«

Bevor ich blinzeln konnte, war er schon an mir runtergeklettert und nahm mich fast komplett in den Mund.

»Fuck!«, rief ich und drückte meinen Rücken durch.

Michael saugte hart an mir und zog sich dann mit einem lauten, wundervoll schmutzigen Schlürfen von mir ab. »Wirst du meinen Mund ficken? Hart. Ich will deinen Schwanz spüren. Ich will, dass du in meinem Rachen abspritzt.«

Alles was ich tun konnte, war, zu nicken und ein stranguliertes Geräusch auszustoßen, um ihm meine Zustimmung mitzuteilen. Wir beeilten uns, in eine neue Position zu kommen, und wurden fast schon verrückt von dem Bedürfnis zu kommen.

Ich setzte mich mit gespreizten Beinen auf seine Brust, nein, seinen Hals, was sich so verdammt verboten und verdorben anfühlte.

Nie zuvor hatte ich so etwas getan, doch Michael ergriff meinen Hintern und drängte mich dazu, in seinen Mund zu stoßen. Er öffnete ihn weit und stöhnte auf, als ich ihn füllte.

Schwer atmend stützte ich mich am Kopfteil des Bettes ab und tat, wonach er mich gefragt hatte. Ich fickte seinen Mund und ließ ab, als er anfing zu würgen und zu husten. Sobald er seine Finger wieder in meinen Arsch pressten, stieß ich wieder in ihn. Mein Schwanz war voller Spucke und er stöhnte auf.

»Michael«, ächzte ich. »Du fühlst dich so gut an. Ich werde…« Schweiß lief mir die Stirn runter, während ich immer und immer wieder in Michaels perfekten Mund stieß. Meine Eier waren so fest, sie waren kurz davor—

Ich entleerte mich in seinem Hals und zog mich aus seinem Mund, als er hustete und versuchte zu schlucken. Der nächste Strahl landete auf seinen roten, geschwollenen Lippen und seinen erröteten Wangen, bis zu seinem Kinn runter. Mein ganzer Körper erschauderte vor heißer Befriedigung und ich stieß ein Geräusch aus, das ich nicht von mir kannte.

»So ist's gut. Gib mir alles«, murmelte Michael.

Ich konnte kaum atmen, nahm mir aber nicht die Zeit, um wieder klare Gedanken zu fassen, sondern kroch rückwärts und drückte Michaels Schenkel auseinander. Als ich seinen pochenden Schwanz in die Hand nahm, stöhnte er auf. »Oh Gott, ja, Baby.«

Den Kosenamen aus seinem Mund zu hören gab mir einen besonderen Nervenkitzel. Ich nahm seinen harten Schwanz in meinem Mund und fing an, an seiner Spitze zu saugen. Der Gedanke, seine ganze Länge zu schlucken, schien mir unmöglich. Doch Menschen schafften das. Michael schaffte das.

Er schmeckte natürlich und heiß und roh und ein Teil von mir konnte nicht glauben, dass ich tatsächlich gerade den Schwanz eines Mannes leckte.

Michaels, was das ganze noch viel besser machte. Ich wollte ihn zum Höhepunkt bringen und ihn befriedigen. Wenn man von den Geräuschen, die er ausstieß, und seiner Hand in meinen Haaren ausging, schien ich das auch zu schaffen. Er streichelte mir über den Kopf, während ich laut über seinen Schaft leckte.

Ich nahm ihn etwas tiefer in den Mund und schluckte. Spucke lief zwischen meinen gedehnten Lippen heraus. Michaels heiße und harte Lust in meinem Mund zu spüren, verpasste mir einen schwindelerregenden Schub Selbstbewusstsein. Mit einer Hand suchte ich nach seinen Eiern und bearbeitete sie. Nur einen Moment später flutete er meine Zunge mit seinem salzigen Samen, während ich verzweifelt schluckte.

Sperma lief mir aus dem Mund und ich stöhnte und atmete schwer und faselte unsinnige Wörter vor mich hin. Ich hatte keine Ahnung, was ich überhaupt versuchte auszudrücken. Michael zog mich an den Schultern zu ihm hoch, und ich leckte meinen eigenen Samen von seinem Gesicht, bevor ich ihn innig küsste.

Verschwitzt und verklebt küssten wir uns und stöhnten in den Mund des anderen. Der Kick, den ich gespürt hatte, als ich bei dem Firmenausflug zum ersten Mal so getan hatte, als wäre ich bi, kam zurück und brachte meinen Kopf zum Durchdrehen.

Mittlerweile war mir klar, dass es nicht mehr notwendig war zu sagen, dass ich *so tat*, als wäre ich bi. Das war es nie gewesen. Das war einfach ich.

Ich küsste Michael durch ein aufgeregtes Grinsen. »Danke«, flüsterte ich und hielt sein Gesicht zwischen meinen Händen.

Mit geröteten Wangen fing er an zu lachen. »Immer gerne.«

Es gab so viel, wofür ich mich bei ihm bedanken sollte. Nicht dafür, dass er mich geghostet hatte. Alleine bei dem Gedanken musste ich den Schmerz, den ich empfand wieder runterschlu-cken. Aber ich war dankbar, dass er mit mir in Australien war. In meinem Bett. In meinen Armen.

Ich verstand die Hälfte der Gedanken nicht, die in meinem Kopf kreisten, also küsste ich ihn und küsste ihn und küsste ihn.

Kapitel Achtzehn
Michael

MEINE FÜßEN SANKEN in den nassen Sand ein, als ich durch das flache Wasser am Barking Beach watete. Will hatte sich mit Angela zu einem Meeting getroffen, um das anstehende Meeting am nächsten Tag mit einer der Firmen, mit der sich Angela zusammenschließen wollte, zu besprechen.

Darüber musste ich lachen. Ein Meeting über ein Meeting. Wieso das für mich lustig klang? Naja, vermutlich weil ich mich leicht betrunken fühlte, obwohl ich nichts stärkeres als Kaffee zu mir genommen hatte.

Ich drehte mein Gesicht unter der Mets Cap, die ich aufhatte, der Sonne zu und atmete die frische Meeresluft tief ein. Jegliche freigelegte Haut hatte ich mit Sonnencreme eingeschmiert und ich trug ein loses T-Shirt über meinen Shorts.

Meine Flip-Flops hielt ich in der Hand, während ich die ganze Seite des Strandes noch einmal entlang ging, und versuchte planschenden Kindern und Surfern, die wieder an Land kamen, auszuweichen.

Ich grinste vor mich hin und hatte das Gefühl, mich mit ausgestreckten Armen im Kreis drehen zu können, so wie…wie heißt sie nochmal? es am Anfang von *Meine Lieder – Meine Träume* tut. Allerdings im Sand und nicht in den Alpen.

Das war der Lieblingsfilm meiner Mutter und ich fing an, das Lied über all ihre ‚favorite things‘ vor mich hinzusummen. Meine

Gedanken sprangen umher wie Flummis und verwirrten mich. Will war eins meiner ‚favorite things‘. Nein, mein absolut liebstes Ding. Mein *allerliebstetest* Ding, obwohl ich wusste, dass das nicht einmal ein Wort war.

Seemöwen stritten sich und beschwerten sich lauthals über die Überbleibsel einer Eiswaffel. Ich duckte mich vor einer Frisbee, als die nächste Welle an Land geschwappt kam und mir um die Füße wirbelte. Das Wasser war ruhiger, als es gestern gewesen war und trotz der Menschenmassen, kam es mir vor wie das Paradies. Außer, dass Will nicht bei mir war.

»Dude. Es sind gerade Mal zwei Stunden, komm mal runter«, murmelte ich mir selbst zu.

Ein kleines Bodyboard schwappte mir gegen das Schienbein und ich holte es aus dem Wasser und gab es dem kleinen Mädchen zurück, das von dem Brett runtergefallen war. Sie schien das überhaupt nicht zu stören.

Ich war heute völlig zufrieden damit, an Land zu bleiben, obwohl die rauschenden Wellen sich angenehm an meinen Füßen anfühlten, als sie über mich schwappten und wieder abebbten.

Außerdem hatte ich Will versprochen, nicht ohne ihn schwimmen zu gehen. Weil er behauptet hatte, er würde sich sonst das ganze Meeting über Sorgen um mich machen.

The hills are alivveeeeeeeeee!

Fuck, ich benahm mich wie ein Vollidiot, aber das war mir egal. Es war schwer zu glauben, dass alles, was Will und ich miteinander getan hatten, wirklich stattgefunden hatte und nicht nur eine Fabrikation meiner Fantasie war. Daran zu denken, wie er meinen Schwanz gelutscht hatte, war—gefährlich. Der Strand war voller Familien. Das war absolut nicht der richtige Zeitpunkt, um über Blowjobs oder seine Lippen nachzudenken. Oder daran, wie unfassbar schön es sich angefühlt hatte, von Will auf die Matratze gepresst zu werden, als er meinen Mund gefickt hatte.

Ohhh nein! Denk wieder an die singende Nonne!

Ich presste meine Zehen in den Sand und meine Füße verschwanden fast komplett. Vielleicht war es eine gute Idee, meine Eltern anzurufen. Das würde meine Gedanken definitiv von Sex und Will ablenken und der Tatsache, dass obwohl das eine Freundschaft Plus sein sollte…es doch weitaus mehr war, oder nicht?

Das konnte sich nicht alles nur in meinem Kopf abspielen. Das ging gar nicht. Die Verbindung zwischen uns war stärker, als sie jemals gewesen war. Ich war seit Jahren in ihn verliebt und all die Jahre hatte ich recht gehabt: Er war der Einzige für mich. Wir passten zusammen. Das bildete ich mir nicht ein oder versuchte, es zu erzwingen, so wie ich es mit Jared getan hatte. Ich war einfach ich selbst und Will wollte mich.

Bevor ich anfing Räder im Sand zu schlagen, oder etwas ähnlich Dämliches zu tun, drückte ich auf die Nummer meiner Eltern auf meinem Handydisplay. Ich hatte ihnen zwar gestern an Weihnachten eine Nachricht geschickt, aber es würde mir gut tun, mit ihnen zu sprechen. Sie waren zwar enttäuscht, was das Ende der Beziehung mit Jared anging, aber jetzt hatte ich gute Neuigkeiten.

Oh Scheiße, wie viel Uhr war es in Florida? Und Moment, ich konnte meinen Eltern nicht erzählen, dass ich es mit Will trieb. Ich durfte kein Wort darüber verlieren, bis wir tatsächlich in einer Beziehung waren, und musste dringend damit aufhören, davon auszugehen, dass es passieren würde.

Es war erst vierundzwanzig Stunden her, dass wir uns zum ersten Mal geküsst hatten, auch wenn mir das als unmöglich erschien.

Die Leitung klingelte, also konnte ich nicht einfach auflegen. Aber mal ernsthaft, wie viel Uhr war es zu Hause? Ich versuchte nachzurechnen, als mein Vater mit rauer Stimme ran ging.

»Hi, Dad. Tut mir leid, habe ich dich geweckt?« Uff, was für ein großartiger Start dieser Konversation.

Er grunzte. »Was ist los?«

»Nichts! Ich wollte euch nur Frohe Weihnachten wünschen. Aber ich glaube Weihnachten ist vorbei…«

»Es ist…halb fünf Uhr in der Früh.«

Scheiße. Es war also definitiv viel zu früh. »Tut mir leid. Leg dich wieder hin.« Dann lag die Zeit in Florida dreizehn Stunden zurück.

»Jetzt bin ich wach. Warte kurz.« Er murmelte etwas und mir fiel auf, dass er mit meiner Mum sprach. Vermutlich sagte er ihr, dass alles in Ordnung war und sie wieder schlafen gehen solle. Ich hörte ein sanftes Klatschen, bei dem es sich vermutlich um seine Flip-Flops handelte, die er anstelle von Schlappen anzog.

Das lange, metallene Geräusch der Gartentür folgte. »Ist es warm genug, so früh schon draußen zu sein?«, fragte ich.

»Ich hab meinen Bademantel. Außerdem stecken wir mitten in einer Winter-Hitzewelle. Die Luftfeuchtigkeit ist verrückt. Zum Glück kann ich dank der Erderwärmung am Pool sitzen.«

Ich stellte ihn mir vor, wie er in einem Gartensessel von Costco auf den Steinplatten der Terrasse saß. Mit übereinander geschlagenen Beinen, während der kleine eingebaute Pool von unten beleuchtet wurde. Meine Eltern hatten eine Fernbedienung, mit der sie die Farbe der Lichter ändern konnten. Rot, blau, grün, lila…aber Dad mochte das normale weiß am liebsten.

Er fragte: »Wie ist das Wetter?« Seine Stimme war vertraut und hellwach. Seine Fragen klangen immer nach einem Kreuzverhör, auch wenn ich wusste, dass er es nicht so meinte.

»Heiß und sonnig.« Ich lächelte, als eine Welle mir bis zu den Knien schwappte, während ich wieder den Strand entlang lief. »Perfektes Strandwetter. Es ist wirklich schön hier. Der indische Ozean ist der Wahnsinn. Hast du ihn schonmal gesehen?« Ich starrte auf das endlose Blau hinaus und atmete die Meeresluft tief ein.

»Nein, ich glaube nicht. Du musst uns ein paar Fotos schicken.«

»Klar! Mach ich.« Ich presste das Handy fester an mein Ohr, als ich an einer Gruppe Teenager vorbei kam, die über einen kabellosen Lautsprecher Hip Hop hörten.

»Hast du mit Jared gesprochen?«

Für eine Sekunde dachte ich, ich hätte ihn falsch verstanden. »Ähm. Nein, wir haben Schluss gemacht, erinnerst du dich?«

Er seufzte. »Naja, ihr habt euch gestritten. Sicherlich gibst du eure Beziehung nicht so einfach auf. Die Feiertage können Menschen wieder zusammenbringen.«

»Jared steht nicht auf Weihnachten.« Ich dachte an den Baum, den er einfach im Garten hatte liegen lassen. »Außerdem bin ich am anderen Ende der Welt. Ich bin nicht…Jared und ich kommen nicht mehr zusammen. Wir passen nicht zueinander.«

»Schade. Wir mochten ihn. Wie geht's Zoe?«

»Gut. Ist mit einer Pflegekraft verlobt.«

Seine Stimme klang überrascht. »Eine Pflegekraft? Mir war nicht bewusst, dass Zoe auch auf Frauen steht.«

»Sein Name ist Peter. Auch Männer können Pflegekräfte sein.«

Dad lachte. »Das können sie offensichtlich. Naja, dann ist das ja gut für Zoe.«

»Jep. Mit ihr komme ich auch nicht mehr zusammen.«

»Natürlich nicht. Wo wirst du wohnen, wenn du wieder zurück kommst?«

»Weiß ich noch nicht.«

Er seufzte wieder. »Darum solltest du dich bald kümmern.«

Ich lachte halbherzig. »Jep. Mach ich. Aber es ist Weihnachten. Da passiert nichts.«

»Was ist die aktuelle Leerstandsquote in Albany?«

»Weiß ich nicht.«

Während mein Dad über Mieten sprach und darüber, dass langfristiges Mieten verschenktes Geld war, erreichte ich das Ende des Strandes. Ich drehte mich um, doch auf einmal war die

Blendung der Sonne auf dem Wasser zu viel für mich, trotz meiner Sonnenbrille und Baseballmütze. Kinder kreischten und die Anzahl der Leute um mich herum überforderte mich plötzlich. Ich machte mich auf den Weg zum nächsten Ausgang.

Der Sand brannte in der späten Nachmitagssonne und ich eilte den Grasstreifen hinter der Strandpromenade entlang, während ich versuchte, nicht aufzuschreien. Ich hielt immer noch meine Flip-Flops in der Hand und schleifte meine Füße über das geschorene Gras um sie zu trocknen, während ich versuchte, eine lästige Fliege loszuwerden. Wenn man bedachte, wie trocken es in Perth war, empfand ich ihr Gras als überraschend grün, auch, wenn es eine seltsam schwammige Textur hatte.

Ich sagte: »Ja, ich möchte definitiv irgendwann eine Immobilie kaufen.«

»Das wäre weise von dir. Als wir in deinem Alter waren, hatten wir bereits ein Haus, ein Auto und zwei Kinder.«

»Ich hab ein Auto.« Klar, das war ein Schrotthaufen, der im Moment in der Werkstatt war, nachdem er an der Straßenseite einer verlassenen Landstraße den Geist aufgegeben hatte, aber das musste Dad ja nicht wissen. Das war schon in Ordnung. Und ja, Will musste mir zur Hilfe kommen, aber das hatte sich ja alles gefügt.

Trotzdem war es mir unangenehm und ich fing an, ziellos umher zu laufen. Ich hätte es mir leisten können müssen, ein neues Auto zu kaufen. Ich fügte hinzu: »Als du und Mum in meinem Alter wart, hat die Welt noch anders funktioniert.«

»Stimmt. Die jungen Leute wollen einfach nicht mehr arbeiten.«

Ich atmete schwer ein und presste meine Lippen aufeinander, damit ich nichts abwehrendes sagte. »Es liegt nicht daran, dass Leute nicht arbeiten wollen. Die Gehälter sind einfach stark gesunken und so viele Menschen haben Studienkredite, die sie nie abbezahlen können und—«

»Du hast keinen Studienkredit.«

»Ich weiß. Und ich bin wirklich dankbar, dass ihr meine Unigebühren bezahlt habt. Nur, generell gesehen, ist es nicht mehr so einfach heutzutage. Ich hab ewig gebraucht um einen stabilen Job zu finden, der mir genug bezahlt, um leben zu können.« Zugegebenermaßen hatte ich mich direkt nach dem College nicht so bemüht, wie ich es hätte können. Ich hatte mich… verloren gefühlt.

Doch nun hatte ich einen guten Job und vielleicht funktionierte das mit Will und mir ja. Ich atmete wieder aus und erinnerte mich an seine Küsse.

»Zahlst du Miete?«

Blinzelnd konzentrierte ich mich auf die Stimme meines Dad. »Tut mir leid, was hast du gesagt?«

»Zahlst du Will Miete, während du bei ihm wohnst?«

»Oh. Ich…das habe ich mir gar nicht überlegt. Bisher habe ich nur die eine Nacht bei ihm geschlafen, bevor wir ins Flugzeug gestiegen sind.«

»Ja, na dann denk mal drüber nach, Michael. Niemand mag einen Schmarotzer.«

Ich kam in die Nähe der hohen Pinienbäume und die langen, seltsamen Nadeln—Blätter?—kamen mir vor wie getrocknete Schlangen unter meinen Füßen. »Seine Chefin bezahlt uns die Reise. Ich bin seine Begleitung.«

Er klang misstrauisch. »Das ist eine ziemlich großzügige Chefin, dass sie den Kumpel von ihrem Angestellten mitkommen lässt.«

»Oh ja, sie ist sehr großzügig.« Natürlich musste Dad nicht wissen, dass sie mich mitgenommen hatte, weil sie dachte, dass Will und ich in einer Beziehung wären.

Aber vielleicht sind wir das jetzt? Vielleicht war es keine Lüge mehr?

Das glückliche Kribbeln bei dem Gedanken, dass Will wirklich mein Freund sein könnte, mein *Partner*, verschwand in einer Rauchwolke, als Dad sagte: »Wir wollen dich nur nicht wieder schwimmen sehen. Du hattest dich endlich mit Jared niedergelassen. Weißt du, dein Bruder—«

»Dad, ich muss los. Es gibt gleich Abendessen und ich muss mich noch umziehen.« Ich wusste nicht einmal, was zum Abendessen anstand. Das machte nichts. »Sag Mum Frohe Weihnachten von mir. Genießt die Hitzewelle. Oder nicht, nachdem die Erderwärmung scheiße ist.« Schweiß klebte mir unter der Cap auf der Stirn.

»Dir und Will auch Frohe Weihnachten. Denk einfach darüber nach, was ich gesagt habe, mein Sohn. Bis bald.«

Wir legten auf und meinen Dad würde es sicherlich freuen zu wissen, dass ich jetzt verdammt nochmal an nichts anderes mehr denken konnte.

Will hatte zwar angeboten, dass ich bei ihm wohnen konnte, aber das war vermutlich eine schlechte Idee, oder nicht? Mit Jared hatte ich das Ganze erzwungen und viel zu schnell gehandelt. Ich konnte es mir nicht leisten, die Sache mit Will zu vermasseln. Was auch immer diese Sache war. Oh Mann, vielleicht machte ich mir selbst etwas vor. Las ich etwa zu viel in unsere Beziehung rein?

Ein Lachen sprudelte aus mir hervor, als ich an die Dinge dachte, die wir in den was weiß ich wie vielen Stunden seit gestern miteinander getan hatten. Es war ein Rausch aus Nacktheit und mehr Orgasmen als erlaubt sein sollten. Aber wir hatten eine Abmachung. Er war neugierig und ich half ihm dabei, herauszufinden, ob er darauf stand mit Männern zu schlafen.

Die Ergebnisse waren ziemlich eindeutig, aber ich musste mir immer wieder sagen, dass das noch lange nicht hieß, dass er dieselben Gefühle für mich hatte, wie ich für ihn. Wie konnte er auch? So viel Zeit hatte er ja noch nicht gehabt, darüber nachzudenken. Orgasmen bedeuteten nicht, dass er meine Gefühle jemals erwidern würde.

»Er tut mir einfach so leid.«

Jareds Stimme erklang in meinem Kopf, während ich durch den Park lief. Ich hatte kein Ziel und für einen furchtbaren Moment dachte ich, ich müsse mich quer über das Gras übergeben. Will war nicht Jared. Aber obwohl Jared und ich nicht zueinander gepasst hatten, die peinliche Wahrheit war, dass ich nicht mitbekommen hatte, dass Jared schon *monatelang* mit mir Schluss machen wollte.

Selbst, wenn ich tief in mir drin gespürt hatte, dass wir nicht richtig füreinander waren, hatte ich das nicht kommen sehen. Ich hatte mich dennoch so sehr bemüht.

Meine Haut juckte und Schweiß lief mir den Rücken runter, als die Erinnerungen von dem Tag wieder in mir hochkamen. Wie ich im Türrahmen gestanden hatte, mit diesem dummen, übergroßen Weihnachtsbaum im Arm, und zugehört hatte, wie Jared sich darüber beschwert hatte, warten zu müssen, um mich loszuwerden.

»Will ist nicht Jared«, flüsterte ich vor mich hin. Oh Gott, ich würde jede Sekunde anfangen zu weinen.

»You right, mate?«, fragte mich eine Frau von ihrer Yoga Matte aus in australischem Englisch. Sie nutzte ihre Hand um sich vor der Sonne zu schützen, während sie zu mir aufsah. Sie saß im Schneidersitz, mit den Fußsohlen auf ihren Knien.

»Jep! Ja!« Ich fand es lustig, dass Australier das ‚all' aus der gewöhnlichen Phrase ‚all right' einfach wegließen. Ich versuchte zu lächeln. »Alles in Ordnung. Danke.« Wahrscheinlich sah ich verzweifelt und krank aus und als wäre ich der nächste Star einer True Crime Geschichte.

Ich musste mich zusammenreißen. Mit dem Handy in der einen und meinen Flip-Flops in der anderen Hand, flüchtete ich vor ihrem besorgten Blick und fand mich an der niedrigen Betonmauer, die an der Strandpromenade entlangführte, wieder.

Mit dem Blick auf das Meer gerichtet, ließ ich meine Füße nur knapp über dem Sand baumeln und versuchte die friedvolle Ruhe wiederzuerlangen, die ich vor dem Telefonat verspürt hatte.

Okay, ich musste proaktiv handeln. Das war kein Problem. Auf gar keinen Fall würde ich meine Freundschaft mit Will auf's Spiel setzen. Ich musste etwas Produktives tun. Die Frage war nur…was? Herumzusitzen und im Selbstmitleid zu zerfließen war jedenfalls nicht sonderlich produktiv.

Ich wackelte mit den Füßen und dachte an verschiedene Möglichkeiten, bevor ich mich dazu entschied, nach einer Wohnung zu suchen. Na also! Das war produktiv. Will hatte zwar gesagt, ich könne erstmal bei ihm bleiben, aber zu früh mit Jared zusammenzuziehen war ein riesiger Fehler gewesen. Will war nicht Jared, aber es machte trotzdem Sinn für mich, meine eigene Wohnung zu haben. Das Letzte was ich sein wollte, war ein Schmarotzer.

Ich hängte meine Sonnenbrille an meinen Kragen und öffnete Google, um nach Mietwohnungen in Albany zu suchen. Es war seltsam, das im strahlenden Sonnenschein auf der anderen Seite der Welt zu tun. Doch die Realität hatte mich eingeholt und forderte meine Aufmerksamkeit ein. Das war der Dank dafür, meine Eltern angerufen zu haben.

»Hey, du«, raunte mir eine vertraute Stimme direkt ins Ohr und ich erschrak mich so heftig, dass ich fast von der Mauer fiel.

»Fuck!«, rief ich, als Will einen starken Arm um meine Brust legte und mich zurück zog. Meine Füße kamen auf der Promenade auf und wir fingen beide an zu lachen.

»Was hat dich so in den Bann gezogen, dass du mich nicht hast kommen hören?«, fragte Will. Er schob seine Sonnenbrille auf seinen Kopf. Die Ärmel seines marineblauen Hemds hatte er bis zu seinen Ellbogen hochgekrempelt und er trug lange Shorts und Loafer, ohne Socken. Business Casual bei dreißig Grad im Schatten.

»Ich schaue mir nur Wohnungen in Albany an. Wie war das Meeting mit Angela?«

Will blinzelte mich an und öffnete und schloss seinen Mund. »Es war in Ordnung.«

»Bist du dir sicher?« Irgendwie lag mir seine Antwort wie ein Stein im Magen. »Gibt es ein Problem mit dem Pitch oder so etwas?«

Er schüttelte den Kopf. »Nein, ist alles nach Plan verlaufen. Unser erstes Meeting ist morgen Früh. Was hast du über Wohnungen in Albany gesagt?«

»Ich schaue einfach nur nach, ob es etwas Anständiges für Januar gibt.«

»Aber du wohnst doch bei mir. Außer… du willst das nicht?«

»Das ist es nicht. Ich will nur kein Schmarotzer sein, weißt du? Obwohl ich natürlich Miete bezahlen werde. Das hätte ich vorher schon sagen sollen.«

Seine Augenbrauen trafen sich in der Mitte. »Ich mache mir keine Sorgen um Geld. Was ist los?«

Er schwankte auf seinen Fersen vor und zurück, stopfte sich seine Hände in die Taschen und ließ die Schultern fallen.

»Nichts.« Ich packte mein Handy wieder ein. »Mach dir keine Sorgen. Was machen wir zum Abendessen? Ich weiß nicht, ob wir uns mit den Barkers verabredet haben, oder…?«

Eine Familie lief auf der Promenade an uns vorbei und ihr aufgeblasener Pinguin knallte fast gegen Wills Kopf. Allerdings lachte er nicht, so wie er es normalerweise tun würde. »Ist heute Nachmittag etwas passiert? Ich dachte wir wären…« Er deutete auf die Distanz zwischen uns. »Bist du sauer auf mich?«

Ich lachte laut und Zuneigung wärmte meine Brust. »Nein, ich bin nicht sauer.« Ich hielt ihm meine Hand hin. »Komm schon, lass uns zurückgehen.«

Doch Will nahm meine Hand nicht. »Wirst du mich wieder ghosten?«

Sofort ließ ich meinen Arm fallen. Plötzlich fiel es mir wahnsinnig schwer zu atmen und ich musste schwer schlucken.

»Natürlich nicht!« Sobald ich das gesagt hatte, krachten die Schuldgefühle wieder über mich herein. Ich hatte kein Anrecht darauf so zu tun, als wäre das etwas, das ich nie getan hatte.

Wir standen auf der Promenade und starrten einander an, während Strandgänger mit verschiedenen Stufen von Sonnenbrand an uns vorbei liefen. Die Menschenmassen lösten sich langsam auf. Der Schmerz in Wills Augen hätte genauso gut auf einer grellen neonfarbenen Werbetafel angepriesen werden können.

Ich schuldete ihm eine Erklärung. Die hätte ich ihm eigentlich schon an dem ersten Glamping Wochenende geben müssen. Mal ganz abgesehen davon, dass ich ihn nie hätte ghosten dürfen.

Denn das war genau das, was ich getan hatte, auch wenn ich es nicht zugeben wollte. »Tut mir leid«, sagte ich mit heiserer Stimme. »Ich habe dich geghostet. Das hatte ich zwar nicht beabsichtigt, aber—« Kopfschüttelnd hob ich meine Hände. »Nein, es ist völlig egal, was ich beabsichtigt hatte oder nicht. Der Punkt ist, dass ich aufgehört habe, mit dir zu sprechen. Ich habe die meiste Zeit über getan, als würdest du nicht existieren. Dann hatte ich immer einen kleinen Zusammenbruch und habe mir dein Facebook oder Insta angesehen.« Wieder schüttelte ich den Kopf und versuchte die richtigen Worte zu finden.

»Du wolltest nicht, dass ich existiere?«, fragte Will. Ich konnte ihn kaum hören, denn die Worte klangen, als würden sie durch eine Wüste geschleift werden.

»Nein!« Ich versuchte nach ihm zu greifen, doch er machte einen Satz zurück. Sofort ließ ich meine Hände wieder fallen.

»Oh Mann, ich vermassle das alles. Wie immer.« Ich schloss die Augen und atmete tief ein. Vielleicht war das sogar der tiefste Atemzug, den ich je geholt hatte. Bis zu meiner Seele runter. Ich öffnete die Augen und sagte es endlich laut.

»Ich habe dich geliebt.« *Geliebt, liebe, werde lieben.*

Will starte mich für die längsten Sekunden meines Lebens an.

Dann runzelte er die Stirn. »Ich habe dich auch geliebt, du bist mein bester Freund.«

Oh wow, er verstand nicht, was ich damit sagen wollte. Okay. Noch ein seelentiefer Atemzug. Einatmen. Ausatmen.

Meine Stimme klang, als wäre sie meilenweit von uns entfernt. »Ich war in dich verliebt. Bin ich immer noch. Ich liebe dich. Jetzt im Moment. Ich bin in dich verliebt.«

Machte das Sinn? Will starrte mich immer noch an. Seine Lippen waren leicht geöffnet und sein Körper war wie versteinert. Also redete ich einfach weiter.

»Ich bin seit Jahren in dich verliebt. Seit der Zeit, als ich noch mit Zoe zusammen war, wenn ich komplett ehrlich sein soll. Aber ich wusste, dass das mit uns nie was wird. Das habe ich zumindest gedacht. Und ich musste… ich musste über dich hinwegkommen. Ich…bin in meinen Gefühlen ertrunken. Ich glaube, das ist das richtige Wort dafür.«

Will starrte mich an wie eine Statue, mit weit aufgerissenen Augen. Ich fügte hinzu: »Du hattest angefangen, mit Kara auszugehen, und ich konnte nicht für immer sinnlos für dich schwärmen.«

»Kara? Wir sind nicht einmal einen Monat miteinander ausgegangen. Am Anfang war es gut, aber nach einer Woche ist das schon den Bach runtergegangen. Ich hätte es fast beendet, doch dann hatte ich Schuldgefühle bekommen, also habe ich es noch etwas rausgezögert. Aber selbst, wenn ich völlig verrückt nach ihr gewesen wäre, du bist mit Jared zusammengekommen und ich war…was? Aus den Augen, aus dem Sinn?«

»*Niemals*. Oh Mann, ich habe immer an dich gedacht. Ich habe mich selbst dazu gezwungen realistisch zu werden. Es war wie ein Mantra: Werd erwachsen und mach einfach weiter. Dann habe ich Jared kennengelernt und ich dachte, wenn ich mich von dir fernhalte, dann könnte ich über dich hinwegkommen und dann könnten wir wieder beste Freunde sein.«

»Über mich hinwegkommen«, flüsterte Will.

Oh Gott, machte ich alles nur noch schlimmer? Keine Ahnung. »Ja, aber das konnte ich nicht. Ich habe es wirklich versucht und dann sind Wochen und Monate ins Land gegangen und ich sagte mir immer, dass ich noch ein bisschen mehr Zeit bräuchte. Noch eine Woche und dann könnten wir wieder miteinander abhängen und ein Football Game anschauen. Oder die neuste True Crime Serie zu bingen. Und es wäre wieder alles okay. Ich hatte die Hoffnung, dass, wenn ich all meine Energie in die Beziehung mit Jared steckte, dass ich aufhören würde, dich zu lieben.«

»Du hast nie einen Ton gesagt.« Er sah aus, als wäre er benommen. Eine Eisverkäuferin fuhr auf ihrem Fahrrad, auf dessen Frontseite sie einen kleinen Gefrierer transportierte, an uns vorbei und hörte gar nicht auf zu klingeln. Will blinzelte nicht einmal.

»Das konnte ich nicht.« Ich schüttelte den Kopf und spürte, wie mir Tränen in die Augen stiegen. »Ich hatte eine solche Angst, dass du nicht mehr mit mir befreundet sein wollen würdest.«

Er fuhr zusammen, als hätte ich ihn geschlagen. Seine Stimme hob sich. »Stattdessen hast du aufgehört, mit mir befreundet zu sein? Wie war das die bessere Lösung?«

»War es nicht.« Ich nahm die Baseballmütze von meinem Kopf und fing an die Kappe zu verbiegen, nachdem ich das Gefühl hatte, irgendetwas kaputt machen zu wollen. »Ich war ein Feigling. Und es ist mit der Zeit immer schwerer geworden, mich dir zu stellen.«

Langsam hob ich den Kopf, um ihm in die Augen zu sehen. »Die ganze Zeit über habe ich dich so verdammt vermisst. Ich habe mir immer gesagt, dass du es ohne mich leichter hättest. Nie im Leben hätte ich vermutet, dass du mich jemals auf die selbe Art und Weise wollen könntest. Du hast nie etwas gesagt…«

»Weil ich es nicht wusste!« Will schrie mich fast an. Seine Brust hob und senkte sich, sein Atem war flach und er war jetzt definitiv nicht mehr versteinert. »Ich wusste nicht, dass ich…« Seine Stimme brach und ich versuchte erneut, nach ihm zu greifen, doch er wich mir aus und hob abwehrend die Hände. Also zog ich mich zurück.

Nachdem er sich geräuspert hatte, fragte Will: »Erinnerst du dich, dass meine Mum diese Philosophie hat, dass man in seinem Leben Sprünge wagen sollte? Chancen ergreifen?« Als ich nickte, sprach er weiter. »Ich glaube, ich wollte diesen Sprung schon vor Ewigkeiten wagen, wusste aber nicht wie.« Er stellte sich aufrecht hin. »Ich bin bisexuell. Es ist nicht nur zur Schau, oder fürs Wochenende oder nur über die Feiertage. Es ist kein Scherz. Das bin ich.«

Ich konnte ein Lächeln nicht unterdrücken und hatte direkt wieder das Gefühl mich drehen zu wollen. Volle *Meine Lieder – Meine Träume* Vibes. »Danke, dass du mir das anvertraust.« Zu gerne wollte ich meine Arme um ihn werfen, doch ich schaffte es, stehen zu bleiben. Stattdessen nickte ich aufmunternd.

»Ich hatte nie einen Kerl, auf den ich gestanden bin. Und als es angefangen hat, war es niemand Spezielles. Es war…nur für mich. Wenn ich mir alleine einen runtergeholt hab. Zum Fantasieren. Aber als du mich in dieser Nacht angerufen hast und ich dich vom Straßenrand aufgegabelt habe…«

Mein Atem stockte. Mein Herz würde diesmal wirklich explodieren. Oder mein Kopf. Vielleicht beides.

»Hey!« Olivia kam uns entgegen und winkte uns zu, als sie ihren Blick von ihrem Handydisplay abwandte und…jep, mein Kopf explodierte.

Kapitel Neunzehn
Will

OLIVIA FRAGTE: »GEHT ihr schwimmen? Ich wollte nur kurz mal ins Wasser, bevor die Rettungsschwimmer heimgehen. Meine Haare sehen heute sowieso scheiße aus. Könnt ihr auf meine Sachen aufpassen? Makayla hat einen zu starken Sonnenbrand von gestern. Ich hab ihr gesagt, sie soll mehr Sonnencreme auftragen, als sie aus dem Wasser gekommen ist. Nie hört sie auf mich.«

Michael und ich starrten sie an und fanden offenbar beide keine Worte. Immerhin duzte sie uns, das war eine Entwicklung, die erst an dem Morgen stattgefunden hatte. Aber meine Gedanken waren ein komplettes Chaos.

Sie blinzelte uns an und schob den Träger ihrer Tragetasche auf ihrer Schulter zurecht. »Oh Scheiße, sorry, ich habe euch unterbrochen.«

»Ist schon in Ordnung«, log ich und schaffte es gerade so, höflich zu bleiben.

Olivia hob ihre Hände. »Ihr habt ganz offensichtlich einen Streit.«

Hatten wir das? Ehrlich gesagt, konnte ich es zum aktuellen Zeitpunkt nicht sagen.

Mit jeder Faser meines Körpers bemühte ich mich, höflich zu bleiben. Mum und Dad wären stolz auf mich. »Sei nicht albern. Wir passen gerne auf deine Sachen auf, während du ins Wasser gehst.« Ich warf Michael einen Blick zu und er nickte. Es war nicht Olivias Schuld, dass wir…

Uns gegenseitig unsere Liebe gestanden? Naja, Michael hatte sie mir gestanden. Er hatte gesagt, er sei in mich verliebt.

Michael war *in mich verliebt.*

Als wir uns einen Weg durch die verbleibenden Menschen bahnten, füllten sich meine Loafer mit Sand, bis ich sie ausziehen und tragen musste. Meine Gedanken kämpften darum zu verstehen, was genau hier gerade passierte.

Mein Herz pochte wild. Eine seismische Veränderung bahnte sich an und dennoch fühlte ich mich, als schwebte ich über dem Grund. Ich sah lediglich dabei zu, wie sich Risse und Spalten in der Erde bildeten.

Michael war in mich verliebt.

Michael war seit Jahren in mich verliebt. *Jahre?* War ich komplett bescheuert? Mum hatte mir sogar gesagt, dass sie die Vermutung hatte und ich hatte darüber gelacht! Das Einzige, worüber ich nachgedacht hatte, war meine eigene aufflackernde Neugier, Männern gegenüber und meine geheimen Wichsfantasien. Michael hatte mich geghostet und ich hatte dabei nur meinen eigenen Schmerz bedacht, nicht seinen.

Wir mussten das dringend klären, doch im Moment war Olivia da. Vielleicht war es gar kein so schlechtes Timing, denn es schien, als müssten Michael und ich beide erstmal unsere Gedanken sammeln.

Michael, der in mich verliebt war.

Olivia sagte etwas, das ich nicht mitbekam. Michael lachte schwach und sah mich nicht an. Sie fuhr fort: »Trennt euch aber nicht. Mum wäre untröstlich. Sie shippt euch total.«

Ich versuchte mich an einem Lächeln. Irgendetwas musste ich sagen, aber ich konnte nicht über Michael und eine Trennung sprechen. Bei den beiden Worten wurde mir schlecht. Also sagte ich: »Angela scheint sich ordentlich in queere Beziehungen reinzusteigern.«

Olivia lächelte verlegen und strich sich ihr langes Haar, das übrigens weich und schön und überhaupt nicht scheiße aussah, hinter die Ohren. »Sie kann so cringe sein, ich weiß. Aber sie meint es nur gut. Mein Onkel war schwul und damals war das ein riesiges Familiendrama. Er ist verstorben, bevor ich geboren wurde.«

»Oh, das tut mir leid«, sagte ich. Trotz der ganzen Gerüchte in der Arbeit, hatte ich davon noch nie gehört.

»Ist schon okay.« Olivia verzog das Gesicht. »Nicht, dass es nicht traurig war. Natürlich nicht. Er hatte AIDS. Es war furchtbar. Das war in den Neunzigern noch anders, da sind viele daran gestorben.«

Michael und ich nickten.

»Mein Großvater war scheiße. Er hat Onkel Andrew rausgeworfen, als meine Mum noch ein Kind war. Sie hatte immer Schuldgefühle, dass sie nie etwas gesagt hat, um ihn zu verteidigen. Aber sie war acht oder so. Jahre später war Onkel Andrew dann krank und er fragte nach Hilfe. Großvater hat tatsächlich nein gesagt. Könnt ihr euch das vorstellen?«

Sie blieb an einem leeren Stückchen Sand in der Nähe der rot und gelben Flaggen stehen und breitete ihr Handtuch aus. »Hier ist gut. Wollt ihr euch auf mein Handtuch setzen?«

Wir setzten uns und ich fragte: »Was ist mit deiner Großmutter?«

Olivia nahm ihre Sonnenbrille ab und verdrehte die Augen. »Sie war eine von diesen stereotypischen weißen Frauen aus dem Süden, die nie im Leben ihrem Ehemann widersprechen würde. Das Haus war das reinste Patriarchat, so viel steht fest. Aber Mum hat sich gedacht, scheiß drauf. Sie ist ausgezogen und hatte zwei Jobs, während sie sich um Onkel Andrew gekümmert hat. Dad ist auch bei ihm eingezogen, um mitzuhelfen. Damals waren sie noch Teenager und noch nicht verheiratet. Das war also auch ein riesiger Skandal. So lächerlich.«

»Wow«, sagte Michael. »Sie hat trotzdem die Firma geerbt?«

Olivia zog sich ihr gestreiftes Sommerkleid über den Kopf und legte es gewissenhaft zusammen, bevor sie sich die Träger ihres Bikinis richtete. »Jap. Großvater hat sie enterbt, nachdem sie weggegangen war, hat sie aber irgendwann doch wieder ins Testament geschrieben. Ich glaube das war, nachdem Mum und Dad mich aus Korea adoptiert hatten. Großmutter konnte einem Baby offenbar nicht widerstehen.«

Sie zuckte mit den Schultern. »Sie hatten viele schlechte Seiten, aber auch ein paar gute. Abgesehen davon, wahnsinnig reich zu sein, meine ich. Keine Ahnung, ich konnte sie nie komplett abschreiben. Mum auch nicht.«

»Versteh ich«, sagte Michael leise. »Es ist schwer seine Familie nicht zu lieben.«

»Irgendwann haben sie zugegeben, Unrecht gehabt zu haben, was Onkel Andrew anging. Da war er aber schon tot. Ich meine, das hat ihm dann auch nichts mehr gebracht. Immerhin hat Großvater dann einen Arsch voll Geld an LGBTQ-Plus Organisationen gespendet. Mum macht das auch. Es war nicht ihre Schuld, dass ihre Eltern ihm den Rücken zugekehrt haben, aber sie versucht, das jetzt wirklich wieder gut zu machen.«

»Sie ist sehr großzügig«, stimmte ich zu.

»Naja. Ich gehe jetzt ins Wasser. Ihr bleibt hier?«

Wir nickten, sahen einander aber kaum an. Ich sah Olivia zu, wie sie sich in die Wellen stürzte. Es waren immer noch einige Menschen im Wasser, aber ihr heller orange-roter Bikini machte es leicht sie zu erkennen.

Michael und ich saßen nebeneinander, unsere Schultern nur ein paar Zentimeter voneinander entfernt. Ich zog meine Beine an die Brust. Nichts von dem, was Olivia uns über Angela und ihren Bruder erzählt hatte, hätte ich jemals gedacht. Für ein paar lange Minuten waren wir still.

»Stell dir vor, deine Eltern setzen dich einfach so vor die Tür«, sagte Michael leise. »Dass sie nicht einmal helfen, wenn du im Sterben liegst. Meine Eltern können wirklich frustrierend sein und distanziert, aber ich habe Glück, sie zu haben. Ich bin so froh, dass Andrew Angela hatte.«

»Ich auch.«

Wir waren wieder still. Es gab so viel zu sagen, doch es schien, als müssten wir beide erstmal Luft holen. Vielleicht hätte es sich komisch anfühlen müssen, doch das tat es nicht. Dazu kannten wir uns schon zu lange.

Die Sonne stand tief am Himmel und schien sich knapp über unseren Köpfen zu befinden, bevor sie langsam am Horizont unterging. In der Ferne konnte man Menschen lachen und die regelmäßige Flut hören. Ein Rettungsschwimmer ging langsam den Strand auf und ab und rief in sein Megaphon, dass die Badezeit bald vorbei war.

»Tut mir leid, dass ich dich alleine gelassen hab«, flüsterte Michael. Das karamellfarbene Licht der Sonne reflektiere in seinen mit Tränen gefüllten Augen.

Es war, als würde mir die Luft ausgehen, als ich sein Gesicht zwischen meine Hände nahm. »Ich vergebe dir.« Mit meinen Daumen wischte ich seine Tränen weg.

Ein lauter Schluchzer kam aus ihm heraus und er warf seine Arme um mich. Fast sprang er dabei auf meinen Schoß. Ich hielt ihn fest und der Kloß in meinem Hals fühlte sich zu gewaltig an, um sprechen zu können.

Michael war in mich verliebt. Und ich war in ihn verliebt.

»Wieso war ich so blind?«, murmelte ich und streichelte mit einer Hand über Michaels Kopf. Sein Atem war warm auf meinem von Tränen befeuchteten Hals.

Er hob den Kopf und schniefte laut. »Ich hab es wohl gut versteckt.«

»Meine Mum hat es gemerkt, so gut kann es also nicht gewesen sein. Aber wieso habe ich es nicht gesehen? Wie konnte es passieren, dass ich nicht verstanden habe, dass ich dasselbe fühle? Was für ein Vollidiot ich bin.«

Michael setzte sich auf und brachte ein paar Zentimeter Distanz zwischen uns. Er schluckte schwer. Unsere Knie stießen auf dem Handtuch zusammen, auf dem wir einander ansahen. Unsere Beine lagen auf der Seite und ich fuhr mit meiner Hand über seinen Oberschenkel. Der Drang ihn zu berühren war überwältigend.

Ernst sagte Michael: »Du musst das nicht sagen. Nicht dass ich… natürlich wünsche ich mir, dass du mich liebst. Dass du in mich verliebt bist.« Er schniefe wieder und räusperte sich. »Aber wir haben uns gestern zum ersten Mal geküsst. Was mir so unwirklich vorkommt. Es ist, als hätte Weihnachten mehr als vierundzwanzig Stunden. Es kommt mir vor, als schliefen wir schon viel länger miteinander.«

»Das stimmt. Vielleicht liegt das an der Zeitverschiebung. Wir haben den ersten Feiertag hier in der Sonne verbracht und waren dann wieder zurück in der östlichen Zeitzone. In unseren Herzen. Okay, das macht noch viel weniger Sinn.«

Ich liebte es, Michaels Grübchen in seinen erröteten Wangen zu sehen. Seine Augen waren rot vom Weinen und er schniefte erneut, bevor er sich mit dem Handrücken über die Nase strich. Und ich war noch nie so verliebt gewesen. Noch nie.

»Ich liebe dich«, sagte ich mit absoluter Überzeugung. »Es ist nicht zu früh. Ich experimentiere nicht. Ich will dich und ich bin in dich verliebt. All diese Jahre war ich einfach ein Trottel.«

»Warst du nicht.« Michael lehnte sich an mich und küsste mich sanft. »Du hattest einfach noch nicht all die Informationen, die du gebraucht hast.«

Ich lachte kurz. »Offenbar nicht. Allerdings hat das bei mir echt lange gedauert.« Sanft fuhr ich mit meinem Daumen über seine warme Wade. »Ich habe es immer gehasst, dass Menschen mich als Aufreißer gesehen haben. Es war wundervoll gewesen mit Amelia und ich habe immer versucht, das Gefühl wiederzuerlangen. Aber keine der Frauen, mit denen ich zusammen war, ist da auch nur ansatzweise rangekommen. An sie, und an dich. Du warst mit Zoe zusammen, vielleicht habe ich deshalb nie auf diese Weise über dich nachgedacht? Ich bin mir nicht sicher. Alles, was ich weiß, ist, dass du meine liebste Person warst. Dann bist du ohne Vorwarnung einfach verschwunden. Keine Erklärung, gar nichts. Du warst mein bester Freund und wir haben jeden Tag zumindest per Nachricht miteinander gesprochen und dann... war auf einmal nichts mehr. So hat es sich zumindest angefühlt.«

Ein wehleidiger Laut verließ Michaels Lippen und seine Augen waren voller Emotion. »Es tut mir so leid, ich habe nur an mich gedacht. Ich war so egoistisch. Damals habe ich mir eingeredet, du wärst mit Kara glücklich. Ich konnte meinem heterosexuellen besten Freund nicht sagen, dass ich in ihn verliebt war. Ich stellte mir vor, wie verdammt nett du mit mir umgegangen wärst. Nein, nicht nett, lieb. Du wärst verständnisvoll gewesen und hättest Mitleid mit mir gehabt. Das war eine Horrorvorstellung. Es hat zu sehr wehgetan, dir nahe zu sein. Dann hat es mich fast umgebracht, nicht in deiner Nähe zu sein. Irgendwie habe ich mir eingeredet, dass es das Richtige für uns beide wäre.«

»Und in der Zwischenzeit hab ich schwule Pornos für mich entdeckt und mir ständig einen runtergeholt und hab so getan, als hätte das nichts mit dir zu tun.«

Er atmete scharf aus und sein Blick wechselte zwischen meinen Augen und meinem Mund hin und her. Langsam leckte er sich über die Lippen. »Scheint so, als würden wir ziemlich gut zusammen passen, hm?« Er legte eine Hand an meine Wange und seine weichen Finger strichen über meine Bartstoppeln.

»Das tun wir. Und das sind wir, ja? Zusammen? Offiziell?«

Michael grinste, bevor er mich lautstark küsste. »Sind wir«, murmelte er gegen meine Lippen, bevor er mich erneut küsste und sich dann etwas entfernte. Ich folgte ihm und rieb mich an seiner Wange. Vorsichtig lehnte ich mich gegen ihn und versuchte ihn auf das Handtuch zu legen.

Er lachte sanft und hielt mich mit einer Hand an meiner Brust auf. »Das hier ist eine Familienveranstaltung. Erinnerst du dich?«

Blinzelnd sah ich mich um und mein Blick fiel auf die kleinen Grüppchen Leute jeglichen Alters, die sich am Strand befanden. Einige liefen am Wasser entlang, während andere sich sonnten oder von ihren Picknickdecken aus den Sonnenuntergang genossen. Vereinzelt spielten noch ein paar Menschen im Wasser, während die Rettungsschwimmer die Fahnen einsammelten und ihr Equipment einpackten.

Wir lösten uns voneinander und richteten unsere Kleidung zurecht, die etwas verrutscht war. Ich versuchte mit meiner Hand die Sonne abzuschirmen, während ich nach Olivia Ausschau hielt. Als ich sie entdeckte, unterhielt sie sich gerade mit einem jungen Mann. Beide standen bis zur Hüfte im Wasser, nur wenige Schritte vom Strand entfernt. Das Wasser war heute ruhiger, als es am Tag zuvor gewesen war.

Mit den Armen umeinander geschlungen, sahen Michael und ich uns den Sonnenuntergang an. Michael spielte beiläufig mit meinen Haaren und streichelte über die geschorene Stelle in meinem Nacken, was mir einen Schauer den Rücken runterjagte.

»Wieso hast du mich in dieser Nacht angerufen?«, fragte ich. »Weil du mit Jared Schluss gemacht hattest? Sonst hättest du wohl ihn angerufen.«

Michael erschauderte. »Oh Gott, ich bin so froh, dass er mich sitzen gelassen hat. Es gab so viele Dinge, die ich nicht wahrhaben wollte.« Er rieb mir langsam über den Nacken. »Ich wusste, dass ich mich auf dich verlassen kann, auch wenn du dasselbe von mir leider nicht behaupten kannst. Ehrlich gesagt, hätte ich nie gedacht, dass du mich abholst, aber ich wusste, dass du verstehen würdest, wieso ich ausgeflippt bin. Schließlich stand ich am

Straßenrand und jede True Crime Geschichte, die jemals im Wald passiert ist, ist mir durch den Kopf gegangen. Obwohl dich dich geghostet hatte, wusste ich, dass du antworten würdest, wenn ich Hilfe brauchte. Zumindest habe ich das gehofft. Ich habe es nicht verdient, aber du hast geantwortet.«

»Zuerst habe ich gedacht, es wäre ein Hosentaschenanruf.« Ich presste seine Schulter an mich. »Es hat so verdammt gut, getan deine Stimme wieder zu hören.« Er öffnete den Mund und ich hob die Hand, mit der ich ihn nicht umschlungen hielt, an seine Lippen. »Ich weiß, dass es dir leid tut und ich vergebe dir. Ich habe oft genug in meinem Leben Scheiße gebaut. Lass uns das alles in der Vergangenheit zurücklassen.«

Sein Atem klang zittrig, als er sagte: »Deal.«

Nachdem ich ihn sanft küsste, nickte ich dem gold-orangenen Himmel entgegen. Die Sonne reflektierte im Wasser, als sie unterging. »Zeit einen Sprung in die Zukunft zu wagen. Mum wird stolz sein.«

Seine Hand lag beruhigend und warm in meinem Nacken. »Wirst du deinen Eltern davon erzählen? Dass du bi bist? Dass wir zusammen sind?«

»Natürlich. Mum wird wahnsinnig zufrieden sein, dass sie recht gehabt hat.«

»Freut mich zu hören.« Eine Fliege brummte um uns herum und Michael wedelte sie weg. Er versuchte es zumindest. Auch ich wedelte mit der Hand in der Luft. »Eine Sache die mich an diesen Aussie Weihnachten stört sind all die kleinen Beasties.«

Michael lachte. »Die was?«

»Beasties. Schottisch für Biester. Insekten. Ganz abgesehen von Haien und Krokodilen. Und Spinnen! Kängurus können auch ganz schön gefährlich sein, hab ich gehört. In Australien ist wirklich alles hinter einem her.«

Er fuhr mit seiner Hand langsam meinen Rücken runter. Ich japste leise auf, als seine Finger unter mein Shirt schlüpften und die sensible Haut über meinem Hosenbund berührten.

Michael fuhr mit seinem Finger um das Grübchen über meinem Hintern herum und rieb seine Nase an der Haut unter meinem Ohr. Er flüsterte: »Wir Beasties können dir halt nicht widerstehen.«

»Nö, du bist zu bonnie, um ein Beastie zu sein, Lad«, sagte ich und verstärkte meinen schottischen Akzent zusätzlich damit, dass ich ein paar schottische Worte eingebaut hatte.

Er lachte und seine Schultern fingen an zu zittern. »Gott, du bist so sexy, wenn du ultra schottisch klingst. Nicht, dass du nicht die ganze Zeit sexy wärst.« Er lehnte sich zurück und biss sich auf die Lippe. »'Bonnie' heißt hübsch, richtig?«

»Aye«, stimmte ich ihm zu und fuhr seine Lippen mit meinem Finger nach. »Du bist wunderschön.«

Er schnaubte. »Naja, so weit würde ich nicht gehen. Ich bin kein Supermodel, aber danke.«

»Ich mein's ernst. Es geht nicht darum ein Supermodel zu sein, auch, wenn du dich unter Wert verkaufst. Es gibt Millionen attraktive Menschen auf der Welt. Millionen. Aber ich will nicht mit ihnen zusammen sein. Ich muss richtige Gefühle für die Person haben.«

Michael nickte. »Verstehe ich. Ich glaube, da gibt es eine Bezeichnung dafür auf dem asexuellen Spektrum.«

Ich runzelte die Stirn. »Sex mag ich aber. Also…verdammt, wenn es ein olympischer Sport wäre sich einen runterzuholen…«

Er lachte. »Deshalb ist es ja auch ein Spektrum. Ich glaube, es heißt demisexuell, wenn du nur Sex mit anderen Menschen haben willst, wenn du in sie verliebt bist. Wie mit Amelia. Auch, wenn ich mir sicher bin, dass Menschen, die demi sind, verschiedene Empfindungen haben. Das Ace Spektrum hat jede Menge verschiedener Label.«

»Muss ich eins aussuchen?« Mein Kopf fühlte sich sowieso schon an, als wäre er einen Marathon gelaufen.

Michael lächelte. »Nö. Du musst überhaupt nichts. Es gibt keine richtige oder falsche Art queer zu sein.«

Ich atmete erleichtert aus. »Okay. Ich bin bisexuell. Das reicht mir erstmal.«

Das laut auszusprechen, machte mich ganz aufgeregt. »Ich bin bisexuell«, wiederholte ich.

»Das bist du.« Er grinste. »Ich auch. Nur zwei bi Typen, die sich den Sonnenuntergang anschauen.«

Der Horizont erstrahlte mittlerweile in einem tiefen orange angehauchten Pink, als die Sonne verschwand. »Weißt du, das Erlebnis mit Amelia war wirklich komplett anders, als mit all den anderen Frauen, mit denen ich zusammen war. Mit ihr wollte ich es die ganze Zeit treiben.«

Michael leckte sich über die Lippen. »Und mit mir?«

»Ja.« Das Wort kam mir ohne Zögern über die Lippen. »Die ganze verdammte Zeit. Von der Sekunde an, als ich dich da am Straßenrand hab stehen sehen. Auf der einen Seite kam es mir vor wie immer, vertraut und einfach. Aber irgendetwas hatte sich verändert. Ich wollte dich. Ich glaube, dass ich dich schon die ganze Zeit wollte. Schließlich warst du es, den ich vermisst habe wie ein fehlendes Gliedmaß, also sah ich Männern beim Ficken zu und fasste mich selbst dabei an und wünschte, du wärst bei mir.«

Michael schluckte schwer, als er mit seinen Fingern weiterhin über meinen unteren Rücken strich. »Wenn ich das gewusst hätte, hätte ich dich angefleht, mich über die Motorhaube meines scheiß Autos zu ficken.«

Ich lachte und errötete. »So schmutzig!«

Mit einem frechen Lächeln fuhr er mit seinen Fingern tiefer. Er berührte mich kaum und befand sich immer noch nördlich von meiner Arschfalte, schaffte es aber, jeden einzelnen Nerv in meinem Körper zu entflammen. Mein Schwanz wurde mit jeder Sekunde härter und ich sah mich schuldbewusst um. Um uns herum war niemand und außerdem schienen sich alle auf den

Sonnenuntergang zu konzentrieren.

»Willst du, dass ich dich so ficke?«, flüsterte ich. »Nicht über die Motorhaube deines Autos, aber…«

Michael zog einen scharfen Atemzug ein. »Ja.«

»Hast du darüber nachgedacht?« Meine Kehle war staubtrocken. Wir waren in der Öffentlichkeit, aber ich konnte mich nicht davon abhalten, nachzufragen.

»Über deinen Schwanz in meinem Arsch? Oh ja.« Er presste seine Hand flach auf meinen unteren Rücken. Unsere Haut war feucht. »Darüber habe ich eine Million Mal nachgedacht. Ich habe gewichst und mir vorgestellt, du würdest mich aufs Bett pressen.«

Heiße Lust stieg in mir auf. »Fuck«, murmelte ich. Der Gedanke daran, dass ich in Michael eindrang und er mich nach mehr anflehte, war fast zu überwältigend.

»Du wirst dich gut um mich kümmern, das weiß ich. Ich werde mir keine Sorgen machen müssen.«

»Musst du nicht«, gab ich ihm recht und streichelte über sein Haar.

»Ich will dich auf mir. In mir. Ich will, dass du es mir hart gibst—«

Wir küssten uns und stöhnten laut auf. Unsere Zungen trafen sich und—

»*Ähm*«, riss Olivia uns aus den Gedanken. »Ich bin ja froh, zu sehen, dass ihr euch wieder vertragt, aber kann ich bitte mein Handtuch haben?«

Kapitel Zwanzig
Michael

DER WEG ZURÜCK zum Hotel dauerte nur zehn Minuten, aber es fühlte sich an wie eine ganze Ewigkeit. Olivia erzählte uns von dem süßen Typen, den sie getroffen, und dem sie ihre Nummer gegeben hatte. Währenddessen lächelten wir und nickten und versuchten nicht einfach ‚Scheiß drauf!‘ zu sagen, um anschließend für Unsittlichkeit in der Öffentlichkeit verhaftet zu werden.

Wir waren nämlich kurz davor, ziemlich unsittlich zu werden.

Will war bi und noch viel wichtiger, er liebte mich. Mittlerweile dämmerte es um uns herum, aber ich fühlte mich, als würde die Sonne mich von innen wärmen. Mein Herz drehte und drehte sich. These hills were alive.

Wir liefen an dem riesigen Weihnachtsbaum in der Lobby vorbei, wo eine jazzy Version des Liedes ‚Joy to the World‘ aus den Lautsprechern kam. Ich war kurz davor, zu instrumentalen Jazz zu tanzen, wenn wir nicht bald zurück in unser Zimmer kamen.

Olivia redete immer noch, als wir mit dem Lift nach oben fuhren. Ich beobachtete die Nummern der Stockwerke vorbeiziehen. Zum Glück war es kein sonderlich großes Hotel und die Türen gingen schnell wieder auf.

»Also, was meint ihr?«, fragte Olivia.

Wir waren bereits auf den Gang rausgeeilt und ich musste

zugeben, dass ich nicht wusste, wovon sie gesprochen hatte. Will sah mich mit einem Anflug Panik in den Augen an, bevor er sagte: »Ähm…«

Sie grinste. »Ach ihr. Ich sage Mum und Dad, dass ihr eigene Pläne fürs Abendessen habt. Bye!«

Als wir uns sicher hinter unserer verschlossenen Tür befanden, mit dem ‚Bitte Nicht Stören‘ Schild an der Türklinke, lachte ich, als Will die Lampe neben dem Bett einschaltete. Draußen war es mittlerweile Nacht geworden und wir starrten einander an. Jetzt, wo wir die Möglichkeit dazu hatten, einander die Kleider vom Leib zu reißen, fingen wir seltsamerweise an, zu zögern.

Will sagte: »Nach meinem Meeting habe ich eine offene Drogerie gefunden.«

War mein Gehirn offline? »Hä?«

»Michael. Eine Drogerie«, wiederholte er langsam.

»Oh! Oh. Das ist gut.«

Er zog seine Loafer aus und stellte sie unter einen Stuhl, auf dem eine kleine Papiertüte saß, bevor er den Inhalt auf dem weichen Bett auskippte. Eine Flasche Gleitgel, eine Schachtel Kondome und eine Packung Pfefferminz Kaugummi.

Will hob den Kaugummi hoch. »Der ist für die Heimreise. Ich hasse es, wenn meine Ohren zu sind.«

»Kenn ich.«

Er spielte mit dem Kaugummi herum, bevor er fragte: »Brauchen wir Kondome? Es ist schon ziemlich lange her, als ich das letzte Mal Sex hatte und ich wurde bei meinem letzten Check-Up getestet.«

»Ich hatte auch erst ein Check-Up und Jared und ich hatten nie Sex ohne Kondom. Er mag Sperma nicht.«

»Oh, okay.« Will nickte.

»Was völlig in Ordnung ist! Jedem das Seine und bla, bla, bla. Ich meine, wir haben zwar schon das Sperma voneinander geschluckt, aber die Gefahr bei Oralsex ist nicht so groß. Für mich ist sowohl mit als auch ohne Kondome in Ordnung.«

Will schien darüber nachzudenken und drehte die flache Kaugummipackung zwischen seinen Fingern. »Du wärst also offen dafür, ohne Kondome Sex zu haben?«

»Sperrangelweit offen.« Ich hob eine Augenbraue und Will lachte, bevor er den Kopf senkte. Wurde er etwa gerade rot? Oh, ich liebte jede Sekunde dieser Unterhaltung. »Aber mal ehrlich, das ist alles neu für dich. Wir können absolut Kondome benutzen, wir können aber auch erstmal andere Dinge ausprobieren. Es gibt keine Eile.«

Er nickte. »Aber wenn ich es will?«

»Ähm, absolut, ja.« Ich zögerte kurz. »Es kann ein bisschen schmuddelig werden. Nur um sicher zu gehen, dass wir uns richtig verstehen. Willst du mich ohne Kondom ficken?«

»Ja«, sagte er in diesem tiefen Brummen, bei dem Hitze in mir aufstieg.

Jeder verfügbare Tropfen Blut floss in den Süden und in meinen Schwanz. »Willst du in mir abspritzen?«

»Oh Gott«, murmelte er, als wir einen Satz aufeinander zumachten.

Durch Gelächter und Küsse dauerte es länger als es mir lieb war, bis wir endlich nackt waren. Schließlich schafften wir es aber dann doch.

Ich schob die Decke bis zum Fuße des Bettes und legte mich dann auf den Rücken. Mit Wills Augen fest auf mir, spreizte ich die Beine und nahm meine Erektion in die Hand. Er kniete zwischen meinen Beinen, und die Knöchel der Hand, in der er das Gleitgel hielt, waren weiß vor Anspannung.

»Willst du das wirklich?«, fragte ich und streichelte langsam über meinen Schwanz. »Ich will, dass es gut für dich ist.«

Er lächelte sanft und presste einen Kuss auf mein angehobenes Knie. Seine Stoppeln kratzten über meine Haut und ich liebte es. »Alles mit dir ist gut.«

»Alles, hm?« Ich rieb mit meinem Fuß über seinen harten Schwanz. »Was, wenn ich einen Fußfetisch habe?«

Er lachte. »Du kannst an meinen Zehen saugen, bis du glücklich bist, Liebling.«

Mein Herz schien auf seine dreifache Größe anzuschwellen. »Oder du könntest mir süße Kosenamen geben. Vielleicht ist *das* mein Kink.«

»Im Gegensatz zu?« Will hob seine Augenbrauen. »Gibt es etwas, was du mir verheimlichst, Süßer?«

»Oh Gott, das klingt gut.«

Er grinste. »Gefällt dir das, mein Schatz? Halt, Moment, das klang nach Gollum.«

Empört fing ich an zu stottern. »Gollum ist definitiv nicht mein Kink!«

»Also gibt es etwas anderes, das dein Kink ist?«

Ich spürte, wie mir die Hitze ins Gesicht stieg. »Nur das hier.«

Wieso hatte ich gezögert? Darauf zu stehen, hart rangenommen zu, war nicht unbedingt ein extremer Kink und Will schien definitiv nicht abgeneigt.

»Offenbar muss ich anfangen, an etwas extremere Dinge zu denken.« Er runzelte die Stirn. »Willst du, dass ich auf dich pisse oder sowas?«

Lachend schüttelte ich den Kopf. »Auf keinen Fall. Nicht mein Ding.«

»Na gut. Muss ich erstmal googeln? Ich muss nämlich zugeben, dass ich mit unkonventionellen Dingen keine Erfahrung habe.«

»Kann man so sagen.«

Wir fingen an zu lachen und ich setzte mich auf. Das Bedürfnis, meinen Schwanz anzufassen, war für den Moment befriedigt. Schließlich hatten wir die ganze Nacht Zeit und ich genoss es zu sehr, so mit ihm zusammen zu sein. Nackt und mit breiten Grinsen im Gesicht und so leicht.

»Nicht viel Erfahrung abgesehen von der... was ist dieser Blöde Ausdruck dafür? *Mumu?*«

»Ich glaube meine Mum sagt immer noch ‚Huhu‘.«

»Meine Mum benutzt mit Sicherheit ‚Fanny‘, aber das Thema ist schon seit einer Weile nicht mehr angesprochen worden. Als ich klein war, haben meine Kumpel in Schottland ‚Snatch‘ und ‚Muff‘ dazu gesagt. Oh, oder ‚Penis Flytrap‘ – also ‚Penis Fliegenfalle‘, was mein persönlicher Favorit ist.«

»Oh mein Gott, das ist großartig.«

Aus irgendeinem Grund verbrachten wir die nächste Zeit damit, zusammen auf dem Bett zu sitzen und die dämlichsten Namen für Genitalien aufzusagen. Meine Seiten Schmerzten schon vor lachen, als Will anfing Britischen Slang für Penis aufzuzählen. Er fing an mit ‚Knob‘ und hörte mit ‚Tadger‘ auf.

Als wir uns wieder beruhigt hatten, fuhr ich mit meinen Fingern durch sein Brusthaar.

»Offenbar haben wir Amerikaner, im Gegensatz zu den Briten, überhaupt keine Vorstellungskraft.«

»Oh, das würde ich nicht so sagen.« Er fuhr mit seiner Fingerspitze von meiner Eichel aus meinen Schaft runter und wieder rauf. »Du hast immer hin gesagt, dass du dir vorgestellt hast, wie wir es miteinander treiben.«

Ich erschauderte. »Äh, jap.«

»Und du hast dir vorgestellt, wie ich dich ficke? Hart?« Er beobachtete mich intensiv und fuhr immer noch meinen Schwanz auf und ab.

»Ja. Ich denke, ich liebe es der Bottom zu sein. Das ist schon ein paar Jahre her. Jared mochte es nicht zu toppen, und nachdem ich es schon mag, war das schon okay so.«

»’Okay’ klingt nicht unbedingt nach Begeisterung, Herzblatt.«

Das brachte mich zum Lächeln. »Weiß ich. Aber mal ehrlich, ich bin mit allem zufrieden. Wir können rumexperimentieren.«

»Aber was du jetzt im Moment willst, ist hart gefickt zu werden?«

Ich konnte mir ein Aufstöhnen nicht verkneifen. »Ich liebe es, dich das sagen zu hören. Und ja, also. Hart und ich steh drauf festgehalten zu werden. Aber nichts extremes. Ganz seichtes SM Zeug, wenn das Sinn macht?«

»Hmm.« Will fuhr mit seinem Finger meinen Bauch rauf und ließ mich erschaudern. »Das macht absolut Sinn.«

Ohne Vorwarnung schubste er mich nach hinten und presste mich auf die Matratze. Er lag auf mir, schwer und muskelbepackt und oh *Gott*. Er sah mich vorsichtig an. »Gefällt dir das, Häschen?«

Mein Hals war viel zu trocken, um sprechen zu können, oder über den albernen Kosenamen zu lachen. Ich nickte.

Er fuhr mit seinen Händen meine Arme hinab, umfasste meine Handgelenke mit seinen Fingern und presste sie über meinem Kopf auf das Bett. »Vielleicht so etwas?«

Wieder nickte ich. Mein Schwanz pochte gegen Wills Bauch.

Während er immer noch meine Handgelenke festhielt, zwang er ein Knie zwischen meine Beine und ich spreizte sie bereitwillig. Auch er war hart und die Gefahr bestand, dass ich zum Höhepunkt kam, bevor er sich überhaupt in der Nähe meines Lochs befand.

Will fragte: »Stehst du auf die Grobheit oder darauf festgehalten zu werden?«

»Ja!«, ächzte ich heiser.

Sein schönes Gesicht erhellte sich mit einem Lächeln. »Also beides? Na gut. Willst du es so? Oder auf deinen Knien? Oder willst du, dass ich dich über einem Tisch oder so nehme?«

Alles was ich tun konnte, war es „Ja" zu stöhnen und wir lachten.

»Lass deine Hände da«, befahl er mir, bevor er sich etwas zurück lehnte, damit er zwischen meinen Beinen knien konnte. Er schnappte sich das Gleitgel und presste sich etwas davon auf die

Hand, bevor er mich ansah. »Du hast dich nicht bewegt. Guter Junge.«

Ich stöhnte und bemühte mich, meine Hände keinen Zentimeter zu bewegen. »Benutz zuerst deinen Mittelfinger.« Damit er besser an meinen Hintern rankam, wölbte ich meinen Rücken auf. »Steck ihn einfach rein.«

Will lachte. »Mein Liebhaber benutzt solch wundervolle Wörter. Hab Geduld, mein Honigmäulchen.«

Er umrandete mein Loch mit seiner glitschigen Fingerspitze und benutzte seinen langen Mittelfinger, so wie ich es ihm gesagt hatte. »Wenn es ein paar Jahre her ist, bist du bestimmt eng, oder?«

Mein Atem stockte. »Ja. Aber ich kann es aushalten. Bitte.«

Vorsichtig schob er seinen Finger an meinem ersten Ring vorbei. Das Gleitgel half ihm dabei, mich zu dehnen. Ich reckte mich ihm entgegen und spannte meine Muskeln an, als sein gesamter Finger in mir war. Will sah dabei zu, wie er in mir verschwand und sein Atem wurde immer schneller, als er anfing meinen Körper zu entdecken.

»Krümm deinen Finger. Nein, in die andere Richtung, wie—« Ich japste laut auf und drückte meinen Rücken durch, während ich meine Finger in dem Laken vergrub, ohne meine Hände zu bewegen. »Genau da. Du hast es.«

Ich glaubte nicht, jemals während dem Sex so viel gesprochen zu haben. Abgesehen von den normalen, ermutigenden Floskeln. Zwar hatte ich schon verschiedene Arten von Sex mit verschiedenen Menschen genossen, aber ich konnte mich nicht daran erinnern, mich jemals so frei gefühlt zu haben.

Während Will über meine Drüse rubbelte, nahm ich meinen Schwanz in die Hand und fing an darüber zu streicheln. Mit der anderen umfuhr ich meinen Nippel. Der Gedanke, dass ich meine Hände gesenkt hatte, kam mir überhaupt nicht in den Sinn, bis Will seinen Finger aus mir rauszog und meine Handgelenke wieder über meinem Kopf auf das Laken presste.

»Oh, Gott, *ja*.« Ich bockte mit den Hüften, als wir uns verzweifelt küssten. »Fick mich, Will«, stöhnte ich ihm in den Mund.

Will zog sich etwas zurück und seine Lippen waren feucht von unserer Spucke. »Wie bitte?«

»Ich sagte *fick mich, Will*. Ich brauche deinen Schwanz in mir.«

Nachdem wir uns eher am Fuße des Bettes befanden, schnappte ich mir eines der Kissen mit meinen über dem Kopf ausgestreckten Armen und drückte die Federn so fest ich konnte zusammen. »Ich benehme mich. Versprochen.«

»Das weiß ich, Baby.« Will küsste mich und unsere Zungen kämpften kurz miteinander. Er hielt sich über mich und strich mir mit einer Hand meine durchgeschwitzten Haare aus dem Gesicht. »Das hätten wir schon vor Jahren machen sollen. Wieso habe ich jemals gedacht, ich wäre hetero?«

»Wenn ich das nur wüsste.«

Wir lachten und küssten uns, bis wir kaum noch atmen konnten. Als Will dann endlich seinen Schwanz mit Gleitgel beschmierte und in mich eindrang, wechselten sich Momente der Freude und des Lachens mit lautem Stöhnen und geächzten Forderungen ab.

Meine Beine waren so weit gespreizt, wie es mir möglich war, und ich wollte trotzdem noch mehr. Ich zerquetschte das Kissen über mir und hob meine Knie und meinen Hintern an. Will stöhnte und versank komplett in mir, bis seine Schamhaare mich kitzelten. Mit offenem Mund saugte er an meinem Hals.

Er murmelte: »Du fühlst dich so gut an«, gegen meine Haut. »*Du* bist so gut, Liebling.«

Ein Teil von mir hätte den ganzen Tag in dieser Position bleiben können. Oder Nacht. Oder was auch immer die Uhrzeit sagte. Mit Will in mir. So schwer und *real*, auf mir. Das war kein Traum oder meine Fantasie. Will war in mir und dehnte mich so weit, dass ich es kaum aushielt.

Und dennoch war es nicht genug. Ich wollte alles. Ich wollte, dass es weh tat. Meine Muskeln zitterten bereits und dennoch wollte ich mehr.

»Bitte fick mich«, stöhnte ich laut.

Will hob seinen Kopf und küsste mich grob. »Sag mir, wenn es dir zu viel wird, Liebster.«

Die Tatsache, dass ihm dieses Wort einfach so über die Lippen kam—‚Liebster‘—ließ mir Tränen in die Augen steigen. Ich blinzelte sie weg und stöhnte, als er beide meiner Handgelenke mit einer Hand umschloss und mit seinen Fingern zudrückte.

Er presste mich wirklich auf die Matratze, als er sich fast komplett aus mir rauszog und sich in einem Stoß komplett in mir versenkte. Seine andere Hand hielt mich an der Hüfte fest, um mich an Ort und Stelle zu verankern. Alles, was ich tun konnte, war es zu japsen und aufzuschreien, als unsere Haut aneinander klatschte und das Kopfteil des Bettes gegen die Wand knallte, während er mich genau so fickte, wie ich es brauchte.

»*Ja, Gott, ja*«, rief ich aus und kämpfte gegen den Drang an, den Kopf nach hinten fallen zu lassen und die Augen zu schließen. Mich von meinen Gefühlen wegtreiben zu lassen. Aber nein, ich musste ihn ansehen.

Schweiß stand ihm auf der Stirn, sein Gesicht war gerötet und die Venen in seinem Hals standen hervor. Seine Muskeln zogen sich zusammen und er wirkte angestrengt, aber er wandte nie seine Augen von meinem Gesicht ab.

Ich lag ausgebreitet und komplett nackt vor ihm und das raue Gefühl seines harten Schwanzes, der mich fast entzwei brach, war heißer als ich es mir je hätte erträumen können.

Nachdem er meine Handgelenke immer noch mit seinem eisernen Griff festhielt, musste ich mich nicht darauf konzentrieren, sie nicht zu bewegen. Ich konnte mich fallen lassen und in meiner Hilflosigkeit schwelgen.

Dabei wusste ich, dass ich nicht hilflos war. Will würde sofort aufhören. Aber aufzuhören war das Letzte, was ich wollte. Will würde mich beschützen.

Ich musste nicht denken oder mich sorgen oder irgendetwas anderes tun, außer ihn zu nehmen, während er mich immer weiter zum Höhepunkt brachte. Nachdem Will mich auf die Matratze drückte, konnte ich meinen Schwanz nicht berühren, sondern nur Wimmern.

Wimmern und Will anflehen. »Ich muss kommen. Bitte.« Ich spannte all meine Muskeln im Hintern an.

Keuchend sah Will auf mich hinab und wurde von dem goldenen Schein der Nachttischlampe erleuchtet. »Bist du dir sicher, dass du das verdient hast?«

Alles, was ich tun konnte, war, laut zu stöhnen. Er war jetzt schon alles, was ich mir je wünschen könnte.

»Bitte.«

Er stieß immer wieder in mich. Seine Bewegungen wurden weicher, aber nicht weniger kraftvoll. Langsam fuhr er mit der Hand, die meine Hüfte festgehalten hatte, meinen Oberschenkel hoch. Meine Beine waren in den Kniekehlen ganz schwitzig. Ich wand mich und spannte mich nochmals um seinen Schwanz herum an.

Will zog einen scharfen Atemzug ein. »Frech.«

»Gott, bitte fass mich an.«

Er gab nach. Natürlich tat er das. Es bedurfte nur ein paar Berührungen, bis ich explodierte. Heiße Lust schoss durch meinen gesamten Körper, als ich mich auf meinem Bauch entleerte. Will war immer noch in mir und nun spannte ich mich noch mehr an, während ich mich von den Nachbeben meines Orgasmus treiben ließ.

Mit meinem Namen auf den Lippen stieß er noch ein weiteres Mal in mich und kam tief in meinem Körper.

Zu wissen, dass uns nichts voneinander trennte, als er zitterte und abspritzte, ließ erneut Tränen in meinen Augen aufsteigen. Ich vertraute ihm und er vertraute mir und ich konnte einfach nicht glauben, dass das die Realität war.

Er lag mit seinem perfekten Gewicht auf mir und vergrub sein Gesicht in meinen Haaren, bevor er langsam meine Arme senkte. Ich schloss meine Augen, als er sanfte Küsse gegen die Innenseiten meiner Handgelenke presste. Sein Schwanz steckte immer noch teilweise in meinem strapazierten Loch und ich wusste, dass ich mich waschen sollte, konnte mich aber noch nicht bewegen.

Will flüsterte etwas, das ich nicht ausmachen konnte gegen meine Wange, bevor er tief einatmete und sich versteifte. Ich öffnete die Augen.

Er hatte besorgt das Gesicht verzogen und wischte die Tränen weg, die mir entkommen waren. »Habe ich dir wehgetan?«

»Gott, nein. *Nein.*« Ich fuhr mit meinen Händen über seine Schultern und berührte ihn dann im Gesicht. »Versprochen. Es war unfassbar, Baby. Es war genau das, was ich wollte und noch mehr. Danke.« Ich hielt kurz inne. »Mochtest du's?«

Ein Grinsen erhellte sein Gesicht. »Und ob. Ich fick dich morgens, mittags und abends bis zur Besinnungslosigkeit, solange ich dich wirklich nicht verletze.«

»Hast du nicht. Es war perfekt.«

»Bist du dir sicher?« Er küsste mich sanft.

»Absolut. Frag Kevin. Er wird's dir bestätigen.«

Wieder hielt Will inne. »Wer?«

Ich deutete in Richtung des Koala Baumschmucks, der neben uns an der Lampe hing. »Wie kannst du unseren surfenden Weihnachtskoala vergessen?«

Will lachte und ließ sich auf mich fallen. Seine Stimme klang gedämpft, nachdem er seinen Mund gegen meinen Hals presste.

»Stimmt, Kevin. Verdammt. Ich dachte, ich hätte dich zur Besinnungslosigkeit gefickt, aber ich glaube, es hat mich erwischt.«

»Das klingt doch nicht schlecht, oder? Gib mir ein paar Minuten dann probieren wir es nochmal.«

Will küsste mich. Ein langer, langsamer, tiefer Kuss. »Meinst du nicht, dass der arme Kevin heute schon genug gesehen hat?«

»Hast recht. Außerdem glaub ich nicht, dass du nach dem nochmal kannst.«

»Oi!« Will schien noch etwas sagen zu wollen, lächelte mich aber schließlich an.

»Ja, okay, da geht heute nichts mehr. Aber wir haben immer noch den morgigen Tag.«

»Morgen und morgen und dann wieder morgen.« Mit jedem Wort presste ich einen Kuss auf jede freie Stelle, die ich finden konnte.

»Zitierst du gerade Shakespeare?«

»Hm. Keine Ahnung. Tue ich das?«

»Ich glaube, es ist MacBeth.«

»Solltest du das nicht wissen? Ich meine, du bist immerhin schottisch. Nur falls du's noch nicht wusstest.«

»Ah. Dinnae ken. Ich weiß auch nicht.«

Ich stöhnte auf. »Wenn du anfängst, schottisch mit mir zu reden, wirst du mich nochmal ficken müssen.«

»Wir können in der Zwischenzeit coorie doon.«

Ich hatte keinen blassen Schimmer, was das bedeuten sollte, aber wir lachten und küssten uns und ich konnte es kaum abwarten, es herauszufinden.

Kapitel Einundzwanzig

Will

»**A**SS! VIER KARTEN.«

Als ich die Tür zu unserem Zimmer hinter mir schloss, schluckte ich die Enttäuschung runter, dass wir nicht alleine waren. Durch die Schiebetür zum Balkon sah ich Michael, Makayla—die offenbar gerade ein Ass gelegt hatte—und Olivia um den kleinen runden Tisch sitzen. Offenbar musste ich einfach noch etwas geduldig sein, bevor ich wieder mit Michael allein war.

Zugegebenermaßen hatte ich ihn, bevor ich an dem Morgen das Zimmer verlassen hatte, über die Bettkante gebeugt gefickt, aber mittlerweile wachte ich jeden Morgen auf und verzehrte mich richtig nach ihm. Es war nicht einmal eine Woche her, seit wir uns das erste Mal berührt hatten und dieser fieberhafte, konstante Drang, permanent mit ihm nackt zu sein, würde sicherlich mit der Zeit aufhören.

Die Zeit war allerdings noch nicht gekommen.

»Hey!«, rief ich und verstaute meine Arbeitstasche neben dem Tisch. Ich hängte meine Anzugsjacke in den Schrank und zog an meiner Krawatte, bevor ich mich zu ihnen auf den Balkon gesellte. »Was spielt ihr?«, fragte ich und küsste Michael auf den Kopf, bevor ich mit den Händen über seine Schultern strich. Das war unscheinbar genug.

»Strip Poker«, sagte Makayla und sortierte ihre Karten.

»Ähm. Interessante Wahl?« Dramatisch hob ich eine Augenbraue, aber sie waren alle noch komplett angezogen. Die Mädchen trugen blumige Sommerkleider über ihren Bikinis und Michael hatte seine weiten Shorts und ein T-Shirt an. Außerdem würde Michael das nie mit Teenagern spielen.

Sie waren offensichtlich schwimmen gewesen, nachdem ihre Haare diesen sonnengetrockneten krausen Look hatten. Auf dem Tisch lagen leere Teller mit zerknüllten Servietten und dunkelbraune Flaschen Bundaberg Ginger Beer herum, was mit Abstand das beste Ginger Beer war, das ich jemals probiert hatte.

Michael prustete. »Strip Jack Naked!«

Makayla winkte ab und ihre Fingernägel glänzen in der Sonne mit einem neuen Design, das nach kleinen Zitronen aussah. »Ist doch dasselbe.«

»Klingt immer noch fragwürdig«, sagte ich und drückte Michaels Schultern liebevoll.

»So hat mein Großvater es genannt! Er war schon recht alt, okay?« Michael drehte eine Karte um. »Ha! König!«

»Ach du sch…«, murmelte Olivia und legte drei Karten auf dem König ab.

Ich sah ihnen beim Spielen zu und massierte Michaels Nacken. Makayla hatte den größten Stapel Karten und schon bald hatte sie sich auch die restlichen Karten gezockt und wurde als Gewinnerin ernannt.

Schnell sagte ich: »Wir sollten uns fürs Abendessen vorbereiten!«, bevor jemand eine weitere Runde vorschlagen konnte.

Makayla nahm ihr Handy in die Hand. »Warte, ich muss dir das Foto zeigen, das ich mit dem Rettungsschwimmer gemacht hab! Du weißt schon, der Thor Typ.«

Olivia seufzte. »Du hast null chill.«

»Tolles Foto!«, sagte ich und studierte das Bild von Makayla, wie sie strahlend neben Liam Fox stand, der mindestens zwei Köpfe größer war und mit einem charmanten Lächeln einen Daumen nach oben in die Kamera hielt.

»Danke! Er war *so* nett. Er ist schwul, so wir ihr. Erinnerst du dich? Das hat uns die Frau am Strand erzählt. Ist das nicht cool?«

»Null. Chill«, murmelte Olivia während sie auf ihrem eigenen Handy herumtippte.

Ich tauschte einen Blick mit Michael aus und er lächelte mich aufmunternd an. Es war völlig blödsinnig, dass mein Herzschlag plötzlich schneller wurde, aber das tat er, als ich sagte: »Ehrlich gesagt, bin ich bisexuell. Wir sind beide bi.« Ich nickte Michael zu.

Makayla sah mich erschrocken an und rief: »Oh! Tut mir leid!«

»Gibt nichts, wofür du dich entschuldigen müsstest«, versicherte ich ihr.

Schnell warf ich Olivia einen Blick zu und fragte mich, wieso ich plötzlich nervös war zu hören, was sie zu sagen hatte?

Vielleicht, weil das das erste Mal war, dass ich es jemand anderem als Michael erzählte. Naja, meine Kolleg:innen bei dem Betriebsausflug hatten gedacht, ich sei bi, doch nun war es echt und… naja. Es war immer schon echt gewesen, auch wenn ich es viel zu lange abgestritten hatte.

Aber jetzt fühlte es sich an, als würde ich es offiziell preisgeben. Was sich verdammt gut anfühlte.

Olivia steckte ihr Handy weg, sagte: »Heiß«, und fügte: »Wir sehen euch beim Abendessen«, hinzu, bevor sie mit Makayla unser Zimmer verließ.

Ich atmete schwer aus und küsste Michael, als er aufstand und fragte: »Alles okay?«

»Alles bestens.«

»Wie war das letzte Meeting?«

»Großartig. Wir haben schon die remote Integration von BRK Sync Systemen besprochen, also brauchen wir hier nicht einmal ein Büro oder so etwas. Du solltest Angela mal so richtig in Fahrt sehen. Sie ist wirklich beeindruckend.«

»Weiß ich längst. Schließlich bin ich in Australien. Mit meinem besten Freund der mein fake Freund war und jetzt mein richtiger Freund ist. Außerdem bin ich wirklich froh, dass sie auf Mistelzweige steht. Wer weiß, ob du sonst jemals den Mut gefunden hättest, mich zu küssen.«

Ich lachte leise und bedachte Michael dann mit einem Blick, von dem ich hoffte, dass er verführerisch rüberkam. »Ich hätte es nicht mehr recht viel länger ausgehalten, glaub mir.«

»Hmm.« Er zog mich an sich ran und fuhr mit seinen Händen über meinen Hintern.

»Wo wir gerade vom Aushalten sprechen…es war ein ganz schön langer Tag ohne dich. Ich sollte aber kurz unter die Dusche hüpfen. Bist du dir sicher, dass ich für's Abendessen keine Krawatte brauche?«

»Jep. Dresscode ist ‚Smart Casual‘. Wenn du deine Slacks und ein Hemd anziehst, ist das perfekt. Außerdem komm ich mit dir unter die Dusche, ich brauch dringend eine.«

Michael hob eine misstrauische Augenbraue. »Du siehst ganz genauso aus wie als du heute Morgen das Zimmer verlassen hast. Ganz business-y und ordentlich gebügelt.« Er vergrub sein Gesicht in meinem Hals und atmete tief ein. »Du riechst auch gut.«

»Ich bin schmutzig.« Mit den Händen auf seinen Hüften zog ich ihn fest an mich heran.

Sein warmer Atem kitzelte mein Ohr. »Bist du dir sicher, dass du nicht nur mit mir duschen willst, damit du deine Zunge in meinem Arsch vergraben kannst?«

Lust durchfuhr mich. »Naja, ich habe schließlich gesagt, ich bin schmutzig.«

Er biss in mein Ohrläppchen und fuhr sinnlich mit seinen Zähnen daran entlang. »Vielleicht willst du aber auch meine Zunge in deinem Arsch?«

»Muss ich mich entscheiden?«

»Auf keinen Fall. Los jetzt, sonst vergessen wir noch, wo wir sind und dann gibt es doch einen Striptease auf dem Balkon.«

Unter der Regenschauer Dusche in der wunderbar großen Duschkabine, stützte ich mich mit einer Hand an der dampfigen Wand ab, während die andere Hand meinen Schwanz bearbeitete und ich mich rückwärts gegen Michaels Gesicht presste.

Ich hatte Rimming bisher nur in Pornos gesehen und es wahnsinnig erregend gefunden. Schnell hatte ich herausgefunden, dass eine Kombination aus Michaels Zunge in meinem Loch und meiner eigenen Hand an meinem Schwanz mich unfassbar schnell zum Höhepunkt brachte.

Er spreizte meine Arschbacken mit seinen Händen und leckte mit rhythmischen Bewegungen um mein Loch herum. Immer mal wieder drang er in mich ein und ich stöhnte auf.

»Mein Gott, dein Mund«, murmelte ich. Die Tatsache, dass ich sein Lächeln auf meiner Haut spüren konnte, war der Grund dafür, wieso ich sofort abspritzte.

Michael saß immer noch auf den Knien hinter mir und saugte an meinen zuckenden Eiern, bis sie zu empfindlich waren und ich ihn leicht wegschob. Ich zog ihn zu mir hoch und ließ unsere Zungen langsam miteinander spielen, bevor ich murmelte: »Jetzt bist du dran.«

Er spreizte seine Beine und stützte sich mit beiden Händen an der Wand ab, als ich mich hinter ihm auf die Knie fallen ließ und über sein Loch küsste und leckte. Es war überraschend intim. Sogar intimer als seinen Schwanz zu lutschen, zumindest kam es mir so vor.

»Ich wünschte, ich hätte die Zeit, dich zu ficken«, murmelte ich gegen seine Haut.

Er stöhnte auf. »Wir können Silvester morgen zu zweit verbringen, oder? Wir bleiben einfach hier und ficken und feiern dann zwölf Stunden später richtig, wenn Zuhause Mitternacht ist.«

»Verlockend, aber ich bin mir sicher, dass Angela uns schon

Tickets für das Abendessen und das Konzert besorgt hat.« Ich drehte Michael um und deutete ihm, sich gegen die Fliesen zurückzulehnen.

Er zuckte zusammen. »Fliesen sind noch kalt.« Sanft lächelte er auf mich hinab und fuhr mit seinen Fingern durch meine nassen Haare. Wasser lief seinen Körper hinab, der von meinen Knutschflecken übersät war.

Langsam leckte ich seinen gesamten Schaft hinauf und er festigte seinen Halt. Nur ganz sanft zog er an meinen Haaren.

»Bring mich zum Höhepunkt. Bitte«, wimmerte er.

Ich lachte. »Vielleicht sollte ich dich bis zum neuen Jahr warten lassen.«

Michaels Augen weiteten sich. Sein Atem stockte und seine Hüften zuckten nach vorn. Oh, die Idee gefiel ihm wohl. Die gefiel ihm ziemlich gut.

Also stand ich auf, machte das Wasser aus und sagte: »Wir haben keine Zeit mehr. Du wirst die ganze Nacht warten müssen, bis du kommen kannst, Liebling.«

Ein Lachen platzte aus ihm raus und er stöhnte auf. »Das ist grauenvoll und eine ganz fiese Strafe!«

»Und du findest es verdammt geil.«

Er grinste. »Und ich finde es verdammt geil.«

Ich küsste ihn hart. »Und ich liebe dich verdammt sehr.« Mit einer Hand klatschte ich ihm auf den nassen Hintern. »Lass uns gehen.«

DAS ABENDESSEN IN dem Hotel Restaurant, das immer noch mit gold, rot und silberfarbenen Weihnachtsdekorationen geschmückt war, war großartig. Zwischen jedem der sieben Gänge auf dem Degustationsmenü, ließ ich meine Hand unter der weißen Tischdecke über Michaels Oberschenkel wandern. Langsam näherte ich mich seinem Schwanz, bevor ich wieder komplett von ihm abließ, und jedes Mal biss er sich auf die Lippe oder seufzte.

Wie üblich redete Angela die meiste Zeit über, während Paul sie liebevoll ansah und die Mädels sich ab und zu zu Wort meldeten.

Als wir ein perfektes Pavlova zum Nachtisch verputzten, sagte Angela: »Liebt ihr Silvester nicht auch einfach? Ein frischer Neuanfang für uns alle. Sagen Sie, was bedeutet dieses Lied eigentlich?«

Letzteres hatte sie an mich gerichtet und ich wusste sofort, dass sie von ‚Auld Lang Syne‘ sprach. Ich versuchte es für sie zusammenzufassen. »Es geht darum, sich wieder mit alten Freunden zu verbinden. Dass die Menschen, die am wichtigsten sind, nie vergessen werden dürfen und dass wir sie, wenn möglich, wiedersehen sollten. Das ist zumindest meine Interpretation.«

Unter dem Tisch nahm Michael meine Hand und drückte sanft zu.

Um zehn Uhr begann ein Konzert auf dem Barking Beach und wir hatten VIP Plätze direkt vor der Bühne. Dort saßen wir in Strandstühlen, mit Getränkehaltern. Es war die perfekte Sommernacht. Warm und angenehm aber mit einer kühlen Meeresbrise und einem klaren Sternenhimmel, der trotz der ganzen Lichterketten, die um die Bäume und Laternenpfosten gewickelt worden waren, sichtbar war. Das Pärchen neben uns erklärte uns, wo sich die Konstellationen ‚Kreuz des Südens‘ und ‚Sieben Schwestern‘ befanden.

Zwar kannte ich die australische Band nicht, aber ihre Musik war fröhlich und es machte Spaß, zuzuhören. Sie spielten einige Coverversionen von Elton John und anderen Künstler:innen. Wir alle sangen mit, als sie ‚Tiny Dancer‘ aufführten. Sogar Olivia und Makayla kannten die Wörter des Songs.

Neben mir nippte Michael an seinem Bier und lies beiläufig seine Finger über meinen nackten Arm streifen. Als die Band ein

Lied spielte, das ich nicht kannte, nahm ich seine Hand und presste einen Kuss auf seine Handfläche.

»Das ist der perfekte Hogmanay«, rief ich ihm über die Musik zu und hoffte, dass er das schottische Wort für Silvesterabend kannte. »Ich glaube nicht, dass meine Neuanfänge jemals ganz so neu waren.«

Er lächelte. »Meine auch nicht. Das ist der Neuanfang, der alle anderen in den Schatten stellt!«

Kurz blickte er auf sein Handy. »Nur noch zehn Minuten.«

Sofort setzte ich mich aufrecht hin. »Weißt du, ich muss noch etwas erledigen, damit das ein ordentlicher Neuanfang wird. Ich bin vor Mitternacht zurück.« Schnell küsste ich ihn.

»Sieh zu, dass es so ist. Du lässt mich sowieso schon leiden… ich erwarte einen richtigen Kuss!«

Ohne Zeit zu verlieren, sprang ich auf, hüpfte über die ausgestreckten Beine der Barkers und war froh, dass wir uns am Ende der Reihe befanden. Die Strandpromenade und der Strand an sich waren voller Menschen. Manche ignorierten die Anzeige, dass die Rettungsschwimmer nachts nicht im Dienst waren.

Ich hielt mir ein Ohr zu, während ich mir mein Handy gegen das andere hielt und lief auf einem freien Stück hin und her, während es klingelte.

Dann meldete sich Mums Stimme. »Happy Hogmanay!«, rief sie.

»Es ist Will!«, rief sie meinem Dad zu.

»Hier ist es fast Mitternacht«, sagte ich laut. »Ich kann euch kaum verstehen, aber ich muss euch etwas sagen, bevor das neue Jahr anfängt.«

»Wir haben noch sechs oder sieben Stunden übrig, glaube ich«, meinte Dad. Offenbar befand ich mich auf Lautsprecher.

»Aber ich bin hier, also muss ich mich beeilen.«

»Okay, mein Schatz.« Mum lachte. »Was ist los? Waren die Meetings gut?«

»Aye, aber es hat nichts mit der Arbeit zu tun.«

»Na gut. Wir sind gespannt«, sagte Dad.

Seltsamerweise fühlte ich mich wie die Ruhe in Person. »Ich hab den Sprung gewagt, Mum. Die Sache ist die, du hattest recht. Michael steht auf mich. Er ist in mich verliebt.«

Nach einem Moment der Stille riefen beide gleichzeitig: »Oh!«

»Und es hat sich herausgestellt, dass ich auch in ihn verliebt bin. Ich bin bisexuell.«

Diesmal hielt die Stille länger an. Ich hob das Handy von meinem Ohr, um sicherzugehen, dass wir noch verbunden waren. Mein Herz fing an zu rasen. »Ähm, hallo?«

»Wir sind noch da, Schatz«, sagte Mum. »Das ist wirklich ein ordentlicher Sprung! Du und Michael. Wie wundervoll.«

Eigentlich hatte ich keine andere Reaktion erwartet, aber es war trotzdem eine Erleichterung. »Meint ihr?«

»Natürlich«, schaltete Dad sich ein. »Solange du glücklich bist, sind wir es auch.«

»Ich hätte es wissen müssen«, murmelte Mum. »Aber ich hatte recht, oder? Es war Zeit einen Sprung zu wagen.«

Das Grinsen auf meinem Gesicht wurde immer breiter. »Aye, das war es.«

Eine Minute vor Mitternacht drängte ich mich durch die immer größer werdende Menschenmenge auf der Promenade, zeigte den Sicherheitsmitarbeitenden mein VIP Bändchen und stolperte zurück in meinen Stuhl. »Mum und Dad lassen dich schön grüßen«, sagte ich zu Michael.

»Ja?« Er hob fragend die Augenbrauen. »Also…« Er deutete zwischen uns hin und her.

»Aye.«

Sofort griff er nach meiner Hand und verschränkte unsere Finger fest miteinander.

Auf dem Bildschirm hinter der Band erschien ein Countdown und als wir alle aufstanden, rief Angela mir zu: »Hier ist Ihr Song!«

Hunderte Menschen zählten zusammen mit der Uhr runter: »Zehn! Neun! Acht!«

Als es Mitternacht schlug, hielten Michael und ich uns fest im Arm und unsere Lippen trafen sich zu einem langen, süßen Kuss. Dann sangen wir gemeinsam meinen Song—*unseren* Song—so laut wir nur konnten. Wir lachten und umarmten die Barkers und wünschen allen um uns herum ein frohes neues Jahr.

Schon bald würden wir uns wegstehlen können, um zurück in unser Zimmer zu gehen, wo ich Michael ausgiebig belohnen würde. Belohnung für uns beide natürlich.

Bis dahin sangen wir und schwelgten in der warmen Nacht unter hellen Sternenkonstellationen, die wir nie zuvor gesehen hatten, die uns aber unsere Zukunft zeigten.

Epilog
Michael

Zwei Jahre später

VEREINZELTE NADELN BEFANDEN sich viel zu nah an meinem Gesicht, also verlagerte ich das Gewicht des Baumes und trat mit dem rechten Fuß die Tür der Eigentumswohnung auf.

Nachdem scheinbar ein Fluch auf mir lastete, hatte ich zu fest zugetreten und die Tür knallte gegen die Flurwand und sprang dann direkt auf mich und den Baum zurück. Dabei krachte ich in den Garderobenschrank.

Der Schrank hatte eine verspiegelte Schiebetür, die ich offen gelassen hatte.

Auf dem Hintern, vollends im Schrank, saß ich auf Schuhen und etwas, bei dem es sich meiner Vermutung nach um Wills Tennisschläger handelte. Der Schläger pikste aus einem sehr interessanten Winkel in mich rein. Außerdem lief ich Gefahr durch den zugebundenen Weihnachtsbaum, der auf mich gefallen war, zu ersticken.

»Was zur Hölle!«

Ich hörte Will, bevor ich ihn sehen konnte. Sein Gesicht erschien, als er den Baum von mir runter zog. Er ächzte und musste sich anstrengen, den Baum so zu halten, dass er die Eingangstür schließen konnte. »Hast du dir wehgetan, Liebster?«

»Nur mein Stolz, glaube ich?« Ich kroch aus dem Schrank raus anstelle den Versuch zu wagen, mich zwischen all den Jacken aufrecht hinzustellen. Sofort hielt ich den Baum an der anderen Seite fest und trat mir die Schuhe von den Füßen. »Es wurden Fehler gemacht.«

Will lachte. »Der ist ein bisschen groß, oder nicht?«

»Eventuell habe ich mich etwas von der Weihnachtsstimmung mitreißen lassen. Aber hey, wir haben nur einmal die Chance unser erstes Weihnachten in der eigenen Wohnung richtig zu feiern.«

Das ließ ihn amüsiert schnauben. »Wir hatten letztes Jahr einen Baum in der alten Wohnung, aber gut.«

Zusammen verfrachteten wir den Baum in eine Ecke des Wohnzimmers und in den Baumständer, den ich schon vorbereitet hatte. Die Glaswand auf der rechten Seite des Baumes führte auf den Balkon und das Naturschutzgebiet, das dahinter lag.

Im neunten Stockwerk waren wir nicht zu niedrig und nicht zu hoch. Ich konnte es kaum abwarten, morgens auf dem Balkon den ersten Kaffee zu trinken, sobald es nicht mehr schneite und die Temperaturen über dem Gefrierpunkt lagen.

Ich hatte Will versichert, dass mir die Höhenangst hier nichts ausmachte. Die überkam mich nur, wenn ich mich unsicher fühlte, und solange Will bei mir war, war ich fast schon bereit, Berge zu besteigen. Fast.

»Der Baum ist wunderschön«, sagte Will und zog mich für einen Kuss zu sich. Er streichelte mir über die Wange. »Ich liebe dich mit rosigen Backen.«

Ich wusste, dass er die in meinem Gesicht meinte, die von der Kälte angelaufen waren, aber natürlich sprangen meine Gedanken eine Etage tiefer. »Unsere Gäste kommen bald, mach mich nicht an.«

»Frech!« Ganz leicht klatschte er mir auf den Hintern und ging dann zurück in die Küche, als ein Timer anfing zu piepsen. Die Ärmel seines Hemds waren bis zu seinen Ellbogen hochgekrempelt und er trug eine rote Schürze um die Hüfte.

Die Schürze hatte er letztes Jahr von mir zu Weihnachten bekommen und war ein Scherzgeschenk gewesen. Es stand drauf: DIESER TYP BEARBEITET SEIN EIGENES FLEISCH mit einem Pfeil, der nach oben zeigt.

Wenn wir mehr Zeit gehabt hätten, hätte ich mich auf die Knie begeben und ihm seinen Schwanz unter der Schürze gelutscht.

Unsere Eigentumswohnung hatte einen offenen Wohnbereich und wir hatten wahnsinniges Glück gehabt, ein älteres Gebäude mit Charakter zu finden. Wir waren immer noch dabei, all unsere Sachen auszupacken, und im Gästezimmer stapelten sich die Kisten. Allerdings hatten wir die neue Couch, den Fernseher, Beistelltische, einen Esstisch und Stühle schon eingerichtet. Wir hatten uns für neutrale Strandfarben entschieden und ich konnte es kaum abwarten, unsere Pinnwand mit Fotos im Essbereich aufzuhängen.

Will hatte ein paar Fotos aus Australien vergrößern lassen, inklusive einem Bild von uns und den Barkers bei unserem letzten Ausflug zum Barking Beach. Wir hatten alle ein Grinsen im Gesicht und waren braun gebrannt, während hinter uns das wunderschöne türkis-blau des indischen Ozeans erstrahlte. Seitdem waren wir nicht mehr zurückgekehrt. Allerdings hatten Will und ich uns schon darüber unterhalten, dass wir für unsere Flitterwochen nach Australien oder Neuseeland fliegen wollten.

Natürlich mussten wir dazu erstmal heiraten, aber das war nur eine Frage der Zeit.

‚Rockin' Around the Christmas Tree' spielte von der Weihnachtsplaylist, die wir erstellt hatten und ich summte mit, während ich im Schlafzimmer schnell ein schöneres Hemd über meine Jeans zog.

Wir hatten immer noch viele Kisten, die wir auspacken mussten und die meisten unserer Klamotten hingen in ihren Kleidersäcken im Schrank, aber dafür hatten wir uns extra in der kommenden Woche Urlaub genommen.

Während Will seinen Käse-Krabben Dip in den Ofen schob, summte ich immer noch vor mich hin und befreite den Weihnachtsbaum von dem Faden, der ihn zusammenhielt. Ich schüttelte die Äste auf, bevor ich die verschiedenfarbigen Lichterketten um die Zweige wickelte.

Schneeflocken fielen draußen vom Himmel, aber die Straßen waren soweit freigeräumt. Mit einem Blick auf mein Handy überprüfte ich das Live Update aller eingehenden Flüge und lächelte. Pünktlich.

»Das duftet alles wundervoll«, sagte ich. »Kann ich helfen?«

»Soweit habe ich alles erledigt, glaube ich. Die Käseplatte und die erste Runde Snacks sind bereit, gegessen zu werden. Hast du die Dekorationen?«

»Jep.« Ich deutete auf die kleinen Boxen, die ich aufeinander gestapelt hatte. »Will, wenn du kurz eine Sekunde hast, bevor alle kommen…« Vorsichtig packte ich unsere wichtigste Weihnachtskugel aus. Der Stern kam als letztes auf die Spitze, aber Kevin kam zuerst.

Will trocknete sich die Hände an einem Geschirrtuch ab und warf es sich über die Schulter. Wieso war das so verdammt sexy? Dann gesellte er sich zu mir zum Baum.

Er legte mir seinen Arm um die Hüfte und sagte: »Danke, Kevin. Wo kommst du dieses Mal hin?«

»Wie wäre es mit der Mitte?« Ich wartete auf Wills Kopfnicken und weil wir offenbar auf einmal furchtbar abergläubisch waren, hängten wir Kevin zusammen auf und zogen seinen Aufhänger über einen Zweig neben einem pinken Licht. Er hatte zwar etwas Glitzer verloren, leuchtete aber immer noch, während er auf seinem Surfbrett unterwegs war.

»Perfekt«, murmelte Will, kurz bevor es an der Tür klingelte. Schnell zog er sich seine Schürze aus, während ich erfolglos versuchte, ihn dazu zu bringen, sie an zu lassen.

Seth und Logan kamen zuerst und Matt und Becky standen als nächstes vor der Tür.

Matt bestand darauf, uns alle als ‚Team Geheimmission‘ zu bezeichnen und ich fand, dass es sicherlich schlimmere Namen gab.

Seth hob sein Glas mit Prosecco hoch. »Herzlichen Glückwunsch zu eurer Beförderung, ihr zwei.«

Will und ich stießen mit allen an. Ich sagte: »Danke. Meine ist nichts Besonderes, aber Angela wird Will irgendwann noch zum Vizepräsidenten ihrer gesamten Firma machen, wenn es nach ihr geht.«

»Ich bin so verdammt überrascht, dass sie dich noch nicht dazu überredet hat, auch für sie zu arbeiten«, meinte Logan.

Daraufhin lachte ich. »Sag niemals nie.« Es war wahnsinnig verlockend, nachdem sie wirklich gute Benefits anbot, aber ich hielt das im Moment für keine gute Idee. Vielleicht in ein paar Jahren, aber erstmal wollte ich einen Job, der unabhängig von Wills Arbeit war, auch wenn wir uns in verschiedenen Abteilungen befänden.

Während Will mit Becky und Matt in der Küche verschwand, fragte ich Logan und Seth: »Wie geht's Connor mit seinem weiterführenden Medizinstudium? Columbia, stimmt's? Das ist jetzt sein erstes Jahr?«

Seth antwortete: »Stimmt. Er arbeitet wirklich hart und steht ziemlich unter Stress.«

»Das kann ich mir vorstellen.«

»Wir mussten ihn förmlich anflehen, zu Weihnachten nach Hause zu kommen«, grummelte Logan. »Er war über Thanksgiving in New York und war mit seinem Kumpel auf irgendeiner schicken Party.«

Abwesend rieb Seth über Logans Rücken. »Er kommt aber zu Weihnachten nach Hause. Wir müssen uns einfach daran gewöhnen, dass er zu beschäftigt ist, um uns ständig zu besuchen.

Auch wenn wir ihn natürlich gerne öfter sehen würden. Ganz abgesehen davon, dass er jetzt ein richtiger Erwachsener ist. Mit einem Motorrad.«

Brummend stimmte Logan ihm zu, bevor er sich entschuldigte, um das Badezimmer zu nutzen. Seth seufzte laut und putzte seine Brille mit seinem Hemd.

»Tut mir leid, wenn ich ein sensibles Thema angesprochen habe«, murmelte ich.

Seth schüttelte den Kopf. »Ganz und gar nicht. Wir machen uns nur Sorgen. Es kommt uns vor, als würde ihn etwas belasten, aber Connor sagt, dass alles in Ordnung ist. Das frustriert Logan und dann streiten sie sich.« Er schien sich mental zu schütteln und zwang sich zu einem Lächeln. »Immer hin müssen wir uns keine Sorgen machen, dass er alleine in New York ist. Er wohnt mit Angelas Tochter Olivia zusammen.«

»Oh! Sind die beiden ein Paar?«

Seth lachte. »Ich glaube nicht, so gerne Angela das auch hätte. Aber sie zahlt für die Wohnung und verlangt Connor eine ziemlich faire Miete für sein Zimmer ab.«

Becky gesellte sich mit ihrem festlichen Cranberry und Vodka Cocktail zu uns, als auch Logan wieder kam. Sie sagte: »Aber, so wie ich Angela kenne, bin ich mir sicher, dass sie hocherfreut ist, dass Connor mit Reid Cabot zusammen ist.«

Ich hätte schwören können, dass die Temperatur im ganzen Apartment direkt um ein paar Grad absank.

Logan und Seth starrten Becky so lange bewegungslos an, bis sie anfing nervös zu lachen.

»Ähm, das hat zumindest meine Cousine in Manhattan gesagt? Sie waren zusammen bei einer Party oder sowas.«

»Wovon zum Teufel sprichst du?«, wollte Logan sofort wissen.

Das lenkte auch die Aufmerksamkeit von Matt und Will auf unser Gespräch und sie näherten sich zögerlich. Matt legte Becky seinen Arm um die Schultern. »Was ist los?«

Seth hob eine Hand und legte die andere auf Logans Arm. »Alles in Ordnung. Das ist ein Missverständnis. Connors bester Freund ist Asher Cabot. Reid ist sein älterer Bruder.« Er runzelte die Stirn. »Connor ist nicht mit ihm *zusammen*. Er ist mit niemandem zusammen. Er ist immer viel zu beschäftigt mit dem Studium.«

»Bestimmt hat sich meine Cousine getäuscht«, sagte Becky sofort. »Sie ist noch ein größeres Plaudermäulchen als ich.« Sie lachte schwach. »Auch wenn man das kaum glauben kann. Ich wollte euch nicht beunruhigen.«

Logan rieb sich eine Hand über seine kurzen Haare. »Tut mir leid, dass ich so mit dir gesprochen habe. Ich hatte nicht erwartet zu hören—« Er drehte sich zu Seth um. »Das kann nicht stimmen, oder? Wieso würde er uns das nicht erzählen? Ashers *Bruder*? Ist es das, was er uns verheimlicht?« Er schüttelte den Kopf und murmelte etwas, das ich nicht verstehen konnte.

»Ich bin mir sicher, dass es sich um ein Missverständnis handelt«, versuchte Seth ihn zu beruhigen und griff nach Logans Hand. »Lass uns einmal tief durchatmen.« Er zog Logan hinter sich her und Will deutete ihnen, dass sie sich in unserem Schlafzimmer verkriechen konnten.

Als die Tür sanft hinter ihnen ins Schloss fiel, lächelte Will unsicher. »Möchte jemand etwas Brie?«

Becky bemühte sich leise zu sprechen und sagte: »Es tut mir wirklich leid! Ich dachte nicht, dass es ein Geheimnis wäre.«

Matt zischte: »Wie jetzt? Connor ist wirklich mit einem älteren Typen zusammen? Mit dem Bruder von seinem besten Freund?«

Becky hob ihre Augenbrauen. »Naja, du weißt, dass Marcia tatsächlich noch mehr gossipt als ich, aber... Sie hat selten unrecht. Das ist alles, was ich dazu sage.«

»'Tis the season für ein ordentliches Drama-Rama.« Matt hob sein Glas und wir stießen alle vorsichtig darauf an.

Jenna, Jun und ihre Jungs erschienen als nächstes, gefolgt von Zoe und ihrem Ehemann Peter und unseren alten Collegefreunden, die gerade noch ein Baby bekommen hatten.

Seth und Logan erschienen wieder und Seth tat sich wesentlich leichter, so zu tun als wäre alles in Ordnung, aber Logan musste sich ganz offensichtlich bemühen.

Schon bald konnte man die Musik kaum noch über das Gelächter und die Unterhaltungen hören. Es war perfekt.

Wir aßen und tranken und dekorierten langsam den Baum. Jeder war mal an der Reihe eine Kugel an den Baum zu hängen, während die jüngsten Kinder das Lametta überall hinwarfen, nur nicht auf den Baum.

Es war trotzdem perfekt.

Ich wechselte mich mit Will in der Küche ab und verzog das Gesicht, als die heiße Ofenluft mir ins Gesicht blies, während ich ein Blech Käsegebäck rausholte. Zoe kam um die Küchenzeile herum und öffnete den Kühlschrank. »Ich bedien mich mal.«

»Tust du doch immer.«

Wir lachten, als sie sich ihr Glas bis zum Anschlag füllte. »Uuups.«

Sie zuckte mit den Schultern und nahm einen großen Schluck. »Meine Mum lässt dich übrigens lieb grüßen. Sie will Bilder von der Wohnung sehen, wenn ihr fertig seid mit dekorieren.«

»Sie sollte mir auf Insta folgen.«

Zoe stöhnte auf. »Ermutige sie ja nicht, Mike.« Sie nippte an ihrem Getränk und sagte: »Sorry. Michael. Die Wohnung ist übrigens echt super.«

»Danke. Wie läuft die Renovierung von eurem Bad?«

»Naja, mein Dad ist raus, also läuft es schonmal besser. Wie geht's deinen Eltern?«

»Alles beim Alten. Vielleicht etwas glücklicher, nachdem ich jetzt Teilinhaber einer Eigentumswohnung bin und laut ihrem Standard also erwachsen.«

Sie lächelte. »Wer hätte vor all der Zeit gedacht, dass ich immer noch in dem Haus wohnen würde und du mit Will in wilder Ehe lebst.«

»Wer zum Teufel benutzt heute noch den Ausdruck ‚in wilder Ehe‘?«

»Ich, offensichtlich. Und hey, gib ihm einen Ring, dann muss ich es nicht mehr sagen. Win-Win Situation.«

»Süße Frisur übrigens.«

Zoe strich sich über ihren glatten Bob. »Danke.« Sie sah sich um. »Die Wohnung ist wirklich schön. Ich bin so wahnsinnig glücklich für dich und Will. Das weißt du hoffentlich, oder?«

Ich schnappte mir einen Pfannenwender von der hellen Quartz-Ablage. »Weiß ich. Du wirst nicht etwa schon sentimental, oder?«

»Oh Gott, doch, werde ich.« Sie hob ihr Weinglas hoch. »Ich vertrage einfach nichts mehr. «

Mein Handy klingelte und ich las grinsend die Nachricht, bevor ich Zoe den Pfannenwender in die Hand drückte. »Kannst du die für mich auf einen Teller legen? Ich muss noch jemanden rein lassen.« Schnell eilte ich zum Buzzer und öffnete die Tür zur Lobby.

Irgendwie hörte Will das Brummen trotzdem und erschien in dem kleinen Flur. »Ich dachte wir sind vollzählig?«

»Fast.« Ich versuchte mein Grinsen zu verstecken, schaffte es aber nicht.

Er runzelte die Stirn. »Wer kommt?«

Ich öffnete die Tür für Wills Eltern und seine Kinnlade fiel fast auf den Boden. Judy zog ihn in eine innige Umarmung. Robert gesellte sich kurz darauf dazu. Will starrte seine Eltern an, bevor sein Blick auf mich fiel. Er fing an wild zu stottern.

»Das habt ihr alle geplant?«

»Nein, du Dödel, das ist nur ein großer Zufall«, sagte Judy und umarmte Will erneut. »Frohe Weihnachten, Schatz. Also, wo ist euer Gästezimmer?« Sie nickte ihren Kopf in Richtung ihrer Koffer, die sie hinter sich mit in den Flur gequetscht hatten.

»Wir müssen auspacken.«

Will sah mich voller Panik im Blick an. »Aber wir haben noch gar kein Bett!«

»Ist schon okay. Sie schlafen gerne auf dem Boden.«

»Alles, nur um dir nahe zu sein, William«, sagte Robert ernsthaft. Sein Akzent kam dabei stark hervor und ich liebte es.

Während Will blinzelte und sich an einem Lächeln versuchte, fingen Judy und ich an zu Lachen. »Ich hab die Gästesuite ein Stockwerk tiefer gebucht«, versprach ich ihm.

Will lachte und schüttelte den Kopf. »Unten gibt es eine Gästesuite?«

»Jep.« Ich konnte nicht aufhören zu Grinsen. »Du hast ständig davon gesprochen, wie gerne du deine Eltern sehen würdest, also habe ich Judy eine Nachricht geschickt.«

»Mein Partner in Crime«, sagte Judy erfreut und umarmte mich. »Es ist so schön, dich wieder zu sehen.« Sie ließ mich wieder los und verzog das Gesicht. »Aber meine Güte, ich muss stinken. Wir müssen uns umziehen, bevor wir zur Party dazukommen.«

»Wenn ihr nicht zu müde seid von dem Flug?«, fragte ich.

»Schenk uns einen Drink ein und wir sind gleich wieder da«, antwortete Robert, bevor auch er mich umarmte.

Will und ich brachten seine Eltern und ihre Koffer ein Stockwerk tiefer. Es füllte mich seltsamerweise mit Stolz, sie in die Gästesuite führen zu können, die ich vom Vermieter buchen konnte. Auf dem Weg zurück nach oben, im Aufzug, war Will still.

Mein Glücksgefühl verschwand, als ich seinen ernsten Gesichtsausdruck sah. Scheiße, hatte ich das total vermasselt? »Das ist eine gute Überraschung, oder?«

Seine Lippen hoben sich zu einem Lächeln und er umarmte mich fest. »Das ist das beste Geschenk, das ich mir vorstellen kann, Liebling. Danke.«

Unsere Wohnung brummte vor Gelächter und Musik, als wir wieder reinkamen und die alte U2 Version von ‚Christmas (Baby Please Come Home)‘ ertönte über die Lautsprecher. Matt, Zoe und ausgerechnet Seth sangen laut mit, während sie die letzten Baumkugeln aufhängten. Logan reichte Seth eine glitzernde Zuckerstange und sah ihn mit so viel Zuneigung an, dass sich ein Kloß in meinem Hals bildete.

Ich nahm Wills Hand in meine und wir blieben auf der Türschwelle unseres neuen Zuhauses stehen. Wir sahen unseren Freunden und ihren Familien dabei zu, wie sie sich unterhielten und lächelten und sangen, während draußen Schnee vom Himmel fiel und die Welt in weiß tauchte.

Wills Lippen streiften mein Ohr und er flüsterte: »Du hast nur eine Sache vergessen.«

Ich erzitterte. »Und zwar?«

»Mistelzweig.«

»Der ist im Schlafzimmer. Du wirst noch etwas warten müssen, bevor du mich küssen kannst.«

»Ist das so?« Will nahm mein Gesicht zwischen seine Hände und ich schmolz nur so dahin, als unsere Lippen sich trafen.

Wir hatten schon lange genug gewartet.

ENDE

Über die Autorin

Keira strebt in ihren schwulen Liebesromanen nach der perfekten Mischung aus Charakter, Handlung und Leidenschaft. Sie schreibt alles Mögliche, von abenteuerlichen Piratengeschichten bis hin zu herzerwärmenden Weihnachtsromanzen. Ihre liebsten Genres sind Enemies-to-Lovers, Altersunterschied, erzwungene Nähe und leidenschaftliche erste Male. Und obwohl sie ihren Protagonisten weder Herzschmerz noch Drama erspart, garantiert Keira immer ein Happy End !

Mehr unter:

keiraandrews.com